レッドネック

RED NECK

HIDEO AIBA

相場英雄

角川春樹事務所

目次

装画　龍神貴之
装幀　高柳雅人

レッドネック

序

プロパガンダの秘訣《ひけつ》とは、狙《ねら》った人物を、本人がそれとはまったく気づかぬようにして、プロパガンダの理念にたっぷりと浸らせることである。いうまでもなくプロパガンダには目的がある。しかしこの目的は抜け目なく覆い隠されていなければならない。その目的を達成すべき相手が、それとまったく気づかないほどに。

ヨーゼフ・ゲッベルス

red-neck　赤首《南部の無教養〈貧乏〉な白人労働者》

リーダーズ英和辞典（研究社）より

プロローグ

〔二〇一七年九月三日〕

矢吹蛍子《やぶきけいこ》はこの日のために準備した水着やTシャツを大型のトランクに詰め始めた。忙しい仕事の合間に、通販サイトのサバンナで海外ブランドをチェックしたほか、代官山《だいかんやま》のセレクトショップを三軒回って買い集めたのだ。

改めてトランクを見つめる。大学を卒業して数年経《た》った。働き詰めの生活からしばし解放される。明日は恋人の公夫《きみお》とともに、午前の便でハワイに向け出発だ。

〈大事な話があるんだ〉

三時間前、祐天寺《ゆうてんじ》の小学校に設けられた投票所を出た直後、スマホに公夫からショートメッセージが届いた。

〈なんのこと？〉

〈向こうで話すから、少し待って〉

わかったと返信し、自宅マンションに駆け戻った。鼓動が速くなっているのがわかる。

付き合って二年、国内外のあちこちへ一緒に出かけた。料理や酒の好みが完全に一致する。お互い地方都市の出身で、見ず知らずの東京で苦労したことも共通の話題だ。付き合い始めてから喧嘩《けんか》らしい喧嘩もせず、週に一度の割合でデートを楽しんできた。

大事な話とは絶対にプロポーズだ。何事もしっかりと手順を踏み、慎重に物事を考える公夫らしい。

プロポーズの言葉を聞くのは、海辺のレストランか、それとも夕陽《ゆうひ》に映える岬の突端か。あれこれ考えを巡らせ、クローゼットとトランクの間をなんども往復していると、点《つ》けっぱなしにしていたテレビからジングルが響いた。

音の方向に目をやると、日本放送連盟《NHR》の日曜時代劇のオープニング映像に〈ニュース速報〉の文字が点滅した。

〈東京都知事選挙、大池《おおいけ》ゆかり候補当選確実〉

テロップが表示されたあと、映像が突然男性アナウンサーに切り替わった。

〈番組の途中ですが、ここで臨時ニュースをお伝えします。本日投票が行われた東京都知事選挙で無所属の新人候補、大池ゆかり氏が当選を確実にしました。NHRは事前取材に加え、主だった投票所での出口調査を実施し、これらを勘案した結果、大池氏の当選が確実だと判断しました〉

矢吹は画面に目を凝らした。アナウンサーの左横でディレクターが慌ただしく原稿を差し出している。そして右横には息を切らせて眼鏡をかけた別の男が座った。

〈ここからは都政担当の原《はら》キャップに解説を加えてもらいます〉

原と呼ばれた中年男性記者がイヤホンを耳に挿し、ぎこちなくお辞儀した。

日曜日の夜、局の看板ともいえる時代劇を中断するほど、事態が急に動いたのだ。リモコンで番組表ボタンを押すと、都知事選の開票速報番組は午後九時からとなっている。事前取材の正確さに定評のあるNHRが急遽《きゅうきょ》番組を差し替えるほど、大池が大健闘したということなのか。

〈今回の都知事選は投票直前まで接戦が予想されていましたが、蓋《ふた》を開けてみれば、大池氏の大勝となりました〉

原記者が殊勝な顔で告げた。

〈今回の選挙直前、大池氏は衆院議員を辞職し、国政与党の民政《みんせい》党も飛び出し、無所属で出馬しまし

た。この結果、民政党と光明党が推す候補と対決し、保守分裂という事態となり……〉

都政の専門記者が言い訳がましい解説を続ける中、矢吹はため息を吐《つ》いた。三時間前に矢吹が一票を投じた候補は落選ということになる。

〈選挙にも行かず、政治に文句を言うのはお門違いも甚だしい。生きる権利を放棄したも同然だ〉

頭の中に頑固な父の顔が浮かんだ。上京に反対し、地元札幌《さっぽろ》の国立大への進学を強く勧めた父とはなんども対立した。上京してからもこまめに連絡を入れてくる。子供扱いしてほしくないと電話で抗議した回数は数え切れない。

だが、こと選挙に関しては父の教えを守っている。たとえ投票した人物が落選しても、一票を投じるという行為自体がいずれ自分の生活に跳ね返ってくると教えられたからだ。

〈大池事務所とまもなく中継がつながります〉

大池が掲げた公約がどの程度実現されるのか。次の選挙までじっくりチェックする……アナウンサーの声を聞きながら、矢吹は荷造りを再開した。

第一章　蠢動《しゅんどう》

1

ハミルトン通りにあるホテルを発《た》ち、矢吹蛍子《やぶきけいこ》はバス通りを南下した。緩やかな下り坂、ゴミが全く落ちていない綺麗《きれい》な歩道をパーカーやカーディガンを羽織った地元民が行き交う。表通りには地元大学行き路線バスが走り、多種多様な人種が乗っている。

高層ビルや低層マンションの間から、濃いブルーの空が顔をのぞかせる。大都会にもかかわらず、空気が澄んでいる証拠だ。

「仕事じゃなかったら最高なのに」

左手のスマホで地図を確認しながら、矢吹は呟《つぶや》いた。通り沿いには、オーガニック野菜専門のスーパーや、鵞鳥《がちょう》を揚げる小さな中華料理店、バターの豊潤な香りを漂わせるクロワッサンが売りのベーカリーが並ぶ。

碁盤の目のように整った区画が幾重にも連なる。湿度が低く、乾いた空気は故郷・札幌《さっぽろ》に似ている。二カ月前に東京のセレクトショップで買ったパステルグリーンのスプリングコートの裾《すそ》が街の風になびく。手作りのハムを挟んだクロワッサンを手に颯爽《さっそう》と歩く婦人たちとすれ違う。婦人たちにすました感じはなく、自然な振る舞いだ。

機内で読んだガイドブックによれば、六月初旬のバンクーバーは初夏で、一番観光にむいている季節だという。五月中旬から下旬にかけて、ライラックの花が咲き乱れる札幌の春と同じような気候だ。

六時間前、カナダ西海岸最大の都市バンクーバーに入った。時差ボケの頭をなんども振りながらダウンタウンのホテルにチェックインし、待ち合わせの一時間半前にスマホのアラームをセットしてベッドに倒れ込んだ。

寝る前にバスで汗を流したが、瞼《まぶた》が重くなることはなかった。仮眠して体を休めようとしても、代わりに耳の奥で直属の上司、久保丈雄《くぼたけお》部長の掠《かす》れ声が響き続けた。

〈緊急で出張に行ってほしい。絶対に失敗できないプロジェクトが決まった。今の時点で、君しかカナダに行ける人がいない〉

〈出張してなにをするんですか?〉

〈人に会ってほしい。そしてプロジェクトへの協力を確実に取り付けてほしい〉

ベッド脇《わき》にある小さな時計の針が動くたび、東京・六本木《ろっぽんぎ》のオフィスでの久保とのやりとりが蘇《よみがえ》った。

〈どんなプロジェクトですか?〉

〈極秘だ。まだクライアントと正式な契約を交わしていないんだ〉

〈そんな、出張するのは私ですよ〉

〈クライアントの第一条件は、バンクーバーに住むカリスマの協力を得ることだ。プロジェクトが決まれば、東京支社始まって以来の巨額なフィーが入る〉

あのとき、久保の生臭い息とともに、巨額なフィーという言葉が矢吹の耳を強く刺激した。

〈逆に言えば、招請が失敗した時点でプロジェクトは頓挫《とんざ》し、我々は過去最高の売り上げを失うことになる〉

人材育成コンサルタント会社を退職し、半年前に米系大手広告代理店・オメガエージェントに転職した。だが、東京に進出している外資系飲料、医薬品メーカーの財布の紐《ひも》はかたく、矢吹が獲《と》った広告はわずか数百万円のインターネットのバナーばかりだ。

実績を上げなければ、容赦無く首を切られるのが外資系企業だ。次に営業をかける先を探していたとき、役員とのミーティングを終えた久保が矢吹の傍《かたわ》らに駆け込んできた。パスポートの有無、顧客との日程……一〇名いるスタッフの中で、ただ一人条件を満たしたのが矢吹だった。

〈誰に会うのですか?〉

〈ケビン坂田《さかた》、バンクーバーにあるブリティッシュ・コロンビア大学の若手講師だ〉

久保の言葉を聞いた直後、矢吹は自席のノートパソコンでインターネット検索をかけた。しかし、目的の人物は一つもヒットしない。

〈若手講師……専攻は?〉

〈よくわからない。ただクライアントによれば、経営学だとか〉


東京での出来事を思い出していると、突然タクシーのクラクションの鋭い音が聞こえた。直後、黄色い車体のタクシーが猛スピードで目の前を通り過ぎた。顔を上げると、歩行者用の信号が行く手を阻《はば》むようにオレンジ色に変わった。

巨額なフィー、若手講師……慌ただしく旅支度をする間も上司の言葉を考え続けた。巨額なフィーとはどの程度の金額なのか。ケビン坂田という人物の国籍は?　日系人なのか、日本人なのかも教えてもらえなかった。経営学の講師がなぜプロジェクトに必要とされるのか。日本の大学教授で代替できないか……考えているうちに信号がグリーンに変わった。

約束の時間まであと三〇分ある。スマホの地図アプリでは、指定されたカフェまで八〇〇メートルほどだ。相手に失礼にならぬよう一〇分前に到着するとしても、まだ余裕はある。

矢吹は周囲を見回した。ホテルのあるハミルトン通りは近代的なビル街だった。そこからわずか一五分ほどで、通りの両側に煉瓦《れんが》造りの建物が増え始めた。

ガイドブックの記憶を辿《たど》る。三〇年以上前に開催されたバンクーバー万博を機に、古い倉庫街が再開発されたイエールタウンに足を踏み入れたのだ。

札幌のお隣の小樽《おたる》もかつての倉庫街を観光施設に変えたが、バンクーバーの街並みは数段垢抜《あか》けている。建物の形や煉瓦の色は別々だが、それぞれの施設の入り口には花壇が設けられ、雑貨店や衣料品店が入っている。表参道《おもてさんどう》のように高級ブランドが集まっているわけではないが、一目でセンスの良さがわかる陳列や品揃《しなぞろ》えだ。

矢吹はスマホのカメラでそれぞれの店や街並みを撮り続けた。表通りから左に折れ、小路に入ってみる。すると、眼前に今までに見たことのない光景が広がっていた。

倉庫と古いビルの間にある小さな公園いっぱいに、赤、青、黄色など様々な色の雨傘が吊《つ》るされていた。どんな催しかはわからないが、アートディレクターやイベンターが熱心に街を飾ったのは間違いない。

矢吹は傘の連なる全景を捉《とら》えようと、腰を屈《かが》めた。次いで、スマホのカメラをズームし、原色の傘を何枚も収めた。広告代理店に勤めている以上、海外の綺麗な街並みは顧客へのプレゼンや企画に活《い》かすことができるはずだ。

雑貨店や若手アーティストの油絵を売るギャラリーを撮ったあと、矢吹は建物の壁に寄り掛かり、スマホのアプリを切り替えた。

写真共有アプリ「フォトグラム」を立ち上げると、撮った写真の中から六枚を選び、〈#《ハッシュタグ》〉で〈バンクーバー〉、〈イエールタウン〉、〈綺麗〉、〈映える〉と次々に付け加え、投稿した。

成田空港で調達した海外向け小型Ｗｉ－Ｆｉ《ワイファイ》に問題はなく、手元の画面にあるフォトグラムに続々と撮ったばかりの街並み写真が掲載された。次の瞬間、バンクーバーの美しい街並みの写真の横にハート形のマークが点滅し始めた。

東京にいる同僚のほか、かつての勤務先の友人、そして北海道の家族や同級生たちが相次いで反応した。

スマホの画面を見ていると、今度はバンクーバーというキーワードに反応した見ず知らずの人たちもハートを付け始め、同意や共感を示す欄にたちまち一〇〇個以上のマークが集まった。

矢吹はさらに目を凝らした。ハートを付けた人の中に、もしかしたら元カレがいるかもしれない……だが、それらしきアカウントからアクセスはなかった。

元カレは矢吹より三つ上の三五歳、メガバンクを辞して他業界に移った男だ。元カレが結婚後に専業主婦になってほしいとの願望を抱いていることを知り、これが別れの決定打となった。以降元カレのいた場所を埋めてくれる男性には出会っていない。

次々とハートマークがバンクーバーの写真に集まるが、肝心の男は無反応だ。矢吹は街並みとスマホの画面を見比べたのち、目的のカフェに向かって歩き始めた。

2

「Enjoy our blend」

愛想《あいそ》の良い女性スタッフがカップにオリジナルブレンドを注ぎ、矢吹の前に置いた。倉庫街の一角、花壇が据えられたウッドデッキで、矢吹はカップを鼻に近づけた。ブレンドコーヒーのほのかな花の香りを吸い込んだとき、白いカップに人影が被《かぶ》った。

「Ms.Yabuki?」

反射的に顔を上げると、癖毛の男の顔が矢吹の目の前にあった。

「Yes, あの……ケビンさん？」

「そう、ケビン坂田」

ぶっきらぼうな返事だった。

矢吹は慌ててスマホをテーブルに置き、立ち上がった。カールの強い癖毛、サングラス、グレーのパーカーを羽織った青年が首を傾《かし》げている。ヒールを履く矢吹よりもずっと背が高い。優に一八〇センチ以上はある。

「はじめまして、オメガの矢吹と申します」

名刺を両手で差し出すと、ケビンが片手で受け取った。

厚手のパーカーを通しても肩幅が広いのがわかる。年齢はおろか国籍も教えられていない。オメガの重要なクライアントが直々にケビンと連絡を取ったのだ。クライアントから上司の久保部長を経て、このカフェを指定された。

「あの……」

名刺を見つめるケビンに声をかける。だが、相手は黙ってスツールに腰を下ろした。

「名刺、持ってないから」

目の前の男の体格はプロ野球かサッカーの選手のようで、年齢も二〇代半ばか後半だろう。予想していたよりもかなり若い。

「あの、本物のケビンさんか確認できないので……」

矢吹が言うと、ケビンが舌打ちした。次いでパーカーのポケットからスマホを取り出し、何度か画面をタップした。

「これでいい？」

ケビンが画面を矢吹に向けた。

〈The University of British Columbia……〉

バンクーバーの名門大学のロゴ、そしてその下に顔写真がある。たしかにKevin Sakataと印字され、切れ長の目を持つ男の顔写真が映っていた。肩書きは経営学部講師と英語で表示されていた。

「顔も本物」

ケビンがサングラスを外した。

「ありがとうございます。別人だと大変なことになるので」

矢吹が告げる間、ケビンはウエイトレスを呼び、ミネラルウォーターをオーダーした。

「大変失礼しました。今回、クライアントおよび上司からこれを預かってきました」

膝《ひざ》の上に置いたブリーフケースから、矢吹は封筒を取り出した。上司の久保によれば、クライアントがわざわざケビン宛に書いたプロジェクトへの正式な招請文書だという。もちろん、封印されているため、矢吹は中身を一切知らない。

「あ、そう」

ひったくるように封筒を受け取ると、ケビンは乱暴に指で封を切り始めた。

「あの……」

矢吹が言うと、ケビンが眉間《みけん》に皺《しわ》を寄せた。

「ちょっと黙ってて」

「失礼しました」

矢吹は口を噤《つぐ》んだ。

オメガのクライアントの正体と狙《ねら》いは知らないが、メールを使えば仕事のオファーは簡単に済むはずだ。

メールが非礼だというなら、直接会って懇願すればいい。それをわざわざ矢吹という代理を立て、バンクーバーまで出張させた。

おまけに、目の前の若い男は無愛想で、取りつくしまがない。だが、矢吹の在籍する東京支社の業績アップのカギは、この男が握っているのだ。

矢吹はケビンを凝視した。顔や首筋が小麦色に日焼けしている。無造作にかき上げた癖毛も黒ではなく、焦げ茶色だ。常に潮風に触れる湘南《しょうなん》か房総《ぼうそう》のサーファーのような雰囲気がある。

ガイドブックの記憶を辿る。

バンクーバーは太平洋に面した美しい都市だ。北緯四九度、郷里の札幌より北に位置する。海流と偏西風のおかげで緯度の割に温暖だというが、眼前のケビンのように日焼けするものなのか。リゾート地のウィスラーでマウンテンバイクでも乗っているのかもしれない。

「まじかよ」

突然、ケビンが舌打ちし、手紙をテーブルに叩《たた》きつけた。

「どうされました？」

「半年間もスケジュール拘束されるのに、フィーが安い」

「ちょっと待ってください」

「こんなに安くみられたんじゃ、やってられないよ。それじゃ」

テーブルの上のミネラルウォーターをつかむと、ケビンが腰を上げた。

「事情がわかりません。相談させてください」

矢吹の言葉に、ケビンが顔をしかめた。

「あとこれだけ必要。絶対に譲れない。ダメなら話はなしだ」

深く眉根を寄せ、ケビンが矢吹の目の前に両手を広げた。

「一〇本という意味ですね」

「そう。びた一文まけない」

「少々お待ちください」

矢吹はスマホを取り出した。日本との時差は何時間あるのか……一瞬だけそんな考えが頭をよぎったが、即座に上司・久保の携帯番号をタップした。

「時差があるので、責任者がすぐにつかまるかどうか……」

「それって、俺《おれ》に関係ないよね」

ケビンは乱暴にボトルのキャップを捻《ひね》り、ミネラルウォーターを飲み始めた。耳元ではずっと呼び出し音が響いている。

この間、矢吹は考え続けた。バンクーバーは午後三時半、日本との時差はたしか一七時間。いや、夏時間に入っているので、一六時間だ。となれば、久保は郊外の家を出て、六本木のオフィスに向かっている頃《ころ》だ。

すでに三〇秒以上経過した。混雑する電車の中で久保は顔をしかめているのかもしれない。出てくれ、そんな念を送ったときだった。

〈どうした?〉

久保の掠れ声が耳に届いた。

「緊急事態です……」

〈なんだ?〉

久保の声が上ずった。矢吹は矢継ぎ早に用件を伝えた。

〈一〇本足りない、確かにそう言ったんだな?〉

「そう仰《おつしや》っています」

〈一時間だけ猶予がほしい。そう伝えてくれ〉

久保が一方的に告げ、電話を切った。ため息を吐きスマホをテーブルに置くと、ケビンが睨《にら》んでいた。

「どうなの?」

「一時間だけ猶予をください。お願いします」

姿勢を正し、矢吹は深く頭を下げた。

どんな仕事を依頼しているのか知らされず、いきなり報酬が足りないとヘソを曲げられた。しかし、ここでキレてしまえば、己のキャリアが潰《つい》えてしまう。矢吹は頭を下げ続けた。

「一時間ぴったりだから」

顔を上げると、ケビンが左腕のデジタル時計に目をやっていた。

「あ、ありがとうございます」

「俺は限りある時間を切り売りして生きている。ポリシーは絶対に曲げない」

「よくわかりました」

なぜ、こんな屈辱的な思いをしなければならないのか。スポーツマン然とした風貌《ふうぼう》とは裏腹に、眼前のケビンという男は相当に屈折している。矢吹は作り笑いを浮かべながら、スマホを見つめ続けた。

3

「あの、ケーキとかいかがですか?」

矢吹はミネラルウォーターを飲み干したケビンに声をかけた。

「おかまいなく。この店のケーキうまいらしいから、俺に構わず食べてよ」

ケビンは先ほどからずっとスマホの画面を凝視し、時折猛烈な速さで指を動かした。矢吹のコーヒーはすっかり冷めていた。おかわりとケーキを頼みたいところだが、相手に隙《すき》を見せるわけにはいかない。いや、本当にオーダーするのかと難癖をつけられるのが怖い。

手元のスマホを見ると、先ほど久保に連絡してからまだ五分も経《た》っていない。気まずい時間が過ぎていく。他のテーブルでスマホの着信音が響くたび、矢吹は肩を強張《こわば》らせた。

突然、対面のケビンが言った。

「へえ、矢吹さんって、沖縄《おきなわ》が好きなんだ」

「ええ、そうですけど……」

答えた直後、ケビンがスマホの画面を矢吹に向けた。目の前には、一年前に友人たちと行った沖縄・宮古島《みやこじま》のビーチの写真がある。

「フェイスノートの投稿をご覧になったんですね」

ケビンのスマホの画面には、青色の縁取りがある。SNS世界最大手フェイスノートのサービスで、矢吹はこまめに旅行や日々の食事の様子、友人と会った際のエピソードを投稿していた。

「これ、宮古島の前浜《まえはま》ビーチだよね」

「よくご存知《ぞんじ》ですね」

友人二人とともに、真っ白な砂浜でジャンプしている一コマだ。ビーチでジュースを売っていた青年に頼み、スマホで記念撮影した。

前浜ビーチは、東洋一美しいビーチとも言われ、多くの観光客が集まる一大人気スポットだ。広大な白い砂浜と、宮古ブルーと呼ばれる濃い青色とのコントラストが一際美しく、宮古島を訪れた際は必ず立ち寄る。

ぶっきらぼうで無愛想なケビンが話しかけてくれた。コミュニケーションが取れず、互いに仏頂面をして時を過ごすだけでなく、こうして会話をすることもできる人物なのだ。密《ひそ》かに矢吹が安堵《あんど》の息を吐いたとき、ケビンが首を傾げた。

「楽しかった?」

「とっても。ここ三年ほど、友人たちと休暇を合わせてずっと通っています」

一時間という時間を区切ったケビンも気まずかったのだ。ようやく会話の糸口が見つかった。矢吹がさらに宮古島の話を続けようとした瞬間だった。

「前浜ビーチ、それに宮古島。何分くらい楽しかったの?」

「はい?」

「いや、だからさ。友達と三人で旅して何分くらい楽しかったって訊《き》いてるの」

矢吹は首を傾げた。ケビンの質問の真意がわからない。

「いつも二泊三日の日程を取るのがギリギリでして」

「だから、何分楽しかった?」

ケビンはなおも尋ねる。

「旅行の準備を始めてから、宮古島に滞在して……東京に帰ってからも楽しい時間は続きます」

青い空を見上げ、矢吹はなんとか答えた。

「へえ、そうなんだ」

ケビンが素っ気なく言う。旅行に赴き、友人と他愛もない会話を重ね、ビーチに行く。その旅の中で何分間が楽しかったと問われても、答えに窮してしまう。

「前浜ビーチの次は、西里《いーざと》の民謡居酒屋だね」

ケビンはスマホの中のフェイスノートを見続けている。昨年も一昨年も、前浜ビーチでパラグライダーを楽しみ、そのあとは島一番の繁華街・西里に繰り出し、沖縄民謡を聴いた。観光客と歌い手が一体化する憩いの場だ。

「ご存知ですか、宮古島のこと」

「居酒屋は何分くらい楽しかった？」

「は？」

「居酒屋には大体二時間くらいいるでしょ。そのうち、何分間が楽しかった？」

ケビンの問いかけに、矢吹は顔をしかめた。

「居酒屋はずっと楽しく過ごしました。何分ではなく、二時間ずっと楽しかったです」

「へえ、そうなんだ」

ケビンがスマホから目を離し、矢吹の顔を見ている。

「あの、私の宮古島旅行がなにか？」

「おめでたい人だなって思ったからさ」

「どういう意味ですか？」

「おめでたいより、バカっぽいって言ってもいいかな。それ以上でも以下でもないよ」

肩をすくめ、ケビンが再びスマホに目を落とした。

矢吹は思わず唇を嚙《か》んだ。依頼をしているのはこちら側だ。ケビンをなんとか一時間だけ引き留めておけという久保の要請も理解できる。背後には大きなクライアントが控え、巨額のマネーが動きかけている。しかし、この無礼な物言いと小馬鹿にしたような態度はなんだ。合コンならば、顔に水をかけて席を立つ。宮古島という共通の話題が生まれ、ほんの一瞬でも気を許した自分が情けなかった。

「あの……」

努めて優しい声音で切り出すが、ケビンはスマホの画面に集中していた。

「バンクーバーは初めてらしいね」

「そうです」

突然、ケビンが話を変えた。

「上司から出張を言い渡され、慌てて調べ物をして、ほとんど着の身着のまま来た」

「はい」

ケビンとは初対面だ。宮古島旅行についてはフェイスノートに投稿し、誰《だれ》でも閲覧できるように設定している。

しかし、今回の出張に関しては、上司の久保、同じ営業チームのメンバーしか知らない。札幌にいる両親にさえ成田空港で搭乗直前にメールを出したほどだ。なぜケビンがそんな事情を知っているのか。先ほどまでは腹立たしく思っていたが、今は薄気味悪さをおぼえる。

「そのスプリングコートは春物のセールで買ったんだね」

ケビンが画面を見たまま言った。矢吹はパステルグリーンのコートの襟元に目をやる。ケビンの言う通り、春物の売れ残りを中目黒《なかめぐろ》の店で見つけ、八〇％オフにつられて買った。

「あの、あなたは……」

「ハッカーじゃないからね」

気味が悪いと思った瞬間に考えたのが、個人情報を盗むハッカーの存在だ。映画やドラマに出てくるハッカーは、青白い顔でチェック柄のシャツを着ているが、目の前のぶっきらぼうな青年がそうでもおかしくはない。

「では、なぜ私のことをそんなに知っているんですか？」

「だって、無防備だから」

「たしかにフェイスノートやフォトグラムは鍵《かぎ》をかけていません。誰でも私の投稿を閲覧可能です。でも、それ以外は……」

広告代理店の営業セクションに身を置き、日々様々な業界の人間と接する。名刺交換以外にもＳＮＳの存在から商談に弾みがつく機会が多い。

ビジネスの契約は結べなくとも、矢吹自身をフェイスノートやフォトグラムで知ってもらえれば、次の仕事につながるかもしれない。そんな思いからそれぞれのアカウントには鍵をかけず、オープンな状態にしていると伝えた。

「それにしたって、情報ダダ漏れだよ」

スマホの画面から目を離したケビンが、口元に薄ら笑いを浮かべた。

4

「ありがとうございました」

「どうも」

コンビニのレジで笑みを浮かべた中国人の女性店員に、田辺洋樹《たなべひろき》は軽く会釈して店を出た。

特大カップ麺《めん》三個とポテトチップス二袋、特大スパイシーチキンの入ったレジ袋を睨み、田辺はため息を吐いた。

各駅停《と》車しか停まらない私鉄の駅前通りは、都心に向かう通勤客、学生で混み始めていた。腕時計に目をやると午前七時四三分だ。一時間前にようやく徹夜仕事から解放され、帰宅する。自分のものとは思えぬほど、両足が重く感じる。

狭い歩道で、駅に向かう高校生の大きなスポーツバッグが肩に当たった。舌打ちして丸刈りの少年たちを睨むが、彼らは詫《わ》びもせず駅の改札に向かった。

職場は代々木八幡《よよぎはちまん》駅近くにある殺風景なマンションの一室だ。一五畳ほどのスペースに六脚のデスクが並べられ、昼夜を問わず机に向かう。

「画力ねえくせに、威張るなよ」

俯《うつむ》きながら、田辺は舌打ちした。雇い主は、週刊青年漫画誌で連載を持つ八歳年上、三三歳の人気漫画家の草間章二《くさましょうじ》だ。

六畳一間の薄暗い部屋に向かいながら、田辺は昨日の作業を振り返った。週に四日、あるいは五日のペースで草間の作業場へ赴く。田辺は背景を専門に描《か》くアシスタントの一人で、一年前から働いてきた。

草間が描いているのは、歌舞伎町《かぶきちょう》の闇金《やみきん》業者から政財界や反社会的勢力まで手広く金融の裏仕事を受け持つダークヒーローだ。

〈成り上がり金融道〉は連載当初こそ暗い画風で不人気だったが、主人公が吐く決め台詞《ぜりふ》が純文学風だとマニアの芸人がＳＮＳに投稿したことが話題となり、すでに五年以上、人気トップの座を維持している。

コミックスの累計発行部数は八〇〇万部を超え、ドラマや映画のシリーズ化も並行している人気コンテンツだ。清掃アルバイターだった草間は一躍時の人となり、五年前に賃貸アパートから代々木八幡の分譲高級コンドミニアムに転居した。

草間の自宅から徒歩一〇分ほどの仕事場は、最新のデジタル機器のほか、昔ながらの作業台もある創作の拠点だ。

本来なら、田辺は終電までに仕事を終えて自宅アパートに戻れるはずだった。昨日の夕方に出前のピザを平らげて仕上げ作業に戻ろうとしたとき、担当女性編集者の松木《まつき》が現れ、突然怒声をあげ始めたことで雲行きが変わった。

〈事前にオッケー出したネームと全然展開が違うじゃない！〉

背景の細かな作業に入っていた田辺は、思わず液晶タブレットのペンを床に落とした。

〈だって、途中で良いアイディアを思いついたから……〉

母親に言い訳するように、草間が口を尖《とが》らせた。

〈それは、仕事の期限を守れる作家の言い分。草間さんはそんなこと言えないでしょ！〉

松木の金切り声はなおも続いた。

〈当初の打ち合わせで決めた通りのストーリーに戻して！〉

〈でも……〉

〈それじゃあ絶対に締め切り守れるの？　落としたら責任取ってくれるの？〉

松木と草間の言い争いは三〇分以上続いた。この間、田辺と他の四人のアシスタントは作業を中断せざるを得なかった。皆は俯き、スマホをいじり、背景画の資料写真をトレースしていたが、意識は二人のやりとりに集中していた。

草間が天才肌であることは、作業場の誰もが認めていた。だが、アイディアが浮かぶまで二、三日ほど唸《うな》り、ときにバーに逃げて仕事場に来ないこともある。

草間が作品の見取り図兼下書きである〈ネーム〉をなんとかラフな手書きで作り、これを編集部の松木に送る。松木のチェックを経て許可が出れば草間が青鉛筆でケント紙に下書きを始め、ペン入れの作業に移る。

草間とチーフアシスタントが他のメンバーに作業を割り振り、ひたすらペンを動かす日々が続く。

松木の言い分はもっともだった。草間は連載陣の中で一番原稿の仕上がりが遅く、いつも印刷所を待たせる常連だ。

〈元通りの展開にしなければ、休載よ！〉

松木が怒鳴り、草間が渋々頷《うなず》いた瞬間、田辺を含めたアシスタント全員の徹夜残業が決まった。

松木の抜き打ちチェック前に描き進めていた一〇ページが丸々ボツとなり、当初のネームを土台にしたやり直し作業が始まった。

肩と首筋に鈍痛を感じながら、田辺は部屋に辿り着いた。夕方、再度代々木八幡に出向くまでのわずかな隙間が貴重な個人の時間だ。

六畳のワンルーム、シングルベッド脇には小さな机がある。もう半年以上、本業のイラストレーターの仕事をしていない。

「画力なら絶対俺が上だ」

私立美大に通い、イラストレーターで一本立ちする腹づもりだった。デザイン事務所や広告代理店に足繁く通って売り込みをしたが、まともに仕事を得たことはない。美大の先輩の紹介で何人かの漫画家のアシスタントを務め、今にいたる。

中学生の頃からコツコツと漫画を描き続けてきた草間だが、はっきり言って画力がない。ただ、ストーリーを回す天賦《てんぷ》の才を松木に見出《みいだ》され、デビューできただけだ。

美大で基礎からデッサンを習得し、油絵を専攻した自分が、小学生並みの画力しかない草間に食わせてもらっている。情けないと感じても現実は変わらない。

残業代を含め、月の収入は一五万円程度。仕事場にいる間は食事と飲み物が無料だが、自分のイラスト仕事用の画材やデジタル機器の維持費がかさむ。おまけにアパートの家賃も次の更新で五〇〇〇円上がる。

イラストレーターとして食べていけるのか、将来への不安が一人きりの部屋で田辺を襲う。次々に映像化が決まり、周囲にチヤホヤされて横柄さを増す草間の態度……田辺は右手で写真プリントを除《の》けると、コンビニの買い物袋を置いた。

スマホに小型スピーカーのコードを繋《つな》ぎ、音楽再生アプリを立ち上げたとき、メッセージが着信した。

〈また徹夜だったの？〉

二カ月前に付き合い始めたミソノだった。

〈先生と担当が揉《も》めて、ようやく帰ったとこ〉

〈寝ていないの？〉

〈電車の中で二、三分だけ〉

〈かわいそう。すぐに寝て。何時に起こせばいい？〉

〈ありがとう。昼過ぎ、午後一時くらいかな〉

〈ちゃんと食事してるの？〉

〈コンビニでスパイシーチキンとカップ麺買ってきた。食べたら寝るよ〉

〈ごめんね、最近派遣先が変わったばかりだから、休めないし、ご飯作りにいけなくて〉

ミソノのメッセージ欄に泣き顔のスタンプが付いていた。

〈いいよ、お互い忙しいんだから〉

〈また一緒に行きたいね、疾風舎《しっぷうしゃ》のライブ〉

〈そうだね。でも、チケットなかなか取れないからなあ〉

メッセージを返信した直後、田辺は音楽再生アプリを開き、ミソノとの出会いのきっかけを作ってくれたヒップホップグループ「疾風舎」のヒット曲を再生し始めた。

〈今、疾風舎の「涙物語」かけ始めたよ。やっぱ最高だよね、エモくて泣ける〉

ミソノの返信がいつもより遅い。介護施設に出勤した直後で、誰かに怒られているのか。それとも、引き継ぎに手間取っているのか。あるいは、変に言い寄ってくる同僚でもいるのか。田辺が不安にかられた瞬間、疾風舎のメーンボーカルのイラストスタンプがスマホの画面に現れた。

〈やっぱ舎弟同士っていいよね〉

ミソノのメッセージが着信した。文末にハートのマークが四つ並ぶ。疾風舎の公式ファンクラブの名前は〈舎弟〉だ。ファンは男女関係なく舎弟を名乗り、互いに横でつながっている。最大のツールはフェイスノートやフォトグラム、そのほかにも多種多様なＳＮＳが年齢も住んでいる地域も違う舎弟たちの固い絆《きずな》を〈＃《ハツシユタグ》〉でつなぐ。

〈＃舎弟〉

〈＃舎弟の連帯〉

〈＃疾風舎好きの人とつながりたい〉

〈＃涙物語が世界一好き〉

〈＃舎弟は仲間〉

〈＃舎弟は優しい〉

〈＃一日一連帯〉

〈＃疾風舎最高〉

湿った薄暗い部屋の中で田辺はどうしようもなく孤独を感じるが、スマホの中には数万、いや数十万人単位の舎弟という名の仲間がいる。実際、ミソノは舎弟つながりで知り合い、人生で初めての恋人になった。

〈今度、仕事場に広告代理店の人が来るみたいだから、チケット頼んでみる〉

〈マジ？　チケット取れたら超泣けるんだけど〉

ミソノのメッセージの末尾には動画再生アプリのＵＲＬが添付されていた。田辺はすぐにタップする。

〈涙はすぐには乾かない　乾かない時間の分だけ　君を思うよ　仲間を慕うよ〉

疾風舎のキミトのハスキーな声が強烈な縦乗りのリズムに弾む。スマホの小さなスピーカーから流れ始めた音は、田辺の乾き切った心にジワジワと染み込んでいく。

〈マジ、エモい。これ聴きながら仮眠する。ありがと、ミソノ〉

メッセージを打ち終えると、田辺はスマホを手に持ったまま湿ったベッドに体を横たえた。一カ月前、初めてミソノと朝を迎えたベッド。ミソノの柔らかな肌の温《ぬく》もりを思い返すうちに、瞼が落ちた。

5

〈情報ダダ漏れ〉

たった今、目の前のケビンが吐いた言葉が矢吹の耳を強く刺激した。

「お言葉ですけど」

矢吹が抗弁しようとすると、ケビンが右手で制した。

「フェイスノートとフォトグラム、両方とも鍵をかけていない。しかもスマホの位置情報は常にオン。プライバシーなんかなくなるよ」

ケビンがスマホの画面を矢吹に向けた。眼前にフォトグラムの自分のアカウントが表示された。

「たしかにイエールタウンは綺麗な街だよ」

先ほどスマホのカメラで撮った写真がケビンの掌《てのひら》の中にある。倉庫街のカフェ、インテリアショップ、オーガニックフードの店……どれも垢抜けていた。

スマホの画面と矢吹の顔を見比べ、ケビンが鼻で笑った。

「アンブレラの写真もあるけど、あれの本当の意味を知っているの？」

「いえ、ただ綺麗だったので」

自分でも眉根が寄ったのがわかった。だが、矢吹は懸命に作り笑いを浮かべた。

「『バンクーバー、今の時期が一番過ごしやすい』」

「郷里の札幌に似て、空気が乾いています」

矢吹が答えると、ケビンが首を振った。

「札幌と違うのは、冬場は湿気がひどい点だね。おまけに二、三カ月もの間、ジトジトした雨が続く。別名レインクーバー。あのアンブレラは、地元アーティストの自虐ネタだよ」

ケビンの言い分にぐうの音も出ない。しかし、ダダ漏れとは関係ない。言い返したい気持ちを抑え、言葉を継いだ。

「話を戻しますね。たしかに私、フォトグラムでスプリングコートの話に触れました」

「安売りしてりゃ、飛びつくよね」

小馬鹿にしたような顔でケビンが言った。

大学の同期でしつこいストーカーに悩まされた友人がいた。SNSの履歴、写真投稿などを分析したストーカーが彼女の立ち回り先を嗅《か》ぎつけ、半年間つきまとったという。その話に接して以降、自宅周辺や職場の近所の写真やデータはインターネットにあげないよう気を付けてきた。

最近では、高性能スマホのカメラが悪用されるケースも事件化した。アイドルの瞳《ひとみ》に映った風景を解析し、自宅住所を突き止めた追っかけが逮捕されたのだ。その旨を告げると、ケビンが強く首を振った。

「矢吹さんは今年三二歳、独身。北海道札幌市の生まれ。地元の名門・札幌南高校を卒業して東京の私大に入り……」

手元のスマホを見ながらケビンが淡々とフェイスノートにある矢吹のプロフィールを読み上げた。

「ええ、たしかに私の履歴です。フェイスノートは実名登録が原則ですから」

「フォトグラムをフェイスノートが買収したのは知っている？」

「ええ、同じアカウントから両方のサービスが使えて便利です」

矢吹が答えると、ケビンが体を椅子《いす》の背に反らせた。

「便利だよね、どちらも」

「どちらも、とは？」

「矢吹さんみたいなユーザーも、それにフェイスノートもね」

「便利ですよ。会社のメールは業務以外に使えませんけど、フェイスノートのＤＭ機能を使えば、個人的なメッセージを二四時間いつでもやりとりできます。長いこと連絡が途切れていた同級生を探すのも簡単ですし、なにより人とつながっている実感があります」

「フェイスノートからお金でももらってんの？」

ケビンが侮蔑《ぶべつ》的な口ぶりで言った。

「まさか。無料のＳＮＳですから」

「でもさ、フェイスノートはニューヨークの証券取引所に株式を上場しているれっきとした営利企業だよ。主な収益源はなにか知っている？」

「広告ですよね」

矢吹は自分のスマホを取り出し、フェイスノートのアプリを呼び出した。先ほどフォトグラムに投稿した写真がフェイスノートと連動し、手元に路地裏の綺麗な傘のオブジェの一ショットが浮かび上がる。

写真の下には、海外旅行専門のネットサイトの広告が掲載されている。

「私は直接の担当ではありませんが、ネット向けの広告事業は急拡大している分野です」

「模範解答だね。でも、正解じゃない。矢吹さんみたいなおめでたい人から個人情報を巻き上げ、これを他の強欲《グリーディー》な企業に売りさばくのが本業だよ」

「個人情報を巻き上げるって、そんなバカな」

「だって、矢吹さん、出身地や高校の卒業年、どこの大学に通って今の勤め先はどこかまでどんな奴《やつ》が見ているかもわからない世間に公表しているじゃない」

「それはフェイスノートの規則だから……」

「やっぱりおめでたい人だね」

「規則は守らなければ……」

抗弁しているつもりだが、自分の言葉が消え消えになっていくのがわかる。

「フェイスノートは友達や同僚が使っているから、自分も乗り遅れたくない。人とのつながりを保っていたい、そう思わせるのがフェイスノートのやり方であり、ここ数十年でもっとも成功したビジネスモデルだ。実名登録が原則で、そこに細かくプロフィールを書き加える項目があるのは、データを吸い上げるのが最大の目的。荒らしや誹謗《ひぼう》中傷を防ぐというのは建前にすぎない」

「吸い上げるって……」

「日本でのフェイスノートの利用者数は約三〇〇〇万人、世界では二四億人だ。これだけの個人情報が集まれば、好きなことができる。例えば……」

再度、ケビンが矢吹のフォトグラムを手元のスマホの画面に表示させた。

「春物コートを買ったから、カーディガンやブラウスを扱うブランドの広告が入ったよね」

バンクーバーに到着した直後、空港のロビーを撮影して投稿した。その写真の下に、たしかにセレクトショップの広告が載っていた。

「個人情報をフェイスノートがデータブローカーに売却し、それをブローカーが細かく分類し、ネット広告専門代理店に転売する。だからフェイスノートやフォトグラムの広告欄には興味のあるファッションやアウトドアのグッズ、好きな酒や読みたいと思った作家の本がオススメとして次々に表示される」

ケビンの言葉を聞いた瞬間、両腕が粟立《あわだ》った。

「実際、矢吹さんはフェイスノートやフォトグラムの広告をクリックして買い物をしたんじゃないのかな」

「はい……」

「いいカモだね。背負っているぶっといネギが見えるよ」

ケビンが口元に薄ら笑いを浮かべた。その直後だった。マグカップの横に置いた矢吹のスマホが鈍い音を立てて振動した。

「失礼します。上司です」

ケビンに告げ、通話ボタンをタップした。

〈矢吹さん？〉

「どうなりましたか、久保部長」

〈クライアントのオーケーが出た〉

「本当ですか？」

〈そうだ。一〇億円追加でフィーを支払うとケビンさんに伝えてほしい〉

「ちょっと待ってください。一〇億円の追加って、前に提示した金額はいくらなんですか？」

〈五〇億円だ。今度の上積みで合計六〇億円になった。プロジェクトへの協力を請けてもらえるか、今、最終的な確認はできるか？〉

矢吹はスマホをテーブルに置き、ケビンに顔を向けた。

「あの、クライアントは追加の一〇億円、オーケーを出したそうです」

「そう、わかった」

対面のケビンは、表情を変えない。

「わかったというのは、オファーを請けていただけるということでしょうか？」

「ああ」

ケビンがぶっきらぼうに言った。

「オファーを引き受けていただけるそうです」

〈ありがとう。早速クライアントに報告する。ケビンさんには、できる限り早い段階で日本に来ていただきたいとお伝えして〉

声を弾ませた久保が一方的に言うと、電話を切った。矢吹は姿勢を正し、ケビンに顔を向けた。

「できるだけ早い段階で日本に来てほしいとのことでした」

「わかった。部屋を用意してもらえるかな」

「どのようなお部屋でしょうか？」

「そうだな、できるだけ殺風景な部屋。しかし、交通の便は良いエリアがいい。山手線の駅近くとか。あとで名刺のアドレスに具体的なイメージを伝えるから」

ケビンは淡々と言った。

「あの、一つうかがってもよろしいですか？」

「なに？」

「私は、上司からあなたに会えとだけ言われてバンクーバーまで来ました。具体的なプロジェクトの中身、それにケビンさんのご職業も知らされていませんでした」

「職業は教えたよ。地元大学経営学部のしがない講師だ」

ケビンの言葉に矢吹は強く首を振った。

「しがない講師に六〇億円ものフィーを支払うクライアントはいません」

「それもそうか」

ケビンが肩をすくめ、言葉を継いだ。

「データサイエンティストが本業。それじゃ、近いうちに東京で」

短く告げると、ケビンが席を立った。

「あの……」

「なに？」

「こんなに簡単に仕事を引き受けるのですか？」

「だって、矢吹さんが来てくれて、それにギャラ交渉もうまくいった。それだけのこと」

「でも……」

「一つだけ教えてあげるよ。なぜこんな手間のかかることをしたのか」

「どういう意味ですか？」

「このご時世、メールや電話で交渉する手段だってある。そう思わなかった？」

「ええ、たしかに」

矢吹は頷き、ケビンの顔を見上げた。矢吹の往復の航空券代、宿泊費を合計すれば軽く二〇万円以上のコストがかかる。それなのにミーティングはわずか一時間ほど。費用対効果で考えれば、とても見合わない。

「俺を呼んだクライアントは、極秘にことを進めたいと思った。連絡したという痕跡《こんせき》そのものを残したくなかった」

「どこにですか？」

「通信網にだよ。こうやって矢吹さんが来てくれて、フェイス・トゥ・フェイスで商談は成立した。それだけのこと」

「もしや……」

矢吹が呟くと、ケビンが口元に笑みを浮かべた。

「当然、俺に会う前に検索をかけたんだよね？」

「はい……」

「しかし、どの検索サイトにも俺の顔と経歴はひっかからなかった。だから大学のIDで最終確認した」

「その通りです」

「あのさ、SNSだけでなく、検索サイトにキーワードを入れただけで、矢吹さんは個人情報を垂れ流している」

「検索サイトも？」

「そうだ、自分のスマホやパソコンを使っている以上、そうなる。SNSも検索エンジンも、運営する企業は全部営利企業だ。どんな人間がなにを調べたか、どこに行ったのかも全《すべ》てデータとなって商売のネタになる」

一方的に告げると、ケビンが矢吹に背を向け、歩き出した。矢吹も腰を浮かしかけたが、ケビンは大股《おおまた》でウッドデッキを後にした。次第に小さくなるケビンの後ろ姿を見つめながら、矢吹は考え続けた。

ケビンの職業はデータサイエンティスト。具体的にどんな仕事をするのかはわからない。ただ、クライアントが半年間で六〇億円も注《つ》ぎ込むだけのスキルを持った人物だ。

では、ケビンを必要としたクライアントとは誰なのか。そしてプロジェクトの目的は何か。

6

〈それでは交通情報をお伝えします〉

江東区の幹線道路・新大橋《しんおおはし》通りを自宅に向けて走っていると、カーラジオから男性パーソナリティーの声が響いた。工藤美佐江《くどうみさえ》はつまみを回し、音量を上げた。

〈大型トレーラーと乗用車三台による多重追突事故の影響で、新大橋通りを中心に江東区の主だった道路で激しい渋滞が発生しています〉

工藤は思わず舌打ちした。その直後、二台前を走る商用バンがハザードランプを灯《とも》し、減速を始めた。

工藤があちこちに擦り傷がある中古の軽自動車のスピードを緩めたとき、前方のバンが停車した。別の通りとの交差点にはまだ五〇〇メートル以上距離がある。こんな場所で渋滞が始まったら、隅田《すみだ》川《がわ》沿いにある実家に辿り着くまで三〇分以上かかってしまう。

工藤は助手席に置いたスマホに触れると、声を張り上げた。

「実家に電話かけて」

工藤の声に反応したスマホ画面にマイクのイラストが表示され、電話のダイヤルを模した電子音が響いた。

〈もしもし、ミサちゃんなの？〉

スマホから弾んだ母親の声が響いた。

「おはよう母さん」

〈どうしたの？　職場は出たんでしょう？〉

沈んだ声で工藤の気持ちを察したのか、母親の声が低くなった。

「うん、今車の中にいる。悪いんだけどさ、ちょっと到着が遅れそうなの」

〈え、本当？〉

「新大橋通りが事故で渋滞してるのよ」

工藤が告げた瞬間、電話口で小さな舌打ちが聞こえた。

「ごめんね、あと三〇分くらいで到着するから。朱里亜《じゅりあ》は朝ごはん食べた？」

三歳の愛娘《まなむすめ》の名を口にした。

〈食べたわよ。それより、到着時間なんとかならない？　三〇分後に美容室の予約なのよぉ〉

実家の母親の協力がなければ、娘との生活は成り立たない。中学高校と反抗しまくったが、今は下手に出るしかない。

「お友達とお芝居だったわよね」

〈そう、今日はマックンの座長公演の千秋楽だから、早めに楽屋入り口に行きたいの〉

マックンとは、若手演歌歌手の松川《まつかわ》さとしのことだ。

甘いマスクと抜群の歌唱力に定評があり、母親のようなアラ還世代に絶大な人気がある。公演は松川が座長を務め、時代劇やコント、そして歌謡ショーがセットになったものだ。おそらく、母や友人たちは、連れ立って日本橋浜町《にほんばしはまちょう》の老舗《しにせ》劇場に出かける。

「ごめん、急ぐから」

〈頼んだわよ、場所取りは戦いなんだから〉

ため息を吐き、工藤は通話を断ち切るようスマホに指示を飛ばした。

タクシーの前にいるバンのせいで、交差点の先がどの程度混み合っているのか様子がわからない。

ハンドルをなんども叩き、工藤は叫んだ。大声でもあげないと、夜シフトの疲れからこのまま寝入ってしまいそうだった。

「ちっきしょう！」

昨夜九時、夕飯のあとで眠いとぐずる朱里亜をチャイルドシートに乗せ、安アパートを出て実家に向かった。

夜一〇時から始まる夜勤は、一日あたり一〇五〇円の割増手当が出る。これを目当てに週に二、三度夜勤を入れたシフトを組んできたが、半年ほど経つと、慢性的な肩凝りと偏頭痛に苦しめられるようになった。

　ぼんやりと助手席に置いたスマホに目をやる。離婚して一年半が経過した。前夫のギャンブル依存症による借金の返済に追われながら、朱里亜を育ててきた。幸い、実家が同じ区内にあることから、夜勤をこなすことができるが、三一歳にもなると昔やんちゃをしていた頃のような無理はできなくなった。

　夜勤終わりに実家に駆けつけ、その足で無認可の保育園に朱里亜を預けに行く。自宅アパートに戻るのは、午前一〇時、あるいは一〇時半となる。

　今日こそは湯船に入る……そんな考えが浮かんだとき、鋭いクラクションの音で工藤は我に返った。フロントガラスを見ると、タクシーが一〇メートルほど先に進んでいた。左手を挙げ、後続車に詫びると、工藤はアクセルをゆっくり踏んだ。

〈ママ遅いね、ジュリちゃん〉

　眉間に深い皺を入れ、娘をあやす母親の顔が浮かぶ。父が二年前に癌《がん》で他界したあと、母親は古い一軒家に一人で住んでいる。

　なんどか同居を勧められたが、工藤は頑《かたく》なにこれを拒んだ。フォトグラムを通じ、知り合った四つ年下の男の存在があるためだ。

　お隣江戸川区の小さな工務店に勤める力弥《りきや》とは、月に一、二度の割合で小さなアパートで体を重ねるようになった。

　朱里亜が保育園に行き、互いの勤務時間が空いたタイミングを見計っての忙《せわ》しない逢瀬《おうせ》。しかし工藤にとっては、自分が女であることを強く意識できるわずかな時間だ。

　絶対に関係を壊したくないし、朱里亜の父親になってくれるかもしれない。力弥は親に買ってもらったという大型のミニバンを持っている。あの車で朱里亜とともに温泉旅行に行けたら、どんなに楽しいか。今度、力弥に頼んでみよう。そう考えたとき、目の前の信号が青に変わった。助手席のスマホに着信を報《しら》せるベルが鳴った。

「メッセージ読み上げて」

声を張ると、二度機械音が響き、スマホのスピーカーから機械で作った女の声が漏れ出した。力弥に思いが通じたのか。苛立《いらだ》った気持ちがわずかに上向いたとき、予想外の名前が響いた。

〈……ミソノさんからのメッセージです〉

「続けて」

〈お仕事お疲れ様でした、工藤さん〉

〈……慣れない私に丁寧に仕事を教えてくださって、いつも感謝しています〉

偏頭痛で重い首を振り、工藤は目を細めた。

一週間前、派遣会社から送り込まれた女だ。若いがかなり太っている。安物のヘアカラーで明るいブラウンに髪を染めている。年齢は二二歳、人見知りで口下手だが、遅刻も無断欠勤もせず、長続きしそうだと施設長が言っていた。

〈あの、こんなことを言ったら嫌われるかもしれませんが……〉

スマホの女が、ぎこちなくミソノのメッセージを読み上げる。

〈工藤さんって、舎弟ですよね。駐車場のお車に、舎弟のステッカーが貼《は》ってあったので〉

〈私、ずっと舎弟を続けているんです。今度、休憩時間に疾風舎のお話をしませんか〉

舎弟、疾風舎と聞いた途端、工藤はスマホに向け、声を張り上げた。

「ミソノさんに返信！」

〈どうぞ〉

スマホの女が言った直後、工藤はハンドルを握りながら話し始めた。

「ミソノさん、メッセージありがとう。私も舎弟よ。今度、お話ししようね。きつい職場だけど、同じ舎弟がいると思うと張り合いが出るわ」

工藤が言葉を区切ると、スマホがメッセージを音声で再生させた。

「続きよ」

〈どうぞ〉

「舎弟は、年が離れていても、性別が違っても、みんな大切な仲間なの。仕事、頑張ろうね。今度、写真集を持っていくから」

工藤は言葉をもう一度区切り、メッセージを送信するよう指示を飛ばした。

「そうか、職場に妹ができたようなもんだ」

偏頭痛が幾分和らいだような気がした。

「ねえ、疾風舎の曲かけて」

工藤は助手席のスマホに指示した。

〈なにをかけますか？〉

「〈涙物語〉、その次は〈純情バラード〉にして」

〈了解しました〉

スマホの女の声が消えた直後、スネアドラムの激しい音が軽自動車の中に響いた。

「疾風舎じゃなきゃね」

ノロノロと走る軽自動車のダッシュボードの上、二年前のライブ会場で買った〈舎弟〉のステッカーを撫《な》でた。

「やっぱ、元気出るよ」

銀ラメのステッカーに触れながら、工藤は呟いた。

7

イエールタウンからまっすぐハミルトン通りのホテルに戻ると、矢吹は部屋のベッドに倒れ込み、両手を広げ大の字になった。

体中から力が抜けていく。

〈いいカモだね。背負っているぶっといネギが見えるよ〉

フェイスノートやフォトグラム……矢吹が頻繁に投稿し、友人とのコミュニケーションに用いるツールは、無料サービスの引き換えとして、何十億人もの個人情報を根こそぎ巻き上げる装置だとケビンは喝破した。

たしかに、食事やレジャーに関するコメントや写真を投稿した直後から、クーポンやオススメ広告が目に飛び込んでくる。

友人が公開したパーティーの写真に〈いいね〉を示すサムズアップやハートのマークをプッシュした直後から、イタリアンレストランやクラブの貸し切りイベントの勧誘広告が入る。

従来はさほど不思議とも思わず、掲載された広告の情報を通じてまた別のレストランに赴き、連休の旅行用の航空券を手配していた。一連のこうした現象について、ケビンは個人情報がダダ漏れになっている証左だと断言した。

〈データサイエンティストが本業〉

矢吹が問い詰めると、ケビンはようやく職業を明かした。データサイエンティスト、矢吹にとって馴染《なじ》みのない職種だった。

ベッドの上に放《ほう》り出したスマホを手繰《たぐ》り寄せると、矢吹は画面に触れた。だが、いつものように検索アプリに触れる直前、指が止まった。

ＳＮＳと同様、検索サイトを運営する企業も営利目的であり、ユーザーがなにを調べたかをデータとして売っているとケビンが言った。

そうした事情も、データサイエンティストという職業だから知り得たのか。体を起こすと、矢吹はスマホを睨み、いつものように検索アプリに触れ、キーワードを打ち込んだ。

〈インターネット上に広がる多種多様なデータを収集したのち、不要物を取り除き、重複を避けて商品価値のある物を見出す専門家〉

様々な検索結果の中から、金融会社が顧客向けに作った用語集に当たった。説明を読むうち、多種多様なデータが〈ビッグデータ〉と呼ばれ、二一世紀の資源、近未来の石油とも称されていることを初めて知った。

字面を追うことで、薄《うっす》らと概要を捉えることはできた。しかし、皮肉屋であからさまに自分を見下したケビンの顔と職業が合致しない。

原因はクライアントが誰で、どんな目的でケビンをプロジェクトに招請したのかが不明だからだ。しかもケビンは半年間で六〇億円という途方もない報酬を得る。

矢吹はスマホの画面を検索アプリから通話履歴に切り替えた。ギャラのアップを勝ち取ったケビンは、クライアントが通信網に痕跡を残したくないから、わざわざ人の手を介して交渉を進めたと口にした。痕跡という言葉が気に掛かる。意を決し、矢吹は通話履歴の画面をタップした。

〈やあ、ご苦労さん。クライアントも大変感謝していたよ〉

ワンコール目で上司の久保が出た。

「あの、色々とお聞きしたいことがあります」

強い口調で告げると、電話口の久保が咳払《せきばら》いした。

〈なんのことかな？〉

「ケビンさん招請は成功しました。この際、ディールの詳細を教えてもらおうと思いまして」

矢吹の問いかけにもう一度、久保が咳払いした。

〈君の当初の任務は成功した。詳しいことは戻ってからゆっくり打ち合わせしよう〉

「部長、私は嫌な思いをしました。今だから申し上げますが、ケビンという人物はなかなかクセが強い人でした。バカ扱いされて、その上、仕事の中身を知らされないなんて、正直なところ、腹が立っています」

矢吹は本音を久保にぶつけた。

クライアントがなぜケビンを必要としていたのかはわからない。だが、一〇億円もの追加料金をあっさり払うのだ。ケビンがプロジェクトに必要不可欠な存在であるのは間違いない。アメリカのメジャーリーガーやNBAのスタープレーヤーでも半年間で六〇億円の報酬を得ることができる人材はいない。

六〇億円という金額が浮かんだ瞬間、ケビンの小馬鹿にしたような笑みが頭をよぎった。巨額の報酬を与えてもやり遂げたいプロジェクトとはなにか。大リーグならば観客動員数のアップであり、試合の中継料、そして球場の広告掲載料や関連グッズの売り上げが見込めるから大金をはたいて有名選手を雇うのだ。

「部長、今回のプロジェクトの中身はなんですか?」

〈まだ教えられない。本当にケビン氏が来日して、色々と動き始めてから随時伝えるよ〉

「ケビン氏は、通信網に痕跡を残したくないから、私のような使いの者がわざわざ日本から来たのだと言いました」

〈……まあ、そういう側面もある〉

久保が言葉を濁した。

「私自身、転職してから大きな成果を出していません。だからこそ、今回の出張オファーも受けました。しかし、通信網に跡を残さないなんて、非合法めいた仕事を担当するのは気が引けます」

〈まさか、非合法な仕事やオファーを君に頼んだ覚えはない。万が一、そんなことがあったら、東京支社がなくなるだけでなく、ニューヨークの本社も潰《つぶ》れてしまう。危うい仕事でもなければ、イリーガルなプロジェクトでもないことは保証できる〉

久保が電話口でまくしたてた。

〈オメガはコンプライアンスの厳しいアメリカで成長した会社だ。法令遵守の精神はどの企業よりも強い〉

「それでは、なぜ仕事の中身を教えていただけないのですか？」

〈今回のプロジェクトは、ニューヨーク本社も扱ったことのないケースで、コンフィデンシャリティーが極めて高い。だからプロジェクトの一員であっても、時機が来るまでは詳細を明かせない。これはクライアントとの契約に盛り込まれていることだ〉

久保がクライアントという単語に力を込めた。広告代理店にとって顧客の要求は絶対であり、逆らうことはできない。

「わかりました……」

渋々答えると、久保が言葉を継いだ。

〈矢吹さんに不信感を抱いてもらっては困るんだ。一つだけ、今回の仕事について説明しよう〉

矢吹の口調がよほど強かったのか。久保が折れた。

「お願いします」

〈我々が請け負ったプロジェクトは、日本で動きだす初めてのケースとなる〉

久保が言葉を区切った。

「本邦初ならば、なぜ日本の大手代理店に依頼しなかったのでしょう？」

〈情報管理、機密保持の面で懸念があったとクライアントが言っていた〉

久保の言葉を聞き、納得した。過去になんどか日系大手代理店の営業マンが参加する合コンに加わったことがある。

飲料メーカーのCMキャラクターに有名男性アイドルが起用される、世界的なスポーツイベントの開会式でハリウッド女優が登場するサプライズ演出が控えている……業務上知り得た情報を気楽に話す向きが少なからずあった。また、海外では御法度となっている商慣習も、日本ではオーケーな場合がある。

欧米では競合する複数の企業のCMやプロジェクトを同じ代理店では絶対に引き受けることがない。しかし、日本の場合、大手数社の寡占が進んでいるため、同じ部署で隣り合わせの担当者たちが、競合他社の広告や宣伝戦略を担うケースもある。

久保の言うクライアントがどんな企業かは知らないが、そんな日本独自の情報管理の緩さを警戒するのは、業界経験の浅い矢吹でも理解できる。

〈今回の件、アメリカやヨーロッパではすでに他の代理店が手掛けた実績がある。つまり前例がある。その辺りの事情も東京に戻ってから説明するよ〉

前例という言葉がじわりと頭の中に広がっていく。

正体不明のクライアントと、詳細を教えてもらえないプロジェクト。おまけにデータサイエンティストという初めて接する謎《なぞ》の男の存在が矢吹を不安にさせていた。だが、前例があるなら話は別だ。

「東京に戻ったら、早速動きます」

〈頼んだよ〉

矢吹は電話を切った。欧米先進国で実績があるプロジェクトならば、関係者のツテをたどって協力を得ることもできる。

スマホをベッドに置き、矢吹は大きく息を吐き出した。

8

ダッシュボードに置いたスマホが鈍い音を立てて振動した。

高橋昭雄《たかはしあきお》はメール着信の緑色のランプが灯ったことを確認し、四トントラックを路肩に停めた。

〈再考のお願い〉

メールを開くと、題名に堅苦しい文字が並んでいた。差出人は、仲地《なかち》運送の二代目社長、仲地直之《なおゆき》だ。

高橋は本文に目を凝らす。

〈以前もお願いしたように、高橋君に正社員になってもらいたいと思っています〉

二カ月前、大手の派遣会社を介して仲地運送に勤め始めた。与えられた仕事は、都内城北地区や埼玉県の食品専門卸の倉庫から都内二三区にあるドラッグストアやスーパーに荷物を届けるルート配送の運転手だ。

午前五時半に自宅アパートのある板橋区から北区の仲地運送に向かい、その後は前日までに決まったコースで荷物をピックアップし、それぞれの配達先に届ける。よほどの渋滞がない限り、板橋区のアパートには午後八時には帰宅が可能だった。

〈現在、弊社の正社員運転手は五〇代後半から六〇代半ばまでの層が中心で、ぜひとも高橋君のような若い人に業務の中核を担ってほしいと思っています〉

スマホに向かい、高橋は一礼した。浅黒い顔の社長、そして第一線を退いた会長の顔が小さな画面に浮かんでくるようだ。

五五年前、沖縄の離島から上京した先代が中古のオート三輪を買い、城北エリアの工場地帯で物資輸送を始めたのが仲地運送のスタートだ。

高度成長期を経て業容が拡大し、バブル経済の頃は大型トラックを三〇台も保有するまでになったのだと長男の現社長が教えてくれた。

人手不足の折、トラック運転手は拘束時間が長い上に、事故のリスクが常につきまとう。最近はインターネット通販の台頭で荷物の数が激増中だ。大手が片っ端から運転手を掻《か》き集めている反動が城北地区の中小企業を直撃している。

〈ありがたいお言葉、感謝します。しばし考えさせてください〉

短いメッセージを書き、高橋は社長に返信した。

スピードメーター横の時計に目をやる。時刻は午前一〇時三五分、江東区にある二軒のドラッグストアのバックヤードに健康食品とインスタント食品の大きなカーゴを運び込めば、午前分の仕事は終わる。

高橋は助手席に目をやった。グレーの大きな保温型の弁当箱がある。午前四時半に起き、毎日手作りのおかずと大量の白米、保温瓶に味噌汁《みそしる》を詰めてくれる希星《きらら》にも頭が上がらない。世知辛い世間で、自分は多くの人に支えられているのだと改めて思う。

サイドミラーで後方を確認したのち、高橋はハザードランプを消し、四トントラックを発進させた。渋滞情報を確かめるため、ラジオのスイッチを押す。

〈それでは、プロ野球情報の続きです〉

民放ラジオ局の男性アナウンサーの声が聞こえた瞬間、高橋はボリュームを上げた。

〈昨日のデーゲームで大活躍した選手について、専門リポーターの軽部《かるべ》記者からの報告です。軽部さん！〉

〈お伝えします。昨日の試合では、ドラフト外で入団した若手選手たちが攻守に亘《わた》り大活躍しました〉

ハンドルを握りながら、高橋の聴覚はラジオから発せられるコメントに集中した。軽部という記者によれば、セ・パ両リーグの試合の中で、高校や大学時代に目立った活躍がなく、華々しいドラフト会議で選ばれなかった選手たちがゲームの要所を締めたという。

〈今年二八歳になったセカンドの……〉

軽部記者が自分と同い年の選手の動向に触れた。毎朝目を通すスポーツ紙でもここ数カ月取り上げられる機会が増加した背の低い内野手だ。

〈レギュラー選手の怪我《けが》で出場機会が増えたわけですが、守備のファインプレーだけでなく、打撃でもヒットを量産しています。コーチたちや監督の評価もうなぎ上りで……〉

シフトレバーを握る手に力が入る。同時に、早く配送を済ませ、助手席の足元に置いたバットで素振りをしなければと気が急《せ》く。

野球がさかんな埼玉県に生まれ、小学校一年生のときから地元リトルリーグに所属した。中学校では俊足の二番ショートとして県下で知られるようになり、いくつもの強豪高校のコーチが試合に足を運んでくれた。

豊富な甲子園《こうしえん》出場経験を持つ私立高校から熱心に誘われたが、進路に迷った。この高校は野球部のメンバーが二〇〇名近くいる。同時に、隣町の中学で同じポジションにいる同学年の生徒が同じ高校から熱心に誘われていると知った。

同じ土俵に上ったら自分はレギュラーになれるのか。中学三年の春、真剣に悩んでいたとき、トラック運転手の父に肺がんが見つかった。ステージ3で手術と放射線治療に多額の費用がかかり、家計を圧迫するのは必至だと母親が愚痴をこぼした。

高橋の下には、妹と弟がいる。埼玉の強豪校は私立で学費がかさむ。その上、強力なライバルが多数いるため、学費免除の特待生待遇を得られないと中学の教師に告げられた。

進路に悩み、教師との話し合いを本格化させた矢先、高橋に転機が訪れた。新潟《にいがた》に私立の新設校があり、野球部を強化中だという。簡単な体力テストを受け、野球の実力が認められれば学費が免除される。レギュラー選手になれば寮費がタダになるという特典も付いた。父や幼い妹弟《きょうだい》たちのため、高橋は単身新潟に赴き、実地テストを受けて合格した。

新潟時代、新興チームは県予選で毎回ベスト8まで残った。しかし、同地には東京や関西から相次いで私立学園が進出し、他の地域から高橋のような選手をスカウトし続け、関東や関西と似たような他所者《よそもの》軍団の状態が恒常化した。三年生、最後の夏の大会予選では、高橋レベルの選手がごろごろ他校にいた。チームはベスト16で敗退し、スカウトの目にとまることはなかった。

学生野球の強豪大学や実業団からもお呼びがかからず、高橋は埼玉に帰った。父の病状は回復したが、以前のようにトラック運転手を続けることは無理で、家計は逼迫《ひっぱく》していた。高橋はアルバイトを掛け持ちし、なんとか妹弟を進学させた。

実業団の試合を観戦しているうち、独立リーグの存在を知り、なんどかテストを受けた。

二三歳のとき、北関東の弱小チームが二塁手として採用してくれた。だが、報酬は年間一〇〇万円程度で、シーズン後に受けたプロのテストでも採用されなかった。

テストの機会があれば、全国どこにでも出かけていく。正社員として働いてほしいと仲地社長から強く誘われても、二八歳のギリギリの年齢でプロになりたいという希望は持ち続けている。

二年前、実家を出て希星と同棲《どうせい》を始めた。美容院でアシスタントをしていた希星とは、共通の趣味であるライブの会場で出会い、すぐに意気投合した。

きょうだいの多い家庭、病弱な親、生活のために進学を諦《あきら》めた……なんどかデートを重ねるうち似た境遇で育ったことを知り、二人で支え合って生きていくという目標ができた。

　希星はサラリーが割高な派遣スタイリストとして、日夜都内のサロンを掛け持ちするようになった。慢性的な人手不足の運送業界に入った高橋は、同年齢の男たちより少し低い水準のサラリーを得て、プロ選手への夢を追い続ける。

〈それでは、ここで一曲お届けしましょう〉

　ラジオの男性パーソナリティーが告げた。

〈多くのリクエストをいただいている中から、今日はこちらをかけましょう。来週ネット配信が開始される疾風舎の新曲、「おまえがいるから」〉

　パーソナリティーの声が消えた直後、レゲエ調のゆったりしたリズムがスピーカーから流れ始め、ボーカルのキミトの声が聞こえた。

〈こんな俺でも　おまえがいるから働ける〉

　ハンドルを握る手に力がこもった。希星と出会ったのは、疾風舎のライブだった。江東区の人工島の特設会場、真夏のライブだった。

〈こんな俺でも　おまえのために働くさ〉

　メーンボーカルの歌声が、自らの境遇に重なる。

〈こんな俺でも　たった一人だけ褒めてくれる〉

〈こんな俺を　精一杯励ましてくれる〉

　新曲がサビメロに差し掛かる。初めて聴く曲だが、これほど自分の気持ちを代弁してくれるリリックに出会ったことがない。

　高橋の駆るトラックは、中央区を通り抜け、隅田川にかかる橋を渡った。狭いキャビンには依然として疾風舎の新曲が流れる。

〈こんな俺を　こんな俺を　ありがとう〉

　ゆったりしたリズムの曲が終わったとき、目の前の信号が赤に変わった。対向車線は激しい渋滞だ。先ほど聞いた交通情報によれば、多重事故があったらしい。この周辺は抜け道が少なく、一つの幹線道路が詰まればたちまち周囲に渋滞が波及する。

　スピードメーター横の時計を見た。事前に知らせた入荷時刻にはまだ余裕がある。信号の向こう側、右折車線に目をやる。軽自動車のハンドルに体を預けている女が見えた。遠目にも渋滞で苛立っている様子がわかる。

「あっ」

　高橋は軽自動車のダッシュボードに目をやった。銀色のステッカーが光る。ライブ会場でしか入手できない疾風舎の公式ステッカーで、〈舎弟〉のロゴが見える。

　高橋はライトを点滅させた。すると、軽自動車の女が怪訝《けげん》な顔でこちらを見た。その直後、高橋は助手席に置いていたマフラータオルを手に取り、振ってみせた。

　すると軽自動車の女が窓から手を出し、振り始めた。やはり、彼女も舎弟なのだ。高橋は右手を窓から出し、サムズアップのポーズを作った。軽自動車の女がライトを点滅させた。

第二章　謀計

一

「いかがでしょうか？」

黄色のブレザーを着た不動産会社の青年が揉《も》み手《で》を始めた。

「少し待ってくださいね」

矢吹《やぶき》は手元の書類に目をやった。

地下鉄の表参道《おもてさんどう》駅までは徒歩八分、ＪＲ原宿《はらじゅく》駅からは一二分。矢吹とケビン坂田《さかた》が内見しているのは、三階建ての低層マンションだ。

家賃は月額一二〇万円、矢吹とケビンが立つリビングは四〇畳、メゾネットタイプの個室はそれぞれ一五畳、一〇畳もある。アイランド型のキッチンとサウナ付きの大きなバスルームは海外の高級リゾートと見紛《みまが》うような豪奢《ごうしゃ》なつくりだ。

白い壁と大理石のフロア、間接照明があちこちに埋め込まれている。なんどか広告制作の立ち会いで訪れた著名写真家のスタジオのような雰囲気だ。

「お花を飾ったり、モダンアートのオブジェとか置いたら映えそうですね」

「御用命をいただけましたら、レンタル家具もすぐに搬入が可能です」

真っ白な歯を見せ、業者の青年が言った。一方、ケビンは部屋を一通り見た後、手元のスマホに視線を落とし始めた。

「もし借りるということになったら、必ず連絡します」

矢吹が言うと、青年がわずかに眉根《まゆね》を寄せた。

「よろしくお願いいたします」

深く頭を下げる青年の横を通り、矢吹はケビンとともに部屋を出た。

「素敵な所ですね。お金があれば私が入居したいです」

矢吹は周囲を見回した。

「へえ、そう」

相変わらずケビンの言葉はそっけない。いや、一切の関心を示していないのは明らかだ。

バンクーバーから帰国して一週間経《た》った。矢吹はケビン坂田とともに、表参道の大規模商業施設の裏側にある閑静な住宅街にいた。

六月も中旬に差し掛かり、街路樹の緑色が日増しに濃くなっていく。表通りは観光客や買い物客で賑《にぎ》わっているが、都心の高級住宅街の小径《こみち》は人も少なく、通り抜ける風も爽《さわ》やかに感じる。

「もっと広い部屋がお好みですか？」

「そういうことじゃない」

薄手のウインドブレーカー、ダメージドジーンズに古いコンバースのスニーカー。バンクーバーで会ったときと同様、ケビンはカジュアルな出《い》で立《た》ちで、大学生のようだ。薄型ノートパソコンを放《ほう》り込んだデイパックを肩にかけ、周囲を見回している。

「おしゃれで高級なエリアかもしれないけど、生活や仕事には向かない」

表参道の裏道を明治通り方向に歩き出し、ケビンが言った。

「次はどのエリアに行きましょうか？」

「ちょっと待って、今調べているから」

歩みを進めながら、ケビンが言った。

初対面のときと同様、ケビンの口数は極端に少ない。会社の最重要クライアントが六〇億円もの報酬を提示してスカウトした人材だ。万が一にも機嫌を損ねるわけにはいかない。そう考えてあれこれ話しかけてみるが、ケビンは無愛想なままだ。

外資系高級ホテルに滞在するケビンを午前八時に迎えに行った後、半年間使う部屋探しが始まった。ケビンが来日するまでの間、矢吹は通常業務を全《すべ》て同僚に任せ、都心の不動産業者を回り、内見の段取りをつけた。

提示された条件は、交通の便が良い都心エリア。そして大型のデスクトップパソコンを一〇台、簡易サーバーを複数台設置できる広めのスペースだった。

ケビンの住居兼仕事場のコストはクライアントが負担するという。矢吹は試しに家賃が二〇〇万円近い物件の資料を送ってみたが、クライアントはオーケーと即答した。

ケビンはデータサイエンティストが本業だ。ホテルの部屋は世界的なロックスターやハリウッド俳優が常連で、一泊四〇万円。クライアントは腫《は》れ物に触るような思いで予約したに違いない。しかし、当の本人は一切飾り気がない。いや、表参道を闊歩《かっぽ》するデザイナーやアパレル業界の人間からみれば、みすぼらしい身なりだ。

「ケビンさん、どうして恵比寿《えびす》や代官山《だいかんやま》、それに表参道が気に入らなかったのですか？」

「嫌いに理由が必要なの？」

「いえ、そういうことではなく、ほら、あんな感じで若い人がたくさんいますし」

矢吹はすれ違った若い男を振り返った。白いリネンのシャツ、太めのデニム。小脇《こわき》にノートパソコンを抱えている。さりげなくパソコンを持つ様子がさまになっている。

「エンジニアやアーティストが多い街だと、働きやすいかなと思いまして」

矢吹が告げた途端、ケビンが舌打ちした。

「俺《おれ》のこと、バカにしてる?」

「いえ、そんなつもりは……」

「パソコン抱えているからエンジニアだって、そんなバカな話はないよ。バンクーバーのキャンパスでは、学生たちは全員あんな感じ」

ケビンが早口で言った。

「それに、回ったエリアはまともな飯を食えるところが全然ないじゃん」

「コンビニやファストフードの店ならいくつもありますよ」

「俺、ジャンクフード大嫌いだから」

薄手のウインドブレーカーを通し、ケビンの両肩が張っているのがわかる。筋トレのために食事に気をつかっているのかもしれない。

「これまでに回ったところは、全部家賃が高いエリアだ」

ケビンがスマホの画面に触れた。

「矢吹さんが週末のたびに回っている場所だから、推薦したんだよね」

眼前に自分のフォトグラムのアカウントが表示されていた。週末に友人たちと出かけたカフェやレストラン、それにセレクトショップの写真だ。

「たしかに都心で交通の便はいい。でも、まともな飯を食える場所がほとんどない」

ケビンがカフェのランチの写真を指した。サラダと五穀米、鶏《とり》のささみソテーが盛られた一皿だ。

「代官山のおしゃれランチ、定価は一六〇〇円。なるほどね」

ケビンは矢吹が書いたコメントをわざと棒読みした。

「どんな味か知らないけど、家賃を勘案したら、原価は三〇〇円いってないかもよ」

「三〇〇円って……」

「一応、経営を教えているからね。飲食業のビジネスモデルくらいは知っている。矢吹さんは、代官山という地名に一三〇〇円も払わされたんだよ」

矢吹は唇を噛《か》んだ。

白い椅子《いす》とテーブルがセットされた陽当《ひあ》たりの良いテラス席でランチを食べた。しかし、ケビンの言う通り、ささみはパサついていたし、雑穀米もどこか粉っぽい気がした。

「お洒落《しゃれ》なエリアで飲食業を展開するなら、徹底的にコストを抑えないとやっていけない。素材は冷凍物、しかも業務用スーパーで特売品を調達だ。それでないと家賃や人件費などの固定費を賄えない。そんなエリアでマズい飯を食うのはごめんだね」

ケビンが早口で畳みかける。同僚や後輩なら抗弁するところだが、ケビン相手に口答えするわけにはいかない。

「鶏がどこの国で育てられたかもわからない。ほら、この記事読んでみたら」

ケビンがスマホをタップした。大きな掌《てのひら》の中の端末に、週刊誌の記事がある。

〈猛毒　食べてはいけない食肉リスト〉

「日本で認められていない抗生物質や飼料を山盛り摂取したチキンが大量に日本国内で流通している。代官山のおしゃれなランチはどうだったかな」

嫌味たっぷりの口調でケビンが告げた。もう一度唇を噛んだあと、矢吹は切り出した。

「それじゃあ、今日のランチはどうしましょう？」

努めて柔らかい口調で言った。

「ちょっと待って。考えているから」

ケビンはスマホに視線を固定させたまま答える。舌打ちを堪《こら》え、矢吹は歩き続けた。正午近くになった。表参道に来る前は、恵比寿と代官山エリアを回った。

恵比寿西の五叉路《ごさろ》近くにあるマンションは、ワンフロア丸ごとの物件で、家賃は一五〇万円。古いビルだったが、若手デザイナーと建築家がリノベーションを施した木目調の美しい部屋だ。だが、ケビンは全く興味を示さなかった。

代官山の物件は、元々某国の大使館スタッフが使用していた旧家の離れで、手入れの行き届いた庭園が独り占めできる平屋だ。こちらもケビンは関心を示さず、たった五分で内覧は終わった。

「ここはどうかな？」

突然、ケビンが足を止めた。矢吹の眼前に差し出されたスマホの画面には、表参道や代官山とは正反対の煤《すす》けた街の写真がある。

「私は構いませんけど」

「それじゃあ、ランチもここにしよう」

ケビンが再び歩き始めた。今までと違って歩幅が大きくなり、ピッチも上がる。大柄な青年の気持ちが切り替わった。

「タクシーを呼びますね」

矢吹は肩にかけたバッグからスマホを取り出した。明治通りを一〇分ほど北上すればケビンが興味を示した街に到着できる。

「いや、電車で行く」

小路の先に大勢の人が行き交う明治通りの歩道が見え始めたとき、ケビンの発した言葉に、しかし、と言いかけて矢吹はケビンの顔を見た。無愛想な顔は同じだが、なにか考えごとをしているような気がした。

「わかりました」

山手線を使えば、最寄り駅から目的地まで五分足らずだ。大股《おおまた》で歩くケビンの後ろ姿を見ながら、矢吹は足を蹴《け》り出した。

2

「発車ベルが鉄腕アトムだった。いいね」

原宿駅から山手線に乗り、矢吹とケビンは高田馬場《たかだのばば》駅で電車を降りた。学生やサラリーマンが狭いホームを行き交う中、ケビンが感心したように言った。

「アトム、お好きですか?」

「もちろん。ブラック・ジャックや火の鳥、三つ目がとおるもね。子供の頃《ころ》から手塚《てづか》作品を読み続けてきた」

駅のあちこちに手塚漫画のキャラクターがある。ケビンは初めて子供のような目つきになり、周囲を見回し始めた。

「ご自宅に漫画があったんですね。私も実家に姉と共用の漫画棚がありましたよ」

矢吹の言葉にケビンの顔が急に曇った。

「いや、なかった」

眉間《みけん》に皺《しわ》が寄り、目つきが一際険しくなった。

「あの、なにか失礼なことを言いましたか?」

「なんでもない。行こう」

ケビンはスマホの地図アプリに視線を落とし、駅の階段を駆け下りた。なぜケビンが変わったのか。いつもの上から目線、ぶっきらぼうな言いぶりとは明らかに違った。初めて遊園地を訪れた小学生のように目が輝いていた。

一方、自宅と言った途端に声が沈んだ。感情の起伏がほとんど見られない男だけに、矢吹は驚いた。大股で歩くケビンの大きな背中を追い、改札を抜けた。明るい駅舎を通り抜けると、山手線と西武新宿《しんじゅく》線のガード下にたどり着いた。

「これは宝箱だね」

ガード下の壁一面に、手塚漫画のキャラクターが描かれていた。

「手塚先生の仕事場が近くにあったそうです。ご当地ですね」

「へえ、いいね」

ケビンが目を細めた。いや、愛《め》でていると言ったほうが正確だ。会うのは二度目だが、本人が日本人なのか、それとも日系人なのかも知らない。大学のＩＤには〈Kevin Sakata〉と表示されていたが、これが本名なのかも教えられていない。

「あの、ケビンさん……」

「なに？」

ブラック・ジャックやヒョウタンツギを愛《いと》おしげに眺めていたケビンに声をかけた。考えてみれば、無免許医師のブラック・ジャックには間黒男《はざまくろお》という日本人の名前があった。ケビンはどうなのか。

「あなたは日本人、それともカナダの日系人ですか？」

「一応、国籍は日本になっている」

「一応？」

「そんなことはどうでもいいじゃない。それより、ランチにしよう。電車の中で行きたい店を見つけておいたから」

「わかりました」

ケビンは名残惜《なごりお》しそうにガード下の壁画を一瞥《いちべつ》したあと、早稲田《わせだ》通りを小滝橋《おたきばし》の交差点に向けて歩き出した。

「なぜタクシーでなく電車を使われたのですか？」

大きな背中に尋ねた。宿泊先は都内でも有数の高級ホテルだ。移動もハイヤーを用意するつもりだったが、ケビンが強い口調で断った。せめてタクシーをと考えたが、超高給データサイエンティストは電車を選んだ。

「リアルタイムの渋滞情報を見ていたら、新宿三丁目でゲツゲツに詰まっていた。それに、電車の中で乗客の様子を知りたかった」

坂道の先を見据えたまま、ケビンが言った。

原宿駅で山手線に乗り込んだ。通勤時間を外れたタイミングだったため、車内は空《す》いている。ケビンは後方の車両からゆっくりと他の車両へと移動を続けた。窓の外の景色を楽しむでもなく、席に座る乗客を見ていた。

「車両を移動され、最後は先頭車両まで行かれました。関係あるのですか？」

「みんなスマホを眺めていた。彼らがなにをチェックしているのか、その中身を知りたかった」

データサイエンティストの仕事と乗客のスマホ利用状況がどうつながるのか、全く理解できない。たった一人の青年に六〇億円もの報酬が支払われるプロジェクトとはなにか。カナダから帰国したあと、上司や同僚に尋ねても答えは得られなかった。

クライアントとの間で守秘義務契約《コンフィデンシャル・アグリーメント》を交わしたの一点張りで、部長の久保《くぼ》は詳細を明らかにしない。

矢吹の同僚たちも個別に仕事を割り振られているが、互いにどんな内容かは口外しないようきつく言い渡されていた。

学生やサラリーマンが行き交う坂道を二〇〇メートルほど進んだあと、ケビンが小路に入った。

「あれだ」

ケビンの指の先に黄色い暖簾《のれん》が見える。店に近づくにつれ、出汁《だし》の香りが漂ってきた。

「なんのお店ですか？」

「うどんだよ。こんな感じ」

ケビンがスマホの画面を矢吹に向けた。薄い琥珀《こはく》色の出汁の中に、細めのうどんが入っている。矢吹は暖簾の横にある小さな看板に目をやった。

〈大空のうどん〉

「北九州にルーツを持つ独特なうどんで、福岡《ふくおか》市や近隣にも店を展開しているらしい。日本にいるときくらい、こういう物を味わいたい」

言うが早いか、ケビンが大きな体を屈《かが》め、暖簾を潜《くぐ》って引き戸を開けた。

「いらっしゃい！」

暗めの店内、カウンター越しの調理場から威勢の良い声が響いた。

「いいね、この感じ」

ケビンが笑みを浮かべ、入り口近くの券売機に歩み寄った。

「オススメはごぼう天うどんらしいよ。矢吹さんは？」

「では、私も同じものにします」

矢吹は財布を取り出し、千円札を二枚券売機に入れた。

ランチどきで店の中は混み合っている。店の奥に空きを見つけたケビンが軽い足取りで進む。

「ごぼ天うどん二つ、一つはかしわ飯のセット」

食券を受け取った若いスタッフが大きな声で厨房《ちゅうぼう》にオーダーを通す。

「随分と賑やかですね」

「博多駅《はかた》の支店は常に行列らしい」

博多にはなんどか出張した。ネット検索して人気のラーメン屋に足を向けたが、行列ができるほど、うどんがポピュラーな存在とは知らなかった。

「なぜこの店を選んだのですか？」

「ごぼう天、いや、博多ではごぼ天って言うらしいんだけど、すごく旨《うま》そうだったから」

「それだけですか？」

「バンクーバーにいると、本物の出汁が懐かしくなる。日本食レストランは何軒もあるけど、どこも旨味調味料や添加物の出汁だからね。自然由来の物がとくに恋しくなる」

ケビンがスマホをウインドブレーカーのポケットにしまうと、先ほどの若いスタッフが矢吹の傍らに現れた。

「ごぼ天うどんの単品です。それでこちらがセット」

スタッフが大ぶりなトレイから丼《どんぶり》をテーブルに移した瞬間、矢吹は目を見開いた。

「大きい！」

「本当にデカイね」

ケビンも感嘆の声をあげた。矢吹の目の前には、薄くスライスされたごぼうが渦巻き状に揚げられていた。今まで目にしたことのないタイプで、ライオンのたてがみのようだ。矢吹の掌よりも大きく、うどんの姿が見えない。

「伸びないうちに食べよう」

ケビンは箸《はし》を器用に使い、ごぼ天を崩し、麺《めん》を口に運び始めた。

「うめえ」

うどんを啜《すす》ったあとケビンは両手で丼を抱え、出汁を飲み始めた。ケビンに倣い、矢吹も天ぷらを崩し、うどんを口に運んだ。

「おいしい!」

滑らかな舌触りのうどんで、思いの外コシが強い。箸をテーブルに置き、丼を持ち上げて出汁を飲んでみる。薄い色だが、パンチのある魚介や昆布の風味が鼻に抜けた。

丼を置き、ケビンを見た。猛烈な勢いで麺を手繰り、天ぷらを口に運んでいる。箸を持ち直したあと、矢吹も懸命に麺を手繰った。


「ものすごく旨かった。ごちそうさま」

丼の手前に箸を揃《そろ》えたケビンが、両手を合わせた。

「ケビンさんのチョイス、大正解でした」

矢吹もうどんを平らげ、箸をテーブルの上に揃えた。

「都内にはたくさん飲食店があるのに、なぜ高田馬場で、このお店だったんですか?」

矢吹は周囲を見回した。近隣の勤め人や家族連れ、学生のグループでほぼ満席だ。しかし、店舗の構えは古く、お世辞にも綺麗《きれい》な造りとは言えない。カフェやイタリアン、スペインバルばかり食べ歩く矢吹は選ばないタイプだ。

「これだよ」

再びケビンがスマホを取り出し、テーブルの上に置いた。スマホを引き寄せると、矢吹は画面に見入った。先ほど見た暖簾の脇に、手書きのポスターが貼《は》ってある写真が目に飛び込んできた。

〈緊急事態宣言が解除されるまで休業させていただきます〉

矢吹は顔を上げた。ケビンが深く頷《うなず》き、顎《あご》を動かした。先を読めというサインだ。

〈僕は仕事が生き甲斐《がい》です。しかし、お客さまが感染症になってしまうと、僕は生きていけません〉

矢吹は思わず掌で口元を覆った。

一年前、新型のウイルス性肺炎が世界的に大流行し、世間は大混乱に陥った。感染症の蔓延《まんえん》を防ぐ目的から、政府は緊急事態宣言を出し、国民に外出を自粛するよう促した。

悪影響をもろに被ったのが飲食業界だ。新型ウイルスは飛沫《ひまつ》感染する。食事中や酒を飲んでいるときに感染リスクが格段に高まるとして、真っ先にバーやクラブ、そしてこのうどん店のような飲食業界に営業自粛要請が出された。

〈しかし、働かないと誰《だれ》も守れません。リスクを減らして仕事をするため、丼のテイクアウトをやってみようと思います〉

対面のケビンが厨房に目をやっていた。視線を辿《たど》ると、白い鉢巻きをした年長のスタッフが真剣な眼差《まなざ》しでうどんの湯切りをしていた。

「彼が店長で、このコピーを書いたみたいだね」

湯切りを終えると、店長が手早くうどんを簀子《すのこ》に載せていた。

〈感染症の終息を願い、うどんを作れるその日まで応援のほどよろしくお願いします〉

「はい、おまちどおさま。ざるうどんの大盛りです！」

近くのテーブルにつやつやと光るうどんが運び込まれた。

「この手書きのコピー、ネット上で拡散された。平たく言うと、バズったんだ」

「愚直なほどストレートなメッセージで、ぐっときました」

「高田馬場や早稲田は学生街だ。それに地元企業も多い。店とスタッフがどれだけ愛されていたのか、この目で確かめてみたかった」

一年前の新型ウイルス禍《か》では、中小の飲食店の廃業や倒産が相次いだ。

店側にしてみれば、いきなり日々の売り上げがなくなった。家賃や人件費など固定費を払うことができず、資金繰りで躓《つまず》く店が相次いだ。矢吹が行きつけにしていた荻窪《おぎくぼ》のスペインバルや、市谷《いちがや》のワインバーも廃業した。

当然、高田馬場の中心部から外れたこの小さな店も、ウイルス禍が直撃したはずだ。矢吹も自分のスマホを取り出し、店の名前、そして丼のテイクアウトというキーワードを入れ、検索をかけた。

〈大空のうどんを救え！　西北《せいほく》大学麺ズクラブ〉

〈パッケージ大手がうどん店に無料でテイクアウト用丼を配布〉

〈テイクアウトメニューが異例の売り上げ！　店長のコピーに共感の嵐《あらし》〉

個人のブログやフォトグラムの投稿、そして全国紙の囲み記事が次々に画面に現れた。

「一切金をかけずにバズった好例だね」

忙《せわ》しなくスタッフが動き回る厨房を見つめ、ケビンが言った。矢吹も厨房に目を向けた。鉢巻きの店長の横に、おんぶ紐《ひも》で幼児を背負った女性の後ろ姿が見えた。

「誰も守れませんって……奥さんと子供さんのことだったんだ」

「そうかもしれない。あの手書きのメッセージが共感を呼び、結果的に彼は店を守り、うどん好きの客たちも帰ってきた」

矢吹の背後で、店の引き戸が開く音が聞こえた。

「何名さまですか？」

「六人だけど、入れる？」

「別々の席でよろしければ、すぐご案内できます」

若いスタッフと客たちのやりとりが響く。

「こんなに旨いうどんは久しぶりだ」

出汁まで飲みきった空の丼を見つめ、ケビンが言った。

「たまにはネットも良いことをする。まあ、超がつくレアケースだけど」

ケビンがぽつりと呟《つぶや》いた。

「どういう意味ですか？」

矢吹が聞き返すと、ケビンが首を振り、姿勢を正した。

「俺、この街に住むことにした」

「本当ですか？」

「ほかにもウマい店がたくさんあるらしい。あの新型ウイルスの騒動を乗り越えたんだ。絶対にマズいはずがないし、人も好《よ》さそうだ」

ケビンが厨房を見た。矢吹がその視線を追うと、女性店員の背中、幼児の顔を満面の笑みで店長が見つめていた。

「物件探し、これからやろう」

短く言うと、ケビンが腰を上げた。

「わかりました。不動産業者を探してみます」

器用にテーブルの間を抜けたケビンを追い、矢吹もバッグを肩にかけた。どんなプロジェクトが動き出すのか。詳細は未《いま》だ知らされていないが、気まぐれな男がやる気を出したのは確かだ。大股で歩き出したケビンを追いながら、矢吹は今後の段取りを考え始めた。

3

「よかったら、デザートにいかがですか？」

新入りヘルパーのミソノが工藤《くどう》の目の前にロールケーキを差し出した。

「えっ、いいの？」

「もちろんです。工藤さんに優しくしてもらって、ミソノ、本当に嬉《うれ》しいんです」

丸顔のミソノが笑みを浮かべ、言った。

大手コンビニが新発売した、クリームがたっぷり入っているロールケーキだ。

三日ほど前、ヘルパー業務の遅番を終えて無認可保育園に娘の朱里亜《じゅりあ》を迎えに行った。午後一〇時半過ぎ、保育園で寝入っていた朱里亜は、目を覚ましてぐずり始めた。仕方なく園の近くのコンビニに入り、甘い菓子を物色したとき、このロールケーキが目に入った。しかし、子供のために一五〇円もの出費はできず、三個で五〇円のチョコレートでごまかした。生唾《なまつば》を飲み込んだあと、工藤は口を開いた。

「あなたの分は？」

「もちろん、ありますよ」

いたずらっぽく笑うと、コンビニの袋からミソノがもう一個を取り出した。

「ヘルパーの仕事って、すごく疲れるじゃないですか。ミソノ、ちょっと奮発してエネルギーをチャージしようと思うんです」

「それじゃあ、いただきます」

ブルーと黄色の包装を破り、工藤はロールケーキを取り出した。口に運ぶと、ふわふわの食感と強い甘味が口中に広がった。ミソノが言った通り、疲れた体には甘い物が効く。

「工藤さんはいつもコンビニでランチを？」

「うん、朝は忙しくて、とてもお弁当を作る時間なんてないもの」

週に一、二度の割合で錦糸町《きんしちょう》のスナックでアルバイトを始めた。

中学校の同級生の母親がオーナーママで、欠員の穴埋めを頼まれたのがきっかけだ。客が混み合う前、ママが突き出し用の煮物やサラダを握り飯と一緒に出してくれた。

だが、馴染《なじ》みの客たちが入り始めると、工藤への手荒い洗礼が始まった。互いに見栄《みえ》を張り合う老人たちは、自分のボトルの酒を飲めと言い始めた。

売り上げ至上主義のママは勧めを絶対に断るなと言い、安い焼酎《しょうちゅう》やウイスキーを浴びるように飲む機会が増えた。

当然、酷《ひど》く酔い、深夜から未明に帰宅したあとはベッド脇の古いソファで眠る。早朝目を覚ました朱里亜にポテトチップスかカップ麺を与え、シャワーを浴びてからダッシュで実家に預けに行く。当然、弁当作りに割く時間などない。

「ミソノちゃんは、ヘルパーの仕事一本なの？」

工藤の問いかけに、ミソノが苦笑した。

「まさか、無理ですよ」

「そうよね……」

慢性的な人手不足にあえぐ介護業界は、低賃金で知られる。老人たちの入浴や排泄《はいせつ》の介助も業務に含まれている。低賃金で割に合わない仕事として広く世間に知れ渡ったため、募集をかけてもなかなか人がこない。

こうした背景があるため、多少の遅刻や業務上のミスがあっても厳しく怒られることもない。替わりがいないためだ。必然的に学歴がなく、手に職がない工藤のような人間ばかりが集まってくる。

「他の仕事はなにやっているの？」

工藤が尋ねると、ミソノが周囲を見回した。

「他の人には絶対内緒ですよ」

「もちろん。ミソノちゃんは同じ舎弟だもの。仲間を売るようなことはしないわ」

舎弟という共通ワードが飛び出すと、ミソノが笑みを浮かべた。

「あのね、池袋《いけぶくろ》で働いているんです」

ＪＲや私鉄、地下鉄と多くの路線が乗り入れる一大ターミナルで、高級デパートがあることは知っている。だが城東地区で生まれ育った工藤にとって、ほとんど馴染みのない街だ。以前に二、三度乗り換えで通り過ぎただけだ。

「こっそりキャバクラで働いています」

予想外の職場の名を聞き、工藤は言葉に詰まった。

「そうですよね、びっくりしますよね」

工藤が驚いたことを敏感に察知し、ミソノが肩をすくめた。

「いや、実はね私もスナックでバイトしているの。でも、キャバクラよね」

「ええ」

ミソノの表情はなぜか明るい。お世辞にもミソノは綺麗とは言えない。丸顔に二重顎で、下腹にたっぷりと脂肪を蓄えている上に、脚も太い。

工藤自身も七〇キロ近くあるが、目の前のミソノはもっと重そうだ。工藤の身長は一六〇センチ、ミソノも同じくらいだが、体重は優に八〇キロ、いや九〇キロあってもおかしくない。

「デブ専って知っていますか？」

「え、ええ」

工藤が言い淀《よど》むと、ミソノが言葉を継いだ。

「デブ専門だからデブ専。キャバクラも特徴を出さないとやっていけないんですって。私、こんな体だから水商売は絶対無理って思っていたんですけど、中学時代の同級生に話を聞いて、面接に行ったんです」

「そうか……」

　工藤は手を打った。

「ええ、池袋まで出てしまえば、地元の知り合いに会う確率は格段に下がりますから。それに、一挙両得なんです」

「どういう意味？」

　もう一度周囲を見回し、ミソノが声を潜めた。

「デブ好きなお客さんが喜ぶ時間があるんです」

「どんなこと？」

　ミソノによれば一時間に一度、一五分間客が食べ物を差し入れするサービスがあるという。

「ディナータイムって言うんですけど、これで食費もかなり浮かせることができたんです」

「なるほどね」

　肥満体好きな男たちが集い、好みのキャストを指名する。そしてもっと太ってもらうために、チップ代わりに店側が用意した食べ物を注文する。この一五分間、客たちはミソノらが摂食する姿を眺めるのだという。

「どんな料理が出るの？」

「基本は鶏の唐揚げです。スーパーのお惣菜《そうざい》か、業務用専門店の特売かもしれませんが、私は大歓迎です。揚げ物大好きですから」

　ミソノの声が弾んだとき、遠い記憶が蘇《よみがえ》った。

　工藤が小学生の頃、母がいつも地元商店街の特売日に大量の唐揚げを買い込み、冷凍していた。父の給料日前になると、食卓にはいつも冷たい唐揚げが並んだ。電気代がもったいないからと、母はいつも自然解凍していた。恥ずかしくて誰にも言えなかった。だが、今の生活は特売の唐揚げを買うことさえ贅沢《ぜいたく》になっている。

「そのほかにも、追加料金を払えば、ローストビーフや豚のスタミナ焼きもオーダー可能です。もちろん、パックの白米をチンして食べることもできます」

コンプレックスを逆手に取り、変態相手に指名料を得て安い給料を補う。ミソノは案外したたかなのかもしれない。

「ねえ、ミソノちゃんは実家暮らしよね？」

「ええ、でも母親と折り合いが悪くて。お金が貯《た》まったら家を出たいと思っています」

「私も一緒。その気持ちよくわかる」

工藤は実家の母のもとを離れ、アパートで娘と暮らしていると明かした。

「それに、できたばかりの彼に、色々と差し入れしたいと思って。いずれは一緒に住みたいんです」

ミソノの両目が一層輝き始めた。

「あっ、彼氏にキャバクラのバイトの話は内緒にしています。彼、私が初めてだったみたいで、傷つけたら可哀想《かわいそう》だから」

「彼氏はなにをやっている人？　年は？」

「彼は三つ年上で二五歳です。仕事は、イラストレーターです」

「へえ、すごいじゃん」

「でも、駆け出しでほとんど収入がないので、今は漫画家のアシスタントです」

城東地区の公立学校に通った工藤の周囲には、イラストレーターという職に就いた者は誰一人いない。カッコいい横文字の仕事が食えるのかはわからないが、ミソノが甲斐甲斐《かいがい》しく世話を焼いているというのであれば、介護職と同様に低賃金なのだろう。

「漫画家って有名な人？」

「ええ、成り上がり金融道の先生のところです」

「知ってる！　あのクールで残酷な漫画よね」

恋人・力弥《りきや》が愛読する青年漫画誌で人気連載となっている作品だ。

「あくまで本業はイラストですけど、先生の下で背景やベタ塗りやらの細かい作業をやっています」

「アシスタントでも、それってすごいじゃん」

工藤は手を叩《たた》いた。

「実は彼氏も舎弟なんですよ」

ミソノが嬉しそうに告げた。

「このところずっと徹夜仕事が続いていて、さっきもモーニングコール代わりに電話しました。彼はずっとヘッドホンで疾風舎《しっぷうしゃ》を聞きながら仕事しています」

「そうか、嬉しいよね。実はね……」

工藤は年下の恋人がいて、同じ疾風舎ファンだと告げた。

「今度一緒に出かけたいね」

工藤が言うと、ミソノが頷《うなず》いた。

「ウチの彼氏、ミニバン持ってるの。一緒にバーベキューとかよくない？」

ポケットからスマホを取り出し、写真フォルダをスクロールする。

「ほら、これよ」

「えー、すごい。車高落としているんですね」

写真を見せると、ミソノが声を弾ませた。力弥のミニバンは、サイズの大きなタイプで七人乗りだ。

車高を落とし、特殊なシールドを窓に貼っている。

工藤は画像をスライドし、次の写真を見せた。力弥は中学校時代の仲間たちと今も頻繁に会い、海や山へと出かける。まだ娘と一緒に行ったことはないが、ミソノやその彼氏、舎弟同士でバーベキューをしたら絶対楽しいはずだ。

「ほら、これは彼氏が限定品を買ってきて、後ろの窓に貼ったの」

工藤の指の先には疾風舎のファンクラブ〈舎弟〉の文字を象《かたど》った太い金色のプリントがある。ステッカーは限定品でレア物だ。ネットオークションでは一枚二万円で売買されることもある。

「かっこいいですね、代紋ステッカーだ」

ミソノの声が一段高くなった。舎弟であることを示す代紋を車に貼ることで、全国どこに行っても舎弟の仲間と交わることができる。

「出会ったのも疾風舎のファンが集まるイベントでした。でもなかなかチケット取れなくて」

スマホから目を離したミソノがため息を吐《つ》いた。

「そうなのよね」

疾風舎のファンになって五年だ。しかし、ライブに行けたことはわずかに六回しかない。ファンの数が多すぎて、チケット販売はいつも抽選になる。五〇〇〇人収容の会場のライブに対し、いつも五、六万人が殺到する。

「工藤さん、もしかしたら……」

ミソノが彼氏の職場の話を始めた。人気漫画家の仕事場には担当編集者のほかに、映像化を目論《もくろ》む広告代理店関係者や映像制作会社のプロデューサーなどが頻繁に出入りするという。

「そうか、業界人に頼めばチケットをゲットできるチャンスだね」

「そうなんです」

「絶対一緒に行きたいね」

工藤が言うと、ミソノが作業着のポケットからスマホを取り出した。

「#疾風舎《ハッシュタグ》、#舎弟で検索すると、身近な人がいっぱい出てきますよね。もっと舎弟の数を増やして、つながりも強めていけたらなって思います」

満面の笑みを浮かべ、ミソノがスマホの画面をなんどもタップした。工藤も自分のスマホを取り出し、同じようにフォトグラムのアプリを呼び出した。

「そういえば……」

「どうされました?」

「この前、仕事終わりにすれ違ったトラックの運転手さんがやっぱり舎弟だったの」

「探してみませんか?」

「うん」

ミソノが工藤のスマホに視線を向けた。先ほどミソノが言ったハッシュタグを検索し、フォトグラムの画面を食い入るように見つめた。

「あ、これだ」

中型トラックのフロントガラスに舎弟の限定ステッカー、代紋が光るアカウントが見つかった。工藤は忙しなく指を動かし、メッセージを書き始めた。

4

〈それでは、ニュースセンターから最新のお昼のニュースをお届けします〉

ダッシュボード下のラジオから冷たい女の声が響き、国内のニュースを伝え始めた。

〈政府は次期国会で介護保険料の……〉

高橋《たかはし》は舌打ちしながらラジオの音量を絞った。同時にダッシュボードの上に放り出していたスマホを取り上げ、メッセージアプリを見つめた。

〈既読〉

一時間前、同棲《どうせい》する希星《きらら》に短いメッセージを送った。スマホの画面には相手がメッセージを読んだことを示すマークがある。しかし、返信は未だ届かない。

フロントガラス越しに倉庫を見る。依然として自分のトラックの前に二台いる。腕時計に目をやると、午後一二時四〇分だ。すでに三五分も待たされている。次の配送まではまだ間はあるが、一分でも早く仕事を終わらせ、アパートに帰りたい。

〈親友のところに女の子が生まれた〉

〈私も子供が欲しい〉

午前五時前に高橋が起床した直後、スマホの画面を見ながら希星が言った。

〈そろそろ落ち着かないと〉

寝ぼけ眼の高橋が口籠《くちごも》っていると、希星が強い口調で言う。

〈ねえ、聞いてるの？　私たちもうすぐ三〇歳になっちゃうよ〉

高橋が抗弁しかけると、希星が畳み掛けるように怒鳴った。プロ野球の夢を捨てきれない、いつものように言い返すと、希星の表情が一変した。

〈もううんざり、こんなお弁当、毎日作るのはイヤだ！〉

突然叫んだ希星は、綺麗に詰め終えた弁当箱をシンクに投げつけ、その場に蹲《うずくま》った。

ここ一〇日ほどの間、希星は不機嫌で、精神的に不安定だった。派遣されていた表参道のヘアサロンを雇い止めにされたことが直接の原因だ。

日銭を稼ぐためにいくつかのサロンのヘルプを掛け持ちしてみたが、満足のいくサラリーを得られずじまいなのだ。あまつさえ郷里の弟がバイクで事故を起こし、治療費の何割かを負担させられた。

……帰宅した高橋がプロ野球のナイトゲームを見ていると、いきなりチャンネルを変えるようなこともあった。

漫然とスマホの画面を見ていると、突然運転席の窓を叩く音が響いた。慌てて窓を開けると、倉庫の中年作業員が言った。

「あと一〇分から一五分かかる」

「仕方ないっすね」

「フォークリフトの調子悪くてさ、本当にごめんな」

中年作業員は倉庫のシャッターの方向を指した。高橋は辛うじて舌打ちを堪えた。

板橋の中堅スーパーに荷物を下ろしたあと、混み合う幹線道路を北上し、埼玉県の戸田市に到着した。大手食品メーカーの物流倉庫から冷凍食品の荷物をピックアップし、今度は台東区の量販店に運ばねばならない。

希星が弁当を捨てたため、途中のコンビニで菓子パンを三つ買った。合計四三〇円の出費は痛かった。戸田の倉庫に着くと、二台あるフォークリフトのうち、一台が故障で動かなくなった。当然、荷物の積み込み作業は遅れ始めた。高橋の前には一〇トンの大型トラックがいる。小さなフォークリフトでの積み込みは効率が悪く、あと一〇分や一五分で終わりそうにもない。

依然、手の中のスマホ画面に変化はない。

〈今日、帰ったらゆっくり話し合おう〉

信号待ちの間に希星にメッセージを送った。

スマホを見続けていると、朝方の希星のすさまじい形相が浮かんで気が重い。高橋はラジオの音量つまみを先ほどとは反対に回した。

〈来期の東京都知事選挙について、大池《おおいけ》ゆかり知事は出馬するかどうかとの記者団の問いかけには答えませんでした……〉

冷たい声のアナウンサーが原稿を読み上げる。国会や都知事選挙に一切興味はない。心配なのは希星の機嫌と勤め先のこと、この待ち時間がいつ終わるかだ。

〈それでは、一曲お届けしましょう〉

スタジオの男性MCが甲高い声を上げた。

「疾風舎の曲かけろよ」

高橋は思わずそう口にした。

〈都内にお住まいのラジオネーム、ペンギン歩きさんからのリクエストです。サムライ・ネイションの新曲、「ライジング・イースト」をどうぞ〉

MCが発したバンド名に高橋は舌打ちした。

サムライ・ネイションは名門大学出身者ばかりの五人組バンドだ。メンバー全員が留学経験を持ち、日本語版と英語版を同時リリースするなど、エリートバンドの異名を持つ。

〈Rising sun from east〉

ラジオからボイスチェンジャーを通したボーカルの声が響き始めた途端、高橋は顔をしかめた。

「日本人なら日本語で歌えや」

舌打ちしたあと、高橋はラジオに毒づいた。

「おめえら、家族のために働いたことねえだろ」

不意に歳《とし》の離れた妹弟《きょうだい》の顔が浮かぶ。癌《がん》になった父親のため、希望する学校を変え、故郷を離れて新潟《にいがた》まで行った。

〈Rising sun punch beast〉

ボイスチェンジャーの声から、甘ったるい男性ボーカルに変わった。高橋は眉根を寄せた。スポーツ紙で読んだサムライ・ネイションの紹介記事が浮かぶ。

〈日本みたいに狭い国じゃなくて、僕らは世界のマーケットへの進出を考えています。だから英語の歌も積極的に作っていきますよ〉

金色に染めた髪をかき上げながら、ボーカルの男がキザなポーズを作っていた。

「親の脛《すね》かじってたくせに、偉そうなこと言うな」

トラックのキャビンに響くボーカルに向け、高橋は呟いた。自分の周囲に留学した者など一人もいない。留学以前の問題で、高橋の家族、希星の肉親たちも一度も日本を出たことがない。高橋自身は飛行機の搭乗経験さえない。なにが狭い国だ。ボーカルの甘い歌声が、露骨に自分を見下しているように感じた。

やっぱり疾風舎が一番だ。日本語で、わかりやすく自分のような人間を励まし、寄り添ってくれる。

高橋がラジオのボリュームを絞ったとき、助手席に放り出していたスマホから通知音が響いた。反射的にスマホをつかみ、画面を見た。だが、高橋はすぐにため息を吐いた。希星からではなかった。

フォトグラムのメッセージボックスに飛行機のイラストが点滅していた。フォトグラム経由で言葉や写真をやりとりする人間はほとんどいない。首を傾《かし》げながらスマホの画面をタップした。

〈こんにちは♡突然のメッセージごめんなさい〉

送り主のアカウントをチェックするが、知り合いではない。

〈以前、江東区の交差点ですれ違った軽自動車の女です。ダッシュボードに舎弟のステッカーを貼っていたら、反応してタオルを振ってくださった運転手さんですよね？〉

高橋は助手席のヘッドレストに巻いたタオルに目をやった。

〈舎弟は最高！〉

二年半前、ライブ会場限定で販売されたレア物のタオルを見た瞬間、記憶の糸がつながった。

〈覚えてますよ！〉

高橋はスマホの上で素早く指を動かし、メッセージを返信した。

〈フォローしても構いませんか?〉

女から即座にメッセージが返ってきた。

〈もちろん、俺は高橋です!〉

舎弟という共通の絆《きずな》は、一瞬で遠い距離を超える。高橋はそう感じた。

〈私は工藤、そしてもう一人職場に舎弟がいるんです。ミソノちゃん〉

短いメッセージが着信したあと、立て続けにもう一人のアカウントがコピーされ、送られてきた。

〈嬉しいですね。早速フォローさせてもらいます! 舎弟最高!〉

希星と喧嘩《けんか》をして気分が落ち込んでいたが、見知らぬ仲間からの連絡で一気に心の中の靄《もや》が晴れた。

フロントガラス越しに倉庫を見る。依然として大型トラックへの積み込み作業は難航中だ。

〈今、仕事で待たされ中なんです〉

高橋は嬉々《きき》としてスマホの画面に指を走らせた。

5

ケビンが高田馬場に拠点を設けると決めてから、五日後だった。

矢吹はオフィス近くの洋菓子店でクッキーの詰め合わせを買い、再度、高田馬場を訪れた。時刻は午前一一時五〇分、駅周辺はランチに出かける勤め人や学生で混雑していた。JRの改札を出て、手塚漫画のキャラクターが描かれたガード下の横断歩道を渡る。

早稲田通りを横切ると、すぐに猥雑《わいざつ》な小路の入り口がある。

〈さかえ通り〉とアーチ状の看板がかかり、サラリーマンや学生たちが忙しなく行き交う。

前回うどんを食べたあと、地元不動産屋に駆け込んだ。

新型ウイルスの世界的な大流行の余波で飲食やサービス業の廃業が相次いだため、地元業者の担当者はいくつも物件を紹介してくれた。

真っ先に紹介されたのは、駅近くの商業ビル四階の三〇畳ほどのスペースだった。元々は個人レッスン専門のヨガ教室が入っていた。西向きの窓からは、高田馬場駅前のロータリー一帯が見渡せる眺望の良い部屋だ。だが、西陽《にしび》を嫌うケビンが却下し、別の商業ビルへと移動した。

その後、五、六軒の部屋や会議室風の物件を内見したが、ケビンの眼鏡にかなう場所はなかった。最後に業者が紹介してくれたのが、さかえ通りの雑居ビルの一室だった。

さかえ通りの看板をくぐり、緩《ゆる》くカーブする小路を進む。車一台がやっと通れるほどの道の両脇には、全国チェーンの居酒屋やファストフード、コンビニ店がずらりと並んでいる。

ランチどきのため、矢吹の周囲を大勢の学生が通り過ぎる。老舗《しにせ》洋食店とカラオケ店の前を進む。今度はミャンマーやベトナムなど東南アジアの料理店が続く。

さかえ通りの入り口から一〇〇メートルほど歩いたところで、矢吹は足を止めた。スナックやカラオケ店が入る古びた雑居ビルの前だ。煤けたピンクや紫の看板を見上げた。ケビンが気に入ったフロアは、三階にある。

間口は都心の狭小建売住宅ほどで、ビルの右端に小さなエレベーターホール、そして薄暗い通路が神田川の方向に延びている。一階の突き当たりには、怪しげなフィリピンパブがある。埃《ほこり》っぽいホールでなんどか咳《せ》き込んだあと、矢吹はエレベーターのボタンを押した。

エレベーターを降り、薄暗いフロアに足を踏み入れる。左側は、一階と同じく一番奥に老女が経営するスナックが入居する。

ケビンが気に入ったのは、さかえ通りに面した西側の一室だ。道を挟んで向かいにビルがあるため、西陽も差し込まない。

段ボール箱やビールケースを避《よ》けながら、薄暗く狭い通路を進む。通りに面した壁に煤けた窓があり、その下に昭和時代の水着のポスターが貼られていた。

廊下を五、六メートル進んだところで、矢吹は体の向きを変えた。目の前には〈入居者募集中〉の紙が貼り付けてある。舌打ちを堪えながら、貼り紙をはがし、鉄製のドアをノックした。

「開いてるよ」

ドアの内側から、ケビンのくぐもった声が聞こえた。

「失礼します」

重い扉を手前に引き、矢吹は部屋に足を踏み入れた。

「お元気でしたか？」

壁際の窓近く、カウンター席でノートパソコンの画面に見入るケビンの背中に言った。

「まあまあだね」

矢吹の顔を見ようともせず、ケビンがいつものぶっきらぼうな調子で答えた。

「差し入れにクッキーを持ってきました」

「そこらへんに置いておいて」

矢吹は周囲を見回し、カウンターに紙袋を置いた。

部屋のサイズは三〇畳ほどで、家賃は月額二〇万円だ。壁はコンクリートが剝《む》き出しになっている。前の店子《たなこ》が残したエアコンが三機あり、問題なく動くことも確認した。

長方形の部屋には、壁に沿ってL字形の木目のカウンターがある。新型ウイルスが大流行する以前、部屋はガールズバーとして繁盛していたという。カウンターの内側に女子大生や若いOLが立ち、座面の高いスツールに座った客と会話するスタイルだ。

大流行した新型ウイルスは、唾液《だえき》など飛沫によって拡散した。キャストと呼ばれる若い女性と男性客が向かい合えば感染リスクは格段に増す。政府と東京都が営業自粛要請したことで半ば強制的に休業を迫られた。当時のオーナーはネット戦略などを考えたが、思ったほど売り上げが伸びず、最終的に廃業を決めたのだと不動産業者が教えてくれた。

以前は壁一面に酒のボトルやグラス類を収納する棚があったが、今は全て取り外されている。コンクリートの微細な破片が飛ばぬよう最低限の塗料で蓋《ふた》をしているというが、あちこちに滲《にじ》みが付いた壁は廃墟《はいきょ》のような雰囲気を醸し出す。

半年間というわずかな期間だが、物件を遊ばせておくのは忍びないという大家、仲介手数料が欲しい業者との間で早々に合意が成立。二日前にケビンが入居した。ガールズバーの客足が極端に落ちたとき、オンラインで営業できるよう通信設備用の投資を行ったため、ネット環境が良いことも決め手の一つとなった。

「ケビンさん、ランチはどうされますか?」

大きな背中を丸め、ノートパソコンのキーボードを忙しなく叩くケビンに尋ねた。

「出前頼んだから」

ケビンのいる方向から体の向きを変え、矢吹は神田川方向の壁に目をやった。どこで調達したのか、部屋の隅にある剝き出しの鉄骨の柱を利用して、ハンモックが吊《つ》るされていた。

仕事場の近くにマンションを借りるようケビンに勧めたが、無駄だと一蹴《いっしゅう》された。ガールズバー時代にキャストの女性向けに設けられた簡易シャワールームがある。しかも神田川を渡った古い住宅街に銭湯もあることから、仕事場で半年間生活するくらいわけもないというのだ。

ハンモックの下には、大きなバックパックが一つ、その横にはジュラルミン製の使い古したスーツケースがあるだけだ。矢吹が半年間の出張を命じられたら、スーツケースが四つほど必要になる。流行のミニマリストなのか。

「ケビンさん、今よろしいですか？」

「なに？」

「必要な物を揃えますので、リストをいただけますか？」

「ちょっと待って」

ケビンがキーボードを数回叩くと、矢吹のバッグの中にあるスマホが着信音を鳴らした。

「メールしたよ。池袋の量販店、秋葉原《あきはばら》の専門店に依頼すれば、一、二日の間に全部揃う」

矢吹はスマホを取り出し、メールをチェックした。通信欄いっぱいにデスクトップパソコンやノートパソコン、大型液晶モニターの品番が並んでいた。

「すぐに手配します」

矢吹は東京支社にいるシステム担当者に電話をかけ、リストの物品を至急搬入するよう依頼した。電話をかけ終えると、ケビンの傍らに近づいた。

「手配完了しました」

「あ、そう」

ケビンが凝視している画面には、アルファベットと数字が入り混じったコンピューター言語がびっしりと書き込まれていた。データサイエンティストという職業柄、プログラミングかなにかのチェックをしているのかもしれない。

「あの……」

「なに？」

「これから、どのようにお手伝いすればよろしいでしょうか？」

やや強めの口調で尋ねると、ケビンがようやく手を止め、矢吹を見上げた。

「別にないよ」

「しかし、私はケビンさんの秘書として半年間お手伝いするよう言われていますので」

「そうなの？」

ケビンが眉根を寄せた。

「近くに西北大学の理工学部があるのを知っているよね？」

「ええ、もちろん」

「昔の仕事仲間から優秀な学生を何人か紹介してもらった。彼らに手伝ってもらうから、矢吹さんの出番はないよ」

「学生さんたちとは、エンジニアのことですか？」

「広義ではそういうことになるね。彼らのアルバイト料も俺のフィーから払う」

一方的に告げると、ケビンは再びノートパソコンに顔を向けた。

「教えていただきたいのです」

「だから、なにを？」

「今回のプロジェクトの中身です」

矢吹が告げると、ケビンが大きく息を吐いた。

「言えないし、教えたところで矢吹さんが理解できるとは思えない」

「お手伝いを続ける以上、概要だけでも知らないと。私はケビンさんを全力でサポートするのが使命です」

「あのさ、上司から聞いたと思うけど、今回のプロジェクトは極秘なんだ」

ケビンの言葉に矢吹は強く首を振った。

「業務上知り得たことを外部に漏らすような人間ではありません」

「困ったなあ、仕事に集中できないよ」

ケビンがなんどかキーボードを叩いた。すると、先ほどまで表示されていたコンピューター言語が消え、代わりにブラウザ上にテレビ画面が現れた。小さな窓枠の中には、民放テレビ局の女性アナウンサーがいる。

〈プロ野球の話題です……〉

画面下の小さなスピーカーから、女性アナウンサーの声が漏れ聞こえた。

「矢吹さんって、案外頑固だね」

「詳細を教えてもらわなくとも、これをやるからとか、方向性だけでも結構です」

「ダメだね」

ケビンが強く首を振った。

「久保さんだっけ、矢吹さんの上司？」

「ええ、そうです」

「彼が言わなかった？　日本ではまだやったことのないプロジェクトなんだ。情報が漏れると仕事に悪い影響が出る」

「存じております」

下腹に力を込め、矢吹は応じた。

「悪い影響とは、例えば、妨害が入るとか？」

「そうだね」

海外で成功事例があり、これを日本に導入すると久保が力説した。ケビンはデータサイエンティストだ。コンピューター、あるいはインターネットを通じて新たなビジネスを手がけるのは間違いない。

「海外で成功した事例だから、当然妨害する企業や勢力が出てくる可能性がある。それに、クライアントの人たちは山気たっぷりでヤンチャ者ばかりだから、裏で数々のイザコザもある。だから矢吹さんにも詳細を話せない」

「イザコザとは、暴力も含めてということ？」

「ああ。クライアントの人たち、元を辿ればそういう連中だから」

ケビンが眉根を寄せた。

「連中？　どういう意味ですか？」

「誘導尋問にはひっかからない。ただし、ヤバいことが起こらないという保証はない」

「ヤバいって……弊社の久保はコンプライアンス上問題のある取引は絶対にやらないと断言していました」

「そりゃそうだよ。俺だって表の顔は州立大学の臨時講師だ。コンプライアンスに抵触するような仕事は絶対に受けない」

「それなら、話してくれてもいいじゃないですか」

矢吹自身はケビンの側に立つ人間であり、アシスタント兼秘書的な立場を会社から与えられている。その旨をもう一度、嚙んで含めるようにケビンに告げた。

「面倒くせえなあ」

ケビンが後ろ頭を掻《か》いたとき、矢吹の後方にある鉄製のドアをノックする音が響いた。

「はい、どなたですか？」

ケビンが顔を強張《こわば》らせた。先ほどケビンが口にしたヤバいこと、妨害する勢力の可能性というキーワードが頭の中で点滅する。

「大丈夫ですよね」

矢吹は自らに言い聞かせ、ドアに向かった。自分でもわかるほど両肩が強張り、足がギクシャクしている。仕事が優先……自分を叱咤《しった》しながら、懸命に足を蹴り出した。

6

わずか五、六メートルの距離だったが、高校時代の校内マラソンのように長く感じた。冷房は効いているが、額に玉のような汗が浮かんだ。矢吹は鉄製のドアに近づき、声を出した。

「どなたですか?」

分厚い鉄のドアを通し、廊下で衣擦《きぬず》れの音が聞こえた。妨害……ケビンが発した言葉が耳の奥でなんども反響する。古い雑居ビルのドアには、訪問者を確認する覗《のぞ》き窓がない。かつて観《み》たアクション映画のワンシーンが頭をよぎる。

女性の主人公が追手から逃れ、隠れ家に潜んでいると黒い目出し帽を被《かぶ》った男たちが襲撃してくる。それぞれの手にはピストルやショットガン……なんどか息を吐いて呼吸を整え、もう一度声を発した。

「どなた?」

衣擦れの音が止《や》んだあと、矢吹は唾を飲み込んだ。

「デリ・イーツの者です。ご注文の品をお持ちしました」

唐突に甲高い声が聞こえた。頭に浮かんだ黒い目出し帽の追手が一瞬で消えた。

「今、開けますね」

安堵《あんど》の息を吐いたあと、矢吹はドアノブを回した。重い鉄製のドアを押すと、ヘルメットを被った青年が大きなリュックを肩から降ろしていた。

「ご苦労様です」

矢吹が労《ねぎら》いの言葉をかけると、青年がにっこりと満面の笑みで返した。

「ご注文のたまごカレーごはんと上海《シャンハイ》焼きそば、それに餃子《ギョーザ》です。ご利用ありがとうございました」

ポリ袋を受け取ると、矢吹はドアを閉め施錠した。

「いい匂《にお》い……」

ポリ袋を持ち、ケビンの横へと戻る。

「便利ですよね、デリ・イーツ」

「まあね」

ケビンは無愛想に袋を受け取ると、ポリ袋を開けてプラスチック製の容器をカウンターに置いた。

「なんか勘違いしていなかった？」

ケビンが口元に薄ら笑いを浮かべていた。

「俺、出前頼んだって言ったよね」

ケビンがボウルの蓋を開けると、カレーの匂いが立ち上った。ケビンは黙々と上海焼きそばと餃子の包装も開けた。

「それじゃあ、失礼」

ケビンはカレーごはんに付いていた生卵を割り、ライスの中央に落とした。横から眺めたビジュアルは、大阪難波《なんば》にある老舗洋食屋の名物カレーに似ていた。

「うまっ」

スプーンでカレーごはんを口に運んだ途端、ケビンが感嘆の声をあげた。香りだけでなく、ビジュアルも矢吹を刺激した。ケビンに背を向け、矢吹はスマホを取り出し、〈たまごカレーごはん〉と検索した。すると、グルメ検索サイトのほか、人気アイドルグループの番組で取り上げられたなどと数十件の記事がヒットした。

「ヒマだったから、駅の周辺を探索していたんだ」

振り返ると、上海焼きそばのボウルに箸をつけたケビンが言った。

「新宿と池袋の中間点で、学生街。俺の嗅覚《きゅうかく》は正しかったね」

ケビンがノートパソコンを引き寄せ、エンターキーを叩いた。矢吹が顔を近づけると、画面の中にいくつものテーブルフォトが表示された。

「これがこの上海焼きそばを出してくれる町中華のお店、それで、こっちが極上のアジフライを出してくれる居酒屋、これは分厚い手作りパテのハンバーガー屋」

餃子を口に放り込んだケビンが言った。

「どれも美味《おい》しそうですね」

「全部実食済み。ほとんどがデリ・イーツ対応だから、プロジェクトが忙しくなっても食う物には困らない」

満足げに頷くと、ケビンはノートパソコンを閉じた。

「高田馬場に個性的な飲食店がたくさんあるとは知りませんでした」

「新宿や池袋みたいな巨大ターミナルじゃないから、家賃が安い。だから若手の料理人が新規で店を出すし、老舗が残っているんだろうな」

ケビンの言葉に矢吹は頷いた。物件を決める際、他のエリアより大きな部屋の家賃が格段に安かった。

「グルメサイトでお店を探したんですか?」

「まさか」

「ではどうやって?」

「歩き回ったって言ったじゃない」

ケビンが眉根を寄せた。

「グルメサイトは便利だ。しかし、裏側の仕組みは歪《いびつ》だ」

「たしか、店側が会員費を払うと星の数が増えるとか……」

矢吹の言葉にケビンが頷く。

「俺は他人の舌を信じないし、インチキ臭いコメントも一切頼りにしない」

ケビンの口調が存外に強い。矢吹は黙ってケビンの両眼《りょうめ》を見つめた。

「普段、ジャンクフード食ってる連中が偉そうにコメントしているけど、そんなもん頼りにできるわけがない」

「一部の広告代理店がかなり裏で……」

矢吹が実際に見聞きした話を始めようとすると、ケビンが左手を上げ、話を遮った。両眼に苛立《いらだ》ちの色が浮かんだ。機嫌を損ねられても困る。矢吹は話題を変えた。

「デリ・イーツ、本当に便利ですよね」

「まあね。アメリカで起業した連中の目の付け所が良かった」

デリ・イーツは、米国で生まれたインターネットとスマホを駆使するサービスだ。最初は一般人が自家用車で客を送迎するデリ・カーシェアから始まった。

利用者はデリ・カーシェアのアプリを使い、自分のいる場所を登録する。するとわずかな時間で近隣にいる登録ドライバーの位置情報がアプリに表示される。利用者が地図上のドライバーのアイコンを押すと、二、三分で駆けつけてくれるシステムだ。

日本ではタクシー業界の反発が強く導入されていないが、ケビンに会うためバンクーバーに行った際は、矢吹自身も空港からダウンタウンまでデリ・カーシェアを使った。

デリ・イーツは、同じ発想で作られたサービスだ。飲食店がサービスに加盟すると、周辺にいる登録ライダーが自転車かバイクで駆けつけ、オーダーした客の元にカレーやハンバーガーを届けるのだ。

矢吹が子供の頃は、実家の近所の蕎麦《そば》屋や寿司《すし》屋が自前スタッフで出前に応じていたが、デリ・イーツを使えばわずかな手数料を払うだけでデリバリーが可能になる。

矢吹も六本木《ろっぽんぎ》の会社で残業する際、若いスタッフに勧められてデリ・イーツを使うようになった。

「配達員がどこにいるかまでわかるなんて、インターネットの技術ってすごいですよね」

矢吹が言うと、ケビンが顔をしかめた。

「その通りだよ。ただ、矢吹さんは逆の面を見ていない」

「逆とは？」

「配達員のことだよ」

ケビンがわざとらしく舌打ちした。怒らせるようなことを言ったのか。思わず身構えた。

「このカレーごはん持ってきた若い人、妙に愛想《あいそ》がよくなかった？」

「ええ、たしかに」

甲高い声を発した青年は、どちらかと言えば内気そうだった。矢吹と目が合った瞬間、口角を上げて白い歯を見せた。だが顔が引きつっていた気もする。

「配達員が厳密に格付けされるからね」

ケビンがスマホを取り上げ、画面を矢吹に向けた。先ほど使ったばかりのデリ・イーツのアプリだ。

〈今回の配送に問題はありませんでしたか？〉

ケビンは問題なし、良かったを示すサムズアップのスタンプを添付していた。

「態度が悪かったり、ボウルのソースが漏れ出ていたら、たちまちクレームがデリ・イーツの監視部門に送信される。星の数が少なくなった配達員は、強制的に排除され、仕事にあぶれる」

ケビンが排除の部分に力を込めた。

「あ、そうか……」

バンクーバーのサービスを使った直後、運転手がしきりに笑顔を振りまき、矢吹のスマホを指していた。ホテルの前で降車する際、アプリがサービスの質を尋ねてきた。その際、運転手は引きつった顔だった。

「ネットとスマホを駆使したサービスは飛躍的に拡大し、多くの顧客を呼び寄せた。絶対的に便利だからね」

ケビンの言葉に矢吹は頷いた。

「ただし、それはあくまで利用する側の都合だ。サービスを提供する一人ひとりの配達員やドライバーは、常に呼び出しに対応できるよう待機し、笑顔を振りまくよう強要される。ダメならすぐにポイと捨てられる。代わりは掃いて捨てるほどいるからね」

データサイエンティストとは、インターネット上に無数にある情報を集め、分析し、これを企業の新たな戦略に役立てるプロだ。ケビンの言葉には、異様な重みがある。

「その辺の事情に関して、俺は専門家だ。それに街を歩き回ったのは、実地調査も兼ねていた」

「調査とは？　お手伝いできることがあれば言ってください」

矢吹の言葉にケビンが首を振る。

「電車の中と一緒だよ。街を行き交う学生やサラリーマンがどんなサイトをチェックしているのか、ロータリーでたむろしている連中がどんなことを話題にしているのか。店を探すついでにね」

また、謎《なぞ》かけのような問答が始まった。女子大生ならば、ファッションのサイトを見たりSNSで友達とやりとりをしているかもしれない。若いサラリーマンならば、ゲームをしたりサッカーの中継を観ている……一人ひとりの嗜好《しこう》はバラバラのはずで、飲食店を探す過程でこれをチェックし、分析することが今回の仕事にどのような関係があるのか。やはり矢吹の頭では答えを導くことができない。

「あの……」

「だから、詳細は明かせない」

ケビンがぶっきらぼうに言った。

「今後はどのようにケビンさんのお手伝いを？」

「新しいメンバーたちが集まった時に考える」

ノートパソコンの画面に視線を固定させたまま、ケビンが言った。

「わかりました。足手まといにならぬよう、頑張ります」

矢吹が頭を下げると、ケビンが大きなため息を吐いた。

「一つだけ教えてあげるよ」

矢吹は慌てて頭を上げ、ケビンを見た。箸を置き、まっすぐ矢吹を見据えていた。

「プロジェクトの名前だけ教える。絶対に他言無用だ」

「はい」

自然と背筋が伸びる。

「プロジェクトの名前は、レッドネック。以上」

「レッドネック？　赤い首ということですか？」

「ああ」

ケビンが体の向きを変え、パソコンの画面に向かったときだ。小さなスピーカーからニュースを読み上げるアナウンサーの声が漏れ聞こえた。

矢吹は画面を凝視した。

液晶の半分はコンピューター言語と思われるアルファベットと数字の組み合わせで埋め尽くされ、もう半分はテレビ画面になっている。

〈こちらは都庁に登庁した直後の大池ゆかり都知事の様子です。記者団から引き続き都政を担うのか、それとも国政に復帰するのかと問われたのに対し、大池知事は曖昧《あいまい》な笑顔を浮かべるのみで、明言を避けました〉

アナウンサーの声が途切れた瞬間、ケビンがニュース画面を消した。液晶にはコンピューター言語の羅列が表示された。

「政治にご興味があるのですか？」

ケビンは一切答えず、猛烈な勢いでキーボードを叩き始めた。

7

ＪＲ高田馬場駅の改札を抜け、学生やサラリーマンが行き交う早稲田口に辿り着いた。矢吹は改めて考えた。三日前、高田馬場の仕事場を訪れた際、ケビンは頑なに仕事の中身を開示しなかったが、かろうじて名称だけを教えてくれた。

〈名前は、レッドネック。以上〉

いつものぶっきらぼうな言い方だった。六本木のオフィスに戻り、デスクに常備していた英和辞典をひくと、アメリカ英語との注釈付きで意味が出ていた。

red-neck　赤首《南部の無教養〈貧乏〉な白人労働者》

辞書をチェックしたあと、自席でインターネット検索をかけた。すると、矢吹が全く知らなかった様々な事柄が続々ヒットした。

語源は一五〇〇年以上前のアメリカ南北戦争に遡《さかのぼ》る。南部側が北軍をヤンキーと揶揄《やゆ》したのに対し、北は南をレッドネックと蔑《さげす》んだことが発祥だとする説が有力だった。

当時、アメリカ南部では多くの白人が開墾や農作業、鉄道建設や道路敷設など野外の仕事に従事した。元々肌の弱い白人たちは、炎天下で紫外線を浴び、首筋を赤く日焼けさせた。裕福な北側の白人たちは、体を酷使する南部人を見下し、レッドネックという侮蔑《ぶべつ》的な言い方が浸透したのだと民俗史のサイトに載っていた。

現在、レッドネックという言葉は保守思想を持つ低所得白人層を指すキーワードとしてしばしば用いられる。様々なサイトに、チェックやデニムのワークシャツを羽織った肥満気味の老若男女、大型のピックアップトラックやライフル銃、あるいは一三の星をX形に配置した南軍旗の写真がたくさん掲載されていた。

ライフル銃を得意げに構える太った男の写真をクリックすると、大和《やまと》新聞のワシントン特派員のルポが目の前に現れた。

〈拡大続ける格差　困窮する白人労働者層〉

特派員によると、米国の広大な中西部や南部の諸州で低賃金にあえぐ白人労働者が急増しているという。高騰を続ける教育費を賄えず、最低限の教育しか受けられなかった地方の白人層が拡大。親子二、三代とライン工や日雇いの建設業など低賃金の仕事しか得ることができず、貧困のサイクルが地域全体に波及していると分析していた。

こうした人たちは、新たなレッドネック層とも呼ばれ、元々保守的な地域性とも合わせ、過激な銃への思い入れ、狂信的なキリスト教原理主義に走りがちだ。特派員は様々な人たちとのインタビューを通し、そうした結論に至ったと結んだ。

知らないことだらけだったが、矢吹は首を傾げた。ケビンは半年間で六〇億円ものサラリーを得る世界的なデータサイエンティストらしい。今回の〈レッドネック・プロジェクト〉と本家本元の貧困白人層がどう結びつくのか、一向に理解できない。

矢吹はさらに考えを巡らせた。ひねくれ者のケビンのことだ。しつこく話を聞きたがる矢吹の意識を、全く別の方向に逸《そ》らす狙《ねら》いがあったのではないか。

秘密保持の観点からも全く関連のないキーワードを持ち出し、仮称ということにしたのかもしれない。

矢吹は差し入れのどら焼きの包みを携え、多くの人々で混雑する駅舎を抜けた。以前、ケビンが子供のように見入っていた手塚漫画の壁画のガードを抜け、仕事場があるさかえ通りを目指した。

煤けた雑居ビルの三階、鉄製のドア前にカードキーが設置されていた。事前にIDカードを発行されていた矢吹は、チップが埋め込まれたカードをリーダーにかざした。鈍い機械音が響いたあと、ロックが解錠される。重いドアを引き、仕事場に入った。

「こんにちは」

日本橋《にほんばし》の老舗どら焼き店で買った包みを掲げ、矢吹は部屋の中を見回した。人影はあるが、誰も矢吹に反応しない。

舌打ちを堪え、矢吹は仕事場の中心に向かう。丸いテーブルに包みを置き、ケビンを探す。巨額のフィーがかかったプロジェクト〈レッドネック〉のリーダーは、さかえ通りを見下ろす窓辺のカウンターに陣取っていた。

耳には大きなヘッドホンがあり、緑色のランプが光っている。周囲の雑音をシャットアウトするノイズキャンセリング機能が効いているのだ。

ケビンの手元にはノートパソコンが置かれ、アルファベットと数字が入り混じったコンピューター言語がびっしりと画面を埋め尽くしていた。ため息を吐き、矢吹は他のメンバーを見た。ケビンと背中合わせの位置には、背の高いスツールと丸テーブル。

ボサボサの髪、分厚いレンズの眼鏡をかけた青年がいる。初夏だというのに、チェックのネルシャツを着ている。

ケビンがスカウトした西北大学理工学部の精鋭、エンジニア志望の大学三年生、タカだ。耳にイヤホンが挿さり、手元には大型タブレット端末がある。目を凝らすと、電化製品や旅行クーポン、コメや野菜などの写真がずらりと並んでいる。青年の肩越しに画面を凝視すると、〈懸賞大王〉のタイトルが点滅していた。

理工系学生は苦労人が多い。高校の同級生も何人か西北大に進学し、理工学部で忙しない日々を送った。厳しい教授によって出される大量の課題、実習に次ぐ実習。このため、アルバイトもろくにできない同級生が多かった。

地方から上京した学生は安いアパートに住み、常にひもじい思いをする……数人の同級生が愚痴を吐いていた。ネルシャツの学生にしても、懸賞サイトを熱心にチェックして、食料品の類《たぐ》いを調達しているのだ。青年がどこの出身かは知らないが、矢吹が大学生だった頃より景気は格段に悪くなっている。親の収入が減り、仕送りも厳しい。その穴埋めを懸賞サイトに求めているのだ。

顔をしかめつつ、矢吹は斜め左の席に目を転じた。大きめの薄手パーカーを着た若い女性がいる。小さな顔で全体に幼い印象があるが、両目の上で一直線に揃えられた前髪、きつめのアイシャドー、真っ赤なルージュが目立っている。愛称はクミ、ネルシャツの学生同様、本名は知らない。

手元には薄いノートパソコンがあり、細い指が忙しなくキーボードの上を走る。先ほどと同じように背後から画面を覗き見た。画面の半分はライブ動画が再生中で、右半分はネット上のプレイガイドになっている。画面のいたるところに〈完売〉の赤いタグが貼られている。

パーカーのクミが不意に髪をかき上げた。すると、耳に蛍光色のイヤホンがあった。この部屋にキーボードの打鍵《だけん》以外に音がしないのは、皆がヘッドホンやイヤホンで耳を塞《ふさ》ぎ、思い思いに好きな音楽をかけているからだ。

クミの向かい側には、白いワイシャツを着た坊主頭の青年がいる。この男性、ボウサンもイヤホンだ。忍び足で背後に回り、ノートパソコンの画面をチェックする。

液晶には、中古車のネット販売サイトが表示されていた。矢吹は眉根を寄せた。スマートで博物館のキュレーターのような雰囲気を持つ青年だが、その手元には趣味の悪いミニバンが映っていた。車高を落とし、窓という窓にグレーやブラックのシールドを貼る。好きなバンドのロゴやアメコミのヒーローのステッカーでゴテゴテと装飾した車両もある。

かつて大手広告代理店アナリストが命名した〈マイルドヤンキー〉を地で行く趣味の悪さだ。人は見かけによらない……モダンアートやルネサンス期の絵画に詳しそうな雰囲気のあるボウサンだが、地元はヤンキーの多い城北地区、あるいは北関東の地方都市かもしれない。

西北大学の精鋭、エンジニア見習い……ケビンは優秀な人材をリクルートしてプロジェクトを進行させると言った。だが、こうして実際の仕事の様子を見る限り、掛け声倒れだ。所詮《しょせん》は学生、仕事をしているという意識が希薄なのだ。

矢吹はため息を吐き、一同を見回したが、未だに誰一人反応しない。いや、矢吹が部屋を訪れたことをケビンはじめ、気にする者がいないのだ。

彼ら学生サポーターたちのサラリーはケビンが払う。本来なら、矢吹がとやかく口を出す筋合いではないが、これでは統制がとれない。矢吹は転職後すぐに受けた研修を思い起こした。

プロジェクトを成功に導くには、リーダーが適切な指示を与え、部下を完全にコントロールすることが肝要だ。

個々のスタッフは与えられたミッションの意味合いを自ら考え、様々な障害を解決し、結果を出す。各スタッフが導き出した成果をリーダーが吟味し、さらにプロジェクトを次のステップに引き上げていく……隙《すき》のないスーツを着た米国人講師の言葉を頭の中でリフレインしながら、矢吹は窓際のケビンの席に向かった。

猥雑な通りを見下ろす席で、ケビンは画面を睨《にら》み続けていた。先ほどのコンピューター言語ではなく、今度はクミと同じで、動画投稿サイトを閲覧中だ。

「あの、ケビンさん」

矢吹は意を決し声をかけた。だが、ケビンは矢吹の声に気づかない。

「ケビンさん！」

ケビンの肩を叩く。

「なに、いたの？」

眉根を寄せたケビンが舌打ちし、矢吹の顔を見上げた。緩慢な手付きでヘッドホンを外し、首元にかける。

「差し入れのどら焼き、日本橋の老舗で買ってきましたので、皆さんでどうぞ」

ケビンは体を捻《ひね》り、部屋の中央のテーブルを一瞥した。日本橋の老舗百貨店近くにある小さな店だ。大ぶりなどら焼きで、行列に並んでようやく手に入れることができる。

「ありがとね」

ケビンはさっさと視線をパソコンに戻し、ヘッドホンに手をかけた。

「待ってください」

プロジェクトの進行をチェックしに来たのだ。この緩み切った仕事場の雰囲気は、ケビンが他のメンバーに全く関心を示していないことに起因している。マイペースなデータサイエンティストの機嫌を損ねぬよう、言葉を選びながら切り出す。

「皆さん、随分休憩時間が長いようですね」

矢吹は若い男女スタッフに目をやり、言った。

「休憩時間？　子供じゃないんだから、各々仕事のペース考えながら自主的に取っているよ。心配ご無用」

いつものように一方的に告げ、ケビンが再度ヘッドホンに手をかけた。

「ですから、待ってください」

思わず、矢吹はケビンの太い手首をつかんだ。

「なに？　俺忙しいんだけど」

ケビンが停止中のライブ映像を睨んだ。

「お言葉ですが、ケビンさんは動画サイトでライブを観ている。彼らは、懸賞サイトやら中古車サイトをチェック……」

矢吹が言うと、ケビンが思い切り顔をしかめた。サボっていることを知らなかったのだ。いや、ケビン自身がなめられていることを自覚している。だからこそ、矢吹の指摘に嫌悪感を示した。

「彼らにサラリーを払うのはケビンさんです。しかし、この緩んだ雰囲気のままプロジェクトを進めるのはいかがなものでしょうか？」

矢吹が言った途端、ケビンが乱暴にノートパソコンを閉じた。

「今、緩いって言ったの？」

「そうです。ヘッドホンやイヤホンは百歩譲ったとしても、皆さん遊んでいるじゃないですか。コードを書くとか、データベースを構築するとか、プロジェクトに貢献する働きをしてもらうよう、ケビンさんがリーダーシップを発揮しなければいけません」

「これだから素人《しろうと》は嫌なんだ」

ケビンが、肩を落とした。

「なにがですか？」

「コーチングのペラッペラなインチキレクチャーの受け売りだろうけど、こんなにピリピリした職場はないぜ」

ヘッドホンをカウンターに置き、ケビンが若いスタッフたちを見回した。

「彼らは思い思いにネットを徘徊《はいかい》して、ちっとも仕事なんかしていないじゃないですか」

「あんたの目が節穴だから、そう見えるだけだ」

「なんですって？」

矢吹はケビンに顔を近づけた。

「節穴だから節穴、俺は事実を言ったまでだ」

ケビンは思った事柄をストレートにぶつけてくる。職業柄、合理的な思考が体と頭を支配しているのだ。

8

矢吹は唇を噛み、ケビンを睨み続けた。

ケビンはプロジェクトのリーダーであり、姿の見えないクライアントが三顧の礼で迎え入れた人物だ。ここでキレたら、矢吹自身が馘《くび》になるかもしれない。だが、この現状を放っておくことはできない。

「節穴はひどくありませんか？　謝ってください！」

「イヤだね」

ケビンの眉根が寄った。売り言葉に買い言葉とはこのことだ。非は明らかにケビンにある。頭に血が上り、謝れというキツい言葉が口を衝《つ》いて出た。自分は絶対に間違っていない自信がある。そんな気持ちから怒鳴ってしまったが、仕事場の主《あるじ》はあくまでケビンなのだ。矢吹は一呼吸置き、切り出した。

「言葉が過ぎました。お詫《わ》びいたします」

歯を食いしばり、頭を下げた。

「だからさ、矢吹さんが仕事の中身を知ったところで理解できないし、そもそもコンフィデンシャリティーがとてつもなく高いプロジェクトだ。頼むから、俺たちに口出しするのはやめてくれないかな」

カウンターに放り出したヘッドホンをつかみ、ケビンが言ったときだった。矢吹の背後に人の気配がした。振り返ると、ボウサンが立っていた。

「ケビン、ちょっといい？」

ボウサンの手にはノートパソコンがある。

「なにか、使えそう？」

ケビンが立ち上がった。

「どうかな？」

ボウサンはケビンよりずいぶん年下だが、会話はタメ口だ。一方のケビンにしても、馴《な》れ馴《な》れしい言い方に不満を抱いている様子は全くない。

「これって、ターゲット層の好みにマッチしているの？」

「ドンピシャだよ」

矢吹は二人のやりとりに聞き入った。両目はボウサンのパソコンの画面に固定した。先ほどの車高を落としたミニバンが左に、右の画面には棒グラフや折れ線グラフが一覧表示されている。

「ケビン、これもチェックしてくれる？」

だぶだぶのパーカーを着たクミも話の輪に加わる。

「どんなやつだ？」

クミの液晶には、さっき彼女が見ていた、大手ネット企業が運営するプレイガイドの画面がある。どんなアーティスト、あるいはイベントかまでは細かいフォントを読み取れないが、右端には〈完売〉の赤い文字がずらりと並んでいた。

ケビンは中古車とグラフ、プレイガイドの〈完売〉の文字をそれぞれ睨んだあと、二人の若いスタッフに笑みを見せた。

「いいじゃん、これいけるよ」

ケビンの声が弾んでいる。二人の若者も得意げな顔だ。

矢吹は首を傾げ、三人の顔を見比べた。ヤンキー仕様の中古車と複雑なグラフ、そしてプレイガイド。三者にどのようなつながりや共通点があるのか。まして、レッドネックというプロジェクト名にどんな関《かか》わりがあるのか。

「ケビン、やっぱりこいつらだね」

三人の輪に、ネルシャツのタカも加わった。先ほどと同じタブレットを手にしている。画面は動画投稿サイトのライブだ。

「そうか、でかした」

ケビンが荒っぽくタカの肩を叩く。

「ちょっと、こっちですり合わせしよう」

輪の中心にいたケビンが顎で仕事場中央の丸いテーブルを指した。三人の若者がスツールを手にテーブルの周囲に集まる。

バラバラのネット情報とすり合わせ……一体なにが起きているのか。

部屋の隅に立てかけてあった折り畳み椅子を手に取ると、矢吹も四人の後に続いた。

「みんな、よくやってくれた。これでターゲットが決まった」

三人の若者がテーブルに着くなり、ケビンが切り出した。張りのある、優しさに満ちた声音だった。

ケビンの斜め後ろに陣取ると、矢吹は意識を集中させた。たった今、ケビンは〈ターゲット〉と言った。バラバラのネット情報とターゲット……仕事場に足を踏み入れてから目にした物を次々に思い浮かべるが、ターゲット、目標、対象という言葉に符合するものはない。

「絶対いいよ、これ」

タカからタブレットを受け取り、ケビンが言った。声がさらに弾む。少しだけ目尻《めじり》が下がり、目の前の画面を愛でているようにも見えた。

「従来の行動パターン、購買状況、生活エリア等々のデータを三日三晩集め、ふるいにかけ、そして分析しました」

ボウサンが胸を張った。ケビンが口元を緩め、サムズアップで返答する。

「抽出したデータ、プロジェクトの名前にピッタリかもね、ケビン」

クミがケビンにウインクした。

「こういう結果はある程度予想していた。でも君たちのおかげで、ドンピシャだとわかった。こりゃ、うまくいきそうだ。ありがとう、礼を言うよ」

「フィーを弾んでくださいよ」

ボウサンがわざと眉根を寄せ、言った。

「もちろん。今回の短期間の成果に対しては、一人当たり二〇〇万円のボーナスだ」

いきなり、生々しい数字が飛び出した。

一人二〇〇万円、三人なら六〇〇万円だ。ケビンは半年間で六〇億円の報酬を得る。その中から若者たちにギャラを支払うと言っていたが、わずか三日で二〇〇万円とは……矢吹は思わず口元を掌で覆った。同時に、バラバラの調査結果がこんな高額なアルバイト代になるのだと考え、関わっているプロジェクトの詳細を知らないだけに、不安な気持ちが膨らむ。

上司の久保は違法な行為には一切タッチしないと断言したが、本当にそうなのか。だが、三人がチェックしていたネット情報の数々には、法に触れる中身はなかった。

「それで、コイツらの懐はどうなんだ？」

ケビンの口調が変わった。ノルマ必達を課す厳格な営業部長のような有無を言わさぬ響きだ。

「もちろん、調べたよ」

クミが得意げに顎を突き出す。同時に、手元のノートパソコンのキーを叩く。直後、ケビンの傍らにあるノートパソコンからメール着信を告げる機械音が響いた。

「どれどれ……」

矢吹はケビンの盛り上がった肩越しに画面を覗き見た。

〈株式会社ウィンズブロー　直近三年間の業容〉

日本最大手の信用調査会社の資料だ。ケビンがファイルを開くと、表計算ソフトの細かいマス目が画面いっぱいに広がった。

ケビンはノートパソコンのパッドを器用に操作する。画面のマス目には売上高や経常損益など会社の細かな資金の流れが浮かび上がる。

「やっぱり新型ウイルスのパンデミックは痛かったね」

矢吹は画面中のポインターを凝視した。最終損益が三期ぶりの赤字に転じていた。それも二桁《ふたけた》の億単位の赤字だ。どんな会社かは知らないが、過去の経常利益が七、八億円程度の企業でこれだけの減益となれば、存亡の危機に直面しているはずだ。

「いいねえ」

大幅な赤字の部分にポインターを当てたまま、ケビンが笑った。人様の業績悪化を喜ぶとは。ケビンのことがますますわからなくなった。

「いいでしょ？」

今度はクミも笑う。矢吹はクミの顔、そしてその両脇にいるボウサンとタカに目をやった。二人も満面の笑みだ。

「ちょっと……」

新型ウイルスの世界的な流行で、日本でも多くの中小・中堅企業が倒産に追い込まれた。外資系の大手広告代理店に転職して難を逃れたものの、矢吹の大学同期たちが就職した日本の大手企業でも給与のカットが公然と行われた。人様の不幸を笑うものじゃない、そんな言葉が出かかったときだった。

〈涙はすぐには乾かない　乾かない時間の分だけ　君を思うよ　仲間を慕うよ〉

タカのタブレットから、強烈な縦乗りのリズムが流れ、ハスキーな男性ボーカルの声が仕事場の天井に反響した。

「へへ、いいっすね」

今までほとんど感情の機微を見せなかったタカが、口元に薄ら笑いを浮かべた。矢吹は思わず肩を強張らせた。

「好きなの、疾風舎?」

矢吹は反射的に問いかけた。

「まさか、僕はアニソン専門ですから」

タカが強く首を振った。

「誰か、疾風舎ファンなの?」

矢吹はさらに問いかけた。

「僕はヘビメタ専門」

ボウサンが顔をしかめた。

「私はクラシックしか聴かないわ」

いる。

と、クミ。矢吹はケビンの顔を凝視した。当の本人は、信用調査会社の資料を読みながら笑ってい

「ケビンさんが疾風舎のファンなのですか？」

矢吹が尋ねた途端、ケビンの顔から笑みが消えた。

「とんでもない。こんな頭悪そうなバンド、金もらっても聴かないよ。バックの音源は単純な打ち込み、リリックは小学生の作文レベル。まともに聴いたら、三分もたないね」

唾棄《だき》するような言いぶりだった。

「なんで？　どういうことなの？」

ケビン、そして三人の若者の顔を見比べながら、矢吹は叫んだ。なぜプロジェクトが一歩進んだのか。中古車、ライブ、懸賞……そして今度は人気バンドの疾風舎だ。なに一つ、仕事と結びつかない。

「矢吹さん、仕事したがっていたよね？」

「ええ、もちろん」

矢吹は反射的に頷いた。

「矢吹さん、せっかくだからミッションを頼んでもいいかな？」

ケビンが真面目《まじめ》な顔で言った。

「はい、もちろんです」

ようやく仕事ができる。だが、どんな内容なのか。あれほどやることがないと言い続けてきたケビンの態度が一変した。不安がないといったら嘘《うそ》になる。そんな矢吹の心のうちを見透かしたように、ケビンが言った。

「広告代理店の営業担当が得意な仕事だよ」

「具体的には？」

「タイアップ企画を進めてほしい」

心の中で矢吹は手を叩いた。得意な業務であり、代理店に転職する原動力となった仕事の一つだ。特定の商品やサービスを幅広い層に届けるため、企業がメディアと協力して広告戦略を練る、あるいは実際に広告を展開させることだ。

「やりますよ」

矢吹は胸を張った。

「これ、ラフなプランを作ってみたんだけど」

ケビンが手元の画面を切り替え、言った。

「メールで送るからさ、御社のプランナーやコピーライター、クリエイティブの面々を使って、キャンペーンの骨組みを作ってもらえないかな」

「もちろん可能です。全社あげて取り組みます。それで期限は？」

「一カ月後には動かなきゃならない」

「そんな短期間で？」

「タイアップの企画を進めるのはウェブ上のみ。テレビや新聞ははなから眼中にない。やれるはずだ」

もう一度ケビンが画面を切り替える。すると、先ほどの調査会社の資料が矢吹のスマホに飛び込んできた。

「この会社に行って、協力を取り付けてほしい。いや、先方は必ず食いついてくる」

「疾風舎のマネジメント会社ですよね。大丈夫でしょうか？」

「絶対にうまくいく。レッドネック第一段階の仕上げは、矢吹さん、あなたの腕にかかっている」

ケビンが矢吹の肩を叩くと、他の三人の若者がクスクスと笑い始めた。

9

「残り時間は三日だ。ミスなく仕上げをやりきろう」

チーフアシスタントの声が代々木八幡《よよぎはちまん》の仕事場に響いたあと、田辺洋樹《たなべひろき》は手元のトレース台の電源を入れた。

六時間前の午前二時、〈成り上がり金融道〉の来週号のネームが完成した。一旦《いったん》アパートに帰ったあと、田辺は二時間ほど仮眠し、インスタント焼きそばを食べてから再び仕事場に戻った。

草間《くさま》はメインキャラクターの輪郭を描《か》き始めた。人気漫画家の作業の進捗《しんちょく》を見ながら、チーフアシスタントが次々に他のアシスタントに作業を割り振った。

担当編集者の松木《まつき》がネームにオーケーを出したあとでペン入れが始まる。チーフアシスタントが言った通り、期限はあとわずかしかない。

LEDの白い光が顔を照らし始めると、田辺は三日前に撮影した新宿歌舞伎町《かぶきちょう》の裏通りの写真を台に置き、その上からペーパーを当てた。

薄暗い通りには、風俗店のステッカーやスプレーで落書きされた壁など新宿という汚れた街を体現するオブジェがいくらでもあった。

チーフアシスタントの指示で、ステッカーをトレースし始める。アダルトビデオのパッケージを無断でコピーしたのだろう。手元には男を誘うように長い脚を広げる女の姿がある。細めの足首をトレースした途端、風呂上がりのミソノの姿が頭に浮かんだ。ミソノの脚はもっと太いが、女であることに変わりはない。初めて触った女の肌の感触を思い出し、手元のモデルにはない影の線を加えていく。

「ああ、飲みに行きてえ」

ペンを動かしながら、草間が叫んだ。

「先生、あと少しだけ我慢してくださいよ」

駄々っ子をなだめるように、チーフアシスタントが言った。

「だってさあ、前回ギロッポン行ったのもう一〇日も前だよ」

「原稿が早く上がれば、いくらでも行けるじゃないですか」

「俺、今行きたいの。歌舞伎町の朝キャバでもいいや」

「奥さんに叱《しか》られますよ」

「もう何日も会話してねえし、関係ないよ」

妻と子供がいるのに、なにがキャバクラだ。

心の中で唾棄すると、田辺は足元のデイパックからヘッドホンを取り出し、耳に当てた。スマホの音楽再生アプリを立ち上げ、疾風舎のアルバムをかける。

〈Go Forward! 前進あるのみ No Surrender 降参するなよ〉

レゲエ特有の裏リズムが心地よく耳の奥に響き渡る。どんな嫌な境遇にいても、絶対に逃げるな。疾風舎はいつも自分を後押ししてくれる。

太腿《ふともも》を仕上げると、くびれたウエストのラインをトレースする。次はいつミソノに会えるのか。自分が男になったのと同じように、ミソノもあの晩、大人の女になった。

〈おまえの女を離すなよ おまえの男を逃すなよ〉

疾風舎のリリックがさらに田辺の背中を押す。腰から胸元にペンを走らせたとき、隣のデスクにいるアシスタントがいきなり立ち上がった。田辺はその視線の先を辿った。

「おはようございます」

ヘッドホンを外し、田辺も立ち上がった。

「おはようございます。どうぞ、そのまま作業を進めてください」

昨晩、終始しかめっ面だった松木が事務所に姿を現した。田辺は草間に目をやった。キャバクラに行きたいと軽口を叩いていた事務所の主人は、眉根を寄せた。草間だけでなく、チーフアシスタント、そして田辺らその他大勢のアシスタントも同様だ。

昨晩、激しいやりとりの末に松木がネームにオーケーを出した。松木が現れたということは、またネームがやり直しになるかもしれない。あと三日の期限が、さらに厳しくなる。食事や睡眠の時間を削り、下手をすれば事務所の床で寝袋に入る生活が来るかもしれない。

「ネームじゃないわよ」

皆の凍《こお》りついた表情を察したのか、松木が笑顔で言った。

「なんだよ、びっくりさせないでよ」

草間が大きなため息を吐いた。

「どうぞ、入ってください」

松木が事務所のドアに向け、言った。

「失礼いたします」

田辺の視線の先に、背の高いスーツ姿の青年がいた。

「一心堂《いっしんどう》営業五局の中川《なかがわ》と申します」

青年は日本で一番大きな広告代理店の名を告げた。

「タイアップのご相談にあがりました。皆様、どうかそのまま作業をお続けください」

ツーブロックに刈り上げた髪をポマードで固めた中川が、丁寧な口調で言った。

「ほらほら、作業だよ」

草間がアシスタントたちに指示する。

「松木さん、今日はなによ？」

「多分、草間さんが喜ぶ話」

日頃金切り声を発する松木の声音が優しい。中川というイケメン代理店マンの前で本性を隠しているのだ。

草間と松木、そして中川が事務所の隅にある応接セットに向かった。企画とはなにか。映画とドラマに関しては、一心堂が窓口になっていた。となれば、別の映像化の話でもあるのか。ヘッドホンをデイパックに戻すと、田辺はペンを握り、両耳に神経を集中させた。

「先生、早速ですがウォッカベースのドリンクはお好きですか？」

一心堂の中川が切り出した。

「コンビニで手軽に買えるニコライブーストが好きだけど」

「やはり、そうですか！」

田辺は打ち合わせスペースを遠目に見た。中川が鞄《かばん》からボトルとポスターを取り出した。

「ニコライは弊社の扱いでして、この方が次期キャンペーンのキャラクターに決まりました」

ポスターを広げながら、中川が言った。

「おっ、リリックトリックの銭丸《ぜにまる》さんじゃない」

草間が感嘆の声をあげた。

ネーム作業に煮詰まると、草間はいつもヒップホップグループのリリックトリックを大音量でかける。本人は気晴らしだとか、激しいリズムと言葉の洪水でアイディアが湧《わ》くと言うが、他のアシスタントは皆一様に顔をしかめ、イヤホンかヘッドホンを装着する羽目になる。

特に、疾風舎ファンの田辺は、リリックトリックが苦手だ。リーダー兼ボーカルの銭丸は、内外の有名な詩人の作品をベースに歌詞を紡ぐ。複雑な韻を踏み、難解な哲学を編み出していると本人が事あるごとに主張する。音楽はストレートにわかりやすく伝えるのがモットーの疾風舎とは正反対だ。

リリックトリリックはファンを選別し、歌詞の意味がわからない客はバカだとも銭丸は言う。勝手気ままな草間が好んで聴くこともあり、田辺は避けてきた。

「実は銭丸さんが草間先生の大ファンでして、ニコライのイベントでご一緒できないか、そうオファーされてきたのです」

「マジで！」

「本当です。いかがでしょうか？」

中川が身を乗り出し、二月後の土曜の晩だと告げると、隣に座っている松木が手帳を開き、猛烈な勢いでページをめくり始めた。

「あと五話分、普段より巻きで原稿をいただければ弊社的に問題はありません」

松木が事務的に言った。日頃草間を叱咤する松木だが、たまには息抜きも必要、そう考えてこの企画を持ち込んだのかもしれない。

「弊社の第五営業局は、ミュージシャンの皆さんと多くの仕事をさせていただいております。リリックトリリックのほかにも、先生のお好きなバンドやアーティストがあれば、ぜひまたご案内させていただきたく」

中川が恭《うやうや》しく頭を下げた。一方、草間は複数の女性シンガーやアイドルユニットの名を挙げた。

「今後も様々な企画を作ります。ぜひご一緒させてください」

草間の挙げたアーティストの名をメモ帳に書き込みながら、中川が言った。

「それで、ニコライのイベントではなにをするの？　銭丸さんとトークショーとか？」

「もちろん、お二人のトークショーをお願いしたいと思っております。それに……」

「それに、なに？」

「銭丸さんとリリックトリリックの皆さんのパフォーマンス中、ライブペインティングをお願いしたいのですが」

「お安い御用。やるよ！」

草間の声が弾んでいた。

「それで、ギャラはいかほどでしょう？」

松木が中川に尋ねた。すると、中川は指を三本提示した。

「これでいかがでしょうか？」

「三〇万円か」

草間が言うと、中川が首を振った。

「先生、一桁違います」

「三〇〇万円ってこと？」

「ニコライは羽振りの良いクライアント様です」

田辺は懸命に舌打ちを堪えた。ライブペインティングがどの程度の時間を要するのかはわからないが、一晩で三〇〇万円もの金が手に入るのだ。田辺の年収をはるかに超える額をたった一晩で、しかも著名なミュージシャンと一緒であり、多くのマスコミも取材に来るはずだ。

そっとチーフアシスタントの顔を見る。やはり眉根を寄せていた。松木の言う通り、イベントに出演するためにスケジュールを前倒しすれば、しわ寄せは全てこの部屋にいるアシスタントにくる。ふざけんな……喉元《のどもと》まで這《は》い上がってきた言葉をなんとか飲み込み、田辺はペンを動かし続けた。

「それでは先生、なにとぞよろしくお願いします」

「任せてよ」

草間と中川が握手し、打ち合わせが終わった。

「私はこちらで失礼いたします。さっそく銭丸さんに会い、ご快諾いただいた旨を報告して参ります」

「よろしく言っておいて！」

中川が鞄を持ち、仕事場の出口に向かった。

「あの、ちょっとコンビニ行ってきます」

田辺はチーフアシスタントに断り、席を立った。

〈第五営業局は、ミュージシャンの皆さんと多くの仕事をさせていただいております〉

中川の言葉が頭にこびりついていた。田辺は急ぎ玄関で靴を履き、中川の後を追った。エレベーターでエントランスホールに降りると、中川の後ろ姿が見えた。

「あの、すみません」

「はい？」

中川が足を止めた。

「草間先生のアシスタントで田辺と申します」

「御用はなんですか？」

先ほど仕事場で聞いた朗らかな声ではなく、不機嫌な響きがある。

「お願いがあるのですが」

「なに？」

「御社ではミュージシャンとたくさんお仕事されているとうかがいました」

「仕事だからね」

草間に対する猫撫《ねこな》で声とは対照的なつっけんどんな言いぶりだ。

「疾風舎のファンなんです。全然チケットが取れなくて困っています。一心堂さんは最大手の代理店です。次の機会になんとかなりませんか？」

「疾風舎？　なにそれ」

「あの、レゲエ音楽がルーツの……」

「知ってるよ、それくらい。なんで今頃疾風舎なの？」

「ファンなもので。それに、彼女と出会ったのも疾風舎のイベントでした」

「へえ、良かったね。でもなんで俺がアシ君のチケットの手配しなきゃいけないの？」

「……もしコネがあればと思いまして。必死なんです」

田辺が言うと、中川が舌打ちした。

「あのさ、勘違いしないでね。君はなんの実績もないアシ。先生は性格に難があろうが、ベストセラー作家さまだ。だから俺たちプロは靴を舐《な》めるようなこともするわけ」

「あの、先生にもよく言っておきますので」

「なにを？」

「これからも一心堂さんとお仕事されるようにって」

中川がもう一度、舌打ちした。

「それは興学館《こうがくかん》の松本女史のお仕事。彼女は実質マネージャーさんだからね。彼女から頼まれたら、どんな入手困難なプラチナチケットであろうと、アリーナ最前列の席を用意するよ。でも、君は所詮アシだろ？」

「……すみません」

「それにさ、疾風舎って商売になりにくいんだよね」

「どうしてですか？」

「ファン層に問題あるわけ。例えば君のようなアシ君だ」

「俺ですか？」

「カネ持ってないじゃん。地味な仕事やってる人とか、肉体労働者系のファンばかりで、おまけに年収低い連中だ」

田辺は唇を噛み、耐えた。

「ヤンキー、マイルドヤンキー層ってさ、低所得な人が多いから、はっきり言って企画作っても見返りが少ないわけ。だからウチの会社で扱おうって物好きはいない」

「そ、そうですか」

田辺は拳《こぶし》を握りしめた。草間の取引相手でなければつかみかかっている。

「ごめんね、お役にたてなくて。それより早く一人前の漫画家になりなよ。俺が頭下げてくるようなクラスの」

侮蔑的な笑いを残し、中川が駅の方に去った。

「ふざけんなよ」

遠ざかる背中に向け、田辺は毒づいた。

10

矢吹の目の前の壁には、赤黄緑のラスタカラーに彩られた巨大なタオルがいくつも貼り付けてある。それぞれのタオルの横には、疾風舎の主要メンバーの巨大ポスターが飾られ、大きな葉の観葉植物の鉢受けも置かれていた。

応接室の外側、廊下からは疾風舎のヒット曲が聞こえる。籐《とう》製の椅子に腰掛けていると、南国のリゾートか房総《ぼうそう》の海岸にいるようだ。

「やあやあ、どうもお待たせしました」

突然応接室のドアが開き、グレーのスーツを纏《まと》った中年の男が現れた。その隣には、矢吹と同世代とおぼしき小柄な女性がいる。

「お時間いただきまして、恐縮です」

籐製の椅子から立ち上がると、矢吹は二人に名刺を差し出した。

「弊社のような中小事務所に世界最大手のオメガさんからお声がかかるとは、まことにありがたい」

矢吹の対面の男が何度も頭を下げた。矢吹の手には、壁のタオルと同じラスタカラーの名刺がある。

〈株式会社　ウィンズブロー　取締役営業部長　若村浩一郎《わかむらこういちろう》〉

疾風舎は元々房総のビーチでサーフハウスを営んでいたメンバー二人が興したバンドだ。海外のレゲエカルチャーを持ち込み、サーフィン専門店の傍ら、ビーチハウスを運営し、そこで仲間たち向けにDJを始めた。

湘南《しょうなん》と並び、房総はサーフィンが盛んだ。地元民だけでなく、首都圏から多くの客がビーチハウスに集うようになり、DJをするほか、即興のラップやヒップホップを歌い始め、これがさらに人気を集めた。

「若村さんが育ての親というわけですね」

「いや、そんな大袈裟《おおげさ》なものではありません」

若村が謙遜《けんそん》して頭を振った。

目の前にいる若村は、レゲエやDJとはおよそ縁遠い風貌《ふうぼう》だ。髪を七三に分け、地味なスーツとネクタイ。広告代理店の営業担当という職業柄、芸能事務所を訪れたことは何度もある。若村のような年代の関係者の多くは肌を黒く焼き、歯を不自然なほど白く磨きあげ、ストライプの細身スーツを着用する。しかし眼前の男は全く違う。商店街の小さな税理士事務所の代表のようで、芸能界という華やかなイメージは一切ない。

「私、それっぽく見えないですよね」

矢吹の視線を感じたのか、若村が口を開いた。矢吹は曖昧な笑みを返した。

「私は元々、大手芸能事務所の総務を担当していました。弊社社長が独立する際、立ち上げメンバーとして行動を共にして、今に至っています」

若村は、幼い子供たちとなんどか房総を訪れた際、疾風舎の面々と顔見知りになったという。その後、バンドが関東一円でも人気になった折、社長の鶴《つる》の一声でスカウトに行き、二人三脚でキャリアを伸ばした。若村が言い終えると、隣の女性が名刺を出した。

〈疾風舎チーフマネージャー　近江早苗《おうみさなえ》〉

「マネージャーをやっております。よろしくお願いいたします」

ショートカットの小柄な女性だ。疾風舎はメーンボーカル一人、その両サイドに二人のボーカルを配し、バックにドラム、ベース、ギター二名、全員が男性メンバーだ。メーンボーカルはドレッドヘア、そして他のバンドメンバーもいかつく、男臭い特徴がある。だが、マネージャーは華奢《きやしや》だ。

「早速ですが、こちらが我々オメガの提案になります」

バッグからクリアファイルを取り出し、矢吹は応接テーブルに載せた。大丈夫なのか……ファイルから数枚の資料を取る際、少しだけ指先が震えた。

「拝見いたします」

恭しく受け取ると、若村が近江とともに資料を食い入るように読み始めた。

三日前、レッドネックの仕事場で唐突にケビンから仕事を振られた。プロジェクトを進める上で、疾風舎が大切な役割を果たすことになる。ケビンは真面目な顔で言った。

人気バンドがどのようにプロジェクトに関わり、成果はどんなものになるのか。矢吹は何度も尋ねたが、ケビンは首を振り続けた。契約上のコンフィデンシャリティー重視の一点張りだった。

ケビンは矢吹の問いかけを無視し、オメガという大手広告代理店のリソースをフルに活用するよう求めた。具体的には、疾風舎をインターネット上のイメージキャラクターに使用したいと考えるスポンサー企業を急いで見つけろという内容だった。

タイアップは数カ月から半年、企画によっては一、二年単位で細部を詰めていくもので、簡単に見つかるかは疑問だと矢吹は抵抗した。しかし、高田馬場の仕事場から久保に連絡を入れると、責任を持って探すと即答された。

この際、ケビンが矢吹の電話を取り上げ、大手の中古車検索サイトや有力ディーラーを当たってほしいと告げた。


「ありがたいお話ですね」

資料の一ページ目を読みながら、若村が唸《うな》るように言った。

「前向きにご検討いただけると嬉しいです」

矢吹は合いの手を入れた。

今、若村と近江が食い入るようにチェックしているのは、大手の中古車情報専門誌とのタイアップ企画案だ。

「カーサーチさんは業界の最大手ですよね？」

近江が声を弾ませた。

「日本で最初に専門誌を立ち上げ、今はネット上で一番シェアが高い企業です」

矢吹はバッグからタブレットを取り出し、画面を二度タップした。カーサーチの媒体資料で、読者数のほか、実際に媒体を通じて中古車の売買が成立した数が五年に亘《わた》って記録されている。

「ウチのファン層とぴったりですね」

「そうだな」

近江と若村が顔を見合わせ、興奮した面持ちでページをめくった。二人の様子を見て、矢吹は胸を撫で下ろした。

目の前に座る二人の様子を見ながら、矢吹は高田馬場の仕事場での光景を思い浮かべた。背の高いボウサンが中古車情報サイトを凝視していた。ついで、タカとクミが動画投稿サイトをくまなく調べ、疾風舎に行き着いた。

ケビンらは他の細かいデータを比較していた。詳細は知り得ないが、こうして矢吹は最大手サイトとのタイアップ企画を疾風舎の事務所に持ち込んでいる。

「なるほど、その手がありましたね」

さらにページをめくった若村が声をあげた。我に返った矢吹は笑顔で言った。

「疾風舎さんはライブで人気を高め、ファン層を広げられたバンドです。しかし、年に二度のツアーチケットは入手困難で……」

矢吹は諳《そらん》じてきたバンドの概要を伝えた。対面でマネージャーの近江が深く頷く。

「東京ドーム、あるいは国立競技場を満杯にできる実力を持っているのですが、何分……」

近江が言葉を濁した。

「ファンとの触れ合いが第一、メンバーはそう言って絶対にポリシーを曲げません。ですから、どうしても会場はせいぜい五、六〇〇〇人程度の中規模のホールばかりでして」

若村が眉根を寄せた。

「ファンを大事にするスタンスが、またコアなファンを呼び込むんですね」

「その通りなのですが、昨年の新型ウイルス騒動以降、このやり方が完全に裏目に出ましてね」

「ライブがライブにならなかったんです」

近江が肩を落とし、言った。

「ネットのニュースで拝見しました」

一年前、新型ウイルスが世界的に大流行したことで、飲食業だけでなく多くの演劇関係者やミュージシャン、パフォーマーが軒並み収入を絶たれた。

ライブでファンを増やしてきた疾風舎も同様。試験的にライブ会場の席間隔を空けて演奏を始めたものの、いつもの一体感は生まれなかった。

疾風舎のライブでは、メンバーがラスタカラーのバスタオルを振り回すと、観客もこれに応じる形でタオルを振り続ける。ファン同士でタオルを交換し、絆がより強まるというファミリー型のライブを続けてきた。

だが、新型ウイルスは飛沫感染してしまう。感染者数が減ってライブが許可されたものの、タオルの持ち込みが禁止された。タオル交換を通じて、万が一感染を急拡大させるクラスターが生じたら、モラルの喪失とメディアに叩かれ、患者から訴えられるおそれがあったからだ。

一向に盛り上がらない会場を見たリーダーの提案で、ライブは途中で打ち切られた。その後はチケット代が全額払い戻されるという前代未聞の事態になったと多くのメディアが伝え、ライブを強行したバンドと所属事務所が非難を集める事態に至った。

「あのライブ以降、やることなすこと、全て裏目に出ました」

若村が苦々しげに言う。

スカスカのライブに懲りた疾風舎とスタッフたちは、インターネットによるライブ配信へと考え方を変えたという。

他の多くのバンドやアーティストが無観客のライブ配信を実施していることもあり、ファンクラブを通じて告知を行ったと若村が明かした。

「しかし、配信料がネックになりました」

「いくらに設定なさったのですか？」

「二〇〇〇円です。生配信に加え、録画することも可能な設定にしたのですが……」

「伸び悩んだのですか？」

「普段のライブ会場の一体感がない、そんなコメントが一気に拡散されてしまいましてね」

マネージャーの近江が肩を落とした。

疾風舎のライブは、毎回演目を変えることで有名だ。このため、都内の大きなスタジオを六日間借り切り、日替わりでライブ配信を行う予定だったと近江がため息混じりに言った。

「スタジオ料金が六日間で一二〇〇万円、配信に関わるスタッフの人件費が四〇〇万円、キャンセル料が三〇〇万円等々、採算が悪化しました」

近江が消え入りそうな声で告げた。矢吹の頭の中に、信用調査会社の出した収益のグラフが蘇った。ここ数年、順調に右肩上がりだった売り上げの線が、昨年の春以降は急激に下降していた。

「ライブ会場で販売していたタオルやステッカーの類いも売れなくなりました。年間で二億円近い減収です」

「ネット販売という手段は取られなかったのですか？」

矢吹が尋ねると、眼前の二人が同時に首を振った。

「ライブ会場で買うタオル、ステッカーにご利益がある、そんな噂《うわさ》がファンの間に定着しています。ネット販売は邪道というやっかいな声も根強いのです。ライブで食べてきたバンドのスタイルが、一気にひっくり返りました」

若村が言い終えると、近江が言葉を継いだ。

「ここ一〇年の間で、音楽業界は大きく様変わりしました。CDが全くと言っていいほど売れなくなり、ネットを通じたダウンロードが主流になりました」

近江がスマホを取り出し、画面をタップした。華やかな液晶画面にラスタカラー、そして疾風舎のメンバーが映し出される。

「音楽配信サービスが始まってすぐに、欧米のサブスク業者が圧倒的なシェアで日本に乗り込んできました」

近江が複数のネット企業の名を挙げた。通販大手のサバンナや、音楽配信専門の北欧の企業だ。

「彼らは圧倒的な会員数を背景に、サブスクを始めました。もちろん、弊社もその中に含まれます。いえ、あのプラットフォームに入らないと、新曲や新しいアルバムがファンの手に届きにくくなっているのです」

サブスクとは、サブスクリプションの略称で、現在主流となっている定額サービスのことだ。サバンナの音楽再生サイト「サバンナ・ミュージック」に登録した上で、月に五〇〇円程度の会費を納めると、世界中のあらゆるジャンルの音楽が聴き放題になる。

矢吹のバッグの中のスマホにもサバンナ・ミュージックのアプリが入っている。若村の言う通り、ここ一〇年ほどCDを買っていない。好きなアメリカ人のバンドやギタリストのアルバムは全てサバンナ経由でダウンロードした。

「疾風舎だけでなく、他の人気バンドやアーティストがライブに力を入れるのは、ここでしか現金収入の手立てがないからです」

若村が沈痛な面持ちで言った。

「現金収入とは？」

「ライブのチケット代金はもちろんのこと、会場での物販事業です」

若村が壁にかかるラスタカラーのタオルを指した。

「先ほども話しましたが、ネット販売せず、会場だけで買える。それでご利益という言葉まで生まれたのです。ライブができないと、本当にきつい」

若村は具体的な数字を明かさなかったが、タオル代金は貴重な収入源だと明かした。考えてみれば、原価数百円のタオルを、五〇〇〇円近くで販売するのだ。濡《ぬ》れ手で粟《あわ》とまでは言わないが、深刻な音源の売り上げ減少を補う意味で、物販の売り上げは貴重だったというわけだ。

「タオルをメイン商品にしているあのお方も苦しいと聞きました」

近江が超大物ロックシンガーの名を口にした。芸歴が五〇年以上になるシンガーで、ライブ時に大きなバスタオルを羽織るスタイルが有名だ。疾風舎もここからタオルを回すスタイルを編み出したのだという。

いくつものCMに出演し、億単位のギャラを受け取っているあの大物でさえ、本業の音楽では苦境だという。疾風舎が稼ぎ頭のウィンズブローには若手のバンドやタレントを養う必要があり、固定費は毎月数千万円単位で出ていく。

「我々のような浮き草稼業に対して、銀行のスタンスも厳しくなるばかりでして」

若村は取引銀行の融資の審査が厳格になっているとも明かした。

「緊急事態宣言下では、雇用関係の助成金が出ましたよね」

「あれは一時しのぎの対策でした。多くのエンターテインメント企業と同様、我々の日々の資金繰りを支えるには不十分でした」

若村の声がさらに低くなる。

「バンドのメンバーたちは、私物をオークションに出して急場を凌《しの》ぎ、生活費を切り詰めるような事態になっています」

近江が洟《はな》をすすった。

オメガに転職してから、矢吹が担当した芸能事務所は大手ばかりだった。複数の人気俳優やモデルを抱え、安定的にギャラが振り込まれ、ＣＭ出演の報酬も潤沢に入っていた。一方、疾風舎のような有名人気バンドでも、ライブというただ一つの強みが否定されてしまえば、一気に事務所の経営が揺らぐ。

〈絶対にうまくいく〉

三日前、ケビンが自信たっぷりに告げた言葉が頭の奥で反響した。仕事に飢えていた矢吹に任務を与え、後押しするように言った。口元は笑っていたが、両目は醒《さ》めていた。ケビンはカナダの名門大学で経営学を教えている。当然、信用調査会社の資料を読み込み、芸能事務所の経営状態がどうなっているかを分析するのはお手の物だ。

矢吹は眼前の二人に目をやった。傍目《はため》にも気の毒なほど、金策に苦労し、やつれていた。

〈いいねえ〉

信用調査会社が発したウィンズブロー社の壊滅的な数値を見た直後、ケビンは喜びの声をあげた。経営難の会社に近づき、タイアップをオファーする。オメガの優秀な営業マンたちが取ってきたのは業界最大手の中古車販売業者だ。若村たちに会う前、矢吹は会社のスタッフたちと検討を続け、プランがうまく進行するという確信を持った。同時に、法務部が企画に一切の違法性がないことを確認し、最終的にゴーサインが出た。

ただ、ケビンの不敵な笑みが気に掛かる。弱り切った芸能事務所を使い、なにか悪巧みをしているのではないか。いや、そんなはずはない。頭の片隅に浮かんだ疑念を、矢吹は強く首を振り、否定した。

カーサーチ社は、ウィンズブロー社と業務提携を結び、今後一年の間疾風舎のライブを全面的にバックアップする。

多額のスタジオレンタル料やディレクターやカメラマン、照明や音声担当に至るスタッフ全員の経費はカーサーチ社が全額賄う。

なにより、ネックとなっていた視聴料に関してもカーサーチが負担し、ファンクラブ会員は全てのライブコンテンツを無料で視聴することが可能になる。

事務所の二人が資料を食い入るように読んでいる間、矢吹も手元のタブレットにある企画書を読んだ。

カーサーチ社の若き取締役二人が疾風舎のファンだったことも、企画を後押しした。心強い援軍の登場だった。オメガ社のベテラン営業マンのチームが以前からカーサーチにアプローチしていたこともあり、ケビンの想定通り、企画は順調に走り出したのだ。短期間でここまでうまくプロジェクトが動くのは矢吹にとっては初めての経験だった。

「これは、どういう意味でしょうか？」

矢吹の対面で近江とともに資料を読んでいた若村が切り出した。矢吹はタブレットから顔を上げた。近江が契約書の末尾を指していた。矢吹は慌ててタブレットをタップし、ページをめくった。

〈ネット関連のデータ管理について〉

近江の細い指が企画書の注意書きの部分に当てられていた。

「ファンクラブの会員様が今回の企画に参加される際は、すべてネット経由で手続きが進みます。その際、扱った情報は我々オメガ社とデータ管理責任者が厳重に管理し、第三者に渡ることは絶対にありません、そういう趣旨です」

用意してきたメモをタブレットに表示し、矢吹は即答した。その直後、不敵な笑みを浮かべるケビンの顔がまた頭をよぎった。

〈データ管理は俺に一任ってことだよ。もちろん、プロジェクト以外に使うことはないし、悪用なんてもってのほか。当然、オメガ社のコンプライアンス担当が厳重にチェックするはずだから、間違っても違法性はない〉

「わかりました。弊社の顧問弁護士とも協議して、近々に正式にオファーをお受けさせていただきます」

両手を膝《ひざ》に置き、若村が深く頭を下げた。

「ありがとうございます」

次いで近江も頭を下げた。

「顔をお上げください。我々は対等のパートナーです。カーサーチさんは疾風舎のファン層にがっちりリーチして車を売り込むチャンネルを一つ得た。そして御社は資金面の強力な後ろ盾をゲットし、我々オメガは適正な手数料をいただくのです」

若村、そして近江が立ち上がった。

「矢吹さんは疾風舎の恩人です。メンバーたちに成り代わってお礼を言います」

近江が小さな手を差し出した。矢吹は反射的に近江の手を握った。

「社長も喜ぶと思います。矢吹さん、近々一杯いかがですか?」

若村が口元を緩め、猪口《ちょこ》を空ける手振りをした。

「申し訳ありません。クライアントの皆様と私的な会合、会食を持つことは禁止されておりまして」

「そんな堅いことをおっしゃらずに」

「いえ、本当なんですよ」

日本の代理店と違い、外資系のオメガはコンプライアンスに厳しい。特定の業者と癒着し、手数料の中抜きなど不正が発生することを恐れている。

「皆さんのため、懸命に働きます」

若村と握手を交わしたあと、矢吹は席を立った。二人が深々と頭を下げているのが気配でわかる。だが同時に、矢吹の耳元でクスクスと微《かす》かな笑い声が響いた気がした。足を止め、振り返る。だが、二人の声が届く距離ではない。依然として、耳元で笑い声がこだました。記憶を辿ると、高田馬場の仕事場で聞いた若いスタッフたちの笑い声だった。

矢吹を応援するのではなく、嘲《あざけ》るような響きがある。この仕事、果たして真っ当なのか。矢吹は不安を覚えた。

11

「綺麗な子、ずいぶん多くない？」

チェック柄の夏物ブレザーの女子高生とすれ違った直後、工藤はミソノに言った。城東の地元にも高校生は大勢いるが、かつての工藤と同じで垢抜《あかぬ》けない。どぎつい色に髪を染め、制服のシャツのボタンをだらしなく外す。スカート丈を自分で短くして、ローファーの踵《かかと》を踏む。鞄にはゴテゴテと猫のキャラクターのバッジを付ける……。

だが、この駅にいる女子高生たちは、まるで様子が違う。皆一様に薄いファンデーション、ナチュラル系のルージュを塗っている。控え目なメイクだが、随分と大人びて見える。真っ赤な口紅が唯一の自己主張だった工藤には思いつきもしないメイクだ。

「私たちは私たちですよ」

職場の介護施設では常におどおどし、カメのように首をすくめるミソノだが、今は態度が全く違う。多くの学生や勤め人が行き交う地下通路で、ミソノが大股で自信たっぷりに歩いている。

午後六時半過ぎ、ＪＲや私鉄、地下鉄が乗り入れる一大ターミナル駅は混雑していた。勤務のローテーションは二人とも早番で、そそくさと身支度すると、職場を後にした。地下鉄を二路線乗り継いだあと、工藤はミソノとともに池袋駅に到着した。

工藤が普段利用する地元駅と違い、それぞれの路線ごとにいくつも改札があり、そこから大量の人が吐き出され、別路線の改札、あるいは地上のバス乗り場へと足早に進んでいく。地下通路の傍《そば》には、高級百貨店の入り口があり、赤い制服を着た店員が人形のように道ゆく人に頭を下げ続けていた。

幅の広い地下通路だが、満員電車よろしく混み合っている。歩みの遅い女子高生の一団に苛立ったサラリーマンたちが舌打ちしながら追い越していく。様々な層の人間が折り重なった人波は、歪《いびつ》なさざなみを生み、工藤は今にも人酔いしそうだった。

「池袋って、いつもこんなに人がいるの？」

「まだ少ない方ですよ。店が終わる終電間際は、もっと荒っぽくなりますから、覚悟してください」

大柄なミソノは先ほどと同じ速いピッチで構内を西口（北）に向かって、歩き続ける。今日は母親が娘の朱里亜を保育園に迎えに行き、そのまま一晩預かってくれる。母親は面倒くさがったが、新しいアルバイトで臨時収入があるかもしれないと告げると態度が豹変《ひょうへん》した。あの声を出すときは、絶対に肉が食べたいときだ。

赤い制服の百貨店の地下食品売り場に並ぶ肉は、さぞかし高いのだろう。白いスーツ姿で水玉模様の買い物袋を下げた婦人客を横目に、工藤は口を開いた。

「体験入店《タイニュウ》って、いくらくらいもらえるの？」

「基本給は五〇〇〇円です」

まっすぐ進行方向を見据えたまま、ミソノが言った。

「お客さんの入り方次第ですし、ヘルプがうまくいけば、店長の判断でもう少しいけるかもしれませんよ」

介護施設の現場では、常に工藤がミソノに介助や洗体のノウハウを教える。ミソノは素直に頷き、こまめにメモを取っていた。

だが、今は立場が正反対だ。池袋という馴染みのない街では、ミソノが先生なのだ。錦糸町の場末スナックでは、客の大半が顔馴染みだ。だが、デブ専とはいえ、ミソノが人気ランキング上位に居座る店は、格上のキャバクラだ。接客の仕方も、爺《じい》さんたち相手のような具合にはいかない。

「万が一、指名とかもらえたら？」

「一律で指名料の半分、一五〇〇円が上乗せされますよ」

額に大粒の汗を浮かべ、ミソノが言った。

「うまくいくといいなあ」

「大丈夫ですよ、工藤さんみたいなJが好みのお客さんいますし、体入のときは店長やスタッフが優先的にヘルプのキャストにお客さん回してくれますから」

ミソノが淀みなく答えた。

「Jってなに？」

「熟女のJ、気を悪くしないでくださいね」

たしかにミソノはまだ二〇代前半だ。だが、自分だって三〇を過ぎたばかりだ。熟女はひどい、そう言いかけたが堪えた。

今日の体験入店では、ミソノのヘルプに徹する。店長に気に入ってもらい、週になんどか出勤することが可能になれば、少しは生活費の足しになる。

母親から借りている三カ月分の朱里亜の保育費を返したあと、ボーイフレンドの力弥に焼肉を奢《おご》ろう。明確な目標があれば、多少のセクハラくらいは我慢できそうだ。

「Jは Jなりに頑張ってみるね。それより、ミソノちゃんいつもより随分荷物が大きいわね。なにが入ってるの?」

ミソノの肩に、青いストラップが食い込んでいる。

「このバッグ、九九円で万能ですよ」

得意げにミソノが答え、北欧の巨大インテリアショップの名を口にした。

「船橋《ふなばし》のお店に一度だけ行ったんです。一〇〇円のグラスとか、クッションとか買ったときに、ついでにこれも買いました。汚れたらすぐに拭《ふ》き取れるし、絶対破れないから重宝しています」

目を凝らすと、大きなバッグはレジャーシートと同じ素材だ。たしかに雑巾《ぞうきん》で拭けば多少の汚れはすぐに落ちるだろう。

「もしかして、衣装が入っているの?」

「ええ、フリマアプリで仕入れた小さめサイズのフリルのワンピです。あとで見せてあげますね」

「どうして小さめなの?」

「だって、体の線がくっきり出るじゃないですか。胸もより大きく見えるし。指名の入り方が違ってきますよ」

「へえ、そうなんだ」

早足で歩きながら、小さめのドレスを着たミソノの姿を想像した。あちこちの贅肉《ぜいにく》を締め付けることになれば、ミソノの容姿はハムのようになるはずだ。デブ専の店で、肉感がウリだとわかってはいるが、思わず顔をしかめた。作り笑いを浮かべ、工藤は言葉を継いだ。

「衣装だけなの?」

「違いますよ」

ミソノが空いた右手で大きな青いバッグを叩いた。パンパンと乾いた軽い音が響いた。

「プラスチックのコンテナ。戦利品を持ち帰る重要ツールですからね」

戦利品と聞いた瞬間、工藤は手を打った。

「そうか、ディナータイムがあるんだっけ」

「そうですよ。実はね、今日は張り切っているんです」

大きなバッグの取手近くにあるポケットから、ミソノがスマホを取り出し、なんどか画面をタップして工藤に向けた。

「今日のローテーション、私のライバル、ナンバーワンの子がお休みです」

真っ白なファンデーションを塗った女の顔が写っていた。店の宣材写真のようで、瞳《ひとみ》が大きめに加工され、異様に付け睫《まつげ》が長い。

「ライバルがお休みだと、どうして張り切るの？　その分、指名が取れるってこと？」

「それもあります。でも、いっぱいお客さんを付けてもらえたら、ディナータイムでそれだけたくさんの唐揚げを注文できるじゃないですか。大食いの私でも食べきれないほどオーダーが入れば、その分指名料のほかにサービス料が加算され、しかも残った分はお持ち帰り。こんな素敵な仕事は滅多《めった》にありません」

「ミソノちゃん、あんた頭いいわね」

工藤は心底驚き、本音で褒めた。満面の笑みを浮かべたミソノは、バッグに手を突っ込むと、夕刊紙を取り出した。オレンジ色の見出しに見覚えがある。力弥が競馬と競輪に行く直前に必ず目を通す日刊ニッポンだ。一面には、女性都知事の大きな顔写真が印刷されている。

早朝、二日酔いの体を無理やり起こすと、点《つ》けっぱなしのテレビの音声が耳に突き刺さる。そういえば、ここ一、二週間は大池なんとかというおばさんの話をアナウンサーやコメンテーターたちが真面目に議論していた。

「ミソノちゃん、今どき新聞なんて読むの？」

「まさか、私ってバカなんで、漫画も難しいですから」

「私はテレビ欄専門だった」

過去形なのは、父親の死後は工藤家で誰も新聞に目を通さなくなったからだ。番組表は液晶テレビの内蔵チューナーでチェックできるようになった上、近所のスーパーや酒屋の特売チラシがスマホで配信されるようになった。工藤と同様、活字が大の苦手である母親が、新聞は金輪際不要だと判断したのだ。

最近は、新聞販売店同士の競争もなく、三カ月ごとに契約を切り替えても洗剤の一つもくれない。昔はプロ野球のチケットや遊園地の割引券を頻繁にくれたが、今はどこもそんな余禄《よろく》はない。新聞は生ゴミを包むか、習字やお絵かきのマットにする以外の用途がない。朱里亜と二人暮らしになってからは、そもそも料理をしないので、生ゴミを包む必要さえなくなった。ミソノも大して変わらないはずなのに、なぜか綺麗に折りたたんだ新聞を持っている。

「なんで日刊ニッポンなの？　バイト情報をチェックするとか？　もしや、政治に関心があるなんて、お嬢様みたいなこと言わないわよね？」

工藤は女性都知事の顔を指で弾《はじ》き、笑った。

「バイトはこれで見つけました。水商売専門のアプリがありますから」

ミソノがスマホを振った。

「政治も一切興味なし。誰がやっても私たちの暮らしは絶対良くならないし、そもそも言葉が難しすぎて、なに言っているのか、わけわかんないですもん」

「そうよね……じゃあ、なんで？」

「これに関係があります」

もう一度、ミソノがバッグを叩いた。先ほどと同様、プラスチックのコンテナが乾いた太鼓のような音を出した。ミソノの顔は得意げだ。

「降参。教えてよ」

「仕方ないですねえ。ディナーの戦利品をコンテナに直接入れたら、油でギタギタになって、洗うのが面倒じゃないですか」

答えを聞き、工藤は大袈裟に手を打ってみせた。

「そうか、新聞紙をコンテナに敷いておけば油も吸ってくれるし、後で洗わなくてもオッケーよね」

「日刊ニッポンは電車の網棚に置いてあることが多いんですよ。一挙なんとか、っていう奴《やつ》です」

「ミソノちゃん、あんた相当に切れ者ね」

「それほどでも」

ミソノが顎を突き出し、得意げな表情を作ってみせた。工藤は愛想笑いで返した。

「お店まであとどのくらい?」

いつの間にか、地下鉄の改札から随分と歩いた。元々馴染みのない街だ。早めに店に入るとミソノは言ったが、間に合うのか。

激しく人が行き交う階段を上り、地上に出た。家電量販店のド派手な電飾が工藤の視覚を刺激し始め、チェーンの居酒屋の呼び込みの声が耳に飛び込んでくる。地元の繁華街は錦糸町だが、池袋はずっと規模が大きく、行き交う人の数も多い。ミソノと一緒でなければ、気後れしてしまう。

「どうか、私の話を聞いてください、一分で結構ですから!」

突然、交番の方向から拡声器で増幅された若者の声が響き始めた。工藤とミソノは思わず足を止め、体を向けた。

「なに、あれ?」

ミソノが眉根を寄せた。

「誰よ？」

工藤も声の主の方向を見た。白いワイシャツに、細身のジーンズを穿《は》いた青年がビール箱の上で自ら拡声器を持ち、道行く人々に話しかけていた。

「二カ月後に、東京都知事選挙が公示されます。皆さん、今の政治で良いと思っていますか？　僕は絶対におかしいと思う。弱者切り捨ての政治はもううんざりだ！」

青年のこめかみにはいく筋も血管が浮き出していた。

「大池知事は、元々怪しい人物です。海外留学の卒業証書は偽物だし、テレビ受けしか考えていない。一体、彼女はこの四年間、我々になにをしたんですか？」

青年は声を嗄《か》らすが、通行人は誰も足を止めない。大池という分厚いファンデーションの顔を思い出すと、偏頭痛が起きそうだ。

「立候補ってやつ？」

「わからない。でも、よくあんな恥ずかしいことできるよね」

ミソノと青年の顔を見比べながら、工藤は言った。

「都政を変革する市民連合って、なに？　何党のこと？」

青年が立つビール箱の脇に、手書きのボードが立てかけてある。

「知らないわ。あんな若くて頼りなさそうな兄さんがどうこう言っても、なにも変わらないし、労力の無駄よ」

「そうですよね」

ミソノの顔が曇った。

「どうしたの？　なにか嫌なことでもあの男が言った？」

「選挙になると、面倒が増えるんで、大嫌いなんです」

「どういう意味？」

「工藤さんの家にも、突然ビラを持って訪ねてきたり、電話かけてくる人いるでしょう？」

「いるわね」

工藤が古いアパートに引っ越す前から、実家には頻繁に町内会の人間が顔を出していた。一人は日本労働党の関係者、もう一人は光明党の地区組織幹部だ。

「労働党とか、光明党とかよくわかんないけど、たしかにうざったいよね」

吐き捨てるように言った。

日本労働党は死んだ父親がアカと呼び、毛嫌いしていた。なにが嫌いなのか、工藤にはよく理解できなかったが、酔っぱらった父は常にアカは危険だ、人をダメにすると言っていた。労働党を支持すると警察につかまる、父はそんな大袈裟な言葉を吐いていた。政治と警察は全く違う。なぜあんなバカなことを言っていたのか、父の言葉は未だに理解不能だ。

一方の光明党に関しても、父と母はあからさまに拒絶していた。念仏を唱える宗教団体が背後にいて、その影響力が政治に及ぶのは明確な憲法違反なのだと父が言っていた。光明党支持者の知り合いも何人かいるが、たしかに選挙が近づくと愛想笑いが増える人たちだ。

詳しい仕組みや理念は理解できないが、労働党も光明党も、選挙になると工藤のような人間にまでぺこぺこと頭を下げる。日頃は偉そうな顔で地元を闊歩《かっぽ》する区議会議員たちが、掌を返したように笑みを浮かべる。態度がころころ変わる連中のことなど、到底信じることはできない。

「選挙なんてあたしたちに関係ない。それよか、今日はよろしくね」

工藤が頭を下げると、ミソノが得意げな顔で言った。

「お任せください。唐揚げをいっぱい注文させましょう」

もう一度肩にかけたバッグを叩くと、ミソノが言った。

12

「クミさん、なぜ疾風舎なの？」

「ダメ、教えられないから」

高田馬場駅に着いたとき、矢吹が尋ねるとクミが強く首を振り、顔をしかめた。

午後七時半、仕事場でケビンが作業終了を宣言すると、白シャツのボウサンはライブハウス、チェックのネルシャツのタカは秋葉原へ行くと言い、それぞれさっさと帰っていった。

ケビンは夕飯をデリ・イーツで注文し、ヘッドホンを装着した。誰も話しかけるな……ケビンはなにも言わなかったが、全身から強いオーラが出ていた。

目白《めじろ》の自宅に帰るというクミと一緒に、矢吹は仕事場を後にした。六本木の会社に戻り、疾風舎のマネジメント会社と細々とした書類のやりとりをしなければならない。

クミとともに、勤め人や学生がひっきりなしに行き交うさかえ通りから、混雑する高田馬場駅へと辿り着いた。

「ねえ、ヒントだけでも」

「だから、ケビンが言った通りで、答えられないってば」

ぶっきらぼうに言うと、クミがスマホを改札のチェッカーにかざした。矢吹も同じくスマホで改札を通る。

「それよかさ、矢吹さん大丈夫なの？」

突然足を止めたクミが矢吹の顔をまじまじと見ていた。

「なにが？」

「さっきから、ずっと矢吹さんのこと見ているおじさんがいるわよ」

クミは顎を動かし、改札ゲート前を指した。

「私を？」

「そうよ」

「どの人？」

「あの地味なおじさん、ブルーのオープンシャツ、チノパンでショルダーバッグ」

クミが示した方向を見ると、改札ゲート横の壁の前に地味な中年男性がいた。ありふれた風体だが、目つきは鋭い。二重の大きな両目は手元のスマホを睨んでいるが、全身を冷たい空気が覆っているようだ。ドラマで見たベテラン刑事のような雰囲気がある。

「なぜわかったの？」

「これ」

クミはスマホを振ってみせた。

「ケビンに言われているの。馬場の周辺にいるときは、常に背後を観察しろってね」

クミはカメラのイラストをタップし、体と肘《ひじ》の間に据えた。画面を覗き込むと、たしかに肘の間から後方が映っていた。スマホの前面にあるカメラが機能しているのだ。

〈当然妨害する企業や勢力が出てくる可能性がある〉

耳の奥で、ケビンの声が響いた。

「もしかして、矢吹さんの彼氏なの？」

クミが言った。

「まさか」

強く否定したあと、もう一度、改札の方向を見た。先ほどスマホを睨んでいた中年男の姿はない。

「いないわ。クミちゃん、気にしすぎじゃないの？」

「そんなことないって。ほらね」

クミがスマホをタップした。画面にブレが激しい動画が再生された。あちこちの方向から人が行き交う中で、先ほどの男だけがずっと方向を変えずに三、四メートル後方にいた。

「これ、ケビンに送るから。矢吹さんもほしい？」

「ええ、念のために送ってもらえる？」

「了解」

クミが猛烈な速さで画面を操作すると、矢吹の肩にかけたバッグの中でスマホが震えた。

「それじゃ、気をつけてね」

クミは山手線の外回りの電車に、駆け足で向かった。

「わかった」

大きなパーカーを見送ったあと、矢吹はもう一度周囲を見回した。やはり先ほどの男はいない。きっと気のせいだ……自らに言い聞かせて、ホームに続く階段へ歩きだした。


五日前、恵比寿にある芸能事務所ウィンズブローを訪れた。ケビンの指示通り、人気バンド疾風舎とのタイアップ企画を提示し、二つ返事でオーケーをもらった。

新型ウイルスの蔓延から一年以上経過した。新規の感染者は減少したがイベントの類いは集客制限がかかったままだ。ライブでファンを増やしてきたバンドは苦境に喘《あえ》いでいた。

中規模のライブ会場を満杯にして、周りの観客と密着して一体感を得ていたファンの足が遠のいた。ライブ会場のみで販売される高額なグッズの売れ行きも鈍化し、バンドのメンバーたちは、私物をオークションにかけるようなところまで追い込まれていた。

ケビンの発案で、中古車販売最大手のカーサーチがスポンサーとなり、疾風舎のライブ配信を定期的に行うことになった。

昨日の正午、タイアップ企画をネット上で発表すると疾風舎のファンたちは沸いた。今まで割高とされてきた視聴料が無料化されたことで、ファンが再びバンドへの関心を取り戻したのだ。フォトグラムなど各種のＳＮＳでは事務所のリリースを一五〇万人が共有した。スポーツ新聞の芸能欄、民放局の情報番組でもこの取り組みはさかんに取り上げられ、矢吹の仕事はひとまず成功した。

ゆっくりとホームへの階段を上りつつ、矢吹はさらに考えを巡らせた。

広告代理店のスタッフとして、大きなタイアップを成功させた達成感は大きい。だが、腑《ふ》に落ちない点が多すぎる。

〈こんな頭悪そうなバンド、金もらっても聴かないよ。バックの音源は単純な打ち込み、リリックは小学生の作文レベル。まともに聴いたら、三分もたないね〉

ケビンは疾風舎を毛嫌いしていた。露骨に見下し、バカにしていた。音楽には多種多様なジャンルがあり、人によって好みははっきりと分かれる。だがそれにしても、仕事だと割り切りながら、あそこまでケビンが毛嫌いする理由はなにか。

重い足を引き上げながら、なんとかホームに辿り着いた。だが、未だに疑問は解けない。ウィンズブローでタイアップの話がまとまった後、営業部長の若村、そしてマネージャーの近江と世間話をした。

疾風舎だけでなく、超がつくほどの大物ロック歌手もライブの収益が落ちていると知らされた。また、他の人気バンドや著名な演歌歌手も集客に苦しみ、音楽業界全体の落ち込みが顕著なのだと教えられた。

あれほど疾風舎を毛嫌いするのであれば、なぜ他のバンドや歌手との企画を進めなかったのか。矢吹は手元のスマホを見た。音符をイラストにしたサブスクリプションのアプリをタップする。アイドルからベテラン歌手、ロックやラップ、ヒップホップなど数十のグループや歌い手の顔が表示された。サブスクリプションサービスの台頭、新型ウイルスの蔓延……業界は未曽有《みぞう》の不景気だと近江が言った。タイアップであれば、ケビンは他にも選択肢があった。

疾風舎の所属事務所に行くよう指示された日のことを思い返す。クミやタカ、そしてボウサンは、中古車や懸賞のサイトを丹念にチェックしていた。そして疾風舎のライブ動画だ。ケビン同様、クミもプロジェクトの概要さえ教えてくれなかった。

〈新宿・渋谷方面行き、まもなく電車が到着します〉

頭上で構内アナウンスが響き、矢吹は我に返った。とにかく社に戻り、契約書をチェックして一刻も早くタイアップ企画を実行段階にシフトさせねばならない。

次第に目白方面から電車の音が近づいてきた。矢吹はホーム上で北の方向に目を転じた。そのとき、視界の隅にあの男が入った。

先ほどクミが動画を撮った、地味な格好をした目つきの鋭い中年男だ。矢吹は一歩、ホームの中程まで後退《あとずさ》りした。背中に冷水を浴びせられたような不快感が全身を襲う。

男はスマホの画面に見入っていた。だが、改札前から突然姿を消したのに、今度は矢吹の近くに姿を見せた。

〈クライアントの人たちは山気たっぷりでヤンチャ者ばかりだから、裏で数々のイザコザもある〉

仕事場でケビンはそう言った。あの中年男が邪魔をしに来た人物なのか。

〈駆け込み乗車はおやめください。ドアが閉まります〉

鉄腕アトムのBGMと構内アナウンスがシンクロした。矢吹の前後左右から学生や勤め人が電車に乗り込む。矢吹はホームに立ちすくみ、電車を見送った。

もう一度、ホームの北側に目を転じる。スマホを見ていた中年男の姿はなかった。

「気のせいよ」

周囲を多くの人が行き交う中、矢吹はまた自らに言い聞かせた。

第三章　奸詐《かんさ》

一

〈矢吹《やぶき》さんは事務所の恩人です。バンドのメンバーに成り代わり、御礼申し上げます〉

電話口でウィンズブローの営業部長、若村《わかむら》の声が響いた。

「とんでもありません。疾風舎《しっぷうしゃ》というバンドに潜在的なパワーがあり、今回の戦略がうまくマッチした結果です」

〈近いうちに、バンドのメンバーたちと一緒に食事をいかがですか？〉

「いえ、以前も申し上げた通り……」

高田馬場《たかだのばば》の仕事場で、矢吹は掌《てのひら》で口元を覆い、言った。若村だけでなく、マネージャーの近江《おうみ》、それに苦境に立たされていたバンドメンバーが西麻布《にしあざぶ》の高級焼肉店に近々集まるという。その席に矢吹も合流してほしいとの申し出だったが、社のコンプライアンス規定に抵触するため、丁重に断った。

〈先ほどライブ視聴者の総計が二〇〇万人を突破しました。今後とも二五〇、いや三〇〇万人を目指せるよう懸命にバンドとともに努力します〉

「我々も精一杯、サポートさせていただきます」

互いに労《ねぎら》いの言葉を交わしたあと、矢吹は電話を切った。

恵比寿《えびす》にある疾風舎の所属事務所を訪れてから三週間が経過した。涼やかなバンクーバーを訪れたのはもう二カ月近くも前のことで、東京は本格的な夏に突入した。

新型ウイルスへの警戒感から、夏が一番の稼ぎどきだった疾風舎は、貴重な収入源であるライブという手足を縛られた状態だった。ケビンらの発案で、カーサーチという大手中古車サイトがスポンサーとなり、無観客でのライブ配信に乗り出した。

以前の配信時にネックとなっていた割高な視聴料はスポンサーが全額支払うことになり、熱心なファンがネットライブに戻り始めた。

当初はファンクラブに登録していた一〇〇万人がライブ中継に流入した。その後は、無料という謳《うた》い文句に反応したライブ好きの新規のファン層が加わり、二週間で二〇〇万人に達したのだ。

視聴者が一〇〇万人を超えると、ライブを配信する動画再生サイト側から広告料が入る。そうなると、カーサーチもスポンサーとしての負担が軽くなり、更なる広告をサイトに出稿し、新たな視聴者を呼び込む有力なコンテンツに成長した。レッドネックの全容は未《いま》だ知らされていないが、その第一ステップとなる事業は一気に好転し始めた。

日本で一番のファンクラブ会員数を誇るのが、人気バンドのライジンだ。男性アイドルばかりの大手芸能事務所ローリーズの所属で、メンバー全員が巧みに楽器を操り、自作した曲は常にミリオン・ヒットとなる。ファンクラブの会員は二五〇万人を超える。

今回の疾風舎のライブ配信は、日本一の人気バンドのファン数に肉迫する規模に成長した。

〈思わぬ形でキラーコンテンツが生まれた。矢吹さんの功績は大だ。ニューヨークの本社に掛け合って、特別ボーナスを要求するよ〉

三日前、六本木《ろっぽんぎ》のオフィスで上司の久保《くぼ》が興奮した面持ちで言った。

〈カーサーチは創業以来ずっと一心堂《いっしんどう》を使っていたが、次期のテレビ改編時からオメガを使ってくださる。テレビや紙媒体だけでなく、ネット戦略も一括してオメガが担当する〉

矢吹の分だけでなく、久保はチーム全員分の昇給と臨時ボーナスを狙《ねら》うと鼻息が荒い。転職してから手掛けた仕事で、最大の成果を勝ち取った。社内を歩く際も羨望《せんぼう》の眼差《まなざ》しを受けているのが心地よい。

だが、ここ高田馬場の仕事場は違う。いつものように、ケビンを筆頭にタカ、クミ、ボウサンの学生たちは淡々とパソコンやタブレットに向き合い、全員がイヤホンかヘッドホンを装着し、無駄口を叩《たた》かない。疾風舎のライブ事業が大ヒットコンテンツに成長していると報告しても、ケビンは冷ややかだった。

矢吹は腕時計を見た。午後四時半、昼過ぎに気温が三五度を超えた。窓の下、さかえ通りは強い照り返しで、夕方近くになっても道行く人々が汗を滴《したた》らせている。仕事場の中はエアコンが効いているが、一歩屋外に出れば体が溶けそうになるほど暑い。とりわけ、北国・札幌《さっぽろ》で生まれ育った矢吹には、東京都心の熱波はこうして見ているだけでも苦行だった。

「ケビンさん！」

矢吹はケビンの肩を叩き、言った。

「なに？」

ケビンは不機嫌だ。

「アイスクリームかかき氷でも買ってきましょうか？」

「そうだね。お願い」

手元のパソコンの画面に視線を固定させたまま、ケビンが告げた。一瞬だけ外したヘッドホンを再び耳に当てようとしたとき、矢吹は思い切って切り出した。

「次の仕事はなにをやればよいですか？」

矢吹が言うと、ケビンが一層眉根《まゆね》を寄せ、大袈裟《おおげさ》にため息を吐《つ》いた。

「当面、矢吹さんの出番はないと思うな。それより……」

ケビンがキーボードを叩き、コンピューター言語で埋め尽くされた画面を切り替えた。

「大丈夫かな？」

画面には、二週間ほど前に矢吹を尾行したギョロ目の中年男の顔が現れた。クミがケビンに画像を転送したのだ。

「この変なおじさんはあの日以降、姿を見せていませんし、尾行されている気配もなしです」

矢吹は胸を張り、ケビンの目の前に自分のスマホを差し出した。

「クミさんに教わった通り、いつも背後はスマホでモニターしています」

クミに特殊なアプリをインストールしてもらった。

クミの友人らのエンジニアたちが作ったストーカー対策用アプリで、予《あらかじ》め対象者の顔をアプリに登録する。その後は周囲にスマホをかざすと、顔認証の機能が動き出し、事前に登録した人物が周囲に近づいた際に警告音を鳴らすようになっている。あの日以降、スマホの警報は鳴っていない。

「ケビンさん、疾風舎のプロジェクトはオメガの他の要員で充分に回せます。次の仕事をぜひ私に任せてください」

「だから、まだないって」

顔をしかめたケビンが言った。

「まだ、ということは近い将来なにか仕事があるのですね？　どんな内容ですか？」

「ちょっと待ってよ、そんな簡単なことじゃない」

ケビンが呆《あき》れ顔で言ったときだった。

「キター！」

突然、丸テーブルにいたタカが叫んだ。

「どうした?」

ケビンが立ち上がり、タカに駆け寄った。矢吹も後を追う。

「いよいよ、御本尊のお出ましだよ!」

タカの肩越しに、矢吹はノートパソコンの画面を覗《のぞ》き込んだ。

「えっ……」

画面に大写しにされた男の顔を見た瞬間、矢吹は言葉を失った。広告代理店の営業担当者として、日々様々なメディアのニュースをチェックしてビジネスに活《い》かそうとしてきた。経済や政治、芸能、スポーツ……ときにはアングラ系情報サイトまでチェックして、ニュースに対する感度は人一倍だとの自負があった。

だが、タカのパソコンに表示された情報は、矢吹にとって予想外の内容だった。

2

〈CMのあとは、ドリフト西口《にしぐち》さんの出番です〉

軽やかな女性パーソナリティーの声を聞いたあと、高橋《たかはし》はカーナビの画面に目をやった。

〈工事渋滞中……草加《そうか》インターまであと三〇分〉

先ほどチェックしたときは、二〇分だった。現在地を示す星印の先には、赤色の太い線が表示されている。舌打ちしたあと、高橋はフロントガラス越しに先を見た。

外環自動車道の下、片側二車線の薄暗い国道はびっしりと車両が並び、一向に動き出す気配がなかった。

〈急に休まれちゃったんだ。頼むよ〉

今朝、七時前に北区の会社に出社すると、血相を変えた若社長が高橋に駆け寄った。ベテランのドライバーが食中毒を起こし、とても運転業務につける状態ではないという。他のドライバーはすでに出発したあとで、調整が利くのは高橋だけだった。

普段は都内城北地区や埼玉県南部の倉庫と二三区内のスーパーやドラッグストアの間を往復するのが主任務だが、この日は草加市にある工業団地を回ってくれと懇願された。荷物は工業用冷却機の素材となる鉄板や重い歯車の類《たぐ》いで、車両も普段より大きめのトラックを割り振られた。

〈特別手当て出すから、安全運転でね〉

車両に乗り込んだ直後、ドアの下で若社長が猫撫《ねこな》で声を出した。

大型トレーラーやダンプカーが激しく行き交う産業道路を抜け、大きな工業団地を走り回った。昼食を買うために広大な敷地を擁するコンビニをいくつか回ったが、全《すべ》て大型トラックで埋め尽くされており、結局食いそびれた。

極度の空腹を通り越すと、今度は下腹に鈍い痛みが走り始めた。フロントガラスの向こう側は、赤いストップランプのオンパレードで、渋滞が解消する気配はない。

〈……それでは首都圏一般道の渋滞情報です。外環道に沿って走る国道二九八号では、外壁の落下を受けて緊急工事が行われています。このため、二キロ半に亘《わた》って片側一車線が通行できなくなっており、現在六キロの渋滞が発生しています……〉

女性アナウンサーのクールな声を聞き、高橋は思わず舌打ちした。

〈外環下の国道で大渋滞　帰社時間は大幅に遅れます〉

ダッシュボードのスマホを取り上げると、高橋は社の運行管理担当の女性向けにショートメッセージを打った。

〈了解　気をつけて〉

このところ、ずっと不機嫌な希星《きらら》の顔が浮かぶ。

〈政治家が悪いのよ。奴《やつ》ら、派遣や自営業者を守る気なんてさらっさらないんだから〉

昨晩も夜のニュースを横目に、希星がなんども舌打ちした。都内のあちこちのサロン、ときには横《よこ》浜《はま》や川崎《かわさき》の店まで臨時で出向く希星は、帰宅すると疲労で床に蹲《うずくま》るようになった。ほぼ定時に帰宅可能な高橋が夜の食事当番を務めることになり、希星の機嫌がわずかに上向いた。だが、目の前の渋滞は解消しない。高橋はメッセージアプリに触れ、帰宅が午後八時、いやもっと遅くなるかもしれないと伝えた。

〈悪いけど、コンビニかスーパーで惣菜《そうざい》とカップ麺《めん》買っていくから〉

メッセージを送った直後だった。ダッシュボードに置いたスマホが震えた。

〈ふざけんな、ずっと立ち仕事していて、疲れているんだから、まともな物食べさせろ〉

メッセージの末尾には、赤鬼の絵文字が添付されていた。

〈なんか考える　怒らないで〉

すぐに返信したが、希星からのメッセージは届かない。ため息を吐いたあと、ラジオのボリュームを上げた。

〈ども、ドリフト西口だよ〉

軽妙な語り口で人気のパーソナリティーの声が響いた。

〈今日はニュース一覧からいくね〉

西口がマイクのそばでディレクターが差し出した資料をめくる音が聞こえ始めた。

〈えっ、なに?〉

ドリフト西口のウリは、軽妙なトークだ。しかし、たった今聞こえてきたのは素の声だった。長年生放送で鍛えた西口は滅多《めった》なことで動じない。その西口が口ごもり、数秒の空白が生まれた。

〈失礼しましたー〉

いつもの軽妙な声音で、西口が戻ってきた。

〈あのね、今ね、すげーニュースが入ってきたの。ちょっと動揺しちゃった。ごめんよ〉

再度、マイクの近くで書類の擦《こす》れる音が響いた。

〈これはびっくりするよ。帝都《ていと》通信《つうしん》、普段はお堅いニュースのサイトからの情報です。読むねえ〉

低速でトラックを走らせながら、高橋は次の言葉を待った。

〈人気バンド・ライジンのギター、メーンボーカルの瀬口勇也《せぐちゆうや》氏が一カ月後に投開票される東京都知事選挙に立候補する意向を固めた……〉

西口が一気に原稿を読み上げた。

「まじ？」

思わず高橋は口にした。

〈所属事務所のローリーズ関係者によれば、瀬口氏は近く同事務所を退所し、芸能界引退を表明した上で、無所属で立候補すると……〉

西口の読み上げるニュースを聞きながら、高橋はなんどもハンドルを叩いた。

〈政治家が悪いのよ。奴ら、派遣や自営業者を守る気なんてさらっさらないんだから〉

耳の奥で希星の声が響いた。

このニュースを、ライジン好きな希星は知っているのか。高橋はダッシュボードに置いたスマホを見た。希星と出会ったのは、ライジンの瀬口の存在がきっかけだった。瀬口は疾風舎のメンバーと長年交流し、お忍びでなんども房総《ぼうそう》のサーフショップを訪れていた。フォトグラムで舎弟と瀬口の＃《ハッシュタグ》を両方書き込んでいた希星のアカウントを発見した高橋は、メッセージを発した。これが縁でなんどかデートするようになり、同棲《どうせい》を始めたのだ。

ローリーズ事務所のファンのほとんどが女性だ。五人組、あるいは一〇人のユニットなど美少年が歌って踊るエンタメに徹した事務所であり、長い歴史を持つ。

だが、ライジンは異色の存在だ。メンバー全員が中卒ですぐに事務所の養成所に入った。細身の所属タレントばかりの中で、ライジンのメンバー五人は全員筋骨隆々で、ギターやベース、ドラムを自ら担当し、オリジナル曲を演奏する。

瀬口はギターとメーンボーカルの長身の男で、年齢は高橋よりずっと上の四一歳。男性アイドルに興味はなかったが、ライジンが人気バンドに成長する過程を見続けて育ったので、瀬口に対しては兄貴分のような親近感がある。

スピーカーから西口の弾んだ声が響き続ける。

〈そうか、勇也は思い切ったんだな。みんな、知ってるよね、このスタジオになんども遊びに来てくれて、ギターの弾き語りもしてくれたんだ〉

二年前、高橋はその放送回を今と同じように配送途中で聞いた覚えがある。気取らない語り口、常に弱者を労《いたわ》る生活スタイル……番組内で瀬口は淡々と語り続けた。

〈勇也はさ、ホームレスの炊き出しに行ったり、シングルマザーの生活支援に寄付したり、いつも世の中のことを考えてきたんだよね。おまけに自分からそんなことをアピールしない男だ。それが今度の立候補の方針。よっぽど現状が腹に据えかねていたんだと思うよ〉

西口の言葉に思わず頷《うなず》いた。

炊き出しのエピソードは、実際に瀬口らとボランティアに行ったことのある青年たちの手記をスポーツ新聞で読んだことがある。

〈それじゃ、今日は予定変更してライジンの曲をかけちゃおう〉

西口が弾んだ声で告げたあと、激しいギターリフの音がトラックのキャビンに響き始めた。同時に、ダッシュボードに置いたスマホが震えた。

ちょうど信号で停車したタイミングだった。高橋はスマホを取り上げた。きっと希星がニュースに接し、喜んでメッセージを寄越したのだ。

だが、画面には別の名前があった。

〈工藤《くどう》です、こんにちは。勇也の話、聞きました？〉

メッセージのあとに、ウサギが反り返って驚くスタンプが添付されていた。

〈ええ、たった今、ラジオで知りました〉

犬がサムズアップするスタンプを添付し、メッセージを返信した。

〈舎弟の大事な仲間、勇也が思い切ったことをしました。もちろん舎弟としては応援しますよね？〉

〈当たり前でしょう！　勇也まじめだから、きっと政治家になって、社会のためにやってくれますよ〉

信号をなんども チェックしながら、高橋はメッセージを打ち続けた。

3

〈疾風舎のライブ、ネット配信が快走！　新たなモデルとして注目〉

静まりかえった高田馬場の仕事場で、矢吹は大和《やまと》新聞の夕刊に目を凝らした。

疾風舎に関する記事は社会面に掲載され、全一〇段の大きな扱いだ。高校の同級生だった同紙文化部記者に一週間前に資料を送ると、飛びついてきた。ネタが薄い中、ライブがビーチの風物詩となっている疾風舎の話題だっただけに、記者はネット版でも大きく扱ってくれた。

疾風舎のファン向けに事務所経由で告知を出すと、ファンクラブのメンバーや新規で配信を視聴してくれた層が積極的に記事を拡散し始め、パブリシティ戦略も大成功となった。

矢吹は記事の報告のために仕事場を訪れたが、メンバーたちの反応は極めて冷ややかだった。

ケビンを筆頭にタカ、クミ、ボウサンの四人はイヤホンやヘッドホンで耳を塞《ふさ》ぎ、いつものように目の前のパソコン、タブレットと対峙《たいじ》している。

〈ライブ視聴者数が二五〇万人を超えました！〉

先ほど疾風舎の近江マネージャーから連絡が入った。プロジェクト・レッドネックの第一弾として始めた企画が大成功を収め、さらにメディアにも好意的に取り上げられるなど、影響力が増しているとケビンに報告したが、いつものように素っ気ない返答のみで、他のメンバーたちも全く興味を示さない。

肩をすくめたあと、矢吹は夕刊のページをめくった。

〈都知事選、候補者乱立　現職・大池《おおいけ》知事圧倒的優位変わらず〉

三年前に癌《がん》で早逝した父は、北海道庁の職員だった。何人もの道知事に仕えた経験を持ち、政治への関心も高かった。父は過去に数人の無能な政治家を支えた時期もあり、〈選挙には必ず行け〉が矢吹家の家訓の一つだった。

東京都民となって十年以上経過した。父の言いつけ通り、国政だけでなく区議選も必ず投票に出かけた。

前回の都知事選挙では、二一名もの候補者が名乗りを上げた。だが、大池候補のほかには、都議会の保守系与党勢力が推す元官僚、そして革新系の元ジャーナリストの三人が実質的に選挙戦の中核となった。

大池ゆかりは、民放の元アナウンサーで、九〇年代に政界再編が激化した際に政治家になった。保守系新党が乱立した際、次々に各党の有力ポストを渡り歩いたのち、与党民政《みんせい》党に入党した。華やかな容姿と歯切れの良い発言が持ち味だが、変わり身の速さ、政治信条の軽薄さもあり、〝政界渡り鳥〟の異名を持つ。

民政党時代には二つの閣僚ポストを経験したが、首相の代替わりとともに存在感が薄れたため、前回は都知事選挙に打って出たのだ。

矢吹は他の候補者の顔写真に目を向けた。眼鏡をかけた禿頭《とくとう》の老人が笑みを浮かべていた。都議会革新系勢力が推す著名な弁護士、鹿沼健吾《かぬまけんご》だ。消費者問題や貧困解消に注力する実直な人物だ。しかし、過去に三回知事選に出馬したが、全て次点に終わっている。

三番目に載っていたのは、俳優から政治家に転身した山田治郎《やまだじろう》だ。鹿沼と同様、貧困撲滅をスローガンに掲げる。格差是正を標榜《ひょうぼう》する左派系市民に支持された山田は、五年前に新党見廻り組《みまわりぐみ》を結成した。

三年前の参議院選挙では比例区で当選、議員を務めた。現在は、国会議員を辞職して市民運動を熱心に展開している。

〈現職大池優位は揺るがず〉

大和新聞の都政担当記者が分析していた。この理屈は、矢吹のような政治の素人《しろうと》にも理解できる。

大池は無所属で出馬を検討しているが、実質的には国政与党・民政党の支持を得ている。その証拠に、都議会民政党は独自候補を擁立せず、大池支持を暗に打ち出した。また、民政党と連立政権を組んでいる光明党も大池支持に回るのが確実だ。

一方、革新系は鹿沼と山田の間で政策協定がまとまらず、事実上の分裂状態となった。都議会、そして都知事ポストは革新勢力が多数派だった時代がある。現在も民政党を毛嫌いする勢力の声は大きいが、鹿沼と山田に票が割れてしまっては、結果的に現職の大池を利することになる、担当記者はそう書いていた。

〈新星候補、投票率が浮上のカギ〉

矢吹は笑顔の青年の写真に視線を移した。元アイドル、瀬口勇也だ。

〈瀬口氏、芸能界完全引退へ　〝政治家になってみんなの暮らしを変えたい〟〉

人気バンド、ライジンを脱退すると同時に、大手芸能事務所ローリーズも辞した瀬口は、アイドル、人気バンドのフロントマンというポジションを捨て、退路を断った。

三日前、帝都通信社がスクープ記事を配信した。瀬口の政界転身は、芸能界はもとより、社会的にもインパクトの大きなニュースとなった。

なぜ政治家なのか、記者団に問い詰められた際、瀬口は庶民の暮らしを変えたいと曖昧《あいまい》な答えに終始した。

普段付き合いのある芸能記者ではなく、政治部や社会部から来た各社の記者たちは容赦無く大雑把《おおざっぱ》な政治信条にツッコミを入れ、時には瀬口を無言にさせた。

大和新聞の都政担当記者は、瀬口の熱心なファン、それにローリーズを長年応援してきた層が支持に回っても、組織的な選挙を展開する保革三名の候補者に太刀打《たちう》ちできないと断じていた。

矢吹は記者が指摘した〈投票率〉の文字を睨《にら》んだ。前回の都知事選の投票率は約六〇%。国政選挙より数字が良いとはいえ、約四割も棄権していた。

亡き父がこの場にいて、都知事選挙の様子を見たらなんと言うだろう。スタンドプレーばかりが目立つ大池は、父が大嫌いなタイプだ。かといって、役所の予算が肥大化しそうな革新系候補にも良い顔をしないだろう。

政治面の大きな記事の中で、上位三名の顔写真が暗転した。となれば、瀬口か。だが、瀬口は事務所内での扱いに不満を抱き、政界という新たなフィールドに賭《か》けているとのゴシップ記事も目にした。

欧州の小さな国よりも豊富な予算を組む東京都の舵取《かじと》りを、瀬口という政治の素人に任せるのか。父ならば明確に首を振るはずだ。

結局、投票所に行ってから考えることになる……いつもの選挙の光景を矢吹が思い出したとき、仕事場に来訪者が来たことを告げるチャイムが鳴り響いた。

「少々お待ちください」

ドア脇《わき》のインターフォンのモニターに告げたあと、矢吹は思わず目を疑った。小さな液晶モニターに、頻繁に世間を騒がせる男の顔が映っていた。

4

「ケビン、いるよね?」

矢吹がドアを開けると、小柄な男が満面の笑みで言った。鼻の下に無精髭《ぶしょうひげ》を生やしているが、オレンジ色のTシャツ、ダメージドのデニムのパンツ、ビーチサンダルのカジュアルな出で立《いでた》ちは、夏休み中の高校生のようだ。垂れた目尻《めじり》も人の好《よ》さを表している。

「もちろんです……澤内耕太《さわうちこうた》さんでいらっしゃいますよね?」

「そう、よろしくね」

澤内が気さくに右手を差し出し、矢吹の手を握った。

「私、オメガの……」

ジャケットに入っている名刺ケースをまさぐっていると、澤内は矢吹の脇を通り過ぎ、さっさと仕事場の奥へと向かった。

「あの……」

「いいから、いいから」

矢吹の制止にも拘《かか》わらず、澤内が窓際のカウンター席にいるケビンの脇に立った。

「どうも、久しぶりだね」

ケビンの肩を軽く叩いた澤内は、人懐こそうな笑みを浮かべた。ケビンは驚き、慌ててヘッドホンを外した。

「コウちゃん、ご無沙汰《ぶさた》」

ケビンが立ち上がり、澤内と握手した。矢吹が二人の様子を見ていると、タカ、クミ、ボウサンの三人が澤内の周囲に集まった。日頃《ひごろ》、パソコンやタブレットにしか興味のない様子の三人が澤内を見つめている。

いきなり仕事場を訪れたのは、時代の寵児《ちょうじ》と称される人物だ。日々膨大な量が廃棄されるアパレル業界の構造を逆手に取り、通販サイト〈プルチ〉を立ち上げたのが澤内だ。プルチとはイタリア語で蚤《のみ》、あるいは蚤の市を指す言葉だ。

Tシャツやスーツをメーカーから現金で安く一括購入し、これを格安で消費者に届ける仕組みを作ったのだ。

使い勝手の良さが受け、サイトは急成長を遂げた。また、澤内はプルチのサイト内で自転車や食器棚などの不用品を融通し合う仕組みも作り、業容はさらに拡大した。創業からわずか一〇年でプルチは東証一部に上場を果たした。

ビジネスの面だけでなく、澤内はプライベートでも世間にその名を知られている。プルチの創業者として、株式上場時に五〇〇〇億円もの資金を得た。従来の日本人経営者ならば莫大《ばくだい》な利益をひけらかすようなことはしなかったが、澤内は正反対だった。

一台数千万円もするリムジンやスポーツカーを何台も購入し、友人たちを誘ってサーキットを貸し切りにして走行会を開く。

あるいは、欧米の現代アートのオークションに参加し、気鋭作家の油絵を億円単位で買い付ける。極め付けは、プライベートジェットで世界中を頻繁に行き来することだ。

それぞれのイベントには、その時々に付き合っている女優やモデルを連れ出し、週刊誌のカメラマンさえ食事に呼び込む。

四一歳の若き実業家は、矢吹の目の前でケビンと親しげに話を続けていた。

「ケビンたってのお願いだもの。喜んで参上しましたよ」

肩をすくめ、澤内がおどけてみせた。ケビンは殊勝に頭を下げ、言った。

「コウちゃんの力を借りることができれば、今回のプロジェクトは仕上げ段階に入る。ありがとう」

「それで、どうすればいい？」

今までと違い、澤内の顔から笑みが消えた。矢吹の知らない有能な経営者の顔だ。

「ブレストしてもいいかな？」

神妙な顔でケビンが応じる。

「いいよ。君らもアイディアを出してよ」

澤内はタカ、クミ、ボウサンに顔を向け言った。若い三人が頷くと、澤内が丸テーブルのスツールに腰掛けた。

「今度仕掛けるのは、一種のベーシックインカムだ」

澤内が話し始めると、ボウサンがタブレットに専用ペンを走らせ、メモを取り始めた。矢吹は新聞記事の記憶を辿《たど》った。

ベーシックインカムとは、福祉政策が進んだ北欧などで実験的に始まった取り組みだ。国や地方政府が生活に必要な最低限の現金を定期的に全ての個人に配る政策のことである。

「もちろん、いくら俺《おれ》でも全員に配るのは無理。でも、澤内版ベーシックインカムって打ち出したら、インパクト大きいよね？」

澤内が言うと、左隣にいたケビンが深く頷いた。

「予算は一〇〇〇億円」

澤内が告げると、クミが鋭く反応した。

「何人に配りますか？」

「一万人でどうかな？」

「一人一〇〇〇万円ですね、もう少し対象を広げてみては？」

普段無口なタカが言った。

「それじゃあ、一〇万人。一人一〇〇万円だね」

澤内の言葉に、ケビンら四人が互いに目配せしたのち、頷いた。

「対象を一〇万人に広げれば、一〇〇〇万人くらい応募してくるはずだ」

腕組みしながらケビンが言った。

「一〇〇〇万人程度だったら、助けになるかな？」

「うん、充分だと思う」

ケビンが即答した。

やりとりを聞きながら、矢吹は考えを巡らせた。澤内は、格差是正に取り組む姿勢も従来からアピールしてきた。

〈澤内のお年玉〉

〈澤内のお歳暮〉

〈澤内のひとり親サポート〉

〈澤内のカップルサポート〉

ＳＮＳを通じて過去に六回、数百億円規模の懸賞を実施した。起業したい若者、飲食サービスの新施策支援……資金を欲する応募者たちは、澤内のアカウントにアクセスし、それぞれの夢や企画を披露する。

また、貧困に陥りやすいシングルマザーを支援する仕組みを作ったほか、事業に乗り出そうとする若いカップルに対しても、惜しげもなく資金を提供した実績がある。

これらの企画では、澤内や周囲のスタッフが応募者の動機ややる気を厳正に審査したのち、実際に一人ひとりの銀行口座に金を振り込んだ。

新型ウイルスの世界的な流行とともに、矢吹のような庶民も生活様式が様変わりした。外出機会が減り、オンライン上での業務、あるいは友人との交流が増えた。そうした生活スタイルの裏側では、飲食店や宿泊業が相次いで廃業、倒産に追い込まれた。また、非正規労働者の多くが雇い止めという事態に直面し、生活苦に陥った。

北欧の福祉大国発祥のベーシックインカムを、給付対象を貧困層や若年層に絞って澤内が提供するアイディアとしては過去のお年玉企画の延長線上にあり、違和感はない。

だが、澤内はなぜ、高田馬場の煤《すす》けた仕事場を訪れたのか。ケビンと親しい間柄だというのは、目の前の様子をみるに理解できる。だが、従来企画からの流れで言えば、澤内とそのスタッフたちが自前のシステムを使えば、ベーシックインカムの仕組みは簡単に世の中に発信できるはずだ。

〈一〇〇〇万人程度だったら、助けになるかな?〉

澤内が言った〈助ける〉というのは、どういうことなのか。

「あの、一つお尋ねしてもいいですか?」

矢吹は恐る恐る切り出した。

「なに?」

澤内が矢吹の方向を振り返った。部屋に入ったときの笑顔に戻っていた。

「澤内さんとケビンさんはどのようなご関係ですか?」

「友達だよ」

屈託のない笑みを浮かべ、澤内が言った。

「お仕事で知り合われたのですか？」

「そう。俺がプルチを起業したとき、システム構築で色々と世話になった間柄だ。ケビンはあっという間にスキルを上げ、早々にこの国に見切りをつけて出ていったけど、今回こうして声をかけてくれたからね。喜んで参上したんだ」

「声をかけるとは？」

矢吹はケビンに目を向け、言った。

「矢吹さんには関係ない。それに、プロジェクトのキモだから、澤内さんの協力の詳細は絶対に言えない。悪く思わないで」

ケビンがつっけんどんに言った。

「そういうことか。わかった。俺からはもう何も言うことはないよ、いや、何も言えないが正確かな」

肩をすくめ、澤内が言った。

「彼がここに来たことも絶対に他言無用。いいね」

ケビンの目つきが一際鋭くなった。矢吹は渋々頷いた。

「ケビン、今回のベーシックインカム、絶対成功させよう」

「もちろん、コウちゃん」

「俺もさ、なにかとアッチが気になるんだ」

「例の件、進んでいるの？」

「ああ。だが、まだ金が足りない」

ケビンと澤内が顔を寄せ、小声で言った。直後、矢吹は腕を組んだ。たった今、澤内は金が足りない、そう言った。

個人で一〇〇〇億円もの大金を見ず知らずの相手にばら撒《ま》くプランを打ち上げる人物が、金が足りないとはどういうことなのか。矢吹が口を開きかけると、ケビンが強く首を振った。これ以上尋ねるな、ケビンの顔にはそう書いてあった。

「こんな感じでどう?」

今まで口を閉ざしていたボウサンが切り出した。ボウサンはタブレットをケビンと澤内の前に差し出す。ケビンの肩越しに矢吹も覗き込む。

「いいと思う。リリース時期はどのくらい?」

「一日あれば充分」

ボウサンはタブレット用のペンを使い、手書きで見取り図を描《か》いていた。だが、コンピューター言語がびっしりと並ぶだけで、矢吹には一切中身を理解できない。

「これでいいと思うよ。あとはよろしく」

ネット通販事業で財を成した男も、専門用語が羅列されたメモを一瞥《いちべつ》し、ボウサンに向けて親指を立てた。

「なにか手伝うことはないのですか?」

「今のところ、なにもないよ。頼むから、口出ししないでくれるかな」

ケビンがいつもの乱暴な口調で言った。

「わかりました」

矢吹はケビンらのもとを離れ、窓際のカウンター席に向かった。ここまで邪険に扱わなくてもいいではないか。喉元《のどもと》まで這《は》い上がった言葉を無理やり飲み込む。

背後では、依然としてケビンらの専門用語が飛び交う。矢吹は窓の下、学生や勤め人が忙《せわ》しなく行き交うさかえ通りを見下ろした。熱い日差しが降り注ぐ中、スポーツウエア姿の学生たちがランニングしていた。友人たちと部活で汗を流したのは十何年前だったか。遠ざかるスポーツウエアに向けスマホのカメラをかざした瞬間だった。

手元のスピーカーから、けたたましい警告音が鳴り始めた。眉根を寄せ、画面を覗き込むと、学生たちの近くに立つ人物の周囲に緑色の枠が点滅していた。

「何事だよ?」

不機嫌な声をあげ、ケビンが矢吹の脇に立った。

「あっ」

画面を拡大表示させた瞬間、矢吹は声をあげた。緑色の枠の中に、ギョロ目の中年男の顔が表示された。

5

窓枠の近くで膝《ひざ》を屈《かが》め、矢吹は視線だけを眼下のさかえ通りに向けた。

「どうしたんだよ?」

舌打ちしたあと、ケビンが刺々《とげとげ》しい声を出した。

「あの男が下の通りにいます」

矢吹が答えると、ケビンも素早く膝を折った。大きな体に似合わず、素早い動きだ。

「例の尾行おじさんだよね。今、どこにいる?」

矢吹は〈さかえ通り〉と書かれた商店街のアーチの方向を指した。

「大きなスポーツバッグを持った男子学生の前にいます」

矢吹の視線を辿ったケビンが小さく頷く。

「どうやってここを嗅《か》ぎつけた？」

目を通りに向け、ケビンが舌打ちした。

「ごめん、あのおっさん、俺目当てだ」

突然、頭上から澤内の声が響いた。

「コウちゃんの知り合いなの？」

通りを見下ろしたまま、ケビンが言った。ギョロ目の男は周囲の建物を見回し、ゆっくりと雑居ビルの方向に近づいてくる。

「あいつ、すげーしつこい記者なんだ」

澤内が顔をしかめた。記者と聞き、矢吹は胸を撫で下ろした。

常人とは違う鋭い目つきの男だ。レッドネック・プロジェクトのクライアントがやんちゃだと聞かされていたこともあり、矢吹の後を追っていたのは暴力団関係者かと思っていた。記者は人を追いかけまわし、嫌なことを聞き回る商売だ。目つきが悪くなるのも納得できる。

「週刊誌かい？」

ケビンの問いかけに澤内が頷いた。

「フリーの記者。山城《やましろ》っておじさんでさ、このところずっと俺を追い回している」

澤内が言うと、矢吹の左横でケビンが安堵《あんど》の息を吐き出した。プロジェクトの中身を頑なに教えてくれないケビンは、当然マスコミの存在をも気にしていた。

「あの彼女さんの件ですか？」

恐る恐る矢吹が尋ねると、澤内が後ろ頭をかき、頷いた。

「まあね。彼女とプライベートジェットでイタリアのトスカーナの別荘に行ったときも、山城は飛行機乗り継いで追いかけてきた。執念深いっていうか、暇っていうか」

澤内は無類のワイン好きとして知られる。コレクター垂涎《すいぜん》の年代物のワインを何百本と所有する。イタリアのトスカーナのほかにも、フランスのブルゴーニュ、カリフォルニアのナパ、あるいはカナダのオカナガンなどの葡萄《ぶどう》の名産地にいくつも別荘を所有しているとネットのインタビュー番組で知った。

「せっかくのワインがまずくなった。彼女もおかんむりでさ。山城は本当に苦手なんだよ」

澤内の彼女とは、ミラノやパリコレクションでも活躍する日本人モデルのことだ。サッカーのスペインリーグの名ストライカーと浮名を流したことでも知られる八頭身美女で、気の強い女性として知られる。

澤内は美術品オークション後のパーティーでモデルと出会い、半年がかりで口説き落としたのだと週刊誌がすっぱ抜いた。身長一八〇センチのモデルに対し、澤内は矢吹とほぼ同じ程度の約一六五センチと、男性としては小柄な部類に入る。週刊誌の記事は、有り余る金に物を言わせ、モデルを自分のものにしたと決めつけ、不釣り合いなカップルと批判的な論調を展開した。その書き手が、まさにさかえ通りをうろついている。

「どのくらいの期間つきまとわれているんですか?」

「一年くらいかな」

澤内がケビンの横でさかえ通りをチェックし始めた。

「また違う彼女でもできたんじゃないの?」

ケビンが軽口を叩くと、澤内が首を振った。

「そりゃ、これまでにさんざん遊んだけど、今は彼女一筋だ。新たなゴシップで追いかけられるいわれはないよ」

舌打ちした直後、澤内がスマホを取り出し、通話ボタンを押した。

「ああ、俺だ。山城のおっさんがウロウロしているから、排除してくれるかな。よろしく」

短く指示を出すと、澤内が電話を切った。

「表通りにリムジン停《と》めているから、そこから当たりをつけて探してきたと思う」

「排除とは？」

矢吹が尋ねると、表通りの方向を見ながら澤内が言った。

「ボディガードだよ。彼は山城の顔を覚えている」

澤内が通りの一角を指した。さかえ通りと小径《こみち》が交差する辺りで、山城を見下ろすTシャツの青年がいた。

「ほらね、仕事が早いから助かるよ」

盛り上がった両肩、逆三角形の上半身。黒いTシャツが弾《はじ》けそうだ。ボディガードは山城という中年男性の肩に手をかけ、威圧的に睨んでいる。

「陸上自衛隊の精鋭、元レンジャーでさ、半年前からボディガードを頼んでいる」

澤内は通りを見下ろし、肩をすくめた。ボディガードはなんどか山城の肩を叩く。すると、中年記者がすごすごと大通り方向に走り去るのが見えた。

「これで安心だ」

澤内が言ったとき、ケビンが大きなため息を吐いた。澤内以上に記者の存在を気にしていたようだ。

6

「さあ、仕事に戻ろう」

ケビンが手を叩くと、ボウサンやタカ、クミが表情を引き締めた。

「ちょっと、試してみようか」

澤内がケビンの顔を見ながら、口元を緩めた。

「やってくれる?」

「簡単だよ、撒き餌《え》じゃん」

澤内はパンツのポケットからスマホを取り出し、なんどか画面をタップした。矢吹はこっそり覗き込んだ。短文形式のSNS世界最大手トーキングのロゴが見えた。イラストのふくろうが羽を口元に当て、囁《ささや》いている。

〈澤内耕太@蚤の市〉

澤内の笑顔のイラストの横には、自身がフォローしている五〇名ほどの人物の顔写真やイラストが並ぶ。澤内が創業したフリマサイト、プルチの日本語訳をアカウント名に入れている。

「自分のスマホで見たらどう? 面白いことが始まるよ」

矢吹の視線を感じたのか、澤内が言った。

「失礼しました」

矢吹はスマホを取り出し、澤内のアカウントを開いた。澤内がフォローするのは、欧米の著名デザイナーやレーサー、サッカー選手など世界中のセレブと呼ばれる一握りの金持ちだ。

一方、澤内のフォロワーは九五〇万人もいる。SNS上での奔放な発言が度々炎上する澤内だけに、フォロワー数が多いのはわかっていたが、まさか九五〇万人とは。矢吹は息を飲んだ。同時に急いでネット検索を始めた。

〈トーキングフォロワー数ランキング〉

キーワードを打ち込むと、結果が現れた。関西出身のお笑いタレント四名が上位を独占しているほか、モデルや女優などしばしばネットを騒がす人たちの名が続いた。八位の欄に目を凝らすと、澤内耕太の名前がある。

疾風舎関係の仕事をこなす間、トーキングのサービスをどのように活用したら良いか、矢吹は調べた。日本国内のユーザー数は約五〇〇〇万人だ。一人が複数のアカウントを使っていることを勘案しても澤内は国内全ユーザーの二〇％近くがフォローしている計算になる。

「撒き餌のタイトル、どんな感じにしようかな」

スマホの画面を見ながら、澤内が考え始めた。

「好きな政治家教えてアンケートはどうかな？」

「ストレートすぎるけど、まあ、いいか」

澤内の提案にケビンが同意した。周りにいたボウサン、タカ、クミも頷いた。

「それじゃあ、ちょっと下書きするね」

澤内はスマホを両手でもち、器用にフリック入力を始めた。再び矢吹は画面を覗き込む。

〈澤内の緊急アンケート企画！　みんなが好きな政治家教えて！〉

タイトルを打ち込んだあと、澤内がさらに本文を打ち込んだ。

〈先日、国会議員の先生たちと会食したんだけど、今一つピンとこなかったんだ。俺自身もビジネスばっかりで政治に関心がなかった〉

〈だから、今度は誰《だれ》が日本を良い国にしてくれるのかなって考え始めたんだ。みんなの意見を聞きたいから、一人だけ、好きな日本の政治家を教えて〉

〈なぜその政治家が好きなのか、理由も知りたい。あとは、性別、年齢、職業も教えてほしいな。俺が今度政治家さんたちに会う参考にしたいんだ〉

本文を素早く打ち込んだあと、澤内が手を止めた。

「どうよ？」

澤内がケビンらの顔を交互に見た。

「一八歳、高校三年生たちも選挙権を得ましたから、その旨を加えたらどうですか？」

クミが告げると、澤内が頷き、スマホの小さなパネルに指を走らせた。

「あまり対象を広げるとアレなんで、都内限定では？」

「それもそうだね」

タカの提案に澤内が同意し、指を動かし続ける。

仕事場の若いスタッフとのやりとりを見ていると、澤内が短期間でビジネスを急成長させた理由がわかったような気がした。気取らず、若手の意見も柔軟に吸い上げる。しかも同じ目線だ。

外資系企業に移籍して、矢吹が一番驚いたのが会議だ。以前勤めていた日系企業では会議の準備のために、打ち合わせを頻繁に行う。実質的な決定は打ち合わせの席で行われ、正式な会議は儀礼的だった。

一方、澤内のやり方はスピード感が違う。成長途上の企業は、意思決定の速さが物を言うのだ。

「それじゃあ、撒き餌をリリースするね」

口元に笑みをたたえながら、澤内がスマホをタップした。

「あっちでチェックしようよ」

ボウサンが仕事場の奥側にあるカウンターを指した。三〇インチの大きな液晶モニターが三つ並ぶ。

ボウサン、タカ、クミのあとをケビン、澤内が追う。矢吹も後に続いた。

「速いなあ、さすが国内有数のフォロワーを持つコウちゃんだ」

ケビンが感嘆の声をあげた。その視線の先には、一番左側のモニターがある。画面の左半分にトーキングの澤内のアカウントが映っている。

〈みんなが好きな政治家教えて！〉

ほんの一分ほど前に澤内が投稿した短文がモニターにあり、その下にはユーザーたちが賛意を示すハートマークがある。

古いガソリンスタンドの給油メーターが猛烈な速さで回るように、ハートの横にある数字が増えていく。

「こいつら、脳みそで考えていない。脊髄《せきずい》反射だ」

苦笑いしながら澤内が言う。ハートの数字が一〇〇〇単位で増えていく。

「脊髄反射、いいじゃない。そういう連中が狙いだもの」

ケビンが珍しく嬉《うれ》しそうな声音で言った。ケビンと澤内は屈託のない笑みを浮かべている。だが、話している中身は毒気の塊だ。短文投稿が特徴のトーキングは、ユーザー数が多い分だけ情報伝達のスピードが速い。大災害の直後などで救援を求める人や組織があれば、これをチェックした膨大な数のユーザーが消防や警察に連絡する。これまでにいくつもの救出劇をトーキングというサービスが後押しした事実がある。

反面、負の情報も即座に拡散される。ここ数年、内外でテレビのバラエティ番組などでコメンテーターやゲストが過激な発言を行うと、たちまちクレームが当事者のアカウントに殺到し、炎上騒ぎが起こるようになった。

脊髄反射、そういう連中……耳の奥で、二人の発言が反響する。九五〇万人ものフォロワーがいれば、中には軽薄で思慮の浅い人間もいるだろう。

平易な言葉、親しみやすい語り口で多くのフォロワーにメッセージを発信した直後だけに、澤内の言葉には鋭いトゲがある。

「九五〇万人のうち、何人が自分の頭で物事を考えているのかね。俺の予想では一〇〇人いれば良いほうだよ。なぜこのサービスがタダで利用できるのか、その裏側を知ろうとしないのは、自殺行為だ」

口元は今まで通り笑っているが、澤内の両目が醒《さ》めていた。

「まあ、そんなことはいいじゃない。それより、まだ増えている。もっといくね」

ケビンが大型モニターを指し、言った。

ケビンの指の先にあるハートの数字が、早くも一万を超えた。矢吹は澤内のアカウントを凝視する。賛意を表すハートだけでなく、ユーザーが自身のフォロワーや他のユーザー向けに使う機能「クラスター」の矢印のマークがある。

トーキングのサービスは、こうした拡散機能が充実していることもユーザーに支持されている。逆に言えば、特定の個人や団体に対する非難、あるいは誹謗《ひぼう》中傷が横行するような場合には、クラスター機能が対象を苦しめることになる。

「脊髄反射ユーザー向けの撒き餌はひとまず成功だね。おそらく、コウちゃんのフォロワー数の倍以上は拡散される」

ケビンがモニターを見据え、言った。

「よかった。作戦通りじゃん」

澤内が満面の笑みで答えた。

「お次はちゃんと脳内でテキストを理解するユーザーが出てくる頃だ」

ケビンが言った直後、澤内のアカウントに次々とメッセージが届き始めた。

〈好きな政治家はやっぱり芦原《あしはら》総理!〉

〈渋い声が好き! ぜったいに阪《さか》官房長官でしょ〉

〈去年のウイルス対策で大活躍した大池ゆかり都知事が大好き! 国会議員なんかより頼り甲斐《がい》あるもの〉

〈野党第一党、共生《きょうせい》党の松野《まつの》代表がいいに決まってる!〉

ハートや矢印横にある数字が膨れ上がっていくのと同様、個別具体的な政治家の名前がネットに上がり始めた。

「そろそろ仕事にかかってくれ」

複数の政治家の名前を睨んだあと、ケビンが手を叩き、若手スタッフに声をかけた。

「了解。解析するね」

クミの一言を合図に、三人はノートパソコンやタブレット端末を操作し始めた。

「あの、なにが始まったんですか？　解析ってどういうこと？」

矢吹は恐る恐るケビンに尋ねた。

「ご覧の通り、澤内耕太を慕うありがたい人たちの動きを見ている」

「これがレッドネック・プロジェクトに関係するのですか？」

矢吹の問いかけに、ケビンが眉根を寄せた。

「俺は無駄なことが大嫌いでね、矢吹さんに説明している時間も惜しい。こうしてコウちゃんまで手伝ってくれた。今、まさにレッドネック・プロジェクトが本格的に動き出したんだ。邪魔しないでくれ」

一方的に告げると、ケビンは左端にあるモニターの下、キーボードを猛烈な勢いで叩き始めた。ボウサン、クミ、タカも同様で、それぞれモニターやタブレットを真剣な眼差しで見つめている。

「それじゃあケビン、俺は失礼するよ」

「ありがとう、コウちゃん！」

「なに、俺にとっても旨味《うまみ》があるからね」

ケビンと短い挨拶《あいさつ》を交わすと、澤内は軽い足取りで仕事場のドアに向かった。

澤内の後ろ姿を見送ったあと、矢吹は一同を見回した。声をかけるのがはばかられるほど、全員が作業に集中していた。澤内の提供したトーキングがなんの役に立っているのか、矢吹には一向に理解できなかった。

三台並ぶ大型のスクリーンには、トーキングのユーザーたちのアカウント、それに顔写真やイラストが猛烈な速さで表示された。一万を超えたハートマークを押したユーザーたちなのだろう。

澤内の発信に対するリアクションをどう分析するのか。そして、得られた結果がレッドネックというプロジェクトにどんな作用を与えるのか。矢吹には何一つ理解できない。

「ハートとクラスターが二万を超えたぞ。データの吸い上げと解析を急いでくれ」

ケビンの声が仕事場に響き渡った。

7

午後七時過ぎ、矢吹は高田馬場から六本木のオフィスに戻った。同僚たちはほとんど帰宅し、残っているのはクライアントから急な仕事を請け負ったごく一部のスタッフたちだけだ。

自席に腰を下ろすと、矢吹はノートパソコンの電源を入れた。疾風舎のマネージャー、そしてライブ配信を担当するイベント会社から経過報告のメールが入っていた。すでに他の同僚に仕事の大半を引き継いだため、矢吹は側面支援だ。

カーサーチのほかに飲料メーカーなど大口のスポンサーが三社ついたことから、疾風舎のライブ配信事業は収益を生む大きなビジネスに成長しつつある。

だが、矢吹に疾風舎とのビジネスをつなぐよう指示したケビンは、全く興味を示さない。しかも疾風舎のヒット曲に対しては、歌詞が幼稚、音源がチープだと毒舌ばかりだ。なぜ疾風舎を選んだのか。事業が異例の売り上げを計上して以降、上司の久保は上機嫌で、高田馬場の仕事場からもっと快適なオフィスに転居するようなんども促された。その旨をケビンに伝えても、全く興味を示さない。

〈ここが気に入っている。動く必要なんかない〉

久保に持たされた最新ビジネス機器が揃《そろ》ったオフィスのパンフレットを見せても、ケビンは見向きもしなかった。

疾風舎の次は、インターネットを介した不用品売買・交換サイトで財を成した澤内耕太が仕事場に現れた。ケビンとは旧知の仲だと言っていたが、なぜ澤内だったのか。

高田馬場の仕事場で澤内のトーキングのアカウントを調べた。澤内と疾風舎は互いにフォローし合う関係になく、接点はなかった。共通点らしいところはトーキングやフォトグラムなど主要SNSで多数のフォロワーを有している点だ。しかし、澤内の九五〇万は圧倒的で、ファン層が厚いとされる疾風舎でも数では全くかなわないし、釣り合いが取れない。

自分が関《かか》わるビジネスの本当の姿を捉《とら》えていない。このまま答えを見出《みいだ》そうとしても、いっこうに埒《らち》があかない。矢吹はノートパソコンからスマホへと目を転じた。

高田馬場の仕事場で矢吹のアプリが男の顔を検知した。澤内を追いかけてきた記者で山城という名前だ。

〈山城　フリー　記者〉

スマホの検索欄にキーワードを打ち込んで、結果を待つ。すると、たちまちネット上の百科事典サイバーペディアに反応があった。

〈山城　敦士《あつし》　一九六七年九月埼玉県大宮市（現さいたま市）生まれ……〉

矢吹はサイバーペディアに目を凝らした。

〈関西の私大卒業後、愛知県の電子部品メーカーに就職。エンジニアとして三年間勤務したあと退職。上京後、豪胆社《ごうたんしゃ》の写真週刊誌に契約記者として勤務。五年後に言論構想社《げんろんこうそうしゃ》の週刊新時代《しんじだい》に契約記者として移籍。三年後、正社員記者に……〉

電子部品メーカーの下にリンクが張られていた。クリックすると、大手自動車系列の東証一部上場企業の名が現れた。

経済に疎い矢吹でさえ知っている優良企業だ。あのギョロ目の中年男は、メーカーのエンジニアという安定した職を捨て、記者職へと転じたのだ。

大和新聞に勤める同級生によれば、週刊誌の仕事は多忙を極めるという。毎週到来する締め切りに向け、日夜全国、あるいは海外の戦地を駆け回る。特に、現在最大の売り上げを誇る週刊新時代は過酷な競争社会だと同級生が明かしてくれた。

山城は契約社員という傭兵《ようへい》から、正社員記者へとステップアップした。優秀な記者だというのは、素人にもわかる。高田馬場駅で矢吹を見つめていた強い視線、さかえ通りで周囲を観察する際の目つきは、長い記者生活から出来上がったものだ。

〈週刊新時代在籍時は、スクープを連発〉

サイバーペディアには山城が書いた記事の見出しがいくつも掲載されていた。

〈著名男性キャスターの学歴詐称〉

〈公共放送《NHR》幹部による制作費横領事件〉

〈野党幹部の女性議員に隠し子〉

〈警察の誤認逮捕、裏金問題〉

矢吹が知る記事がいくつも掲載されていた。特に、男性キャスターの学歴詐称については、オメガがかつて民放の情報番組に関わっていたことがあり、矢吹の転職後に先輩社員から苦労話を聞かされた。

〈フリー転身後の主な経歴〉

五年前、山城は週刊新時代を辞し、フリー記者に転じた。

〈インターネット犯罪の当事者たちへの取材〉

〈米国大統領選挙のルポ〉

〈海外逃亡した大手自動車会社元トップへの単独インタビュー〉

サイバーペディアには数々の見出し、そして著作のタイトルが並ぶ。その中には、老舗《しにせ》出版社が主催するノンフィクション賞の受賞歴もあった。

山城の経歴、担当した記事等々をチェックしたあと、矢吹は小さな顔写真をタップした。スマホの画面いっぱいにギョロ目の白黒顔写真が映った。スマホをデスクに置き、矢吹は考えを巡らせた。

〈ごめん、あのおっさん、俺目当てだ〉

矢吹のスマホが警告音を鳴らした直後、澤内が顔をしかめた。

澤内は若手経営者として頻繁にメディアに登場し、持論を展開する。しかも派手好きで、恋人は著名なモデルだ。

ゴシップのほかに、ビジネスマンとして成功している澤内にはニュースバリューがある。

山城は、澤内をずっと追ってきたのか。それとも高田馬場に現れることを予期して先回りしたのか。

矢吹はノートパソコンのキーボードに指を走らせた。だが、スマホで得た情報以上の検索結果は表示されなかった。

パソコンの画面を睨みながら、矢吹は腕を組んだ。

8

「ミソノちゃん、あんた随分たくさん持ってきたのね」

心地よい潮風が通り抜ける海浜公園の炊事場で、工藤は目を見張った。ミソノの前に大きなプラスチック製の食品コンテナが七つも置かれている。

「工藤さん、先週出勤しなかったでしょ。この前、頑張ってディナータイムでゲットした獲物たちです」

ミソノが得意げにコンテナを叩いてみせた。

ミソノの言う通り、先週は娘の朱里亜《じゅりあ》がもらってきた夏風邪をうつされ、体調が悪かった。せっかく慣れてきたデブ専キャバクラは、四コマを欠勤した。店は日払いが魅力だったが、二万円の減収は家計に響いた。

ディスカウントスーパーで買いだめした一個一八円の袋麺を茶碗《ちゃわん》に割り入れ、熱湯を注ぐだけの食事が四日続いた。朱里亜には生卵をつけたが、自分はなしだった。

介護の仕事にはなんとか出勤したが、空腹状態は続いた。奇特な入居者がヘルパー用にと差し入れてくれた饅頭《まんじゅう》を独り占めにし、飢えをしのいだ直後だった。

ミソノのコンテナの中にある大量の唐揚げは、おとぎ話に出てくる王様のごちそうに見えてきた。

だが、ミソノがコンテナの蓋《ふた》を開けた途端、少しだけすえた臭《にお》いがした。

「これって先週の頭に揚げたやつも入っているよね。傷んでない？」

「揚げ物だから大丈夫ですよ。それに、細かく刻んで焼きそばや丼《どんぶり》物の具にしちゃえば、誰もわからないから」

ミソノが屈託のない笑みを浮かべ、言った。

工藤は海辺の方向に目をやった。恋人の力弥《りきや》が手を振っている。力弥は工務店の後輩二人を引き連れ、城東舎弟会と称してバーベキューを企画してくれた。

力弥は後輩たちとともにタープをセットし、その下には折り畳みテーブルと椅子《いす》を並べてくれた。

朱里亜も力弥の後を追いかけ、はしゃいでいる。

ミソノは大量の唐揚げのほかに、業務用食品スーパーで南米産の冷凍ウインナーを五キロ、冷凍チキンのモモ焼きも三キロ買ってきた。そのほか、巨大な鍋《なべ》も公園の事務所でレンタルしていた。傷み始めた唐揚げを放《ほう》り込み、味噌《みそ》煮込みにするという。たしかに、煮込んでしまえば誰も味など気にしない。

「力弥、なにか曲かけてよ」

工藤が声をかけると、力弥が親指を立てた。

「海と疾風舎、絶対に合うよね」

工藤が呟《つぶや》いた直後、疾風舎のヒット曲がタープの脇に置いたスピーカーから流れ始めた。ゆったりしたレゲエのイントロは、ワンコーラス目の途中からテンポが上がり、最後はラップ風のリズムに変わる。

「工藤さん、飲んじゃって！」

ミソノがクーラーボックスから発泡酒を取り出した。

「ありがとう。見慣れない缶だけど、どこで買ったの？」

「地元のオックスマートの特売です。賞味期限が近いらしくて、すごく安かったから」

手渡された缶のプルトップを開け、気の抜けたビール風味の飲み物を喉《のど》に流し込んだときだった。

「遅くなってごめん」

ニットキャップを被《かぶ》り、チェックのシャツを着た太り気味の男がミソノに近づいた。

「ヒロ君！　仕事終わったの？」

工藤の横で頬《ほお》を赤らめ、ミソノがはしゃいだ。体を揺するたび、ミソノのTシャツの内側にある大きな胸が奇妙な形に歪《ゆが》む。

「今回は先生が遊びに行きたいから、普段より原稿の上がりが早かった。そうはいっても、徹夜だったけど」

先生、徹夜……二つのキーワードに接し、工藤は閃《ひらめ》いた。

「イラストレーターの彼氏？」

チェックの青年に尋ねると、はにかんだ笑みが返ってきた。

「田辺洋樹《たなべひろき》です。工藤さんですよね？　ミソノがお世話になっています」

田辺が律儀にニット帽を脱ぎ、頭を下げた。

田辺はついこの前まで童貞だったとミソノが言った。当然、狡猾《こうかつ》さを隠しているミソノがデブ専キャバクラで働いていることを知る由もない。

「彼氏さんも舎弟よね」

「もちろんです」

田辺が答えた直後、ミソノが太い腕をチェックのシャツに絡ませた。田辺が照れ臭そうに笑う。

「今日は彼氏の友達もいっぱい来ているの。最終的には三〇人くらいになるかな。これからガンガンお肉を焼くし、ミソノちゃんも手料理をたくさん作ってくれるから、楽しんでいってね」

「ありがとうございます」

田辺はミソノから手渡された発泡酒を飲み始め、周囲を見回した。

「あれが彼氏で、その近くにいる黄色いTシャツが私の娘。あとで話してみて」

「ありがとうございます」

ミソノと嬉しそうに手を繋《つな》ぎ、田辺が答えたとき、工藤のスマホが疾風舎の涙物語のイントロを奏で始めた。

「ごめん、メールだわ」

工藤は急いで画面をタップした。

〈澤内シンママ《シングルマザー》支援プロジェクト、一次審査通過のお知らせ〉

「やった！」

思わず声が出た。

「どうしました？」

ミソノが歩み寄り、画面を覗き込んだ。

「シンママ支援プロジェクト、知ってる？」

「プルチの澤ちゃんがやってる企画ですよね。私も夢起動プロジェクトに応募しました。ヒロ君の夢を後押ししたいから」

ミソノが田辺の顔を見て、笑みを零《こぼ》した。夢起動プロジェクトは、澤内がアーティストの発掘のために始めた資金提供計画だ。

「澤ちゃんて、株式なんとかで何千億円とか一兆円とか持っているんでしょ？」

たまたま読んだ女性誌の見出しで、難しい経済関係の用語があった。株式をどうかすると、人気経営者は巨万の富を得たとかいう見出しだった。

「シンママ支援、当選したら嬉しいな」

応募の際、細かい事柄が澤内の個人サイトに記してあった。澤内のプロジェクトが養育費を立て替えてくれる間に、弁護士や司法書士が元父親を見つけ出し、立て替え分の養育費について、金利を上乗せして請求してくれるのだという。

「そういえば、疾風舎の事務所からもいっぱいメール来ていましたよね」

「そうそう、俺のところにも」

ミソノと田辺が顔を見合わせ、言った。

「あれよね、ライブ視聴者の特別プレゼント五〇人分ってやつ」

「それです。結局僕らは当たりませんでしたけど。バックステージパス、欲しかったな」

工藤はメールの履歴を辿った。

ライブの配信だけでは物足りないファンが多いと疾風舎のメンバーが判断し、特別に楽屋入りできる権利が当たるプレゼント企画を行った。

昨年、新型ウイルスが大流行した。舎弟が重なり合うようにウェーブする激しいライブがウリの疾風舎は、一大ピンチに陥った。

工藤の舎弟仲間が行ったライブでは、ファン同士が三メートルの距離を空け、ボーカルに合わせて歌うことも禁止された。

そこで所属事務所と疾風舎のメンバーたちが考え出したのが、他のミュージシャンたちと同じく無観客でのライブ配信だった。

「無料になったのは嬉しかったですね」

ミソノの胸元を見つめながら、田辺が言った。

「そうよね、ちょっとアンケートが長かったけど」

工藤はメール画面を疾風舎のファンサイトに切り替えた。

〈無料ライブ視聴に向けて〉

スマホでも見やすいように、アンケートが箇条書きになっていた。

〈一　お住まいはどちらですか?〉

〈二　性別と生年月日〉

〈三　家族構成〉

簡単な質問ばかりだったが、項目は三〇近くにも及んだ。

「年収の欄とか、正規社員か非正規かとか、持ち家かとかアパートかとか。たしかに色々ありましたね」

ミソノが田辺の頬に顔を寄せ、言った。

「そうなのよ。車は持っているか。最終学歴はとか。年収のところもあったわよね。私は一〇〇万円台のところに印を入れたけど」

工藤はなんどか入力項目を間違え、システムエラーの表示に苛立《いらだ》った。疾風舎のライブを無料で楽しむことができるなら、多少の手間は我慢するしかなかった。

「舎弟は若い人が多いから、そんなものですよ」

ミソノの両目を見つめ返し、田辺が言った。

「まあ、タダでライブを聴けるようになったからよかったけどね」

工藤が告げた直後、朱里亜を肩車した力弥が炊事場に来た。

「ねえ、ちょっと。こんな告知が入ったぜ」

朱里亜を地面に下ろしたあと、力弥がハーフパンツのポケットからスマホを取り出し、工藤に向けた。

〈疾風舎、親友・瀬口勇也とネット対談　まもなく配信開始！〉

公式ファンクラブの舎弟向けの告知だった。

「勇也って、あの勇也だよね」

ミソノが言うと、力弥が頷いた。

「なんか、選挙に出るって言ってたよね、勇也」

工藤の言葉にその場にいた全員が頷いた。

「たしか都知事選挙だよね」

「そうそう、工藤さんと一緒に歩いていたとき、若いお兄さんがビール箱の上でガーガー言っていたじゃないですか」

そうだ、あのときだ。ミソノに誘われ、池袋のデブ専キャバクラに体験入店する日だった。西口公園の近くで、都政を変えるとか、政治の流れをどうこうと拡声器越しに訴えていた青年がいた。

「勇也ってば、ライジンも脱退して事務所も辞めたけど、食っていけんのかな」

画面を睨んだまま、力弥が言った。

「大丈夫よ。ライジン時代に相当稼いだみたいだし」

「でもさ、元アイドルが政治家になれるわけ？」

「ライジンのファン総動員なら当選するかもよ」

「でも、政治の素人じゃん」

力弥が眉根を寄せ、言った。

「大丈夫よ。昔、東京でもコメディアンが知事になったらしいし、大阪はお笑い芸人が当選したってなにかで読んだことがある。役人っていうの、あいつらがうまく御膳立《おぜんだ》てするんじゃないの」

「それでもさ、大池のおばちゃんが強いじゃん」

力弥が現職都知事の名を告げた。新型ウイルスが大流行した際、大池知事は毎日テレビに出演し、感染予防を強く訴えた。

「なんかさ、ウチの母ちゃんとか、近所のおばちゃんたち、全員大池ファンだぜ」

力弥が口を尖《とが》らせた。

「大池さん、たしかに人気あるよね」

ミソノが口を挟んだ。

「おばちゃんたちと俺らは違うよ。まあ、選挙行ったことがないから偉そうなこと言えないけどさ」

力弥が告げた直後だった。

〈舎弟のみんな、元気か！〉

工藤や炊事場にいた全員のスマホから、疾風舎メンバーの声が響き始めた。

〈ちょっと今日は特別配信！〉

メーンボーカルのキミトが苦味走った顔で告げると、ミソノが歓声をあげた。

〈みんなさ、政治って興味あるかい〉

キミトの問いかけに、工藤らは全員首を振った。

〈あんまりいいバイブスが返ってこないな。やっぱりみんな関心ないんだよな〉

画面の中でキミトが大袈裟《おおげさ》に肩を落とした。その直後だった。大柄の男性がキミトの隣に現れた。

〈どうも、瀬口勇也です。舎弟のみんな、ひさしぶり！〉

工藤は画面に目を凝らした。無意識のうちに、キミトと勇也に向け手を振っていた。

〈疾風舎のライブに飛び入りしたのって、いつだっけ？〉

〈もう三年も前だよ。すっかりご無沙汰だよ〉

〈悪い、色々とあったからさ。おっと、ここからはネットでも放送禁止だ！〉

画面を見ていると、キミトと勇也の胸元に舎弟たちからメッセージが入り始めていた。絵文字を交えた舎弟たちの言葉が画面の右から左へと流れていく。

――キター、未来の都知事！――

――勇也、あんたも立派な舎弟だよ！――

――今日は選挙演説なの？――

メッセージが増え続ける。

〈選挙には色々と制約があるんだ。だから今日は正式な政治の話はできない。それだけは理解してくれよな〉

キミトが言葉を選びながら告げた。

〈選挙は措《お》いておいて、俺、あったまに来てんだよ〉

突然、勇也が話し始めた。

〈なにに怒ってるわけ？〉

〈世の中、理不尽なことばっかじゃん。去年はさ、新型ウイルスが流行して、俺が通っていた飲食店が何軒も倒産した。そこで働いていた人たちも当然、路頭に迷った〉

画面の二人のやりとりを聞きながら、工藤はなんども頷いた。

〈あのとき、政府は守ってくれたか？　偉そうな政治家たちは、みんなに寄り添ってくれた？〉

工藤が首を横に振ると、左横にいた力弥も首を動かした。

〈そうだよね、休業しろって言うのに、補償は少ないし。俺たちだって、苦労した。大好きな舎弟たちとライブで会えなくなった〉

キミトが言った直後、ミソノと田辺が口を揃え、そうだと相槌《あいづち》を打った。

〈他にも、生活保護の問題もある。好きで仕事を辞めたんじゃない、辞めさせられたんだ。家賃払えなくなった人がいっぱいいるし、そこで育っている子供たちもいるんだ。そんな仲間の言葉を、俺はたくさん聞いた。そして我慢できなくなったから、事務所を辞めて立ち上がった〉

スマホの小さな画面の中で、勇也が涙を拭《ふ》き始めた。俳優として活躍する勇也をなんどもドラマで観《み》たが、今目の前にいる有名人は演技ではなく、本気で怒り、泣いていた。傍らにいる力弥も洟《はな》をすすっている。

〈俺は音楽やドラマ以外は完全なる素人だ。でも、みんなを助けたいって熱意だけは誰にも負けねえつもりだ。俺は舎弟のみんなの力を必要としている。助けてくれ〉

「いいよ、助ける。応援する！」

突然、野太い声が工藤の頭上から聞こえた。声の方向を見ると、工藤らと同じようにスマホを片手に持った青年がいた。

「もしかして、高橋さん？」

「そうです。トラック運転しています。舎弟の高橋です。皆さん、よろしく」

高橋がミソノたちに向け、律儀に頭を下げた。

「また舎弟が増えたね。とりあえず、キミトと勇也の話を聞こうよ」

力弥が言うと、炊事場に集まった全員が首を縦に振った。

〈俺、政治の細かいこと、それに議会の仕組みとか、正直わかんねえ。でもさ、東京が変われば、みんなの生活も少しずつだけど良くなると思うんだよね〉

工藤の掌の中で、勇也が肩に力を込め、言った。

〈派遣切り、雇い止め。去年からずっと、みんなこんな言葉に苦しんだだろう？〉

「そうだ！」

工藤の真後ろで高橋が叫んだ。振り返ると、目に涙を浮かべている。

「俺の彼女、美容師なんです。去年は三軒も雇い止めにあって……」

「俺の妹もそうだよ。銀座のエステで働いていたけど、すぐに首切り。小さい子供もいるのに。俺が頑張って金を助けている」

力弥が高橋の肩を叩き、言った。

〈切りやすい人間から切り捨てる。そんな東京はおかしいよ。もっと優しい社会にしようぜ！〉

画面の中で、勇也が拳《こぶし》に力を込め、天井に向けて突き上げた。

「そうだ、変えようよ！」

工藤が叫ぶと、炊事場の舎弟たちが一斉に腕を伸ばし、拳を掲げた。

9

「そろそろプロジェクトの詳細を教えてくださいませんか？　私はプロジェクトのメンバーであり、ケビンさんのアシスタントです」

「悪いが、無理なんだよ。プロジェクトが終了しても、明かすことはできないんだ」

久保が眉根を寄せた。意を決して矢吹は口を開いた。

「それなら、担当を外してください。手応《てごた》えがない仕事では、モチベーションが上がりませんから」

最後に高田馬場の仕事場を訪れてから三日後の夕どき、矢吹は六本木のオフィスで部長の久保に詰め寄った。

秘密、守秘義務、コンフィデンシャリティー……もう、そんな言葉を聞くのはうんざりだ。担当を割り振られ、カナダのバンクーバーに飛んで以降、ずっと不満をため込んできた。ケビンやクミらの主要メンバーからは小馬鹿にされ、上司の久保にしても聞く耳を持たない。

「クライアントは矢吹さんの仕事ぶりを高く評価している。引き続きケビンさんをフォローしてほしい、そう言伝《ことづて》を預かっています」

「しかしですね」

矢吹が抗弁しかけると、久保が右手で制した。

「担当を続けてほしい、これはクライアント命令です。疾風舎の件といい、あなたの評価は社内でも最高ランクです。今期の査定であなたは確実に昇給と昇進を手にする。だからもう少しの辛抱。以上です」

一方的に話を打ち切ると、久保は重役会議に出るといい、席を離れた。ため息を押し殺し、矢吹は帰り支度を始めた。

たしかに疾風舎のプロジェクトは大成功を収め、大和新聞に次いで他のメディアからの取材も急増した。所属事務所の収支は首の皮一枚のところから大幅に改善し、生活苦一歩手前だったバンドのメンバーも創作に専念できるようになった。

久保の言う通り、プロジェクトの枝葉の部分は成功し、マネタイズも順調だ。だが、レッドネックという事業の幹について、メイン担当者の矢吹自身がなにも詳細を明かされていない。疾風舎の案件を手放しで喜ぶ気持ちには到底なれない。

自席に戻り、スマホを取り上げるとショートメッセージのランプが点《とも》っていた。メッセージを開くと、大学の同級生からディナーに行けないとの詫《わ》びが入っていた。気にしないでと返信し、矢吹は帰り支度を始めた。

高田馬場に行って様子をみるか。自分に対して、クライアントの評価が高いと久保が言った。だが、気持ちは沈んだままだ。早めに帰宅して今日のところは仕事を忘れる。動画配信サイトのオススメ映画でまだ観ていない作品をチェックする。あるいは、通販サイトをチェックして、流行《はや》りの服を探す……そう決めると矢吹はバッグを肩にかけ、オフィスを出た。

バータイムが始まったビル一階のカフェを通り抜けた途端、左手のスマホがけたたましい警告音を鳴らし始めた。慌てて周囲を見回すとビル前の植え込みに、あのギョロ目の中年男、フリー記者の山城がいた。山城は大股《おおまた》で矢吹に歩み寄ってくる。

「オメガの矢吹さんですね？」

「はい……」

反射的に二、三歩後退《あとずさ》りすると、山城がさらに間合いを詰めてきた。

「いきなりで失礼します。少しだけで結構です。お時間をいただけませんか。私、こういう者です」

ヨレヨレのリネンのジャケットのポケットをまさぐり、山城が名刺を矢吹に差し出した。

「以前、週刊新時代にいらっしゃった山城さんですよね？」

「ご存知《ぞんじ》でしたか」

「ネット検索しました。ずっと澤内さんを追っていらっしゃる方ですよね」

「ええ、たしかに」

「私は澤内さんと一度お会いしただけです。親しい間柄ではありませんし、私に尋ねても彼の話は出てきません。それでは、失礼します」

名刺をバッグに入れると、矢吹は乃木坂《のぎざか》駅の方向に歩き出した。

「少しお話しできませんか？」

山城が矢吹の真横について歩く。

「お断りします。弊社の規則で、メディアや記者と接触する際はコンプライアンス部に申請した上で、許可が必要なのです」

矢吹は強い口調で告げた。嘘《うそ》ではなく、正式なルールだ。広告代理店の仕事は、クライアントの様々な機密事項に接する。顧客情報が外部に漏れぬよう、コンプライアンス担当部局が常に気を配っている。大和新聞にいる昔の同級生に対し、疾風舎のネタを話す際も矢吹は社のルールを遵守した。

「無理は承知の上です。駅に向かう間だけでも結構です」

「やめてください」

「このビルの周辺にいたら、同僚の皆さんに見られてしまいますよ」

「ですから、困ります」

ギョロ目の記者を振り切るように早足に歩くが、なかなか引き下がらない。六本木中心部にある商業ビルからたくさんの勤め人が出てきた。歩道は赤坂《あかさか》方面に向かう人波ができ始めた。矢吹はまっすぐ先を見据え、歩き続ける。

「本命は違います。澤内なんか、手間仕事の一つにすぎません」

本命という言葉が胸に刺さる。

「私がずっと追いかけてきたのは、ケビン坂田《さかた》です」

矢吹は思わず足を止めた。

「矢吹さんがサポートしているデータサイエンティスト。彼のことを記事にしたい。その一心でここ一年動いてきました」

矢吹は山城の顔を凝視した。大きく見開かれた両目が鈍い光を発した。

「対外的に彼のことはなにも話せないのです。クライアントとの間で厳格な守秘義務契約《コンフィデンシャル・アグリーメント》を交わしましたから」

「そのようですね。他の関係者に当たっても同じことを言われました」

矢吹は肩を強張《こわば》らせた。オメガ社内でも、ケビンとのプロジェクトを知る社員は五人にも満たない。いったい、誰を取材したというのか。目の前の山城はずっと矢吹を見つめ、瞬《まばた》きをしない。

「こちらへ」

狭い歩道で立ち止まっていると通行の邪魔になる……山城がそう言い、歩道沿いにある雑居ビルの駐車スペースへと矢吹を誘導した。

山城の強い視線に抗《あらが》えない。導かれるまま、薬品会社のロゴが入った軽自動車の前に立った。

「こうしましょう。これから話すことはあくまで私の独り言です。たまたまあなたはスマホのチェック中にぶつぶつ独り言を呟くおじさんの横にいただけ。取材記者と接触したことにはなりません」

低い声に圧倒され、矢吹は小さく頷いた。山城が矢吹の手にあるスマホを顎《あご》で指した。言われた通りにスマホをチェックしろというのだ。仕方なく矢吹は画面に目をやった。山城は慎重に周囲を見回したあと、口を開いた。

「ケビン坂田の足跡を追い、私は一年前にニューヨークへ行きました」

ショルダーバッグからメモ帳を取り出し、山城がページをめくった。小さな写真プリントが貼《は》り付けてある。

「これはマンハッタンの中心部にあるヘルズキッチンというエリアです」

山城がメモ帳を矢吹の目の前に差し出した。

煉瓦《れんが》造りの古いビルが連なり、趣のある街並みだ。矢吹自身、ニューヨークに行ったのは一度だけ、五年前だった。

タイムズスクエアやセントラルパーク、ブロードウェイと近代美術館等々、典型的な観光コースを回っただけだ。ヘルズキッチンという名は初めて聞いた。

「かつてはスラム街で、マンハッタンでも一、二を争う治安の悪いエリアでしたが、ここ一〇年ほどで再開発が進み、現在はやりのレストランやバー、ギャラリーが集まる小綺麗《こぎれい》な街になりました」

写真を睨み、山城が唸《うな》るように言った。

「一年前、彼が使っていた倉庫兼スタジオを訪れました。ここが取材のスタートラインになりましてね」

山城がゆっくりとページをめくる。

先ほどと同じように、写真が貼り付けてある。グレーの壁、水道管やガス管が剝《む》き出しになった天井が写る。

スチール机と椅子、大型のデスクトップパソコンが十台程度並ぶ。殺風景といえばそれまでだが、過度な装飾を嫌うミニマリストたちが好みそうな雰囲気だ。

「かつては地元スーパーが食品倉庫として使っていた場所を、ケビンらが改装したそうで、現在は若手起業家たちがシェアオフィスとして使っています」

「改装？」

「五年前、ケビンはチームを組み、この倉庫から世界の歴史を大きく変えました。いや、正確に言えば、ねじ曲げたのです」

からかっているのか、そう考えて山城の顔を睨む。だが、瞬きをせず、矢吹を見据えていた。

「先日、澤内がケビンの元を訪れた。そこも倉庫みたいな建物でした。元々はガールズバーだった場所ですよね」

山城の声が思い切り低い。先ほど、オメガの同僚に当たったたと言っていた通り、山城はきちんとファクトをつかんだ上で話をしている。

「……ええ」

「調べるのが仕事でしてね」

週刊誌を渡り歩き、その後は独立してフリーの記者となった男だ。仕事場を割り出すことなど容易《たやす》いのだろう。あの日、澤内のボディガードが山城を排除したあとも、地元不動産業者などを調べれば、ガールズバーを居抜きでそのまま利用しているということはすぐに判明するはずだ。

「ケビン坂田こと坂田謙次郎《けんじろう》、これが本名です」

戸惑う矢吹に対し、山城が告げた。

「日本人なのですか？」

「ええ、れっきとした日本人です。謙次郎という名前は欧米の人間が発音しにくい。だから音が似ているケビンという愛称を使っているのです」

山城がゆっくりとページをめくった。矢吹が覗き込もうと前のめりになると、山城がメモ帳を閉じた。

「ご存知なかったようですね」

「……はい」

山城の口元が歪み、薄ら笑いが浮かんだ。

「よろしければ、近所のバーで軽くビールでもいかがですか？　暑気払いだと思えば気楽でしょう？」

メモ帳を矢吹の前にかざし、山城が言った。

「あの、私これ以上お話を聞かない方がよいと思います。失礼」

メモ帳を持つ山城の手を押しのけると、矢吹は駅方向に足を踏み出した。

「ケビン坂田、いや坂田謙次郎はあなたとともに、またもや歴史を歪めようとしている」

背後から、山城の声が響き、足が止まった。

「あなたは重大な悪事に手を貸しているんですよ」

山城の声が、矢吹の背中に突き刺さった。

10

〈食欲ない。夕ご飯、私はいらない〉

〈ずっと眠れない。こんな生活が続くんだったら、もう死んだほうがマシ〉

〈もう信州に帰りたい。地元だったら、普通の職場で働けるかもしれない〉

ダッシュボードに置いたスマホを取り上げると、同棲中の希星からショートメッセージが届いていた。文面からは、希星が相当に精神面で弱っているのがわかる。駄々をこねる幼児と一緒で、高橋の関心をひこうとしている。だが、過度にかまうと、煩《うるさ》がる。特に連続でメッセージを打ってくるときは要注意だ。付かず離れずのポジションを維持しなければ、希星はすぐに破裂する。

〈なるべく早く帰る。焼きそば作るから、一緒に食べよう〉

高橋はため息を吐き、返信した。一〇秒、二〇秒……結局一分ほど画面を見つめたが、希星から洪水のようなショートメッセージが入ることはなかった。

安堵の息を吐いた高橋は、狭いキャビンで両腕を天井に突き上げ、体を伸ばした。早く帰るとは言ったものの、業務の終了時間はまったく読めない。スマホをダッシュボードに戻すと、フロントガラス越しに周囲を見回す。一台、また一台と大型トラックやトレーラーがコンビニの広大な駐車場に入ってきた。隣のトレーラーのキャビンでは、白髪頭のドライバーが口を開け、仮眠を取っている。

ラジオの音量を上げようと手を伸ばすと、カーナビの画面に目がいった。周囲の幹線道路は依然赤く塗られ、外環道や首都高も同じ色に染まっていた。

〈交通情報をお伝えします。外環道は川口《かわぐち》ジャンクションで発生した大型バスとワゴン車の事故のため内回り外回り共に一〇キロの渋滞が発生しています。この事故の影響で一般道も埼玉県内の各所で……〉

カーナビの右隅にある時刻表示は一八時三八分になった。越谷《こしがや》の外れの倉庫に機械の大型パーツを搬入したあと、市内北端にある工場から建築関係の資材を積み込み、今度は東京の小平《こだいら》の現場まで今日中に届けなければならない。

早く移動したいと気ばかり焦るが、必ず通らねばならない幹線道路の渋滞は当面解消しそうにない。

会社からは渋滞を回避して少しでも燃費を上げろと指示される一方で、急ぎの荷物を運ぶ際は、事故らないように急行せよとのお達しが出る。

重いダンベルを抱えてジョギングをさせ、絶対に汗をかくなと言われているも同然で、社のドライバーたちは皆締め付けのきつさに辟易《へきえき》し始めていた。

〈小平到着メドを教えて。先方が急いでいるらしいので〉

今度は社の運行管理のオペレーターからメッセージが届いた。舌打ちを堪《こら》えながら、スマホのカメラを使って渋滞で真っ赤になったカーナビの写真を撮り、返信する。

〈あちこち事故渋滞、メド未定〉

〈必ず今夜中に届けて〉

走行距離や速度を記録するタコメーターだけでなく、ここ二年はGPSでリアルタイムに位置情報を捕捉《ほそく》される。トラックとトレーラーのイラストが載ったGPSアプリを睨み、涼しい部屋で仕事をこなす女性オペレーターが随分と気楽なことを言う。家でも希星に監視され、仕事でもオペレーターの目が光る。コンビニの駐車場で息を抜く程度は許容されるが、あと一〇分程度動きを止めれば、たちまちサボりではないかと問い合わせが入る仕組みだ。

元々窮屈な働き先だが、ここ二週間で仕事量が倍増する事態が発生した。外資系流通大手のサバンナが物流基地を強化し、大量のドライバーを高額で引き抜いたことが直接の原因だ。

高橋の勤め先からも、三名が転職した。プロ野球選手への夢が捨てきれないまま、ドライバーを続けるには今の場所に留《とど》まるしかない。サバンナ系の物流ドライバーの給与は一・五倍だが、正社員となってしまっては、勤務地や労働時間の融通も利かない。

若社長が人材確保にあちこち走り回っているが、未《いま》だ補充の目処《めど》はついていない。三名分の穴埋めは、想像以上にきつかった。午前五時前に起床して始発電車に乗って会社に出て、その日の割当ルートを確認したのちキャビンに乗り込む。

以前は都内のスーパーやドラッグストアと物流倉庫の往復が主業務だったが、埼玉エリアの工業団地回りも定例化した。

午前五時から仕事モードの頭になり、これが午後八時、九時まで続く。今までは軽い荷物が中心だったが、鉄の資材を積み下ろしする機会が激増したため、腰に痛みが走る日が増えた。比例して疲れがヘドロのように溜《た》まり、日課だったバットの素振りや筋トレもやっていない。たるんだ二の腕と下腹を見るたびに気が滅入《めい》る。

高橋はカーナビに触れ、縮尺を変えた。埼玉県越谷市近郊を映していたモニターは、都内北部エリアまで広がった。

「まじかよ……」

外環道の川口ジャンクションを中心にした赤い渋滞の表示が、和光《わこう》インターチェンジ、その先の関越道まで伸びた。

多少の遠回りになるが、関越道から目的地に回り込むとの目論見《もくろみ》も潰《つい》えた。早くても帰宅は夜の一〇時を過ぎる。腹が減らないと言いつつ、希星は高橋の帰宅と焼きそばを待っている。帰った途端に八つ当たりされ、不平不満を小一時間聞かされる。

一昨日、こっそり希星のポーチを覗くと、心療内科の診察券が見えた。鬱《うつ》病になったのかもしれない。残業代は増えたが、労働量の多さを考えると全然割に合わない。ここに希星の医療費負担まで増えたら、果たして家計をやりくりできるのか。実家への仕送りもある。あとは自身の食費を減らすしか残された道はない。

〈なんとか今日中に届けます〉

オペレーターに返信を打ち、画面を切り替える。時間潰《つぶ》し用に買った夕刊紙の主だった見出しはチェックし、野球面も読み終えた。SNSのフェイスノートを開いてみる。

〈舎弟の連絡帳〉

疾風舎のファンが作ったコミュニティページに飛んだ。

〈湾岸BBQ　舎弟大結集!〉

先日参加したバーベキューのページが小一時間前に更新されていた。

ここ一年ほど、ほとんど一人で遊びに行くことがなかっただけに、想像していた以上にイベントは楽しかった。

海浜公園のバーベキュー場に大きなタープをいくつも張り、その横で大型グリル五台を使って盛大に肉を焼いた。飯盒《はんごう》でメシを炊き、大量の鶏肉《とりにく》が入った親子丼も食べた。舎弟の横のつながりで、工藤という女性、そして恋人の鳶《とび》の職人とも仲間になれた。工藤と恋人が中心となり、初対面同士の舎弟メンバーは次々と打ち解けていった。昼前から始まったバーベキューは、夕方まで続いた。その後は、錦糸町《きんしちょう》の居酒屋とカラオケに繰り出し、舎弟の結束はさらに強まった。計三〇名ほどの参加者たちと連絡先を交換した。このうち、フェイスノートやフォトグラムではほとんどの舎弟同士がフォロワーとなり、こうした舎弟間の連絡はあっという間に拡散されるようになった。

コミュニティページには、三〇〇枚の写真がアップされていた。その中に、大盛りの親子丼を口に運ぶ高橋の写真もあった。

写真一覧を眺めたあと、今度は動画ファイルに目をやった。

グリルの火を落とし、皆でスマホの画面に見入っている動画だ。

「そういえば勇也とキミトの対談やっていたな……」

高橋は動画を早送りで再生し始めた。あの日、特売の発泡酒のアルコールが体に染み始めた頃《ころ》だった。皆は一様に黙りこくり、対談に耳を傾け続けた。

〈舎弟のみんな、これ読んだ?〉

動画ファイルの中で、サングラスをかけたキミトが中央新報《ちゅうおうしんぽう》の夕刊を掲げた。一面の左上に、大きな見出しが映る。

〈瀬口勇也、苦戦必至の様相　素人候補の悲哀〉

キミトはサングラスを外し、夕刊をびりびりと破り始めた。動画を観ていた高橋ら舎弟たちは、固《かた》唾《ず》を飲んでキミトの言葉を待った。

〈なんでさ、新聞が勝手に劣勢とか決めんの？〉

〈素人候補って、新聞が勇也バカにするの、どうかしてると思わね？〉

キミトのこめかみにいく筋も血管が浮き出ていた。高橋も同じ気持ちだ。中央新報とかいう新聞社は、東大や京大卒のエリートばかりが出世するとバーベキュー場で誰かが言った。

高橋の周囲には東大卒の人間はいない。東大どころか、大学に進学した者が少ないのだ。キミトは高校中退で、自動車修理工場や道路工事で金を貯《た》め、好きな音楽の機材を買い揃えた苦労人として知られる。

〈なんかさ、エリート記者さんが、上から目線で俺たちのこと舐《な》めているとしか思えないんだけど！〉

紙切れになった新聞をキミトがブーツで踏みつけた途端、バーベキュー場のあちこちから歓声があがり、拍手が沸き起こった。

高橋と同じように社会の底辺で働き、わずかな金で生活し、年に数度しかまともに休みが取れない舎弟たちは、次の発言に期待した。

〈てか、俺が興奮してもしゃーないから、ちょっと勇也に替わる〉

画面が切り替わり、薄いブラックのサングラスをかけた勇也が画面に登場した。

〈やあ、舎弟のみんな！〉

〈さっきも言ったけどさ、色々と制約があるから直接、選挙のこと話せない。そのあたりは事情わかってくれよな〉

〈キミト、怒りすぎ。でもさ、舎弟のみんなも、バカにされたことないかい？〉

いかつい風貌《ふうぼう》とは正反対で、勇也の語り口は優しい。バーベキュー場の舎弟たちが無言で頷いた。

正社員にしてくれると言った勤務先の若社長にしても、最近は経費削減ばかり主張し、休憩時間まで減らせと言う。世間の都合が悪くなると、しわ寄せは全部末端の運転手に回ってくる。これはすなわち、バカにされているということだ。勇也の言ったことは、自分にそのまま当てはまる。

〈新型ウイルスで、雇用は元に戻っていないよね。どうだい？〉

勇也がカメラを見据えた。両目が真っ赤に充血していた。

〈俺たち疾風舎はスタジオに籠《こ》もってレコーディングしていたけど、世間はどんな感じなの？　メッセージをガンガン打ち込んできてくれよ〉

キミトが発した途端、画面下に舎弟たちが送ったメッセージが表示された。このとき、高橋も日頃の社会の不公平さを訴えた。

〈俺、実はボランティアで弁当の配達やったんだ〉

〈へえ、それは知らなかった〉

〈キャバクラで働いているシングルマザー《シンママ》がたくさんいるんだけど、彼女たち、働く場がなくなって、食い物にも困っていた。だから、マスクしてメガネ、そしてキャップ被って、俺だってバレないように弁当を配達した〉

〈弁当は誰が提供したの？〉

〈中学時代の仲間がレストランをやっていてさ。食材ダメにするなら、人のためになることしようって言い出して、それで一日一〇〇食分の弁当を配るようになった〉

二人の対談を聞きながら、高橋の前にいた工藤が洟をすすり始めた。そういえば、娘と二人暮らしだと言っていた。キミトと勇也という大スターが、舎弟の暮らしに入り込み、親身になって相談に乗り、しかも実行に移していた。幼い妹弟《きょうだい》たちのために、地元の有力校への進学を諦《あきら》めた高橋も身につまされる話だった。

〈不要不急がどうたらで仕事なくなって、子供が腹減らしてんの、俺は耐えられなくてさ〉

〈いいことしたな、勇也〉

〈でも本当は、こういうの政治家がなんとかしなきゃいけないって、ずっと思ってた〉

〈勇也、政治家は議会やら演説で忙しくてそんな庶民の生活まで降りていけないぜ〉

〈違う。そこだけは、絶対に違う。役所でろくに働かない奴らがたくさんいる。俺がやった弁当宅配ボランティアだってさ、あちこちに届けを出したり、許可もらったり。その間も子供たちが腹空《す》かせていた。だったら、俺が政治の仕組みを変えて、役人を使えばいいって思うようになったんだ〉

高橋の横で工藤が小さな娘を抱きしめていた。両目には大粒の涙が光っていた。

〈エリートの皆さんは、リモートとか言って家で仕事ができた。でもさ、そうじゃない人がたくさんいた。彼らは今も苦しんでいる。俺は彼らを救いたい。その一心で芸能人をすっぱり辞めた〉

勇也が言い終えると、バーベキュー場のあちこちから歓声があがった。


スマホを一旦《いったん》ダッシュボードに置くと、高橋はコンビニで買った栄養補助用クラッカーを口に入れた。移動に時間を取られ、昼飯を食い損ねた。だが、高い生姜《しょうが》焼き弁当には手が出ない。キャンペーンで安売りしていたクラッカーしか選択肢はなかった。

三枚のクラッカーで小腹を満たし、越谷から小平まで配送に向かう。カーナビの予測によれば、距離は約五〇キロ、通常ならば外環と新青梅《おうめ》街道で一時間四五分ほどの行程だが、今日は三時間以上かかるだろう。

クラッカーの包装紙を窓の外に放り投げたとき、ダッシュボードのスマホが短く振動した。取り上げてみると、フェイスノートでダイレクトメッセージが届いていた。

〈工藤です　勇也の応援ページができたから、転送しますね〉

画面をタップすると、勇也の姿が現れた。人気バンドのライジン時代は、ハーレーやドゥカティなど大型バイクに跨《また》る写真が多かったが、手元にある一枚は正反対だ。

ママチャリの後部に大きな籠《かご》を載せ、サンバイザーを被っている。大きな籠の側面には〈選挙行こうぜ！〉のステッカーが貼《は》ってある。

「へえ、面白いじゃん」

高橋は即座に同意を示すハートマークを押したあと、他の舎弟メンバーに転送を始めた。

11

「よろしくお願いします」

赤坂の外れにある薄暗いパブで、山城が黒ビールの入ったパイントグラスを掲げた。

「あの、私の口からはなにも……」

丸テーブルで矢吹は小サイズのジョッキを持ち上げ、言葉を濁した。

「無理を言って申し訳ありません。少しだけですから」

五分前、乃木坂駅の近くで山城の独り言に付き合ううち、すっかりペースを乱された。さっさと帰宅するつもりが、山城に導かれるままパブについてきていた。

「あの、私の他《ほか》に弊社の人間に当たったそうですが、久保部長ですか？」

一口ビールを飲んだあと、矢吹は尋ねた。眼前のベテラン記者は首を振った。

「情報源の秘匿は記者の大原則、お答えできません。もし、私が久保部長にあなたの名前を漏らしたらどうします？」

「たしかに……」

矢吹は肩をすぼめた。

コンプライアンス担当のスタッフに見つかれば、懲戒ものだ。だが、知りたいという欲求を抑えきれない。矢吹は思い切って口を開いた。

「ケビンさんが世界の歴史をねじ曲げたとおっしゃいましたが、具体的にはどのようなことをやったのですか？」

「少し説明が長くなりますが、構いませんか？」

「ええ」

山城が先ほどのメモ帳をバッグから取り出し、丸いテーブルの上に置いた。山城はゆっくりとページをめくり始める。それぞれのページには細かい文字が大量に刻み込まれている。こうして古いタイプの記者の取材に接すると、一枚一枚のページから証言者の肉声が蘇《よみがえ》ってくるような錯覚にとらわれる。

山城は録音機材さえ使っていない。メモ帳の脇には、言論構想社とプリントされた古いボールペンがあるのみだ。ペンとメモ帳、これが山城の武器というわけだ。

「唐突ですが、こんな言葉に接したことがありませんか？」

突然、ページをめくる山城の手が止まった。山城はメモ帳の向きを変え、矢吹の目の前に差し出した。

「拝見します」

メモ帳には用紙が貼り付けてある。

〈プロパガンダは常に感情に向けられるべきであり、分別に向けられるべきではない。いかなるプロパガンダも大衆的でなくてはならず、その知的水準は最も頭の悪い者の理解力に合わせなくてはならぬ〉

読み終えた瞬間、言い様のない嫌悪感が矢吹を襲った。

プロパガンダ……歴史の授業で習った記憶がある。特定の思想や主義主張を広めるため、意図的に情報を流布する手法、そんな解説を読んだ。

「とても気味の悪い、生理的に受け付けないタイプの文章ですね」

「普通の方ならそう感じますよね」

「いったい誰の言葉ですか?」

矢吹が問うと、山城がおもむろにページをめくった。

「あっ……」

目の前に白黒の写真がある。軍服、ポマードで固めた髪にちょび髭。そして右手を斜め上に掲げる男がいる。歴史の授業、あるいは戦争映画やドキュメンタリー映像でなんども目にした独裁者の顔だ。

「アドルフ・ヒトラー……」

「その通りです。それでは、こちらはどうですか?」

山城がさらにページを繰った。

〈プロパガンダの秘訣《ひけつ》とは、狙った人物を、本人がそれとはまったく気づかぬようにして、プロパガンダの理念にたっぷりと浸らせることである。いうまでもなくプロパガンダには目的がある。しかしこの目的は抜け目なく覆い隠されていなければならない。その目的を達成すべき相手が、それとまったく気づかないほどに〉

「これも嫌な感じ。ヒトラーはこんなことも言ったのですか?」

「こちらは別の人物の言葉です」

山城がページをめくった。ヒトラーと同様、白黒写真が目の前にある。自信満々で右手を挙げていたヒトラーとは違い、どこか頼り甲斐のない線の細い白人男性だ。

「ヨーゼフ・ゲッベルス。ナチス・ドイツの宣伝相でした」

ナチスを率い、ドイツを第二次世界大戦へと引きずりこんだ男と、その片腕と称された大臣。おぼろげな記憶によれば、第一次世界大戦で敗北したドイツは、不景気のどん底に落ちた。戦勝国への多額の賠償金支払いで景気はさらに悪化し、国民は疲弊しきっていた。そんな状況で突然現れたのがヒトラーだ。国家社会主義を唱えてドイツ国民を奮い立たせ、圧倒的な支持を集めた男。ヒトラーの命を受けて民衆を誘導し、巧みにプロパガンダを浸透させた立役者がゲッベルスだ。

「なぜこの二人を？　ヒトラーは七五年以上前に死んでいますよね」

「その通りですが、二人が考え出した手法は、今も脈々と生きています。いや、むしろ進化し、危険な方向へと暴走を続けています」

海外のニュース番組で、ネオナチと呼ばれる極右集団の特集を見たことがある。移民排斥運動を展開し、自由主義者を言論と暴力で攻撃する過激な集団だ。しかし、なぜいきなりこんな話題を切り出したのか、山城の狙いがわからない。

矢吹が首を傾《かし》げていると、山城がもう一枚、ページをめくった。

「えっ」

目の前に、テレビのニュース番組や新聞で毎日目にする男の写真がある。

「アメリカのスペンサー大統領です」

ヒトラー、ゲッベルスのあとは米国大統領だ。ふざけているのかと思い顔を上げると、山城の目つきが一際険しくなっていた。

「五年前、彼は米共和党の大統領候補に名乗りを上げたビジネスマンです。その際、米国だけでなく、日本でどのような扱いをされたか覚えていらっしゃいますか？」

「ええっと……」

矢吹は腕を組み、考え始めた。以前、同僚がスマホで古いアメリカのバラエティ番組を視聴していた。スペンサーがビジネスマン時代にホストを務めていたプログラムだ。一流ビジネススクールに在籍する学生たちが、新たなビジネスを企画してスペンサーにプレゼンを行う。スペンサーの興味を惹《ひ》けば種銭として一〇〇万ドルの提供を受けるという中身だ。

　ネットビジネス、フードデリバリー、フィットネスと学生たちは次々にプレゼンを行うが、スペンサーは軒並みダメ出しした。親指を床に向け「フェイル」とやるのだ。

「ビジネスの宣伝とか、露骨な売名、酷《ひど》いものになると泡沫《ほうまつ》候補とまで呼ばれていました」

　山城がゆっくりと頷いた。

「現職の知事や有力上院議員ら、なみいる候補者の中で、スペンサーは完全に色物でした。米主要紙や通信社、テレビ局も彼の不規則発言目当てに取材していました」

「それがいつの間にか党の大統領候補指名を受けるまでになり、本番の選挙時には……」

「そうです。世界中の誰もが本命視していた元大統領夫人、キャシー・クレイドル国務長官を大差で破りました」

　矢吹は記憶を辿った。当時の同僚と有楽町《ゆうらくちょう》駅前を歩いていると、中央新報の号外が配られていた。その旨を話すと、山城がスマホの画面を矢吹に向けた。

「これでしょうか？」

〈スペンサー氏、米大統領就任へ　終盤にクレイドル候補を猛追、予想覆す躍進に全世界が驚愕《きょうがく》〉

「まさしくこの号外でした」

「なぜ、泡沫だの売名行為の立候補だのとまで揶揄《やゆ》されたスペンサーが、勝てたのでしょうか？」

　出来の悪い生徒の理解度を試すように、山城が尋ねた。

「全米の権威あるメディアの選挙予測が、全部外れましたよね」

「その通りです。選挙人を選ぶという特殊な制度ですが、長年蓄積されてきたデータにもとづく米国の有力メディアの予測がことごとく外れたのは、当時メディア業界にいた人間ならば驚愕ものでした」

「なぜそんな大番狂わせが起こったのでしょう?」

「冷静に分析すると、スペンサーの当選は大番狂わせでもなんでもなかった。周到な準備を行い、精緻《せいち》に有権者の動向を分析していたのです。いや、分析じゃない。誘導したからです」

山城の眉間《みけん》に深い皺《しわ》が現れた。

「誘導とはどういう意味ですか?」

矢吹が問いかけると、山城がメモ帳を手に取り、ページを遡《さかのぼ》り始めた。

〈プロパガンダは常に感情に向けられるべきであり、分別に向けられるべきではない。いかなるプロパガンダも大衆的でなくてはならず、その知的水準は最も頭の悪い者の理解力に合わせなくてはならぬ〉

「ヒトラーの言葉でしたよね」

「スペンサーは選挙運動中、どんな言葉を発していましたか?」

「たしか、Make America Strong Again でした。アメリカを再び強くする。このワンワードで……」

矢吹が言い終えぬうちに、山城が大きく頷いた。

「ヒトラーの言葉をもう一度読んでください。〈いかなるプロパガンダも大衆的でなくてはならず、その知的水準は最も頭の悪い者の理解力に合わせなくてはならぬ〉……単純かつ扇情的な選挙キャンペーンの合言葉は、彼の支持者たちに確実に届きました」

矢吹の頭の中に、赤いベースボールキャップを被り、星条旗を誇らしげに掲げる太った男女の姿が浮かんだ。

「中西部の工業地帯、かつて自動車製造や製鉄で栄えたラストベルトと呼ばれる地域の低所得の白人層がスペンサーを熱狂的に支持しました。増え続ける移民に職を奪われ、アメリカン・ドリームは絵空事になってしまったと嘆いていた層です」

「あの、彼らの教育環境とかは？」

「工場、土木、飲食といった低賃金の代表格のような職に就く彼らは、高騰し続ける大学の学費を賄えません。教育を満足に受けられなかったから、単純労働に従事せざるを得なかった。当然、彼らの子供たちも同じサイクルです。そんなレッドネック層に、アメリカを再び強くするという単純なメッセージが刺さったのです」

「えっ？」

山城が発した言葉が、矢吹の耳殻の奥に突き刺さった。

「どうされましたか？」

山城が怪訝《けげん》な顔で矢吹を覗き込む。慌てて首を振り、問い返した。

「いえ、あの……スペンサー大統領の支持層に関して、今、なんておっしゃいましたか？」

「低所得の白人層、ラストベルトにいるいわゆるレッドネックな人たちです。この言葉、アメリカでは侮蔑《ぶべつ》的すぎるとしてＦワードと同列の低俗な言葉と見なされ、テレビの地上波では放送禁止になっていますけどね」

前回の大統領選挙のニュースでは、スペンサーが赤いキャップを被り、大きな倉庫や農場で声高にキャンペーンスローガンを叫ぶシーンが繰り返し放映された。

スペンサーと同じ帽子を被った支援者たちは、太り気味な白人が多かった。産業が空洞化したラストベルト、低賃金に甘んじ、移民や他の民族の自分たちの分野への進出で煽《あお》りを食ったと不満をため込んでいる層だと日本のテレビキャスターが解説を加えていた。

レッドネック……山城は、そんな一部の白人層をそう表現した。

「ちょっと失礼します」

矢吹は、手元のジョッキを取り、ビールを喉に流し込んだ。

たった今聞いた言葉を、自分は知っている。高田馬場の裏ぶれた元ガールズバーを居抜きで借り上げた仕事場で、ケビン坂田は新たなプロジェクトに冠された名、〈レッドネック〉を矢吹に告げた。スペンサー陣営が使った選挙戦の方策と、今回高田馬場で行われている仕事には、なにか共通点があるのか。もう一口、ビールを口に運んだあと、矢吹は口を開いた。

「すみません、刺激的なお話ですっかり喉が渇いてしまって」

「では、アメリカの話の続きから。ご存知のように、スペンサーはあまり頭の良い男ではありません。しかし、不動産やカジノで大儲《おおもう》けした富豪です。選挙スタッフはどの陣営よりもずば抜けて優秀でした。どの層にプロパガンダを有効に届けるか。スーパーコンピューターとＡＩと複雑なアルゴリズムを使って分析した結果、あのMake America Strong Againというメッセージが作られたのです」

スパコン、ＡＩ……ビジネス誌の見出しでよく見る注目の用語だ。天文学的な処理速度を有するスパコンと、膨大なデータを読み込み、様々な分析機能を有するＡＩ。概要はわかっているつもりだが、それをどのように選挙に活かしたのか、矢吹にはさっぱり理解できない。

「スパコンやＡＩを使うには巨大な研究所や施設が必要ではないか、そんな風に私は思っていました」

山城がメモ帳をめくった。矢吹の目の前で、ヒトラーやゲッベルス、そして大量のメモが刻み込まれたページが次々とめくられていった。

「こんな古い倉庫でも、ネット環境さえ整っていれば、最先端の技術を使うことができるのです」

最初に目にしたニューヨークのマンハッタン、ヘルズキッチンという場所にある倉庫の写真だ。

「ケビン坂田氏がスペンサー陣営にいたのですか？」

「そうです。彼は主要メンバーの一人で、データサイエンティストとして膨大な数に上る有権者の動向を分析していたようです」

「ようです、とは？」

「詳細を現在も取材している途中です。確定的なことを言う段階にはありません」

「なるほど……」

山城がメモ帳を閉じ、強い視線を送ってくるのがわかった。ケビンが果たした役割の詳細を知り得る人物として、自分は山城に狙いを付けられた獲物だ。急激に喉の渇きを感じ、矢吹はジョッキに残ったビールを一気に飲み干した。

レッドネック……かつてケビンが発した言葉、そして山城が告げたばかりのアメリカでの差別的な用語が、耳の奥で何度も響いた。

12

田辺は手元に置いたスマホを見た。画面右上の時間表示は、あと少しで一八時だ。本来なら隣の控え室のテーブルで出前の夕食を摂《と》っている頃だ。食事が終わると、草間《くさま》がペン入れした原稿を受け取り、背景の線を描き込むのが今日の作業予定のはずだった。

だが、チーフアシスタントをはじめ、草間らスタッフ一同はおあずけを食らった犬のように、各々の作業台の前で待機せざるを得ない状況に追い込まれた。

作業部屋の主《あるじ》である草間の席の横に、簡易応接セットがある。草間を中心に興学館《こうがくかん》の担当編集者の松木《まつき》、対面には広告代理店最大手・一心堂の中川《なかがわ》が座る。一同の中心にいる草間は項垂《うなだ》れ、先ほどからため息ばかり吐いている。

「草間さん、どうして私に隠れてこんなことしていたのよ」

重い空気を切り裂いたのは、松木の金切り声だ。普段から気の強い女性編集者は、こめかみにいくつも血管を浮かべているだろう。だが、松木の表情を盗み見る勇気のあるアシスタントは、田辺をはじめ一人もいない。

草間のヒット作、〈成り上がり金融道〉は一カ月前に歌舞伎町《かぶきちょう》編を終え、今度は関西に乗り込んで地場の闇金《やみきん》業者と対立しながら、地元の多重債務者を食い尽くしていく新章に入るはずだった。

三週間の休みを取った草間とスタッフ一同は、一週間前に仕事場に再結集し、新章のアイディアを出し合い、新たな筋立てを組んだ。

その後は三週分のネームを草間が切り、担当の松木の了解を得た。午後一時から草間が主要キャラたちの下描きにペン入れを始めた。田辺らアシスタントがチーフの指揮の下《したが》、背景や準主要キャラたちにペンを入れた矢先、一本の電話が入り、状況を一変させたのだ。

「遊んでもいいけど、気をつけてって、あれほど言ったじゃない！」

松木の怒りが仕事場の空気を震わせる。声のトーンがさらに高くなった。締め切りを守らず、原稿を落としたときより松木の怒声は大きかった。

「すまないって、ずっと言ってるじゃん。そんなに怒鳴らないでよ」

駄々をこねる子供のように、草間が言った。

「三〇分前の緊急役員会で、連載は一時中断が決まったわ。再開時期は未定」

松木の怒声はなおも止《や》まない。


二時間半前、大手出版社・集光社《しゅうこうしゃ》の週刊プレゼンツ編集部から草間宛《あて》に電話が入った。受けたのは田辺だ。池原《いけはら》という取材記者で、草間と直接話がしたいと申し出た。

作品が異例の大ヒットを遂げてから、取材の申し込みは引きもきらない。通常の申し込みと考えた田辺は、一時保留にしたのち、チーフアシスタントに電話を回した。

新章のペン入れが始まったばかりで、とても取材を受ける余裕はない。それに、他社の取材対応は全て松木が仕切っている。その旨をチーフアシスタントが電話口で伝えた直後だった。

普段は仕事場からネームを編集部に送っているファクスから、一方的に紙が吐き出された。受話器を握りチーフアシスタントが紙を早く寄越せと手振りする。田辺は取り上げた紙を見て、文字通り仰天した。

「作家や漫画家は週刊誌に狙われないってみんな言っていたからさ、ちょっと酔っていたし、またしばらく遊べなくなるから……」

ファクスで送られてきたのは、プレゼンツ編集部からのコメント要求の書類だった。その後、チーフアシスタントのパソコンに雑誌に掲載予定だとされるカラー写真数枚がメールで送られてきた。

六本木の会員制クラブのＶＩＰルームで、シャンパンをラッパ飲みする草間、そしてここ数年で草間の遊び仲間となった若い俳優やミュージシャンたちがファインダーに収められていた。

遊び呆《ほう》ける人気漫画家や遊び仲間だけであれば、興学館の系列出版社である集光社も見逃してくれたかもしれない。

問題は次に添付ファイルで送られた二枚の写真だった。草間は若い女性を膝に乗せていた。右手で高級シャンパンのボトルを持ち、若い女性に口移しで飲ませていた。

最初に送られてきたファクスには、未成年と知りながら飲酒させたのかという質問への回答と、その後、六本木の高級外資系ホテルのスイートルームに未成年女性を連れていったことに対するコメントを記入する欄があった。

チーフアシスタントは即座に松木に連絡を入れた。松木は一心堂の中川とともに仕事場に姿を現し、以降部屋は沈痛な空気に支配された。

「未成年とは知らなかった。常連みたいな顔していたから、店が年齢チェックを済ませていると思ったんだ。それは本当だ」

　田辺が横目で見ると、草間が松木と中川の顔を交互に見ていた。

「わかりました。でもそのあと、ホテルに行ったのよね？」

「飲み過ぎで気持ち悪いって言うからさ、あのクラブから近いしね」

「それで、やったの？」

　松木が切り込んだ。田辺は全身の神経を研ぎ澄まし、次の言葉を待った。

「俺も飲んでいたから、記憶が曖昧なんだよね……」

　草間の言葉尻が濁った瞬間だった。仕事部屋に乾いた音が響いた。驚いて音の方向を見ると、松木が力一杯、掌でテーブルを打った直後だった。

「セックスしたのか、しなかったのか？　どっちよ？」

　松木の声には張りがあった。動画配信サイトで観た古い任俠《にんきょう》映画の姉御のような口調だった。

「……やっちゃったみたい。朝起きたとき、俺も彼女も裸だったから」

　草間が肩をすぼめた直後、松木がわざとらしく舌打ちした。

「ねえ、中川ちゃん。一心堂の力でなんとかならない？」

「未成年とホテルはまずいです。弊社の力がうんぬんとかではなく、東京都の淫行《いんこう》条例に抵触するだけでなく、児童買春禁止法違反や児童福祉法違反の恐れもある。先生は刑事訴追、つまり逮捕され、起訴されてしまいます」

「でもさ、集光社は興学館の実質的な子会社でしょ？　グループ内で刺し合ってなんのメリットがあるのさ？」

　開き直ったのか、草間が悪態をつき始めた。

「一年前、興学館が集光社の著名漫画原作者と人気アイドルの熱愛をスクープしたの。その意趣返しよ。元々一つの会社だったけど、今はそれぞれの会社の役員に週刊誌の編集長上がりの人間が就いているから、互いのメンツもあって絶対に退《ひ》かない」

松木の言葉に、今度は中川がため息を吐いた。

「先ほど休載の話がありました。こちらも重大なお話があります」

「なに、一心堂まで？」

「ドラマがヒットしたので、映画の制作に乗り出しました。実際、ほぼ半分以上を撮り終えましたが、このままで行けば制作中止も止む無しと先ほど常務会で決まったそうです。もちろん、製作委員会の幹事は弊社ですから出資された皆様への説明は行います。ただ……」

「ただ、なに？」

草間の声が細かく震え始めた。

「違約金が発生するのは確実な情勢です」

「違約金って、俺が払うの？」

「原因は先生にあります」

今まで草間に猫撫で声を使っていた中川の態度が、明らかに硬化し始めたのが田辺にもわかった。

「ねえ、草間さん。はっきり言うわね」

「なに？」

松木の声音が変わった。

「ウチも集光社も過去になんどか同じようなことがあった。前例に照らすと、休載で済むとはとても思えないの」

「なんだって？　じゃあ、どうなるの？」

「少女の保護者と示談が成立するかどうか。示談が決まったとしても、ほとぼりが冷めるまで、一年程度連載再開は無理。最悪、示談どころじゃなくて、あなたが逮捕されるようなことになれば、連載は打ち切り。既刊も絶版ね」

松木が二名の著者の名を挙げた。たしかに、淫行のようなスキャンダルではなかったが、暴力沙汰や飲酒運転などで人気漫画が息絶えたことを田辺も記憶していた。

「休載、打ち切りってことは、私たちどうなるの？」

田辺の右隣で、準キャラの衣装や表情を担当している女性アシスタントが小声で言った。

「俺たちいきなり失業かもね……」

田辺は低い声で返答した。自ら吐き出した失業という言葉が、両肩に重くのしかかってきた。

手元に置いたスマホをつかむと、計算機アプリを開いた。草間事務所の月のサラリーは約一五万円だ。

この仕事場に入るまでは、コンビニやファミレス、デリ・イーツの配達員のアルバイトを掛け持ちして、なんとか同じような金額を稼いでいた。

徹夜が頻繁にあるとはいえ、シフトや煩わしい人間関係に悩むことのない仕事場は、今までで一番働きやすかった。

「絶版？　違約金って、俺は丸裸になるのかよ」

草間の態度がころころ変わる。泣き落としから今度は逆切れモードだ。

「身から出た錆《さび》でしょ！　金目当てで寄ってきた悪い仲間と遊び呆けたのはあなたの責任。そろそろ腹を括《くく》ったらどうなの」

草間らの話し合いに聞き耳を立て、ぼんやりとスマホを眺めていると、いきなり画面がメールに切り替わった。

〈来月のお支払いのお知らせ〉

ネットゲームの運営会社から届いた請求書だった。

〈『天空の方程式』、『常勝のジレンマ』の二タイトルで計八万五七八〇円のご請求……〉

すっかり忘れていた。三日前、イラストのデッサンに行き詰まったとき、アシスタント仲間から聞いたゲームにハマった。ゲーム自体は単純だったが、ストーリー途中に現れる女性キャラが存外に可愛《かわい》く、彼女たちをレギュラーメンバーにするため課金を繰り返したのだ。

新章に入る直前、単行本の重版記念として興学館から特別にアシスタント向けの手当が一人当たり三万円支給されると言われたことも、課金に走った理由の一つだ。

休載、いや連載打ち切りとなれば、来月から一五万円のサラリーが消失する。いきなり家賃の心配が浮上した。いや、家賃だけではない。仕事場で食べる弁当やサンドイッチは全て無料だった。今後は食費がかかる上に、電気代やガス代の支払いにも不自由するのは目に見えている。

「俺を路頭に迷わす気かよ。興学館は一〇〇億円以上、成り上がり金融道で儲けたんだろう？　ちょっとは心配してくれよ」

「それは、普通の作家の場合。あなたは、未成年に酒を飲ませて、しかも淫行までやったの。立派な刑事被告人候補者に、偉そうなことを言う資格ないわよ！」

遂に怒鳴り合いが始まった。

両耳を塞ぎ、絶叫したい気分だった。

こんなときは、疾風舎に限る。ポケットからイヤホンを取り出し、耳に挿す。画面に触れて、フェイスノートのファンページを開いた。

〈キミト・勇也対談　その五がアップされました〉

ファンページのトップに、〈New〉の文字が点滅していた。ＢＧＭで疾風舎の新曲を流すと同時に、対談動画の再生ボタンを押した。

〈ライジン辞めてからさ、勇也は全然テレビに出ないじゃん。もしかして一心堂の圧力とかあるわけ？〉

〈ノーコメント〉

〈おいおい、なんだよその不機嫌な顔は。イエスって言ってんじゃん〉

〈俺はもう芸能人じゃなくて、一般人だ。業界の話、特に広告代理店のネタなんかわかんないよ〉

〈でもさ、一心堂は選挙のたびに大儲けしているらしいじゃん〉

〈そうだ。これは俺、勇也個人の話とは切り離して、舎弟のみんなに聞いてもらいたい。選挙のたびに、一心堂や他の大手広告代理店は莫大な利益を計上する。たとえば、選挙ポスターやテレビＣＭだ。そのほか与党民政党の選挙参謀みたいなことをやっていると聞いたことがある。こんなことがあるから、タレントも俳優もミュージシャンも、芸能人は言いたいことも言えないんだよ〉

アップされたばかりの対談について、視聴中の全国の舎弟たちから同意を示すサムズアップのスタンプのほか、怒り顔のスタンプが相次いで押された。

一心堂……今、田辺の席からほんの五、六メートルの位置に、諸悪の根元である一心堂の営業マンがいる。表向き、苦渋の色が浮かんだ顔をしているが、内心はわかったものじゃない。先ほどの勇也の言葉も気に掛かる。

今まで選挙に行ったことも興味さえ持ったこともない。しかし、以前、田辺を露骨に見下した中川を許すことはできない。しかも、中川は舎弟を低収入だの、リターンが乏しいだのと切って捨てた。

〈今、近くに憎い一心堂の営業マンがいるよ。最低のヤツ〉

ファンページに短文を投稿すると、たちまち二、三〇のスタンプが付いた。

〈ファンページにお願いを出したけど、あとで読んでくれよ。選挙行こうぜキャンペーンのバナーを

クリックしてくれよな〉

キミトの声が響いたあと、赤いバナーがファンページに現れた。たしかに〈選挙行こうぜキャンペーン〉の文字が点滅している。

田辺はバナーをクリックした。

〈政治を変えたいと思う人は一番をクリック〉↓〈どのように変えたい?〉↓〈腐った政治家に退場してもらう〉……。

画面いっぱいに沢山のアンケート項目が並んだ。

BGMの音量を上げ、田辺はアンケートの文字に目を凝らした。今まで何もしなかったツケが、自分のような弱い立場の人間に襲いかかってきた。キミトが応援する勇也なら、なにか大きなアクションを起こしてくれるかもしれない。いや、絶対に変えてもらうしかない。

田辺はアンケート項目のチェック欄に次々と政治家の名や、自分の個人情報を入れ続けた。

13

「随分、お酒強いんですね」

矢吹が三杯目のビールに口をつけたとき、スコッチのロックを飲み始めた山城が言った。矢吹は慌てて首を振った。

「まあ、ゆっくり話をしましょう」

小皿に盛られたピスタチオの殻を割り、山城がナッツを口に放り込んだ。矢吹はスモークハムのサンドイッチをオーダーしたが、とても食べる気にはなれなかった。

「ケビン坂田のことは少し横に置いて、スペンサーの選挙戦略の一端をご紹介しましょう」

山城がスマホを取り出し何度か画面をタップし、矢吹に向けた。

「こちらは、矢吹さんのアカウントです」

眼前には、青い背景の中に〈FaceNote〉のロゴがあり、その真下に矢吹の顔写真がある。昨夏、女子大時代の友人二人と沖縄《おきなわ》県宮古島《みやこじま》市へ行ったときのスナップだ。

「私もアカウントを持っています」

山城が素早く画面を切り替えた。首からミラーレス一眼を下げ、ニューヨークの街角に佇《たたず》む山城の写真だ。

不意に、バンクーバーのイエールタウン、再開発された倉庫街のウッドデッキの光景が頭をよぎった。

ケビン坂田をプロジェクトに招聘《しょうへい》するため、訪れたカフェだ。あのとき、ケビンは今の山城と同じようにフェイスノートをチェックし、矢吹が沖縄好きだと告げた。

「こちらをご覧ください」

突然、山城が言った。目の前の画面には、週刊新時代や週刊平安《へいあん》、中央新報などメディアの公式アカウントのページ、それぞれの媒体の新規会員になるようすすめる広告が載っていた。

「商売柄、ネット検索であちこちのメディアをブックマークしています。もちろん有料会員登録しているものもありますが、フェイスノートには常にこんな感じで広告が出ます」

「私もです。ただ、私の場合は、グルメ系や旅行案内ばかりですけど」

矢吹は自分のスマホでアカウントを開いた。顔写真の横に、ビアホールの宣伝が点滅していた。

「あちこち飲み歩き、食べ歩きをしていると次々におすすめが表示されます」

一息置き、矢吹は言葉を継いだ。

「私は広告代理店の人間です。規模の大小に関係なく、個人のネット閲覧記録を専門の業者から購入した上で、クライアントは我々とともにネット広告を制作します。私は飲食関係のクライアントの良いサンプルです」

肩をすくめて言うと、山城が一口スコッチを舐め、口を開いた。

「健全かどうかは別にして、無料で使えるSNSは膨大な量の個人情報を提供し、広告を集めることでビジネスが成り立っています。新聞や雑誌、それにテレビが衰退した現代では、ある種当たり前のビジネスモデルです」

「私もいくつかネット広告、それにネット配信の仕事をしました」

具体的な名前は言えないと前置きした上で、人気バンドのネット配信を企画し、大手のスポンサーがついたことを山城に明かした。

「フォトグラムなんかもそうですよね」

「はい。弊社のウェブ専門の営業部門が日夜、走り回って広告を取っています。フェイスノートはフォトグラムを買収したので、二つのメディアの広告は密接にリンクしています」

軽口を叩いたつもりだったが、眼前の山城の目つきは険しいままだ。

「代理店が専門のデータ業者から個人情報を買い、正当な広告を出す分には、私のような記者は食指が動きません。すなわち、ニュース価値はないということです」

もう一口スコッチを舐めると、山城がメモ帳を開き、再びニューヨーク、ヘルズキッチンの倉庫の写真を指した。

「SNSの利用者が旅やグルメを楽しみ、訪れた店の位置情報やどのくらい金を使ったかを広告に活かす。これを他にも応用できるとしたらどうでしょうか？」

山城は再びページをめくり、スペンサーの顔写真を指した。その前に、ヒトラー、ゲッベルスの顔写真も一瞬、垣間《かいま》見《み》えた。

「ヘルズキッチンの倉庫ですが、懸命に大家を探しまして、利用者の履歴を開示してもらいました」

メモ帳のページに、英文の細かい契約書のコピーが貼り付けてある。

〈プリンストン・データ・アナライズ〉

「プリンストン大学の関連団体ですか?」

「全く無関係のペーパーカンパニーです」

ペーパーカンパニーという言葉には、怪しげなイメージがつきまとう。日本の暴力団や海外のマフィアが裏口座を利用する、ケイマンなど租税回避地《タックスヘイブン》で設立した私書箱のみの会社……スパイ映画で見たダークなイメージが頭の中に浮かぶ。

「このプリンストン・データ・アナライズはスペンサー陣営が秘密裏にリクルートしたデータサイエンティスト集団の会社です。世界中の優秀な学生、研究者、ハッカー……様々なスキルを持つ人材が二〇名ほどこの倉庫に集められ、約二年間活動していました」

山城は契約書の使用期間の欄を指した。たしかに、前回の米大統領選挙の二年前から倉庫は半年で三〇〇〇万円ほどの金額で契約され、次々に更新されていた。

「こちらは、私がアメリカのコーディネーターと探し出したメンバーの一部です」

山城がメモ帳のページを繰る。

髪を伸ばしてポニーテール状にした丸眼鏡の白人青年の写真がある。

「彼は西海岸の有名大学で心理学を教えていた若き教授。しかもITのスキルも持ち合わせています」

「心理学とネットの融合ですか?」

「フェイスノート向けに、心理テストのアプリを作ってリリースしていました」

大統領選挙と心理テスト。二つの事柄に乖離《かいり》がありすぎる。矢吹は首を傾げた。

「フェイスノートや他のサービスで、恋愛診断とか、星座別の運勢とか送り付けられることはありませんか？」

「私はあまり使ったことはないですけど、友人がタロット占いにハマってしまったことがありました」

フェイスノートには、広告とは別にゲームのお試し画面や山城が言うような心理テストや占いを手軽に楽しめるサービスがある。

友人は、好きな男性ができた際、相手の星座と自分の星座の相性を調べたほか、血液型やタロットまであちこちの占いアプリにデータを入れ、相性が八〇％超になるまで続けたと明かした。

「そのご友人、やられましたね」

「なにをですか？」

「個人情報を抜き取られているんですよ」

仕事柄、クライアントの手伝いで商品の試供品のアンケートを取ることがある。矢吹が外部の専門業者を入れ、数百人から数万人規模までを相手にする。当然、住所氏名、連絡先のメールアドレスや携帯電話番号など個人情報は厳重に管理し、外部に漏れぬよう幾重にもチェック網を構築する。

婚活に熱を上げる友人だが、大手銀行勤務であり、易々《やすやす》と個人情報を抜き取られるような軽率な人間ではない。矢吹がその旨を告げると、山城が首を振った。

「ＳＮＳ上で、知り合いがテストを受けてみた、こんな結果が出たとあちこちで表示が出るうちに、すっかり警戒のハードルが下がっていくのです。あの人との相性九〇％という結果が出たら、友人に自慢したりするでしょう？　例えば、プロ野球チームの応援ページ、好きなバンドのファンページなどにも、こうした心理学者が作ったアプリの応用バージョンが組み込まれているケースがあります」

山城が素早くスマホの画面を切り替えた。アメリカの大御所バンド、南部の人気フットボールチームや大型カスタムバイクのコミュニティ……文字通り多種多様のアプリ、心理分析、ファンの集いや交流ページが出来上がっていた。

「日本でも同じようなことがありますね」

フェイスノート上の矢吹のタイムラインには、友人たちが参加する異業種交流会の案内ページ、婚活目的の情報交換の場などがある。もちろん、男女のアイドルグループに関するものや、人気野球チーム、そしてバンドの交流ページもある。

「あっ……」

自分の意識の中で浮かんだバンドという言葉が、今度は心の奥に刺さった。スペンサーの選挙運動のターゲットとなったのが低所得の白人層、俗にいうレッドネック。そして、心理テストアプリに名を借りた個人情報の吸い上げ。それに加えて、バンドの交流ページだ。遠く離れたアメリカ大陸と、高田馬場の裏ぶれた雑居ビルにある仕事場を繋いでいるのは、ケビン坂田というデータサイエンティストの存在だ。

「矢吹さん、大丈夫ですか?」

眉根を寄せた山城が言った。

「なんでもありません。それでお話の続きを」

「先ほど申し上げたとおり、スペンサーの選挙陣営では、フェイスノートを心理アプリやその他のアンケート調査等々で悪用しました。これは、ある善意のデータサイエンティストらによるリポートからの情報なのですが」

山城がメモ帳のページを勢いよくめくった。びっしりと手書きの文字がそれぞれのページを埋めている。

「フェイスノートのサービスだけで、五〇〇〇万人規模の個人情報がプリンストン社によって吸い上げられ、スペンサー陣営の選挙運動に使用されました」

「あの……」

「なんですか？」

「心理テストのアプリや好きなバンドの応援ページの利用規約に、選挙向けにデータを再利用する、あるいは利用する可能性があると含まれていたのでしょうか？」

「ありません。だからアメリカ国内では社会問題となり、主要なメディアがこのトピックを追いかけました。その結果、プリンストン社は解散となりました」

「ということは、ケビン坂田氏も？」

「ええ、いくつかの大学の講師を経たあと、現在はバンクーバーにあるブリティッシュ・コロンビア大学に勤務しています。表向きは経営学を教えているようですが、単発で仕事を請ければ、日本、高田馬場にも出かけていき、そこで拠点を作り、なにかの工作をしていてもおかしくはない、私はそう睨んでいます」

山城が工作と言った途端、矢吹は後頭部に鈍い痛みを感じた。同時に、ケビンの言葉が耳の奥で反響する。

〈プロジェクトの名前だけ教える。絶対に他言無用だ。プロジェクトの名前は、レッドネック。以上〉

こめかみを親指で強く押し、矢吹は首を振った。

「大丈夫ですか？」

「少し、飲みすぎたのかもしれません」

下を向き、矢吹は答えた。このまま山城の目を見たら、今まで高田馬場で見聞きしたことを洗いざらい話してしまいそうで怖かった。

「この辺で失礼いたします」

ハンドバッグから財布を取り出そうとすると、左腕を山城に摑《つか》まれた。

「お誘いしたのは、私です。お代は結構です」

「困ります」

顔を見ないまま、矢吹は答えた。

「そんなわけにはいきません、二四時間いつでも携帯電話を鳴らしてください。メールでも結構ですし、フェイスノートのダイレクトメッセージも常にチェックしています」

山城は強引に名刺を矢吹のハンドバッグに入れると、伝票を持って立ち上がった。

「今の矢吹さんの様子をみると、なにか日本で工作めいたことが始まっているとしか思えない」

他のテーブル、カウンターの客たちに聞こえぬよう、山城が声のトーンを落とした。辛うじて、矢吹は首を横に振った。

「自分の気持ちに嘘はいけません。私の予想ですが、あなたは歴史をねじ曲げるプロジェクトに身を委《ゆだ》ねている」

「そんなことは……」

オメガの一員として、自分は社命で動いている。そんな気持ちを込め、顔を上げた。目の前にある山城の両目が、鈍い光を発しているように見えた。

「いつでもご連絡を。それと、私が接触したことをケビン坂田には内密にお願いします」

一方的に言うと、山城が会計カウンターに向かった。大きなバッグをたすき掛けにした背中を矢吹は睨み続けた。

14

赤坂の外れで山城と別れたあと、矢吹はタクシーを拾った。運転手に行先を尋ねられたとき頭の中では祐天寺《ゆうてんじ》と言いかけたが、口を衝《つ》いて出た地名は高田馬場だった。

山城と話を続けるうち、心身ともに疲れ切った。なぜ自宅マンションのある祐天寺と答えなかったのか。1Kの狭い部屋だが、好きな多肉植物の鉢植えに囲まれ、選《よ》りすぐりのアロマを焚《た》けば、心身ともに休まるはずだった。いつもなら、テレビを観ながら、通販大手サバンナで買い物を楽しむタイミングだ。だが、意識があの仕事場へと勝手に矢吹を導いた。

〈あなたは歴史をねじ曲げるプロジェクトに身を委ねている〉

耳の奥で山城の声が鈍く反響する。歴戦の記者である山城が警鐘を鳴らしているのだ。気にするなという方が無理だ。

高田馬場駅前でタクシーを降り、ガードを潜《くぐ》ってさかえ通りを北西方向に歩く。通い慣れた道だが、今日は印象が違う。歴史をねじ曲げるというキーワードが、悪事に加担しているという負い目に繋がっているのだ。

細いさかえ通りを居酒屋に向かうサラリーマンたちや学生らが行き交う。時刻は午後七時過ぎ、小径が一番混み合う時間帯だ。

なぜこんな場所にケビンは仕事場を作ったのか。六〇億円もの報酬を得ているのに、どうしてうらぶれた商店街なのか。

居酒屋と牛丼《ぎゅうどん》屋の前を通り過ぎたとき、山城が見せてくれたニューヨークの煉瓦造りの倉庫の写真が頭に浮かんだ。

ニューヨークでヘルズキッチンという治安の悪い地域が再開発された。ケビンを含むプリンストン・データ・アナライズという集団が倉庫を改造し、仕事場を構えた。目立たない倉庫では、スペンサー米大統領の選挙を有利に展開するよう様々な仕掛けが行われたのだと山城が語った。

高田馬場でケビンはなにを企《たくら》み、そしてどんなことが動き出しているのか。矢吹は足を早め、仕事場のある雑居ビルを目指した。

ＩＤカードでロックを解き、仕事場に足を踏み入れた。

声をかけたが返事がない。いつものように、ケビンらが各々ヘッドホンを装着しているのかもしれない。

「お疲れ様です」

しかし、誰の姿も見えない。矢吹は部屋全体を照らすライトを点し、周囲を見回した。

大きなモニターの脇にはデリバリーのサンドイッチ店の包装紙と、食べ残しのフライドポテトがある。

タカ、ボウサン、クミの三人組は帰り、ケビンは近くの飲食店か銭湯にでも行ったのかもしれない。

矢吹は残骸《ざんがい》をゴミ箱に放り込んだ。

窓辺のカウンター席に向かい、通りを見下ろす。

チェーンの居酒屋やコンビニの電飾が光り、酔いが回った中年男性のグループが大声で次はカラオケだと騒いでいる。

矢吹は仕事場奥にあるカウンターに駆け寄り、大型モニターの前に立った。モニターには、真っ青な南洋のサンゴ礁《しょう》のスクリーンセーバーが映っていた。手元の白いキーボードを見つめたあと、思い切ってキーを叩いた。

〈ID／〉

〈Password／〉

紺碧《こんぺき》の海から、無機質な深緑色に画面が変わった。当たり前だ……ネットのセキュリティが厳重な昨今、矢吹のオフィスでも、同じ表示が現れる。

〈Redneck〉

〈takadanobaba〉

思いつくままアルファベットや数字を組み合わせて入力するが、その都度画面にはエラーメッセージが表示された。六〇億円もの報酬を得るプロジェクトだ。矢吹のような素人が簡単にアクセスできるはずもない。

ため息を吐いたあと、矢吹は仕事場中央のテーブルに向かい、携えてきたバッグを置いた。薄型のノートパソコンを取り出し、メモのファイルを開いた。

疲れた体を押して仕事場に来たのは、自分なりに考えを整理するためだ。

〈レッドネック〉

メモ欄に、プロジェクトの名前を打ち込む。レッドネックはアメリカの隠語で放送禁止用語でもある。保守色の強い中西部や南部地域に住む低所得の白人労働者を蔑《さげす》む言葉で、スペンサー米大統領の岩盤支持層と重なる。

インターネットでレッドネックと検索してみる。以前と同じように、太った白人の男女、古い型の大きなピックアップトラック、南部旗、ライフル銃を得意げに掲げる老人……数十枚の写真が画面に現れた。

〈教育を満足に受けられなかったから、単純労働に従事せざるを得なかった。当然、彼らの子供たちも同じサイクルです。そんなレッドネック層に、アメリカを再び強くするという単純なメッセージが刺さったのです〉

小一時間前、山城が言った。矢吹はベテラン記者の言葉を思い返しつつ、メモ欄に要約を書き加えた。

レッドネック層とスペンサー大統領……そして高田馬場で始まったレッドネック・プロジェクトはなにか関係があるのか。ぶっきらぼうな口調の青年が脳裏に現れた。

〈やっぱりおめでたい人だね〉

バンクーバーのカフェで、ケビンは侮蔑的な言葉を吐いた。

世界で一番ユーザー数の多いＳＮＳ、フェイスノートが話題になったときだ。フェイスノートは情報の公開範囲を不特定多数、限定された友人など何段階にも設定できるが、矢吹は多くの知り合いや友人、あるいは仕事関係の人脈を得ようと、敢《あ》えて制限をかけずにいた。要するに、誰でも矢吹のアカウントにアクセスできる状態で、現在も同じだ。

〈矢吹さんみたいなおめでたい人から個人情報を巻き上げ、これを他の強欲《グリーディー》な企業に売りさばくのが本業だよ〉

ケビンは呆れたように肩をすくめた。多くのＳＮＳが無料で利用できる仕組みを、広告代理店に勤める矢吹は知っている。

会員数が多くなるほど、フェイスノートのようなサービスを提供する企業は潤う。個人の投稿を分析し、どんな売れ筋商品があるのか把握できる上、旅行や飲食など多くの個人の行動パターンが透けて見えるからだ。

フェイスノートのように全世界で二四億人ものユーザーがいれば、個人情報を束ねてビッグデータを生成し、売り物にできるわけだ。ケビンが言うように専門の分析業社が広告代理店や企業のマーケティング担当者にデータを売却する。

初対面の際、あそこまでケビンが矢吹を見下したのはなぜか。

矢吹は天井に向けて手を伸ばした。その途端、さかえ通りを見下ろすカウンター席にタカやクミ、ボウサンの姿が現れたような錯覚にとらわれた。

彼らが雇われてから初めて仕事場を訪れた際、三人の大学生はイヤホンで耳を塞ぎ、手元のパソコンやタブレットを見つめていた。覗き込むと、学生たちは懸賞サイトや中古車検索サイトの画面を睨んでいた。

さぼっている、なんとかしてほしいとケビンに声をかけた。だが、ケビンのリアクションは全くの予想外で、三人は懸命に仕事をこなしていると断言した。

矢吹はメモ欄に〈懸賞サイト〉〈中古車検索サイト〉と打ち込み、腕を組んだ。二つのネット上のサービスが、レッドネック・プロジェクトとどんな関係があるのか。まして、スペンサー米大統領の選挙戦とどうリンクするのか、首をひねり続けても答えは出ない。

あの日の光景をもう一度思い出してみる。

〈いいじゃん、これいけるよ〉

〈従来の行動パターン、購買状況、生活エリア等々のデータを三日三晩集め、ふるいにかけ、そして分析しました〉

〈抽出したデータ、プロジェクトの名前にピッタリかもね、ケビン〉

通り側のカウンターで、三人の学生がタブレットやノートパソコンを抱え、ケビンに報告した。ケビンは満面の笑みを浮かべていた。

あのとき、懸賞サイトや中古車検索サイトが彼らの手元に表示されていた。クミはレッドネックという名のプロジェクトに対し、得られたデータがぴったりだとも言った。

日本には、白人貧困層が存在しないのに、なぜレッドネックなのか……矢吹は首を傾げた。だが、着々とプロジェクトは動き出しているのだ。

三人のアシスタントが導いたデータを元に、矢吹が手掛けたのが人気バンド疾風舎とのコラボ企画だった。矢吹は所属事務所に赴き、ライブの動画配信事業を軌道に乗せた。大手中古自動車検索サイトと協力し、割高だとされてきた配信コストを無料にして、多くのファンを引き寄せた。

中古車検索サイトのカーサーチとのタイアップが矢吹の知るプロジェクトの一端だ。これ以降、矢吹は仕事らしい仕事を一〇日以上手掛けていない。久保に担当替えまで申し出たが、あえなく拒絶された。

「いったい、なんなのよ」

矢吹はカウンターを拳で叩いた。

もう一つ、不可解なことがある。矢吹と山城をつなぐきっかけを作ったのは、ネット通販のベンチャーで大成功を収めた著名な実業家の澤内だ。

なんらかの理由でプロジェクトが停滞していたとき、ケビンの求めに応じて澤内が仕事場を訪れた。澤内は、個人的に展開している寄付キャンペーンの新施策をＳＮＳで始めた。その際、ケビンや澤内は気になる言葉を使っていた。

〈撒き餌〉

〈脊髄反射する連中〉

澤内は気鋭の経営者として全国的に名を知られている。澤内が新たなキャンペーンの告知をした直後から、情報はあっという間にネット上に拡散された。

ケビンはいったいなにを企んでいるのか。ライブのネット配信が成功したあと、ケビンは引き続き顔をしかめ、コンピューター言語の画面を睨んでいた。六〇億円もの報酬を得るために、まだまだ成果がほしい……ケビンの不機嫌な横顔は雄弁に語っていた。

「あれ、どうしたの？」

突然、矢吹の背後の扉が開いた。振り返ると、ケビンが小さなビニールバッグを抱えていた。濡れた髪をタオルで撫でている。やはり近所の銭湯に行っていたのだ。

「ちょっと、仕事の様子を見にきたら、どなたもいらっしゃらないので」

「監視しなくても作業は順調だから」

ケビンはバッグをカウンターに置くと、タオルを首に巻き、小さな冷蔵庫を開けた。

ケビンが喉を鳴らしてビールを飲む。

「やっぱり日本の風呂はいい」

ケビンは缶ビールのプルトップを開けた。静まりかえった部屋で、ケビンが喉を鳴らしてビールを飲む。

「銭湯ですか?」

「ホテルを取らなくて、本当に大丈夫ですか?」

矢吹が尋ねると、ケビンが振り返った。

「なんども言ってるよね、俺はアレがあれば十分睡眠を確保できる」

部屋の隅、剝き出しになった鉄骨の梁《はり》には大きなサイズのハンモックが吊《つ》り下げられている。

「あちこち旅するから、ハンモックが一番気楽。金もかからないしね」

もう一口、ビールを飲んだあと、ケビンが言った。巨額のフィーがあるのに、金がかからないとは……喉元まで出かかった言葉を矢吹はなんとか飲み込んだ。

「悪いけど、仕事終わりなんだ。好きにさせてもらうよ」

ケビンはカウンターの上に置いた小型スピーカーの電源を入れ、スマホをなんどかタップした。

「気遣いは無用です」

「もちろん、一切気にしていない」

ケビンがもう一度スマホの画面に触れた途端、スピーカーから三線《さんしん》と笛、太鼓の音が響き、ハスキーな高音で歌う男の声が響き始めた。

ゆったりした曲調で体の芯《しん》から力が抜け、赤瓦《あかがわら》の古民家の軒先にいるような錯覚に陥る。

「沖縄民謡ですね?」

「そうだ。でも、誰かさんが宮古島の居酒屋で聴いたような、観光客向けじゃない」

「なんていう曲ですか?」

「とうがにあやぐ。以上」

あっさり告げると、ケビンがハンモックに身を委ねた。

「あの……」

傍らに駆け寄ると、ケビンは両目を閉じていた。その表情を見て矢吹は驚いた。険しい表情、苛立つ顔……ケビンは表情に乏しく、本心をみせない。特に矢吹に対しては拒絶の壁が高い。だが、目の前の顔は、目を閉じたまま笑っているのだ。楽しい夢を見ながら微笑《ほほえ》む幼児のようだ。

声をかけるのを諦め、矢吹も目を閉じた。緩やかなメロディーは居酒屋で聴いた賑《にぎ》やかなスタンダードな沖縄民謡とは違う。どこか格調高く、荘厳な雰囲気さえある。

「あの、これはどこの島の曲ですか?」

「宮古島の古い民謡」

ケビンが低い声で言ったあと、これ以上声をかけるなとでもいうように、体の向きを変えた。

宮古島……昨年も一昨年も友人たちと旅した離島だ。今年の夏休みはどうするか、友人たちから尋ねられたが、プロジェクトに専念するため、行かないと答えたばかりだった。

夏休みを断念した以上、仕事はする。いや、この際プロジェクトの中身を伝えてもらい、休みを忘れるほど業務に没頭したかった。

「ケビンさん、一つだけ教えてください」

「なに?」

「答えを聞いたら帰りますから」

「仕事の詳細は教えられない」

「そうじゃありません……あの、以前ニューヨークにいらしたんですよね?」

矢吹が言うと、ケビンが体の向きを変え、矢吹の目を見た。

「だからどうした？」

「あの、どんな仕事をされていたのかと思って」

「誰に聞いた？」

「知り合いの友人が、ちらっとそんな話をしていたので。私もニューヨークが好きです。今度まとまった休みが取れたときはゆっくり行ってみたいなと思って」

「だから誰に聞いたの？」

存外に強い調子でケビンが尋ねた。

「元の会社の同僚の友人です。名前も知らない人です」

矢吹はとっさに答えた。すると、ケビンがハンモックから降り、矢吹を見下ろした。

「なぜいきなりそんなことを尋ねる？」

「いえ、なんとなく……」

ケビンが矢吹との間合いを詰めた。両目が切れ上がっている。矢吹は思わず二、三歩後退りした。

「ニューヨークでなにか嫌なことでも？」

恐る恐る切り出すと、ケビンは飲みかけのビール缶をカウンターに置き、黙って仕事場を後にした。

「あの……」

後ろ姿に声をかけたが、ケビンは足を止めなかった。乱暴に閉まった扉を見つめ、矢吹は腕組みした。

山城が言った通り、ケビンはニューヨークにいたことがある。いつも無愛想なケビンだが、今しがた見た表情は普段と違った。

怒り、苛立ち、いやどこか諦めを含んだ目つき。教えることはない、余計なことはするなと矢吹に言い続けたケビンが、無言で目の前から消えるとは予想外だった。

スマホに電話を入れて謝罪するべきか。矢吹がスマホに視線を落とした直後、目の前の液晶画面に上司の名前が現れた。

「矢吹です」

〈久保です。結論から先に言います。明日から一〇日間、休暇を取ってください〉

「えっ？　私、夏季休暇を返上して今回のプロジェクトに……」

矢吹が言い終えぬうちに、久保が低い声で言葉を遮った。

〈人事部からの命令です。矢吹さんは有給休暇をまだ一日も消化していません〉

「しかし、私はまだ転職直後で……」

〈とにかく命令です。連続で一〇日間、休みを取ってください。プロジェクトは私が臨時で引き受けますので、ご心配なく。ひとまず明日から出社しなくて結構。それに高田馬場へも行かないでください〉

一方的に告げると、久保が電話を切った。スマホを耳から離し、矢吹は立ちすくんだ。ケビンに発したニューヨークという言葉が原因にちがいない。

ケビンは矢吹が山城と会ったことを察したのか。いや、矢吹は誰と会ったかは一切告げていない。ケビンがニューヨークにいたということ自体が、相当にデリケートな問題なのかもしれない。がらんとした仕事場を見渡し、矢吹は考え続けた。

15

午前零時二〇分、工藤はミソノとともに池袋駅へ早足で歩いた。交番前では、泥酔した大学生が二人、制服警官に肩を借り、ようやく立ち上がった。週末の夜、東京の北のターミナル駅周辺は酔客で溢《あふ》れかえり、それぞれが帰路につくため、駅へと急いでいた。

「ミソノちゃん、今日もお疲れさまでした」

雑踏の中で、工藤は声を張った。

「ええ……」

いつも愛想が良いミソノだが、更衣室で声がけしたときも不機嫌だった。

「なにかあったの？」

「あてにしていたアフターがキャンセルになったの……」

ミソノはスマホを直視し、言った。昼職の同僚でなければ、今にも舌打ちしそうなほど顔が強張り、眉間に皺ができている。

「アフターって、あのお客さんと？」

一時間前、細身の銀行員がミソノを指名した。メガバンクのいなほ銀行本店とかいうところに勤務している四〇歳の男で、気前よく鶏の唐揚げのメガサイズを二つオーダーした。

「あした、急に役員とゴルフ行くことになったんだって」

ミソノはずっと通話アプリかSNSをチェックしているようだ。

「あてにしてたって、どういうこと？」

工藤が尋ねると、ミソノが本当に舌打ちしたあと、答えた。

「アフターで焼肉、そのあとホベツでイチゴのはずだったのに」

「ホベツ、イチゴってなに？」

工藤の問いかけに、ミソノがもう一度舌打ちした。

「ホテル料金別、サービス料一万五〇〇〇円」

不機嫌の塊のような言いぶりだ。

「ああ、そうなの……」

デブ専キャバクラに出勤したのはこれで一〇回目だ。アパートの部屋でネット検索していると、アフターや枕《まくら》など業界特有の隠語があることを知った。

アフターは、店の営業終了後、キャストと客が食事や飲みに行くことを指す。枕は枕営業の略で、客と寝て次の指名を取ることだ。

ミソノの胃袋は無限大だ。店で食べた唐揚げは軽く一キロ以上はあった。その後に焼肉に行っても四、五人前は平らげる。おそらく、〆《しめ》に冷麺やカルビビビンバまで食べてしまうだろう。そしてラブホに行き、休憩料金を払い、それとは別に売春料一万五〇〇〇円……工藤は頭の中で電卓を叩いた。

あの細身の銀行マンは、店で五万円近く使った。その後に焼肉で二、三万円。食後にホテルで三万円、一晩で一〇万円近く使えるのだ。

工藤とミソノは駅の改札を抜け、山手線のホームに立った。すぐに電車が到着し、工藤は混み合う車両に乗り込んだ。

目の前の座席には、口を開けて寝入るサラリーマン、その隣には不機嫌そうにスマホを睨むOLがいる。なんども隣のサラリーマンに寄りかかられたのだろう。車両が振動するたびにOLが顔をしかめた。

「工藤さん、お店には絶対言わないでね」

二人の様子を観察していると、突然ミソノが口を開いた。

「ええ、もちろん……」

客と同伴出勤する、あるいはアフターする際には必ず店長に報告する決まりだ。店を通さず直接会うようになったら、売り上げが落ちる。しかもミソノのように売春行為をする嬢が在籍していると噂《うわさ》になれば、警察にも目を付けられるからだ。

「ああ、なんかムシャクシャする。工藤さん、ホストクラブ行かない？」

「ホスト?」

「歌舞伎町に新しい店がいくつかできたんだって。初回九〇分二〇〇〇円ぽっきり。行きましょうよ」

「イケメンいるの?」

おどけた調子で尋ねると、ミソノが真剣な表情で答えた。

「新規店だから、何人かはいるでしょ」

娘は母親に預けてある。このところ、ミソノのヘルプばかりで指名はほとんどとれていない。太り具合が中途半端だと面と向かって言う客さえいて、ストレスが溜まっている。

「ホストって、ぼられたりしないの?」

「それは昔の話。今はネットで口コミがすぐに広がるから、絶対大丈夫。初回の店を二、三軒はしごしても、五、六〇〇〇円で楽しめるから」

ほらと言ったあと、ミソノがスマホを工藤に向けた。金髪のロン毛、シルバーの短髪、耳にピアスをいくつも着けた若い男たちの一覧があった。

「ねえ、ミソノちゃん」

「なんですか?」

「彼氏とはどうなの?」

「最悪ですね。このニュース知ってます?」

ミソノがスマホを素早くタップすると、ネットニュースの見出し一覧が現れた。ミソノはそのうちの一つの見出しをタップし、画面を拡大してみせた。

「彼氏の勤め先、おしまいなんです」

〈人気漫画家、未成年少女と乱痴気騒ぎで高い代償=連載打ち切り、映画化も中止〉

「そういえば、そんなニュースがあったわね。彼氏、クビなの？」

「漫画そのものがなくなっちゃえば、アシスタントなんていりませんからね」

ミソノによれば、元々小さな仕事場兼自宅アパートに住んでいた漫画家は、豪奢《ごうしゃ》なコンドミニアムのほか、月島のタワーマンション最上階を投資用に購入、そのほかに軽井沢に別荘まで購入していたという。

「何人も愛人がいたらしいですし、フェラーリも二台持っていたみたい。でも、今回の淫行ですべてがパー。映画の制作がストップしたので、一〇億円近い違約金を払うみたいです。いい気味ですけど」

「でも、彼氏は気の毒ね」

「だから、最近はグズグズと部屋に籠もって、日がな一日ゲーム三昧《ざんまい》。飽きてくると、ご飯食べたいとか、アレしたいとか、私に依存ばっかり。もう子供以下ですよ」

「大変ねえ……」

工藤は曖昧な笑みを浮かべ、相槌を打つ。アフターとその後の枕でアテが外れただけでなく、彼氏の面倒が億劫《おっくう》になったことが不機嫌の根本原因のようだ。

「あーあ、もうスカッと飲みたい」

ミソノの大声に眠っていたサラリーマンが目を覚まし、ＯＬが目を剝いた。工藤は反射的に頭を下げた。

「なんか、私たちって貧乏くじばっかり」

「たしかにね。仕事かけもちが当たり前になっちゃったし」

「こんな生活、誰かが変えてくれないかな」

ミソノが言ったときだった。工藤のバッグの中で、スマホが鈍い音を立てて振動した。取り出してみると、フェイスノートにある舎弟のコミュニティページに新着ニュースが入っていた。

「あ、それ見てない」

工藤の手元を覗いていたミソノがスマホを取り出した。

「新しいメッセージ動画ね」

工藤が画面をタップすると、再生が始まった。車高を落とした黒いミニバンが現れる。フロントウインドーには銀色の舎弟ステッカーが光っている。

「なんか、アガる」

ミソノが声を弾ませた。

〈よう、舎弟のみんな〉

ミニバンが停まり、運転席の窓が開いた。キャップを斜めに被った青年が拳を握った。硬派な舎弟がライブ会場で見せるアクションだ。

「たしかに、アガる」

青年の顔を見た瞬間、工藤も答えた。

その顔には見覚えがある。長年熱心な舎弟としてライブ会場に駆けつけ、SNSで舎弟の横のつながりを作った田上《たがみ》という男で、最近は疾風舎メンバーの食事会にも招待されている。舎弟の間では、敬意を込めて舎弟頭と呼ばれることもある。

〈ちょっとみんなに尋ねたいことがあるんだ〉

舎弟頭の田上は、一冊の書籍を取り出した。

〈これ、最近読んだ本だけど、すげー腹が立っちゃってさ〉

カメラが田上の持つ書籍をズームする。

『女王　都知事大池ゆかりの素顔』

最近、介護施設でよく目にする広告と同じだ。高齢者の使用済み紙おむつを始末する際、古新聞を利用する。中央新報や大和新聞で頻繁に目にしていた単行本だ。一五万部とか、二〇万部売れたとか触れていた。どの程度がヒットなのかは知らないが、介護施設でも利用者たちが話題にしていた。

〈この本は、プロ中のプロのライターが書いている。嘘や偽りのない正真正銘の本当のことが記されている〉

舎弟頭の田上が目次を指した。

〈大池ゆかり都知事の実績チェック〉

工藤は食い入るようにスマホの画面に見入った。

〈七つの〇《ゼロ》とか言っていたけどさ、都知事になってから大池さんなんもやってないんだよね、文字通り、全部〇だ〉

〈ペット殺処分〇、満員電車〇、待機児童〇、残業〇、介護離職〇、多摩《たま》格差〇、都道電柱〇、みんなちゃんとチェックしようぜ〉

満員電車、待機児童、残業、介護離職、どれも工藤にとって身近な問題だ。娘の保育園は区立の空きがなく、割高な無認可保育園を頼っている。残業も月に五〇時間に及ぶ上、施設では今月も二人の退職者が出たばかりでさらに拘束時間が増える。

〈全部ダメじゃんね。結局さ、こういうその場限りで耳触りの良いことばっか言う人に俺たち騙《だま》されていたんだよ〉

画面を見ながら、工藤とミソノは深く頷いた。

〈みんな、選挙行ったことある?〉

舎弟頭の問いかけに、工藤とミソノは同時に首を振った。

〈俺たちの生活、みんな貧乏だよね〉

同じ舎弟として、田上は自分の気持ちをよく理解してくれる。両目が潤んでいく。

〈就職氷河期があった。その後はリーマン・ショックで俺たち、地獄に突き落とされた。やっと這い上がったと思ったら、去年は新型ウイルスで、戦後最悪の大不況だ〉

田上の言葉は、ヒリヒリと肌を刺すような鋭さがある。疾風舎の数々のヒット曲と同様に、強い共感がこもっているからこそ、舎弟たちは動かされる。

〈全部弱い俺たちに直撃したよね。大池のおばさん、勤務したテレビ局の経歴や携わったルポとか、全部嘘だって、この本に書いてある。そんな人が四年間も都知事やっていたんだ〉

「本なんて今までほとんど読んだことないけど、あたし、買うわ」

左隣にいるミソノが小さな声で言った。

〈都知事ってさ、俺たちの生活に密着した政治家なんだ。だから、嘘つきはダメ。本当に俺たちの生活環境を変えてくれる人を選ぼうよ〉

田上の言葉の背後に、ライジンのヒット曲が流れた。

「この曲、いいですよね」

ミソノが勇也のボーカルに合わせ、ヒット曲を口ずさんだ。

〈大池のおばさんを再選させちゃだめだ。つまり、俺たちが頑張るしかない。そして、アイツを都庁に送り込もうよ！〉

「その通りね」

田上が言った直後、工藤は呟いた。

〈大池さんの本性を世間に知らせるために、ある作戦考えた。興味ある人は、下のバナーをクリックして〉

田上の言葉を聞き終えた直後、工藤とミソノは同時に動画の下に貼られたＵＲＬをタップした。

16

矢吹が旅行用のトランクの蓋を閉め終えた直後、リビングダイニングのテーブル上に置いたスマホが振動した。

画面には、旅行代理店の担当者からショートメッセージが着信した。

〈予約が完了しました〉

〈羽田・宮古の直行便、ビジネスホテルの予約が完了しました。念のため、添付ファイルにある日程表をもう一度ご確認ください〉

矢吹はファイルを開き、早朝に羽田を発《た》つ便、そして宮古島の中心部、西里《にしざと》近くのビジネスホテルの部屋の詳細を一瞥し、間違いないと担当者に返信した。

高田馬場の仕事場で唐突に休めと言われた翌日、矢吹は祐天寺の自宅マンションから会社の人事部に連絡を入れた。久保が言った通り、人事部長名で正式な休暇取得要請が出ていた。次いで久保に連絡したが、任せろの一言で電話は一方的に途切れた。

レッドネック・プロジェクトから外された……やはり、ケビンにニューヨークというキーワードをぶつけたのが原因だ。

あの煤けた部屋で一体どんなプランが練られ、実行されているのか。広告代理店の担当として、詳細を見届ける必要がある。その旨のメールを久保に出したものの、詳細はクライアントとの契約により明かせないと従来の決まり文句が返ってきた。

山城が言う通り、ケビンが日本の社会を歪めるようなことをしているのか。だが、会社は不正には一切手を染めていないという。

矢吹の心の中で、仕事と良心の天秤《てんびん》が拮抗《きっこう》する状態が続いた。プロジェクトの進行を妨害するな、そんな思惑が背後に潜んでいるのは明らかだが、社命で休めと言われれば、逆らうことはできない。八月の上旬で、一応休みどきではある。それで友人たちに声をかけたものの、夏休み休暇はお盆後の八月末に取る予定と言われ、結局一人で宮古島に行くことを決めた。

旅行の日程は明後日からの四泊五日と決めた。だが、いつも一緒に旅に出る二名の友人がいない。前回と前々回に島を訪れたときは、友人の一人がレンタカーを運転し、島のあちこちにあるビーチを訪れ、宿や食事の手配をしてくれた。しかし、一人だとどうやって島の中で過ごせば良いのか。レンタカーの予約は済ませたものの、途方にくれていた。宮古のビーチを思い起こしたとき、頭の中で高田馬場の仕事場で聞いた宮古民謡のメロディーが蘇った。

〈誰かさんが宮古島の居酒屋で聴いたような、観光客向けじゃない〉

ケビンの言った通り、過去二回訪れた西里の居酒屋では食事の後でライブを楽しんだ。有名な沖縄民謡のほか、ご当地出身バンドのヒット曲が相次いで演奏され、他の客と一緒に飲み、踊った。

〈観光客向けじゃない〉

もう一度、ケビンの侮蔑的な言葉が後頭部で響いた。たしかに矢吹は観光客として島を訪れ、全国各地から客が集まる居酒屋やレストランに赴いた。観光客として島に行けば、地元に金が落ちる。矢吹のような若い層が落とす金はたかがしれているが、昨年新型ウイルスが流行《はや》るまで、ここ数年島は観光客が増え続け、ホテルや富裕層向けコンドミニアムの建設も相次いでいた。なぜケビンは観光客を毛嫌いするような言い方をしたのか。プロジェクトの中身と同様、ケビンの心の内側も知らないことだらけだ。

矢吹は強く首を振った。仕事のことを無理やりにでも忘れよう。シュノーケリングのセットをトランクに詰めたか。そんなことを考えたときだった。

テーブルに置いたスマホが振動した。慌てて手を伸ばすと、ショートメッセージが着信していた。

午後八時半、矢吹は神楽坂《かぐらざか》の毘《び》沙門天《しやもんてん》近くでタクシーを降り、周囲を見回した。指定されたのは本多横丁にあるバーだ。酔客が行き交う小路に入り、辺りの雑居ビルを見比べる。老舗の鰻《うなぎ》屋は暖簾《のれん》を下ろし、隣にある小さなビストロからは若い女性グループの歓声があがっている。スマホの地図アプリによれば、指定された店は鰻屋の斜《はす》向かいにある。

細長い雑居ビルの外壁に、テナントの看板がある。おでん、やきとり……古い看板の中に、目的のフランス語の屋号を見つけ、足早に外階段を上がった。

「いらっしゃいませ。お連れさまがお待ちです」

重厚な木製のドアを開けた途端、背の高い男が低い声で告げた。店の中はかなり暗い。目を凝らすと、小さなカウンター席の隅で、ギョロ目の中年男が右手を挙げた。

「お待たせしました」

「とんでもない。先にやっていました」

クリスタルのグラスを掲げ、山城が言った。赤坂のパブのときと同じように、スコッチを飲んでいるようで、山城の目の前に赤茶けて剝《は》がれかかったラベルのボトルがあった。

「矢吹さんはなにを？」

「ウイスキーは苦手なので、カクテルをお願いできますか？」

重い扉を押さえてくれた黒いチョッキのバーテンダーに告げた。

「なにかお好みは？」

「フルーツを使っていただけますか？」

「承知しました」

バーテンダーがカウンターの内側に回り、小さなキッチンスペースで大振りの桃をカットし始めた。

「急にお呼びたてしてすみません」

「いえ、私もちょうどよかったので」

「と言うと？」

「実は会社から無理やり休みを取るように言われました」

矢吹は人事部から一〇日連続休暇を取るよう急に迫られ、仕事を休んでいると正直に告げた。

「最近は休め休めと会社が言うらしいですね。でも、あなたはケビンのプロジェクトの担当者です。突然の休めという指令は不自然ですね。なにかあったのですか？」

いきなり山城が切り込んできた。

「いえ、これといって……」

矢吹は言葉を濁した。だがベテラン記者は見逃さなかった。

「やはり、なにかあったのですね。よろしければ話していただけませんか？」

ため息を吐いたあと、矢吹は口を開いた。

「思い当たるのは一つだけ。ケビンさんに、ニューヨークの話を振ったことです」

「それで彼の反応はどうでしたか？」

「誰に聞いたのかと怒り始めました。私が話をはぐらかしたら、プイッと仕事場を出てしまって。その直後に、上司から休めと連絡がありました」

「彼の地雷を踏んだ可能性が大ですね。それだけ後ろめたいことがある証拠ですよ」

山城が低い声で言った。

「なぜたった一言で、プロジェクトから外されるのか。納得いかないところがあります。でも、正直ほっとしている自分もいます」

矢吹が答えると、山城が首を傾げた。

「ほっとしているとは？」

「山城さんのせいです。歴史をねじ曲げている、そうおっしゃったので、悪事に加担しているかもしれないという、良心の呵責《かしやく》がありました」

矢吹が再度ため息を吐いたとき、バーテンダーがカクテルグラスを目の前に置いた。

「福島の桃をベースにしたマティーニです。お口に合えばよろしいのですが」

低い声で告げたあと、バーテンダーが恭しく頭を下げた。

「それでは、かけつけなんとやらで、乾杯」

先にスコッチのロックを飲んでいた山城がグラスを掲げた。矢吹もグラスを持ち、小さな声で乾杯と告げた。カクテルを口に含むと、桃の甘い香りが鼻に抜け、ジンの鋭いエッジが舌を刺激した。

「おいしいです」

矢吹が言うと、バーテンダーがもう一度、深く頭を下げた。

「ここは会員制の隠れ家でしてね。ひそひそ話をするにはうってつけです」

「素敵なお店ですね」

「今度使ってください。あとでオーナーのバーテンダーを紹介します」

山城が目で合図すると、バーテンダーがフランス産のレーズン、乾燥イチジクの入った小皿を矢吹の目の前に置いた。

「どうぞごゆっくり」

バーテンダーは、新たに入店してきた二人組を店の奥にあるソファ席へと案内した。

「矢吹さん、昨日の今日でまたお会いいただけるとは、感謝です」

「たまたまタイミングが合っただけですから」

「話して気が休まるなら、いくらでもお相手します。いきなり仕事を休めとは尋常じゃありませんからね」

「ええ……」

矢吹は逡巡《しゅんじゅん》した。またもや山城のペースにはまりつつある。若い記者ならば、ケビンの様子がどうだったか、どんな仕事場なのかと矢継ぎ早に質問を投げかけてくるだろう。だが、山城はがつがつせず、話を聞いてやるとまで言った。

小さく首を振ったあと、矢吹は口を開いた。

「すみません、こんな素敵なバーにご案内いただいたのに、やっぱり話せません」

「あなたはオメガの社員です。顧客やプロジェクトの中身を安易に話せないことは重々承知しています。無理をなさらず、今日は気分転換だと割り切ってください」

乾燥イチジクを一切れ口に放り込むと、山城が鷹揚《おうよう》な笑みを浮かべた。

「では、お言葉に甘えて」

もう一口、カクテルを口にしたときだった。カウンターの隅にある古いスピーカーからジャズの旋律が流れ始めた。

ウッドベースの重低音が鼓膜を刺激した直後、スネアを小刻みに叩く音が響き、野太いテナーサックスの唸りが矢吹の意識を支配した。

「良い音です……なんて言うのか、緊張が解《ほぐ》れる感じがします」

解れると自ら発した瞬間、ハンモックで寛《くつろ》ぐケビンの顔が浮かんだ。

「ジョン・コルトレーン、往年のサックスの巨人です。この店は真空管アンプですから、ニューヨークのグリニッジ・ビレッジのライブハウスのような雰囲気で音を楽しむことができます」

ニューヨーク……ケビンが過敏に反応した地名を聞き、矢吹は肩を強張らせた。

「すみません、ニューヨークという街の名前が、今回の強制休暇のきっかけでしたので」

「これは失礼。学生時代、西北大学のジャズ研にいましてね。アルバイトを続けてなんとかグリニッジ・ビレッジに行ったことがあったものですから」

カウンターに両手をつき、山城が頭を下げた。

「とんでもないです。ちょっと疲れているだけです」

矢吹は首を振り、もう一口、カクテルを飲んだ。息を吸い込み、甘美なテナーサックスの響きに意識を集中させた。柔らかな音色が体に沁《し》みていくのがわかる。同時に、引きつっていた両頬が緩んでいく。

自分の手で頬に触れた瞬間、またケビンの顔が現れた。宮古島の古い民謡が響く中で、ケビンは心地良さそうにハンモックの揺れに身を委ねた。

「あの……変なことを言ってもいいですか？」

「どうぞ」

「仕事場の様子や、プロジェクトの詳細は明かせません。ただ、きのう、ケビンさんの笑顔を珍しく見ました」

「ほお……」

初めて会ったときから、ケビンはつっけんどんで、無愛想。ほとんど笑顔を見せたことがなかったと明かした上で、矢吹は言葉を継いだ。

「仕事終わりにビールを飲みながら、彼は心底リラックスして、目を閉じました。そのとき、初めて彼が笑っているのに気づいたのです」

「へえ、それは興味深い」

「彼は三線が好きなようです」

「三線とは、沖縄の？」

山城が手振りで演奏の真似《まね》をした。

「私が知っている有名な民謡ではなく、古くから宮古島に伝わる〈とうがにあやぐ〉という曲でした」

矢吹が告げた直後、今まで大らかな表情でロックを飲んでいた山城の表情が一変した。低い声で唸ったあと、顎に手を当て、考え込んでいる。

「どうかなさいましたか？」

「ちょっと失礼」

カウンターの下に置いたショルダーバッグからメモ帳を取り出すと、山城が勢いよくページをめくり始めた。

「ケビン坂田は、沖縄にいたことがあります」

メモ帳の中ほどで手を止めた山城が言った。

「これです。週刊誌時代に付き合いのあったライターに調べさせた結果でしてね」

暗い店の中で矢吹は目を凝らした。気を利かせた山城が近くにあったランプをメモ帳の近くに引き寄せる。

〈報告書〉

文書がメモ帳に貼り付けてある。

〈生年月日：一九八九年七月二〇日　父・坂田智雄《ともお》、母・依子《よりこ》の間に長男として生まれる〉

〈新宿区西落合《にしおちあい》の区立小学校に通う間、両親が離婚、母親に引き取られる。その後、母親が再婚し、新しい父親に激しい家庭内暴力を受け続け、小学校五年生のときに区の児童養護施設に入所。区立中学を経て通信制高校に進学。高校卒業と同時に施設を退所し、沖縄県宮古島市のＮＰＯ法人にて一年半勤務。その後、職を転々としたあと、渡米……〉

「えっ……」

「そう、結構ハードな生い立ちです」

いつも人を寄せつけない言い方をするのは、矢吹を毛嫌いしているのではなく、幼い頃心に負った傷に原因があるのかもしれない。

「都知事選挙の取材が立て込んでいて、未だ宮古島市のＮＰＯを取材できていません」

「あの、私、行ってみます」

「本当ですか？」

「ちょうど、明後日から休暇で宮古島へ行くことになっているので」

自分のスマホを取り出すと、矢吹はＮＰＯの住所を検索した。

「ありました。宮古島市伊良部《いらぶ》字《あざ》伊良部一五……」

「伊良部島ですか。まだ行ったことがありません」

「宮古島との間に伊良部大橋がかかっています。私は一度、レンタカーで島を一周したことがあります」

住所を地図アプリで確認すると、伊良部大橋から程近い、渡口《とぐち》の浜の近隣だった。

「この渡口の浜は、ものすごく綺麗なビーチでした。よく覚えています」

長く白い砂浜で、遠浅だった。友人二人とともに夕暮れ時に訪れ、橋の向こう側の宮古島をのぞんだことを鮮明に記憶している。

「だから、宮古の古い民謡だったんだ」

「面白い話があったら、ぜひ教えてください」

山城がカウンターに両手をつき、深く頭を下げていた。

「やめてください。それに私は取材なんてしたことがありません。ケビンさんがどんな様子だったか、それだけ知りたいのです」

「私も行きたいところですが、選挙の立候補者に密着取材するので、無理なんです。どうかよろしくお願いいします」

ケビンの生い立ちの一端がわかった。厳しい環境の中で育ち、沖縄に行った。その後、なぜ渡米したのか。そしてどうやってデータサイエンティストという職を得たのか。矢吹が知らないことばかりだ。

「簡単に取材のノウハウをお伝えしましょう」

「ええ、ぜひ」

山城の苦労話や夜討ち朝駆けの辛《つら》い経験談を聞きながら、矢吹はカクテルを飲み続けた。

最終章　術計

1

〈Game over!〉

画面に現れた文字を見た瞬間、田辺《たなべ》はスマホをベッドに放《ほう》り出した。二万円も課金して美少女のキャラを闘わせたが、結果は散々だった。あと一万円、いや五〇〇〇円追加すれば戦闘アイテムが増え、次のフェーズに行けるかもしれない。

放り出したスマホに田辺が手を伸ばした瞬間、唐突に画面が着信を告げた。舌打ちしたあと、通話ボタンをタップした。

「もしもし、田辺です」

〈おはようございます、こちらサンダンス不動産管理課の佐竹《さたけ》です〉

爽《さわ》やかな女性の声だが、心なしか言葉の端々にトゲがある。

「なんですか?」

〈大変恐れ入りますが、家賃のことについてお電話した次第です〉

「あっ……」

先日まで携わっていた成り上がり金融道の世界が、自分の身に降りかかった瞬間だった。

「すみません、仕事が忙しくて銀行に行けなかったので」

〈なるほど、大変失礼いたしました。念のためお伝えしておきますが、来週以降のお振込になりますと、日割りで遅延損害金が発生いたしますのでご注意ください〉

「わかりました、すぐ銀行行きますので」

〈あと、田辺さまとの契約については、一カ月分の遅れで即刻退去となっております。弊社が契約している家賃保証会社の担当者がお部屋にうかがいますので〉

「あ、はい。すぐ金を入れます」

〈それではよろしくお願いいたします。念のため、田辺さまとの通話内容は録音させていただいております。今後のトラブル防止の観点からです。どうかご承知おきください〉

「了解です」

スマホをもう一度放り出し、テーブルに置いた財布をつかむ。小銭でずっしりと重みがあるが、札入れはスカスカだ。恐る恐る中をチェックすると、千円札と五千円札がそれぞれ一枚ずつだ。

二日前、草間《くさま》の仕事場にアシスタント全員が集められ、解雇を告げられた。草間は警察の事情聴取を受けた。今後は警察による捜査が始まり、草間は間違いなく逮捕される。

興学館《こうがくかん》の動きも素早かった。松木《まつき》が言った通り、成り上がり金融道は休止、既刊も全《すべ》て廃刊となった。映画制作も中止となり、草間が億単位の違約金を負担する。

松木の斡旋《あっせん》でチーフと二人のアシスタントは別の漫画家のヘルプに行くことが決まったが、経験の浅い田辺はどこにも紹介してもらえなかった。

なにもやる気が起きず、ベッドでゲームに課金し続けた。その結果、持ち金はほぼ底をついてしまった。

再びスマホを手にする。無料通話アプリに触れ、ミソノのアイコンをタップした。

〈ちゃんとご飯食べてる？〉

〈忙しくて行けない、ごめんね〉

〈かわりに写真送るね〉

仕事をなくしたことは、一番に伝えた。以前であれば真っ先に慰めに来てくれたはずなのに、ミソノはどこか素っ気なかった。

田辺はミソノが送ってきた写真を凝視した。露出の多いワンピース、そして肩から下げているバッグは、田辺が知らない型だ。人差し指と親指で画面を拡大する。老舗《しにせ》ブランドのロゴが金色に光っていた。

〈知り合いに買ってもらったの、似合う?〉

無邪気なコメントが神経を逆撫《さかな》でする。こっちは部屋を追い出されるかもしれないのに、呑気《のんき》なもんだ……指を動かし、返信欄に打ち込んだが、消した。

最終的にはミソノに頭を下げ、家賃を借りるしかない。反対を押し切ってイラストレーターになると言った手前、親には頼れない。

ミソノのバッグの画像をコピーして、ネットで検索してみる。すると、イタリアの老舗ブランドで一五万円もする高級品だった。

ミソノに頼んで、質に入れてもらおうか。安く買い取られたとしても、一〇万円程度にはなるはずだ。そんな考えが浮かんだ瞬間、別の思いが湧《わ》き上がってきた。

知り合いって、誰《だれ》だ?

田辺を始め、ミソノの周囲にいる舎弟たちはおしなべて貧乏だ。ミソノが勤務する介護施設の給料は、漫画家のアシスタントよりも安いはずだ。高級品を買ってくれるような人間は誰もいない。

ミソノが浮気している? 一度浮かんだ疑念が、急速に胸の中に広がる。ふざけるな、俺《おれ》がずっと仕事に追われている間、おまえは浮気か?

もう一度、アプリの返信欄に指を添えた。知り合いって誰？　そんな高級品をポンって買ってくれる人なんて、お金持ちだよね？　鬱屈《うっくつ》した思いが爆発しそうだった。返信欄に置いた指が怒りで震え始めた。その直後、スマホが振動した。

画面を睨《にら》むと、疾風舎《しっぷうしゃ》のコミュニティページの新着ニュースを告げる通知が表示されていた。

〈新着！　舎弟必見〉

失業、家賃、恋人の変調……ただ一つの心の拠《よ》り所は疾風舎だ。田辺はすぐさま新しいニュース画面を開いた。

〈舎弟のみんな、元気！〉

黒いミニバンが画面の中で急停車し、運転席の窓が開いた。顔を出したのは、キャップを被《かぶ》ったサングラスの男だ。

〈みんなに知らせたいことがある、ちょっと観《み》てよ〉

舎弟頭の田上《たがみ》だった。田辺は画面に目を凝らした。舎弟頭から画面がニュース番組に切り替わった。

スーツを着た女性アナウンサーが原稿を読み始めた。

〈東京都知事選挙の公示が目前に迫る中、現職で再選を目指す大池《おおいけ》ゆかり氏の陣営に衝撃が走りました〉

都知事選挙、大池ゆかりというキーワードに田辺は敏感に反応した。数日前、舎弟向けの連絡網で一斉連絡が入った。舎弟頭がビデオメッセージで現れ、疾風舎ファンクラブ向けにあるサイトを訪れるよう促したのだ。

〈再選をめざす大池氏は、都政報告会を地元である豊島《としま》区池袋《いけぶくろ》のホールで開催しました。候補者の乱立が予想される都知事選挙で、現職の強みを活《い》かして事実上の総決起集会とするはずでしたが……あとは実際の映像をご覧ください〉

田辺は固唾《かたず》を飲んでニュースを見続けた。

〈大池ゆかり氏の個人事務所は、事前にインターネットで集会の予約を募りました。事務所関係者によれば、募集開始からわずか一〇分で定員二〇〇〇名のホールが、立ち見が出るほどの予約状況となっていました。しかし蓋《ふた》を開けてみると、実際に会場に現れたのは約八〇名で、ご覧のように座席はスカスカとなってしまいました。これについて大池氏を直撃したところ、以下のような反応が見られました〉

会場からアナウンサーへと変わった画面に、今度はファンデーションを厚く塗った女性が映った。昨年の新型ウイルスが蔓延《まんえん》した際、一日に何度もテレビ画面を通して見た顔だった。

〈どうやら、ネット回線とサーバーに不具合があったようで、現在事務所関係者とITコンサルタントで原因究明をしております〉

口調は穏やかだが、大池都知事の両目が真っ赤に充血していた。

〈どうだい、舎弟のみんな！〉

画面に再度舎弟頭が現れた。

〈選挙行こうぜキャンペーンで、みんな政治に興味を持ってくれたと思う〉

スマホの小さな画面を見ながら、田辺は拳《こぶし》を握り、舎弟頭の言葉に頷《うなず》いた。

〈選挙に行ったたって、どうせなにも変わりはしない。だったら友達とモールに行って遊んだ方がマシ、いやバーベキューの方が楽しいじゃん。ずっとみんなそんな考えでいたんじゃないのか？〉

舎弟頭の言葉を聞き、海浜公園で参加したバーベキューパーティーの光景が浮かんだ。あのとき、疾風舎のキミトがコミュニティページに動画メッセージを寄せ、都知事選に出馬するという元ライジンの勇也《ゆうや》がゲストとして緊急出演した。

口下手で不器用な勇也が熱心に社会の底辺から政治を変えると訴えたことに、舎弟たちは言い様のない感動を覚えた。以降、コミュニティページで発せられる新着メッセージを欠かさずチェックし、舎弟頭が促す通りに行動してきた。

〈でもさ、今回の件。俺たちうまくやったじゃん！　口ばっかりでなんもしてない大池のおばさんの出鼻挫《くじ》いたぜ！〉

思わず拳を固く握り締めた。

〈俺たちの手で、世間は変わるんだって、わかっただろう！　次も新しいミッション用意するから、絶対に実行してくれよな！〉

窓が閉まり、舎弟頭が運転するミニバンが猛ダッシュして画面から消えた。次いで現れたのは、次なる行動計画を予告する短いメッセージだった。

〈次回のミッションは二日後！　舎弟は絶対参加！〉

メッセージを確認すると、田辺は動画再生サイトを閉じた。つい五分前まで、田辺は焦り、怒っていた。どこにもぶつけようのない鬱屈した感情は、舎弟頭のメッセージで吹き飛んだ。

画面を切り替える。前回舎弟頭が発したメッセージは、大池を慌てさせた。豊島区のホールの予約はネットで先着順。舎弟たちは競って大池の個人事務所の応募フォームにアクセスした。田辺は他の舎弟と同様にフリーのメールアドレスを取得した上で申し込みを実行した。

どんなタイプのサーバーかは知らないが、〈参加〉と書かれたバナーを押してから二分後、田辺が取得した捨てアカウントに〈当選〉のマークがついたメールが返信された。

舎弟のコミュニティページを覗《のぞ》くと、田辺らと行動を共にした仲間が一五〇〇人以上いた。もちろん、大池の集会など出席するはずがない。捨てアカウントでも申し込みができるように設定した主催者側のミスだ。

当然、アカウント以外に連絡先を記す必要もなかった。主催者側にしてみれば、応募開始からわずか五分ほどで全ての席が埋まり、予想以上の反応に小躍りしたはずだ。大池の池袋での集会は、体調不良を理由にキャンセルされた。だが、ネット上では大池の人気がそれほどでもないとの見方とともに、先ほどのようなニュース映像が拡散された。これで実際に選挙戦が始まれば、舎弟頭たちはさらに次の手を繰り出してくるのだ。

自分の思う通りにことが運んだことなどない。世間で言う成功体験など、田辺には一切なかった。だが、今回の一件は確かな手応《てごた》えを与えてくれた。

政治が変われば、自分たちのような底辺にいる人間も楽に暮らせる、そんな期待を確実に植えつけてくれた。

コミュニティページを開くと、次のミッションへの関心が高まっている様子が舎弟たちのチャットでわかった。田辺も絶対に参加するとメッセージを寄せた。たちまち五〇〇を超える同意のサムズアップのスタンプが付いた。仕事で褒められたことなどない。だが、このコミュニティの中では、誰もが褒め、励ましあっている。このうねりが東京のリーダーを変え、生活を根こそぎ一変させるのだ。

舎弟頭が発したメッセージへの反応は今も数千人単位で続いている。田辺は近隣にいる舎弟たちがどのような発言をしているか、チェックしてみた。知り合いを検索する機能を使い、東京都全域を対象に仲間を探す。すると、リアルタイムで一六〇〇名が反応し、実際にネット動画やコミュニティページにアクセスしているのがわかった。

画面を睨んでいると、さらに数が増える。他のSNSのサービスでも舎弟のつながりは強い。一万人以上がなんらかの形でネットを通じ、先ほどのメッセージを確認している。

「田辺さん！」

突然、玄関をノックする音が響いた。反射的に肩が強張《こわば》る。先ほど不動産会社から家賃の督促《たの》を受けたばかりだ。この部屋は家賃保証業者と契約している。テレビのワイドショーに、強引な立ち退きを迫る強面の業者の男が出演していた。早くも出て行けと脅しをかけに来たのかもしれない。

「田辺さん！」

ノックの音が大きくなり、呼びかける野太い声もボリュームを増した。ワイドショーに映っていた屈強な男のイメージが重なる。これ以上心証を悪くしたら、本当に住む家を失ってしまうかもしれない。田辺の心の中の天秤《てんびん》が、業者の方向に振れた。

「今、開けます」

スマホをベッドに置くと、田辺は髪を手櫛《てぐし》で直しながら玄関に向かった。ロックを解除してドアを少しだけ開ける。

「どうも、田辺さん！」

狭い隙間《すきま》から、聞き覚えのある男の声が響いた。

「こんにちは、勇也です！」

もう一段、ドアを押し開けると、背の高い男が笑みを浮かべて立っていた。

「えっ、本物の勇也？」

「本物です」

勇也が右手を差し出し、田辺の手を強く握った。勇也の背後には、小型のビデオカメラを構えた男性、その隣にはヘッドホンを装着し、ハンドマイクを握る女性がいた。

「舎弟のコミュニティページに投稿されましたよね？」

「ええ、はい……」

勇也がタブレットを取り出し、田辺の顔の横に掲げた。

「カメラさん、ご本人です」

「あの……」

「突然お邪魔してすみません。今回は投稿を読んで、激励に来ました」

漫画家アシスタントの職を突然失った夜、失業の苦しみを投稿した。勇也はそれを読んだというのだ。

「みんな、ぎりぎりのところで働いて、やっとの思いで生活している。そんなとき、梯子《はしご》を外すように職を奪われたら、悔しいし、不安だよね」

「は、はい」

田辺が答えると、勇也が大きな手を肩に置いた。

「みんなで助けあおうよ。こんな社会が嫌だから、俺は芸能人を辞めた。今日はこの案内を持ってきたんだ」

背後にいる女性スタッフから紙を受け取ると、勇也が田辺に差し出した。

〈大人食堂のご案内〉

「これ、なんですか?」

「見ての通り、大人食堂です。シンママの子供たち、それから事情があってなかなかご飯にありつけない子供たちのために、『こども食堂』が全国各地でできていることを知っていますか?」

「ええ、なんどかテレビで見たことがあります」

「大人食堂は、大人のための無料食堂。困っている人を絶対に見捨てない、そんな理念から、俺は友達に声をかけて大人食堂を都内に一〇箇所開設することにしました。ちなみに、田辺さんのご近所に、三日後にオープンします」

「はい、行ってみます。ありがとう」

田辺が答えた直後、マイクを持っていた女性が口を開いた。

「オッケーです」

勇也が大きく息を吐き、満面の笑みで言った。

「ごめんね、本当に突然で。驚かせちゃったでしょ？」

「ええ、まあ。でも、嬉《うれ》しいです。あの……写真一緒に撮ってもらってもいいですか？」

「もちろん。スマホ、カメラはどこ？」

「ちょっと待ってくださいね」

田辺は玄関からベッドまで駆け戻り、スマホを手にした。

「フェイスノートとかに投稿しても構いませんか？」

「どうぞどうぞ」

田辺は女性にスマホを手渡し、勇也の横に立った。頭一つ分、勇也がデカい。横顔を見上げていると、女性が撮りますと声をかけた。田辺は親指を立て、笑みを浮かべた。

「ありがとう、田辺さん。俺、頑張るから」

「絶対都知事になってください！」

勇也がもう一度右手を差し出し、田辺の手を強く握った。

「本当は弁当を届けたかったけど、選挙の公示が近いから、買収だって誤解招きたくなかった。でも、絶対に大人食堂に来てよ」

「もちろんです」

田辺が答えると、勇也とスタッフ二人が足早に表通りに向かった。大きな背中を見送ったあと、田辺は早速写真をフェイスノートの舎弟コミュニティページに貼《は》り付け、メッセージとともに投稿した。

〈信じられない！　失業したばっかの俺のアパートに、勇也が来てくれた！〉

〈大人食堂を作るんだって。都内に一〇箇所！〉

〈やっぱ勇也最高だ！　舎弟のみんな、絶対勇也を都知事にしようぜ！〉

投稿から五、六秒後だった。田辺のコメント欄に一〇〇個以上のサムズアップのスタンプが押され、猛烈な速度で拡散し始めた。

「バズってるじゃん」

田辺が呟《つぶや》いている間も、写真入りの投稿はフェイスノートだけでなく、他のSNSへも広がり、拡散を続けた。

2

ホテルのロビー横にあるダイニングから部屋に戻ると、矢吹《やぶき》は窓を開けた。潮の香りが海風に乗ってやってきた。大型の貨物船が入港した直後で、大勢の作業員たちがフォークリフトやトラックで埠頭《ふとう》を走り回っている。

〈今日の天気は、午前中に所々にわか雨がありそうですが、午後からは快晴となる見込みです。予想最高気温は三三度で……〉

ベッド脇《わき》にある小型テレビには、沖縄ローカル枠の情報番組が映っている。かりゆし姿の女性アナウンサーが宮古島《みやこじま》など県内各地の天気予報を告げる。

矢吹はサイドテーブルにある観光マップに目をやった。去年、一昨年と訪れた折に島の有名な観光スポットはあらかた回ってしまった。今日はどう過ごすか。いつもなら、賑《にぎ》やかな友人たちが率先してプランを考えてくれたが、一人旅ではテンションが上がらない。

もとより、三日前に島を訪れてから、曇りか小雨のぐずつく天候が続いた。空港近くで借りたレンタカーを使い、まずは島で一番の観光スポットの前浜《まえはま》ビーチに向かう。白い砂浜と真っ青な海のコントラストは、ドラマや映画、数多くのグラビアやポスターのロケ地となった。だが、曇り空の下でビーチには人気《ひとけ》がなく、湿った海風に煽《あお》られ、早々に退散した。

その後、断崖絶壁と海のコントラストが美しい東平安名崎《ひがしへんなざき》にも赴いたが、海風が一際強く、レンタカーのワイパーが壊れそうになったので、駐車場の入り口で退散する始末。あとは泡盛の蔵元見学や陶芸体験にも足を向けたが、同行者のいない寂しさで一向に楽しめなかった。

レストランやカフェ、そして泊まっているビジネスホテルのスタッフは、一人旅の三十路《みそじ》を過ぎた女を哀れんでいるのか、どこかよそよそしい。

一〇日間の連続休暇……大学を卒業してから、こんなにまとまった休みを取るのは初めてだ。宮古島へは四泊五日の日程で来たが、早くも半分が経過した。矢吹自身は人見知りではないが、彫りの深い顔、愛想のない口調の地元民と打ち解けて話すことができないのもきつい。

天気予報を流していた画面が切り替わった。民放キー局のスタジオだ。大きなボードにスポーツ紙や週刊誌の記事が貼り付けてある。

〈週刊新時代《しんじだい》によりますと……〉

男性キャスターが媒体の名を告げたとき、山城《やましろ》の顔が浮かんだ。

〈ケビン坂田《さかた》は、沖縄にいたことがあります〉

ケビンの経歴を調べた山城は、宮古島の隣にある伊良部《いらぶ》島という小さな離島に足跡を見つけていた。

ケビンは幼児や児童支援のために設立されたＮＰＯに在籍し、子供たちの面倒をみていた。ぶっきらぼうでマイペース、常に皮肉な物言いのケビンとは対極にあるような組織だ。

〈結構ハードな生い立ちです〉

継父に暴力を受けていた少年は児童養護施設に入っていた。子供たちの抱える心の傷が理解できるからＮＰＯに入ったのか。その理由を知るために、代表の宮国《みやくに》という人物に電話を入れた。島に着いた直後、それから昨日も連絡を入れたが、多忙を理由に面会を断られた。明日の午前中なら時間が取れるかもしれない……宮国は申し訳なさそうに矢吹に告げた。

今日の夕方にでも再度連絡を入れ、時間の都合をつけてもらおう。矢吹がそう考えたとき、テレビから甲高い女性の声が響いた。

〈今朝の深ぼりニュースの時間です。元ライジンの瀬口《せぐち》勇也さんが善意の大人食堂を開設し、話題を集めています〉

オメガの疾風舎プロジェクトを担当する者として、見逃せないニュースだ。

〈かねてから勇也さんは貧困対策の草の根運動を展開してきたことで知られます。今回は都知事選挙への出馬表明とタイミングが近いことから、パフォーマンスと見る冷ややかな視線があることも事実ですが、本人は本気です〉

画面が切り替わった。白いタオルをバンダナのように巻いた勇也が現れた。アイドル時代とは違い無精髭《ぶしょうひげ》が目立つが、端整な顔立ちは健在だ。

〈関係者によりますと、勇也氏は私費で五億円を拠出、友人のレストラン経営者や実業家たちとともに、都内一〇箇所の大人食堂を展開させるとのことです〉

中継現場にいた女性アナウンサーがフリップを抱え、説明を始めた。

〈昨年の新型ウイルス大流行による不況で、生活苦に陥る家庭が増えています。当然、子供たちの食事にも悪影響が出ます。数年前から、全国各地で困窮した子供たちが安心して無料で食事を摂《と》れるようにしたのが『こども食堂』でした〉

説明を聞き、矢吹は頷いた。オメガの複数のクライアントも社会貢献活動の一環としてこども食堂へのサポートを実施中だ。

〈昨年からの大不況で、今度は大人も困っています。こども食堂があるなら、大人食堂も作れるはず、勇也氏はそう考えたのです〉

中継現場の女性アナウンサーから収録済みの映像へと切り替わる。

〈困っている人は誰でも利用できます。遠慮せずに来てください〉

白いタオル、デニムのエプロン姿の勇也が、いくつか重箱を手に持ち、言った。

〈恥ずかしがることはない。困ったときはお互いさまなんだから。ウマくて温かい飯食ったら、前向きになれるよ！〉

画面の中では、勇也と同じ出で立《い》ち《た》のスタッフ三、四人が重箱を抱えて動き回っている。テロップによれば、大人食堂の一号店は西新宿《にししんじゅく》にあり、かつて定食屋が営業していた場所に居抜きで入居したという。定員が二〇名ほどの店は既に満員で、行列が出来始めていた。

矢吹はさらにテレビ画面に目を凝らした。西武新宿駅の西側、小滝橋《おたきばし》通りに面した店舗で、店先には旧店舗の屋号入りの庇《ひさし》がそのまま残っていた。

〈提供できるのは、特製日替わり弁当だけ。でも、俺の友達が腕を振るっているから、味は保証できるよ〉

はにかんだように勇也が告げると、別のスタッフが重箱をカメラマンの前に置き、蓋を開けた。

〈本日のお弁当は、焼き魚とサラダ、煮物と漬物、そしてご飯と豚汁《とんじる》です〉

スタッフが答えると、レポーターが言葉を継いだ。

〈一般のお店だとおいくらくらいになるのでしょう？〉

〈そうですね、一食当たり八〇〇円から九〇〇円前後でしょうか〉

〈そんなちゃんとしたお弁当が無料なんですね？〉

〈ええ、オーナーの勇也さんの持ち出し、そして勇也さんのお友達による寄付、それに野菜やお魚、お肉のご提供もあります〉

矢吹は思わず画面に見入った。色味の良いサラダや焼き魚、一目で炊き立てだとわかる白米、そして具沢山《ぐだくさん》の豚汁からは白い湯気が上がっていた。オメガのオフィスがある六本木《ろっぽんぎ》に開店したら、一五

○○円の値札でも大行列になるだろう。
〈では、利用者の方に聞いてみましょう。あの、少しお話をうかがってもよろしいですか？〉

女性アナウンサーが背中を丸めて食事中の青年に声をかけた。チェックのシャツで髪が乱れた太り気味の男性だ。

〈あ、はい。どうぞ〉

チェックシャツの青年は戸惑い気味に答えた。

〈大変失礼なことをうかがいますが、お仕事は？〉

〈数日前、解雇されたばかりです〉

青年の顔が曇った。戸惑い、羞恥心《しゅうちしん》かもしれない。食事無料の大人食堂で飲食するということは、自身の不幸な境遇を世間に知らしめる行為だ。

〈それは大変でしたね〉

わざとらしく女性アナウンサーが声をあげると、青年が肩をすぼめた。

〈彼は田辺さん。俺やスタッフが彼の存在を知ったのは、フェイスノートの書き込みでしてね〉

口下手そうな青年に代わり、勇也が女性アナウンサーのマイクに顔を近づけた。

〈彼は俺の仲間、疾風舎のファンでね。フェイスノートの舎弟オフィシャルページで失業して困っている、そんな書き込みをされたんだ〉

勇也がエプロンのポケットからスマホを取り出し、画面をカメラに向けた。カメラがズームすると、勇也とチェックの青年が肩を組んでいる写真が映し出された。

〈あとはフェイスノートの舎弟ページをチェックしてもらうとして、要するに、ここは困った人が誰でも立ち寄れる食堂です。本来だったら、職を失《な》くしたことを証明する書類とか見せてもらうべきなんだろうけど、手間がかかる。だから、来てくれる人は拒まない。他の場所にもオープンする予定だ

から、みんな来てね！〉

勇也が告げると、現場の女性アナウンサーが口を開いた。

〈以上、勇也さんの最近の取組、大人食堂の様子でした。スタジオにお返しします〉

矢吹はテレビの音量を絞り、スマホを取り上げた。フェイスノートのページを開き、疾風舎、舎弟、田辺と入力して検索をかけた。

すると、先ほどのチェックのシャツを着た太った青年の写真が表示された。

〈田辺洋樹《ひろき》　職業：イラストレーター見習い／漫画家アシスタント修行中〉

〈趣味は疾風舎、生きがいは舎弟との熱き友情！〉

矢吹は田辺のページを睨んだ。漫画家アシスタント修行中の欄をクリックすると、仕事場の光景が映った。四、五人の男女が机に向かい、大量の写真やイラストを見ながらペンを走らせ、デジタル画像処理用ソフトを操作していた。さらに写真アルバムをめくる。すると、仕事場の壁に大きなポスターが貼り付けてある一枚が見つかった。

〈『大ヒット御礼！　連続ドラマ・成り上がり金融道、視聴率トップ！』〉

人気俳優が債務者に凄《すご》んでいるシーンを切り取ったポスターに見覚えがある。

羽田で飛行機の搭乗待ちをする間、スマホでチェックしたニュースの見出しが脳裏に浮かんだ。著者が未成年に飲酒させ、しかも淫行していたことが露見し、連載が打ち切られた作品だった。

矢吹はさらにページを繰った。日常の出来事を自由に投稿する〈ライブ・ライフ〉の項目に動画が投稿されていた。

〈それじゃ田辺さん、このカメラに向かっていい顔しようぜ〉

再生ボタンを押した途端、先ほどテレビ中継に出演していた勇也が現れた。その隣には、はにかんだ笑みを浮かべるチェックシャツの田辺がいる。

矢吹はさらに目を凝らした。勇也の周囲にいるスタッフはお揃《そろ》いのTシャツを着ている。動画を一時停止させ、スタッフの着衣を凝視した。

〈Carsearch〉

Tシャツの胸元には、中古車検索サイトのロゴが刺繍《ししゅう》されていた。

〈プルチ〉

女性スタッフの肩口には、澤内《さわうち》が興した不用品売買・交換サイトの名前がプリントされている。

〈夢みたいな話だけど、ガチリアル！〉

動画の下には、田辺自身が綴《つづ》ったコメントが添付されていた。

〈仕事をクビになって不貞腐《ふてくさ》れていたら、なんと、アパートに勇也が来た！〉

手書きのスタンプが文章の所々に押されている。

〈疾風舎のファンやっていてよかった！　舎弟万歳！〉

矢吹がなんども疾風舎の所属事務所で見たバンドのロゴステッカー、あるいはライブ時の公式写真が貼ってある壁をバックに、田辺が満面の笑みで自撮りしていた。

「疾風舎、舎弟……」

目の前に靄《もや》がかかったような錯覚にとらわれる。矢吹は強く首を振ったあと、スマホの画面を田辺のフェイスノートアカウントからニュースサイトに切り替えた。

〈都知事選　最新〉

検索欄に二つのキーワードを入れ、画面をタップする。

〈大池ゆかり、現職の強みで圧倒的優勢／大和《やまと》新聞〉

〈大池氏、再選確実な情勢／中央新報《ちゅうおうしんぽう》〉

主要紙の記事を読み比べる。首都圏、あるいは都政担当の記者たちによれば、大池ゆかり都知事は、昨年の新型ウイルス対策で迅速な対応を執ったことが評価され、若者層から老年層まで幅広い世代の支持を集めて、五割以上の得票が見込めると掲載されていた。

一方、公示目前でいきなり芸能界を引退し、出馬表明した勇也はどうか。

〈準備不足は否《いな》めず、若者層だけでは厳しい選挙戦〉

大和新聞のコラムニストが厳しい見方を示していた。

〈人気アイドル、知名度の高さと政治の駆け引きは別〉

田所《たどころ》というコラムニストによれば、都政は国政以上に議会対策が難しい上、財政や福祉政策は複雑で、少しでも弱みを見せればたちまち都議会で突き上げを食らい、立ち往生するという。

〈そもそも瀬口氏の支持層が一番選挙に無関心だ〉

〈一過性の人気、盛り上がりで選挙は戦えない〉

苦味走った田所の顔写真とともに、分析記事は締め括《くく》られていた。

ニュースサイトを閉じようとしたとき、見出し一覧の最上段に〈速報〉の文字が光った。

〈プルチ澤内社長、勇也の大人食堂に太っ腹二〇億円拠出へ〉

豪胆社《ごうたんしゃ》の週刊平安《へいあん》ネット版の記事だ。

〈プルチを創業した実業家として知られる澤内耕太《こうた》氏が、篤志家の本領を発揮することがわかった。同氏は近く瀬口勇也氏が始めた大人食堂に二〇億円の資金を拠出することを決めた。瀬口氏とは拠出に関する取り決めを交わしており、当初一〇箇所でスタートする予定だった大人食堂は、約一〇〇店舗に急拡大する見通し。本誌の取材に対し、澤内氏本人は以下のようにコメントした〉

大人食堂という突飛なアイディアが、次第に大きな波となっていく。矢吹は次の項目に目を向けた。

〈正式発表より先に嗅《か》ぎつけられちゃったなあ。資金拠出は事実です。金額は二〇億円から始めて、さらに上積みする可能性もあります〉

直撃取材する記者の横顔、はにかんだ笑みを浮かべて対応する澤内の顔が写っていた。

〈プルチが持っている技術を大人食堂にも応用しますよ。入場する際、スマホでゲートにタッチしてもらえれば、プルチの臨時雇いの案内が優先的に届くようになるほか、僕の友人が経営する企業の求人案内も積極的に発信します。また、各種公的なサポートに関する情報もメールで届けるようにします〉

〈澤内氏と勇也氏の新たなコラボは、深刻化する不況への対策、失業者への思いやりとして、今後新たな社会貢献活動の指標になる公算が高い〉

読み終えたあと、矢吹は首を傾《かし》げた。

以前の矢吹なら記事を額面通りに受け取り、寄付をしようかと考えていたはずだ。

だが、今は素直に善意を受け取れない。その理由は、疾風舎、舎弟、カーサーチ、プルチ、そして澤内というキーワードにある。すなわち、これらは全て高田馬場《たかだのばば》の仕事場で自分が接したものだったからだ。

矢吹はベッド脇に置いたタブレットを手に取り、高田馬場の仕事場で作ったメモのファイルを開いた。

〈撒《ま》き餌《え》〉

〈脊髄《せきずい》反射する連中〉

ケビンのもとを訪れた澤内やケビンが発した言葉が綴られていた。若き実業家であり、篤志家の顔を持つ澤内は、勇也の事業を支援する形で、またも巨額の資金を提供するという。

社会貢献活動だとして、今までなんども私財を提供してきた澤内の行動に違和感はない。だが、篤志家が撒き餌だの脊髄反射だのという言葉を使い、多くのネットユーザーたちを見下すものだろうか。

矢吹はさらに自身が記したメモを読み返した。

〈好きな政治家教えて〉

高田馬場の仕事場で、ケビンのほかに、クミら学生たちがいる場所で澤内は新たなアンケート調査を実施した。

〈好きな政治家教えて〉

メモをもう一度読んだ瞬間、矢吹の両手が粟立《あわだ》った。メモのアプリを閉じ、澤内が募集した政治家に関するアンケートが載るアカウントを開く。

〈中間集計結果発表！〉

笑顔の澤内のイラストが現れ、一〇位まで一覧表示できる画面が表示された。

矢吹は息を吞《の》んだ。

〈ダントツの一位、瀬口勇也　六五〇〇万票〉

二位は、長らく官房長官を務めたあと、内閣総理大臣に就任した阪義家《さかよしいえ》。三位は東京都知事の大池ゆかりだ。

「本当なの？」

矢吹は思わず声に出した。瀬口支持が六五〇〇万と日本の人口の約半分なのに対し、現職首相の阪は二〇〇万、大池は九五万にとどまっていた。

〈なにか日本で工作めいたことが始まっているとしか思えない〉

赤坂《あかさか》のパブで山城が放った言葉が後頭部で鈍く反響した。

「まさか……」

矢吹はタブレットをスマホに持ち替え、通話履歴を辿《たど》った。山城の名前を探して画面をスクロールしていると、唐突に画面が切り替わり、着信を知らせた。

3

午前一一時二〇分、工藤《くどう》は作業用のエプロンを外し、控え室のベンチに放り投げた。介護施設の早番勤務に入ってから五時間、あっという間に時間が経過した。

朝食の配膳《はいぜん》、調理場の清掃、夕食用食材の発注を終えたのが一時間前だった。本来ならこのタイミングで休憩に入る予定だったが、番狂わせが起こった。

施設に入居する八三歳の老人が突然倒れ、救急車を呼ぶ騒ぎになった。元々心臓に持病を抱えている利用者だったためスタッフが付きっきりで介助にあたり、一一九番通報で到着した救急隊員に引き渡した。

この間、一階フロアの清掃を強いられることになった。就業中の喫煙は御法度のため、ジリジリと湧いてくるニコチンへの欲求と闘い続ける羽目になった。

控え室の裏口の扉を開け、一歩外に出る。ブロック塀の端にあるコーヒーの空き缶を握ると、工藤はポケットからメンソールの煙草《たばこ》と百円ライターを取り出した。

「あんな年寄り、早くくたばればいいのにね」

休憩に合流したミソノに向け、告げた。

「残念ながら、助かったみたいですよ」

肩をすくめ、ミソノが言った。

「いつもさ、偉そうに政治の話とかして、ウザい爺《じい》さんだよね」

「そうそう、昔は区役所の偉い人だったとか。紙オムツ穿《は》いてるクセに」

「大池知事がテレビに出るとさ、はあはあ言いながら見てるの、変態かっつーの」

ミソノに煙草を勧めると、ためらいもなく一本取り上げる。工藤はライターに火を灯《とも》した。

「今日は残業ナシでいけますかね？」

ミソノがスマホの画面を見ながら言った。

「同伴なの？」

「例のいなほ銀行の人。前回の埋め合わせしてもらおうと思って」

醒《さ》めた目でミソノが言い放った。前回池袋のデブ専キャバクラに出た際、ミソノはアフターとウリでもらえるはずだった金を失った。そして焼肉というご褒美もお預けとなっていただけに、画面を睨む目つきは一際険しい。

「いっぱいお肉食べられるなんていいなあ」

前回ホストクラブに行き、初回料金の気軽さから五軒も店をハシゴし、結局二万円も散財した。無駄遣いの反動は大きく、娘とともに卵なしの袋麺《ふくろめん》生活が続いている。

「前回の借りを返さなきゃ。死ぬ気で食べてやりますよ」

口調は軽いが、ミソノの眉間《みけん》に皺《しわ》が寄っていた。食べ物の恨みは恐ろしい、工藤がそう感じたときだった。工藤とミソノのスマホが同時にジングルを鳴らした。

「舎弟頭のメッセージだ」

反射的に工藤が告げると、ミソノも素早く画面を切り替えていた。

〈どうも、田上です！〉

フェイスノートの舎弟公式ページを開くと、いつものように田上がミニバンの窓を開け、口を開いた。

〈みんな、俺がオススメした例の本、読んでくれた？〉

工藤は唇を嚙《か》んだ。

仕事終わりに近所の図書館に行き、田上が熱心に勧めた大池ゆかり知事に関する暴露本『女王』を手に取った。

大池都知事が留学先のオーストラリアで、エアーズロックのてっぺんで日の丸を掲げた写真はチェックした。しかし全体に文字が細かく、しかも難しい漢字に振られるルビが少なかった。工藤は目次をチラ見しただけですぐに棚に戻した。

ミソノを見る。眉間に皺を寄せたまま、ミソノは鼻の穴から煙を吐いていた。聞く勇気はないが、ミソノもあの漢字だらけの本を読み終えたとは思えない。

〈前回の動画からメッセージたくさんもらったんだよね。あの本、めっちゃ売れているけど、中身が難しいっていう話でさ。それでね、今回はちょっと別の動画作ってみたんだ。舎弟なら絶対見てくれよな〉

田上が言った直後、画面が切り替わった。

〈大ベストセラー、『女王』を解説　一分でわかる大池ゆかりの正体！〉

ホラー映画のBGMのようなメロディーがスマホのスピーカーから流れたあと、古いニュース映像が表示された。

〈大池ゆかり　政界渡り鳥伝説〉

テロップが流れ、にこやかに笑う大池の顔が大写しになった。次の瞬間、大池は浴衣姿で登場した。

〈省エネには打ち水が効果的です！〉

工藤が中学生のときに総理大臣だった細身の男が大池の隣にいた。

〈大池ゆかりは、与党民政《みんせい》党から国会議員となり、政界の風向きが変わった瞬間、最大の敵ともいえる民友《みんゆう》党に鞍替《くらが》えした〉

今度は、不機嫌そうな顔をした目の細い男が画面に現れた。

〈政界の壊し屋、小《お》川《がわ》三郎《さぶろう》民友党幹事長にすり寄る大池ゆかり〉

最近ほとんど顔を見ないが、名前は知っている大物政治家だった。なにが壊し屋なのかよく理解できないが、顔をしかめる小川の横で、大池は満面の笑みだ。

〈政界再編を訴えた小川幹事長の懐に飛び込み、大池は巧みにメディア対策を施した〉

テロップのあとは、小川幹事長に発声練習を促し、記者会見のリハーサルに立ち会う大池がいた。

「なにこれ、すげーあざとい」

煙草を咥《くわ》えたまま、ミソノが唾棄《だき》するように言った。

「めっちゃ感じわるいじゃん、こんなオバさんだったの？」

〈これはほんの一例だよ。俺の知り合いにかつて彼女の担当だった番記者がいるんだ。こんな話も聞いたぜ〉

画面の中で田上が思い切り顔をしかめた。

〈彼女さ、今は完全禁煙だって条例まで作ろうとしてスモーカーを追い込んでるじゃん？　でもさ、あの人もめっちゃヘビースモーカーだったんだぜ〉

田上の顔が消え、白黒写真が画面に現れた。

〈これ、友達の記者が内緒で撮った一枚。議員会館の部屋でインタビュー受けているときでさ、こんな態度する人っているのかよ〉

ソファに体を預け、思い切り反り返っている大池の右手には、細い煙草がある。

「うっそ、信じらんない。最近、煙草吸える場所少なくしたの、このオバさんじゃん」

ミソノが画面に毒づく。

「私も知らなかった。ひっどいわね」

空き缶に吸い殻を入れると、工藤は二本目の煙草に火を点《つ》けた。

〈前回の動画でも言ったけど、彼女は都知事になってから公約を一つも果たしていないんだ。おまけ

に、裏の顔はこんな感じ。でもね、それだけじゃないんだ〉

〈最近、外国人の犯罪が増えていると思わないか？〉

突然、画面の中の田上が話題を変えた。次の瞬間、暗視カメラによる映像が映し出された。二人組の男性が動物の足を持ち、逃げ去る映像だ。

〈これ、多摩《たま》地区の酪農家の防犯カメラ映像だけど、手塩にかけて育てた仔牛《こうし》が持ち去られる事件が多発しているんだ〉

工藤はミソノと顔を見合わせた。田上がなにを考え、こんな防犯カメラ映像を持ち出したのか、意味がわからない。

次の瞬間、画面に奇妙な文字と文章らしきものが映った。どこの国の文字かはわからないが、フェイスノートのダイレクトメッセージであることは、縁取りの色とロゴで理解できた。

〈同じような事件が東京や北関東で多発している。これはベトナム人技能実習生が職場を放棄して闇《やみ》の労働市場に逃げて……〉

田上の言葉が難しくなってきた。ミソノの顔を覗き見ると、工藤と同じように首を傾げている。

〈要するにさ、関東一円の治安が悪くなっていると。ベトナム人だけじゃない、その他の国から来た実習生も職場を放棄して、闇の仕事に手を染めているんだ〉

「気味が悪いし、怖いよね。ウチは娘がいるから」

「そうですよね」

ミソノが五台の洗濯機が設置されている洗濯スペースを見た。

「あいつらもキモいじゃないですか」

毎日大量の汚れ物が出る施設では、時給の安い外国人労働者をアルバイトさせている。互いに言葉が通じないため、挨拶《あいさつ》さえしたことがない。窪《くぼ》んだ目でじっと見られると、怖いと感じることがなんどかあった。

〈これって、大池の仕業だぜ〉

スマホの中で、田上が語気を強めた。

〈家事を代行させるとか言って、大池が大量の外国人に滞在と労働の許可を出した。そのことが、治安の悪化につながっている。警察関係にいる俺の友達がそんなことを言っていたんだ〉

「マジか」

ミソノが煙草を空き缶に入れ、言った。

〈勇也なら、こんないい加減なことしないと思わないか？　勇也は日本が大好きで、なにより同じ日本人のことを一番に思っている〉

「そうよね、最近は外国人が増えすぎて、アルバイトのクチも少なくなっているって、友達が言ってた」

真剣な眼差《まなざ》しでミソノが言った。

〈東京の治安を取り戻してもらおうぜ、やっぱ勇也だろ！〉

呼びかけに工藤とミソノは同時に頷き、動画ファイルを友人全員に転送するよう、フェイスノートの〈拡散キー〉を押した。

4

強い西陽《にしび》を避けるため、矢吹は運転席のバイザーを下ろした。自分と同じように、「わ」や「れ」のナンバープレートを付けた車両が周囲を行き交う。

〈一〇〇メートル先の信号を右折です〉

セットしたカーナビの無機質な声が車内に響く。南国の離島は道幅が広く、交通量も少ない。矢吹は交差点を右折し、車を走らせた。パイナップルに似た実をつけたアダンという樹《き》が道路脇に連なる。尖《とが》った葉と枝が揺れるたび、南国にいることを実感する。

　朝食を食べて部屋で時間を潰《つぶ》していると、突然電話が入った。ＮＰＯ法人フューチャーブリッジ代表の宮国だった。

〈午後一番の予定が無くなってしまってね、もしよかったら来てみますか？〉

　電話口で人懐こそうな声が響いた。もちろんと答え、準備を始めた。事前にプリントアウトしたＮＰＯのホームページには、日焼けした顔、白い歯を見せて笑う宮国の写真が載っていた。宮国は八五歳の元教師で、心に傷を持つ子供たちを受け入れる施設を作ったと簡単な経歴が記してあった。

　カーナビの指示通りに進むと、真っ青な海にかかる美しい橋が見え始めた。友人たちと島に来たとき、なんどか渡ったことのある伊良部大橋だ。運転席と助手席の窓を開け、潮風を吸い込みながら進む。緩い傾斜の道路を走り続ける。宮古ブルーと呼ばれる青い海を横目に、滑走路を飛び立つ小型飛行機に乗っているような錯覚にとらわれる。

　休暇中だが、これからは遊びではない。宮国という人物に会い、ケビンのことを調べる。自分の業務が悪事に関《かか》わっているか否か、確かめに行くのだ。

〈メモやレコーダーを出したらダメです〉

　神楽坂《かぐらざか》の暗いバーのカウンター席で、山城が取材時の知恵を授けてくれた。

〈相手のガードを上げさせないこと〉

　スコッチを舐《な》めながら、山城が低い声で言った。思い返してみれば、初めて言葉を交わしたとき、山城はメモも取らず、秘《ひそ》かに会話を録音している気配も一切なかった。神楽坂のバーで尋ねると、記者のスキルとして二、三時間の会話は全て記憶し、あとでメモに起こすのだという。

〈今回、矢吹さんはクライアントの社会貢献活動の調査、つまり資金提供先を探しているという体裁

ですから、取材と違って相手もガードを下げてくるはずです〉

山城のアドバイスは実践的だった。

〈大事なのは世間話です。初対面で相手が人見知りか話好きなのか見極め、ゆっくりと懐に入っていくのです〉

〈不登校やDV被害に遭《あ》った子供たちのケアは世界的なテーマです。クライアントは熱心に支援先を探している、そんな風に接すれば色々と話を聞き出せると思います〉

オメガのクライアントは世界的な大企業ばかりだ。社会貢献活動を積極的に展開する企業も少なくない。だが、今回はケビンのことを聞き出すために宮国のもとを訪れる。訪問の主旨をすり替えていることに、後ろめたさがある。そんな気持ちを山城に伝えると、違うと即答された。

〈あなたが真っ当な仕事をしているのか、ケビンのバックグラウンドを通して確かめるのです〉

ハンドルを握りながら、矢吹は肚《はら》を括った。アメリカの大手IT企業の名代に徹する。オメガで仕事を続けていれば、いつか海外大手企業の支援で宮国のNPOを手助けすることができるかもしれない。自らにそう言い聞かせ、アクセルを踏み込んだ。

三キロ超の美しい橋を渡り、ハンドルを左に切る。左側には紺碧《こんぺき》の海原《うなばら》、右手にはサトウキビ畑が広がる。前回友人たちと訪れた際は、サンルーフを目一杯開け、真っ青な空と巨大な入道雲のコントラストを楽しんだが、今の矢吹にそんな余裕はない。

橋を渡って二、三分走ると、道路の左側に白い低層の建物がいくつも見え始めた。以前来たときは土台を作る基礎工事を行っていたエリアだ。島に来る直前、羽田空港のロビーでめくっていた最新のガイドブックによれば、ここ四、五年で急増した観光客向けに、伊良部島でもリゾート開発が活発化し、最新型のスパや専用エステルームを備えた高級リゾートホテルが立て続けに完成したのだと記してあった。

海風を感じながら、オープンテラスでカクテルを飲み、その後はプールサイドのエステで体を休める……美しい海と空を愛《め》でながら、のんびりできたら最高だと思う。だが、今回は宮古島の古びたビジネスホテルだ。直前で予約できなかったことが悔やまれる。

真新しいリゾートホテルが連なるエリアを越えると、〈渡口の浜一キロ〉の標識が現れた。標識の先には、白と青を基調にした新しいカフェがある。ガイドブックには、渡口の浜を眺めながら、バーベキューを楽しめるデッキを備えているとある。

軽めのビールを片手に、炙《あぶ》った肉や野菜を食べたら、さぞかし楽しいはず。リネンのワンピースを着て海を眺める自分の姿を想像してみたが、一人では虚《むな》しいだけだった。オメガに転職する直前に別れた元カレと一緒だったら。そんなことも頭をよぎったが、矢吹は強く首を振り、残像を消し去った。

県道から渡口の浜方向へ左折すると、小さな橋が見えてきた。手前の交差点を左に行けば、以前二回訪れた伊良部島で最も美しいとされる渡口の浜だ。ナビは右に行けと指示を出す。浜の方向をちらりと見やり、矢吹はハンドルを右に切った。

浜から島の内側へとつながる入江を左手に見ながら、さらに車を走らせる。先ほどの交差点から一分ほどすると、入江の縁に建つ古びたホテルがある。友人たちと島の魚を使ったランチを摂ったことがある。近海で獲《と》れたマグロやカツオを使った海鮮丼《かいせんどん》、地元名物のグルクンの唐揚げが驚くほど美味だった。

ホテル脇をさらに進むと、サトウキビ畑に向かう耕運機を運転する老人がいた。地元民が使うコンクリート造りのスーパーや、雑貨店がある。リゾートとは対照的だが、離島の暮らしを感じ取れるエリアだ。

集落を抜けると、曲がりくねった入江脇に広大な芝生《しばふ》の敷地が見え始めた。道路脇に目的のNPOの看板がある。

矢吹は看板脇から芝生の敷地へと続くあたりで車を停《と》めた。降車し、周囲を見回す。入江に沿って芝生が植えられ、その中に平屋のコテージが五棟建っている。コテージの北側の外れに母屋と思《おぼ》しき二階建ての木造の建物が見えた。

「こんにちは」

声を発しながら歩くが、周囲には人影はない。母屋に向けて歩きながら、コテージ風の平屋を見る。建物の周囲に物干し台があり、洗濯物やタオルケットが干してある。

「なにか御用ですか？」

背後から声をかけられ、矢吹は足を止めた。振り返ると、タンクトップに短パンの日焼けした青年がいた。

「宮国さんにアポをお願いした矢吹と申します」

「ああ、東京の広告代理店の方ですね？」

「そうです」

「話は聞いています、どうぞこちらへ」

青年は矢吹を先導し、母屋に向けて歩き始めた。肩に大きな籐《とう》製のバッグをかけている。中には野菜が詰まっていた。矢吹の視線に気づいたのか、青年が口を開いた。

「これは今晩のおかずの一部です。近所のおばあたちから分けてもらってきました」

青年は白い歯を見せ、笑った。大学生くらいだろうか。身長が高く、長めの髪が赤茶けてサーファーのような雰囲気がある。バンクーバーで最初に会ったときのケビンと似ていると思った。

「ただいま！」

鍵《かぎ》のかかっていない引き戸を開けると、青年が声をあげた。だが、反応はない。青年は玄関脇にある大きなホワイトボードに目をやった。

「やっぱりだよ」

青年はホワイトボードにある〈宮国〉の名札を指した。指先には〈浜〉の手書き文字がある。

「おそらく子供たちと浜で魚の調達です」

青年が肩をすくめた。

「お構いなく、急ぎではありませんので」

「どうしようかな、おじいは携帯持ってないし、俺は夕飯の支度しなきゃいけないしな」

青年が後頭部を掻《か》いた。

「浜とは、渡口の浜ですか？」

「ええ、そうです。ただし、観光客が行く入江の左側ではなく、右側です」

「右側？」

「そうです。地元の人間もあまり行かない場所で、貸し切りビーチです。行ってみますか？」

「ぜひ」

矢吹が答えると、青年はホワイトボード下にあるメモ帳から紙を破り、鉛筆で簡単な地図を描《か》き始めた。

5

母屋から一〇分ほど歩いたとき、矢吹は青年が描いてくれた地図を見つめた。入江に面したホテルを過ぎ、小さな橋を渡った。ヘルメットを被った制服警官の人形「宮古島まもる君」の交差点をサトウキビ畑に沿って歩き、小径《こみち》へ逸《そ》れて入江の端に出た。対岸には、見知った渡口の浜のビーチハウスと堤防が見える。引き潮になった入江を地図と照らし合わせながら進む。

日が少し傾き始めて海からの風がやや強くなったとき、矢吹は大きく息を吸い込んだ。今まで訪れたどの海岸よりも潮の香が強い気がした。入江の水面を何匹ものボラが跳ねていく。足元には、小さなヤドカリが無数に這《は》い回っている。膝《ひざ》を折り、小さな貝殻を摘《つま》むと、ヤドカリがハサミとアシを引っ込めた。二、三匹捕まえて掌《てのひら》に置くと、周囲を確認するようにヤドカリたちが顔を出した。

「ごめんね」

矢吹はヤドカリたちを砂に戻し、再び歩き始めた。入江の縁に沿って四、五分ほど歩くと、視界が大きく開けた。全長は一キロ以上あるだろうか。真っ白な砂浜が広がっている。一番離れた岬と矢吹が立つ地点の中間ほどの場所に、人影が見えた。一〇人ほどいるだろうか。釣竿《つりざお》を持つ少年、波打ち際ではしゃぐ少女……その中心に、体格の良い老人の姿が見えた。

矢吹は足を速め、一団に近づいた。

「こんにちは！」

声を張り上げると、三、四人の子供が矢吹を見た。直後、輪の中心にいた老人が振り返った。

「お電話いただいた矢吹です！」

小走りで手を振ると、老人が手招きした。早足で進む。車に載せていたビーチサンダルに履き替えてきたが、今すぐ裸足《はだし》で駆け出したい衝動にかられた。

「そうか、事務所に来られる約束でしたな。すみません、子供たちに出かけようと誘われて、忘れておりました」

矢吹が名刺を差し出すと、宮国が豪快に笑った。

「突然のお願いで恐縮です。あの……」

架空のクライアントの話を切り出そうとした瞬間、宮国が首を振った。

「仕事の話は後回しでいいでしょう。どうですか、この景色は？」

宮国が岬の方角に手を広げ、尋ねた。

「最高です。今までなんども沖縄に来ましたけど、ここが文句なしに一番です」

お世辞でもなんでもなく、本心から告げた。小さな流木や貝殻のほかは、ゴミが一つも落ちていない。白い砂の粒子はきめ細かく、足を踏み出すたびにキュッキュと小さな音がした。

「私の故郷を褒めてもらって、嬉しい限りです」

真っ白な歯を見せ、宮国が大きな声をたてて笑う。

「子供たちはなにを?」

「釣りをする者、水遊びをする者、そして泳ぎの練習をする者、三者三様です」

宮国が波打ち際の子供たちを指した。小学校低学年から中学生くらいまで、男女ばらばらの組み合わせだが、全員が屈託のない笑みを浮かべ、ときに大声で笑い合っている。

祐天寺の自宅マンション近くにも子供たちが大勢いるが、目の前の少年少女のような笑顔にはしばらく出会っていない。夜遅くに塾から家へ帰る小学生、暗記メモを読みながら歩く高校生。誰もが下を向き、すれ違う人間と目を合わせようとしない。

「あと小一時間、ここで過ごすつもりです。よろしいかな?」

子供たちを見つめていると、矢吹の隣に宮国が腰を下ろした。

「改めまして、オメガの矢吹と申します。突然押しかけて恐縮です」

「いやいや、とんでもない。わざわざ遠いところからおいでくださって、ありがとうございます」

たおやかな笑みを浮かべる宮国の隣に、矢吹も腰を下ろした。

「伊良部は初めてですか?」

「三度目です。といっても、前の二回はレンタカーで島を一周しただけですけど」

「そうですか。なら、ゆっくりしていくと良い。ここは天国です」

波打ち際の子供たちを見ながら、宮国が言った。天国という言葉に誇張はない。静かな波音、ビーチを抜ける風の音しか聞こえない。西陽がきつくなり始めたが、太陽光が照らす水面《みなも》が光り続け、天国という喩《たと》えがしっくりくる。

矢吹は休暇の途中で、顧客企業から依頼を受け、あちこちのNPOの様子を見ているのだと告げた。

「うちなんか、支援していただけるような団体ではありませんよ」

謙遜《けんそん》して宮国が言った。

「それより、宮古や伊良部の人間の無愛想な態度に腹が立ったりしませんでしたか？」

「いえ、そんなことは……」

矢吹が言葉尻《ことばじり》を濁すと、宮国がやっぱりかと言い、大笑いし始めた。

「本島や石垣《いしがき》と違い、宮古や伊良部は人見知りが多いのです。それに観光客が大挙して押し寄せるようになったのもここ一〇年程度。まだまだ内地の人に慣れていない地元民が多い。でも、コレをやればすぐに打ち解けます」

宮国がコップを傾ける仕草をした。

「泡盛ですか？」

「ええ、蔵元がたくさんあって、美味《うま》い酒がありますよ」

酒好きなのだろう。宮国が満面の笑みで言った。

「わたしもにわか離島ファンなので、恐縮です」

「いえいえ、大歓迎ですよ」

「あの、こんなことを言っては失礼かもしれませんが、子供たち、みんな元気で明るいですね」

「まあ、ようやくここまで来ましてね」

今までとは宮国の口調が変わった。

「子供一人ひとり、心に受けた傷は違います。ぱっくりと口を開けた切り傷、目には見えないが、心の奥深くに染み込んだ痛み、それぞれに違います」

淡々とした語り口だが、長年子供に向き合ってきたという宮国の言葉には重みがあった。

「釣竿を持って、真剣にルアー釣りをしている中学生の男の子は、大阪の子。波打ち際で小さな子たちの面倒を見ている小学六年の女の子は山梨《やまなし》です」

「なるほど」

陽の光の中にいる子供たちのシルエットを見ただけでは、ごく普通の南国のキャンプとしか見えない。大阪と山梨、遠く離れた伊良部島まで来ている背景には、複雑で過酷な事情が潜んでいる。

「子供たちの支援を始めて、もう二〇年近くになりますかな」

矢吹と同じように、子供たちに視線を向けたまま宮国が言った。

「最初は個人として始めたんです。私は沖縄県の元教師でしてね。生まれ故郷の島を出て、本島や石垣、大東島《だいとうじま》など離島をいくつも回り、教えていました」

「なぜこのNPOを？」

矢吹が尋ねると、宮国が小さく頷いた。

「かれこれ二五年以上前でしたかな。私は故郷の隣、宮古島の中学校に赴任しました。郷里の近くを希望したらわがままを聞いてもらえました」

「それはよかったですね」

「ええ、そこで、一人の優秀な生徒に出会いました」

宮国の表情が少し引き締まった気がした。なにか警戒させるようなことを言ったか。山城の言葉を思い出しながら、矢吹は様子をうかがった。

「学習塾から模試を取り寄せて受けさせてみたら、全国で一八位の成績を取りました」

「すごいですね、もしかして、本島の高校に進学されたのですか？」

「いえ、北九州にある電気工学に強い高等専門学校に行かせました。ただ、家がとんでもなく貧乏でしてね。島の有志を募って、もあいを使って送り出しました」

「もあい？」

「今も沖縄に残っている無尽ですよ」

同級生、町内会、会社の同僚。形は違うが、一定の数の人間が集まり、毎月いくばくかの金を集めてストックし、必要な者が出てきた際はメンバーが協議して金を融通する仕組みだという。

「教え子は高専でも優秀な成績を修め、東証一部上場の大手電機メーカーへの就職が内定しました」

「島からそんな人が？　すごい！」

矢吹が反応すると、宮国が肩を落とし、首を振った。

「教え子は、嘘《うそ》をついて同級生にその就職口を譲り、卒業後は派遣社員として日本全国を転々としました」

「今でも連絡が？」

「いえ、殺されました」

宮国が短く言った。予想外の言葉に、矢吹は息を呑んだ。

「びっくりさせて申し訳ないですな」

「いえ、あの……」

「いきなりこんな話をされたら、誰だって驚きます。教え子は、ちょうど就職氷河期というタイミングで正社員の席を同級生に譲り、その後は派遣社員として暮らし続けました。最終的には、同僚に裏切られて殺されたんです」

なんと答えていいかわからない。しばし考えたのち、矢吹は口を開いた。

「酷《ひど》い話です」

「犯人も止《や》むに止まれぬ事情があったと刑事さんに聞きました。そのあと、考えたのです。なぜ人一倍優しく、誰よりも勉強ができた教え子が殺されなければならなかったのか」

一字一句、かんで含めるように宮国が言った。

「ちょうど定年退職して時間だけはありました。教員仲間のツテを辿って、東京の私立学園の臨時教員として一年ほど東京に行きました」

「そこでなにか答えが？」

「ありました。東京だけでなく、今や日本中で子供たちが追い込まれている。塾、就職先、家庭内の不和、そして暴力。傷ついた子供たちがたくさんいることに改めて気づかされました」

宮国の声が一段、低くなった。

「伊良部に戻って、さらに考えました。あなたがここに来て最高だと言ってくださったように、環境の良さだけは他に絶対負けない。ならば、この島で子供たちを受け入れられないか。そんなアイディアが浮かび、あとは手探りでＮＰＯを立ち上げ、受け入れる子供たちの数を徐々に増やしました」

宮国が波打ち際にいる子供たちに目を向けた。

「やがて支援してくれる人や企業、団体が増え、今はなんとか二〇人を受け入れて共同生活を送れるようになりました」

「そうですか……」

山城のアドバイスを受け、架空の支援話をでっち上げて島を訪れた自らの卑《いや》しさに嫌気がさした。

「最初は私の実家を改造した平屋の中、二、三人で雑魚寝《ざこね》しながらの共同生活が始まりました。一緒に寝起きし、メシを作る。そして掃除、洗濯も全員が共同で行う。人間らしい生活を送れば、自然と傷が癒《い》えていく。そんな考えが始まりです」

矢吹は自分の半生を振り返った。道庁に勤める父、専業主婦の母、一人っ子で何不自由なく学校に通い、東京の大学に送り出してもらった。小学校から高校まで地元で過ごしたが、同級生の中で、家庭内暴力に苦しんだり、家族との別れを強いられる人間はいなかった。

天国のようなロケーションの中、子供たちが大声で遊び、気遣いあっている。だが、小さな心の中には、矢吹が一生かかっても知り得ない苦しみや痛みが宿っていた。一人ひとり事情が違うだけに、そのケアには細心の注意とスキルが必要なのは素人《しろうと》にもわかる。隣で穏やかな口調で話す宮国は全てを受け入れ、子供たちの心を癒《いや》してきたのだ。

「もしよろしければ、夕飯を一緒にどうですか。ちょうど蔵元から取っておきの酒をもらったばかりです」

「あの……」

「遠慮は無用です。それにメシを食いながらなら、団体の様子がよくわかります」

「では、お言葉に甘えて。でも車で来ましたので、お酒は遠慮します」

「そうですか、ならば島の話とかさせてもらいましょうかね」

出会った直後の笑みで宮国が言った。この老人の側《そば》に、一年半の間ケビンがいた。ケビンは継父に酷い暴力を受け、児童相談所に駆け込んだ。幼い頃《ころ》に刻まれた心の傷が、あのぶっきらぼうな口調、つっけんどんな性格につながったのか。だが、宮国の側にいたならば、もう少し角の取れた人間になってもおかしくないはずだ。

日焼けした肌、強い癖毛。先ほど母屋で会った青年と同じ立場にいたはずのケビンがなぜ冷たい人間なのか。宮国の横顔を見ながらなんどかケビンの名を口にしかけた。だが、その度に山城のギョロ目が頭に浮かび、思いとどまった。

6

中学生の男の子が釣ったイラブチャーとギンガメアジの刺身、ミーバイのマース煮、そして近所のおばあが差し入れてくれたラフテーを平らげ、矢吹は大きく息を吐き出した。

「全部おいしかった！　ありがとうございます」

満面の笑みで言うと、対面にいた宮国、そして青年や少年少女たちが大きな声で笑った。

「これだけ食べてくれるお客さんは珍しいよ。気に入ってもらえてなによりだ」

宮国が満足げに頷くと、数人の子供たちが一斉に空いた皿を片付け始めた。残りの子供たちは、テーブルに教科書を広げたり、書架にある漫画を読み始めたり、思い思いに時間を過ごし始めた。テレビはなく、スマホをチェックする者もいない。

「テレビやスマホがなくとも生きていけます。ここのシンプルなルールです」

矢吹の視線を辿ったのか、宮国が言った。矢吹は腰を上げ、子供たちが使う書架を見回した。シートン動物記や少年探偵団など学校図書館でおなじみのシリーズがあるほか、漫画の棚もある。

〈あしたのジョー〉、〈火の鳥〉、〈ブラック・ジャック〉……かつて矢吹自身が小学生のころ貪《むさぼ》るように読んだタイトルを見つけた。ブラック・ジャックを手に取る。パラパラとページをめくると、無免許の天才外科医が西表島《いりおもて》を訪れた際のエピソードが載っていた。

「これ、私も鮮明に覚えています」

宮国にストーリーのあらすじを話すと、嬉しそうに笑みを浮かべた。

「手塚《てづか》先生は沖縄を愛してくださいました。その他にも離島の話がいくつもあります」

矢吹はページをめくり続け、奥付を見た。

〈坂田謙次郎《けんじろう》氏寄贈図書〉

不意にケビンの名が現れた。同時に、高田馬場を最初に訪れたときの光景が蘇《よみがえ》った。高田馬場駅のガード下には、地元で漫画を描き続けた手塚治虫《おさむ》にちなみ、彼が創り出したキャラクターが壁一面に描かれていた。

あの日、不機嫌だったケビンの態度がほんの一瞬、緩んだ瞬間でもあった。東京を遠く離れた伊良部島で、あのときケビンが優しげな眼差しになった理由が判明した。

「もしよろしければ、お付き合いください」

宮国はあぐらのまま、傍らにある泡盛の一升瓶をつかんだ。ブルーの琉球《りゅうきゅう》ガラス製のタンブラーに氷を追加すると、宮国はたっぷりと泡盛を注《つ》いだ。

「この近くに豊年《ほうねん》という蔵元がありましてね。特別に分けてもらった古酒《クースー》が抜群にウマい」

香りだけでもと、宮国がタンブラーを矢吹の手元に置いた。昨年宮古島の居酒屋で飲んだ泡盛は鼻先に刺激的なアルコール臭を感じたが、宮国お勧めの古酒は発酵したドライフルーツのような芳醇《ほうじゅん》な香りをまとっていた。

「次回はぜひ晩酌にお付き合いさせてください」

「それじゃあ、オトーリだな」

「いや、それは……」

宮古島や伊良部島に伝わる酒の儀式だ。四、五人が集まれば必ずと言ってよいほどオトーリが行われ、賑やかな宴会になる。年長者やリーダーが親となり、一言口上を述べてから泡盛を一気に飲み干す。同じグラスを他のメンバーに渡し、次の人間も挨拶してから飲み干す。これが延々と繰り返されるため、一昨年、昨年と矢吹の友人は酔いが回ってダウンしてしまった。

「伊良部はいかがですか?」

「最高です。手付かずの自然の美しさが残っていて、またぜひ来たいと思います」

矢吹の答えに宮国が首を傾げた。

「そう言ってもらえるのは、地元の人間として本当に嬉しい。でもね、ここ数年で相当に様変わりしてしまいました」

「どういう風にですか？」

「例えば、ここに来られる途中に白い建物がたくさんあったことを覚えていますか？」

「ええ、リゾートホテルですよね。いつか泊まってみたいと思いました」

矢吹が言うと、宮国が顔をしかめた。

「橋を渡ってすぐのエリアは、潮風がとても強い場所。あのホテル群は、二、三年で大規模な塩害修復を迫られます。それに、建設工事の様子を見ていましたが、呆《あき》れるほど基礎が弱い」

朗らかだった宮国の顔が一変し、険しい表情になった。

「宮古と伊良部は毎年秋、台風銀座になります。風速五〇メートルはザラです。台風が来れば大量の塩水が建物に降りかかり、六〇メートル以上になれば普通の家屋は跡形もなく吹き飛ばされます。この母屋も、子供たちがいるコテージも、本土の二、三倍深く地中を掘り、土台工事を施しています」

矢吹はようやく理解した。

「ここ二、三年で出来たリゾートは、内地の資本です。宮古地方が観光で栄えるとみた業者が突貫工事でたくさん施設を作りました。しかし、我々地元民からみたら、果たしてあのペラペラな施設で長くこの島に根を張り、きちんと商売をしていく気があるのか、首を傾げざるを得ないのです」

「つまり、儲《もう》けどきを逃さぬように進出した？」

「そうとしか考えられません。台風で新しい建物に被害が出たら、地元民も巻き添えを食います。そんなとき、リゾートのオーナーたちはちゃんと我々に補償をしてくれるのでしょうか」

「すみません……友人たちと来ていたら、真っ先にあのリゾートに行っていたかもしれません」

矢吹は頭を下げた。

「観光客の皆さんを責めているわけではないのです。貧しい島に投資をしてくださるなら、せめて地元民と交流し、地域の文化を尊重してほしい。あのリゾートの建設以降、生活用水が海に流れ出たほか、観光客がビーチに集まりすぎて、我々の海は、かなり壊されてしまった」

強い口調で言うと、宮国が古酒を飲み込んだ。

「しかし、今日のビーチは手付かずの自然がありました」

「あそこは、観光客には盲点となっている場所です。宮古島も伊良部島も、かつて綺麗《きれい》だったビーチが次々に破壊されました」

「破壊とは？」

「サンゴが自生している場所が軒並みやられました。例えば……」

背後の戸棚から地図を引っ張り出すと、宮国がテーブルの上に広げた。

「ここです。この施設から北に五キロほど行った場所です」

日焼けして節くれだった人差し指で、宮国が深い入江の一点を指した。

「ここはクマノミが大量に住んでいたビーチでした。遠浅で海流も穏やかで、シュノーケリングするには打ってつけのエリアでした」

「クマノミ、大好きです」

矢吹はかつて観たアニメ映画のタイトルを告げ、宮国の顔を見た。依然、その表情は厳しい。

「ここ五年ほどで観光客が急増したため、何十年もかけて育ったサンゴは無残に踏み荒らされ、白くなって死に絶えました。もちろん、クマノミたちは住処《すみか》を失いました。最近は観光客がスナック菓子で餌付《えづ》けを始めたため、魚が寄ってくる始末です。しかも添加物まみれの餌《えさ》の影響で、奇形も生まれています」

怒りを含んだ低い声で宮国が告げた。

「知らないことばかりです」

矢吹は腕を組んだ。友人の誘いで三年前に初めて宮古島を訪れた。本州では絶対に見ることのできない海の色、乾いた空気、リゾートのビーチに惚《ほ》れ込んだ。だが、宮国が言った通り、そこで生活する地元民のことなど考えたことはなかった。フォトグラムに写真を投稿し、多くの友人らからいいねのスタンプをもらうのが快感となり、映《ば》えることが最優先だった。

「お恥ずかしい限りです。では、もうクマノミの群棲《ぐんせい》は見られないのですね」

「いいえ、船をチャーターして沖に出れば、まだまだスポットはあります。それに、あの島へ行けば、本当の意味での手付かずの自然が残っています」

「あの島とは、どこですか？　多良間《たらま》島ですか？」

矢吹は宮古島と石垣島の中間点に位置する島の名を挙げた。すると、宮国が首を横に振った。

「この島のすぐ近く、お隣にある西伊良部島です」

聞き慣れない名前だった。宮古島の周辺には、池間《いけま》島、来間《くりま》島、そして伊良部島がある。それぞれに長い橋があり、宮古島と自動車で行き来ができる。宮古島の北隣には大神《おおがみ》島があり、一日に一〇本程度定期船が走っているとガイドブックに載っていた。

「聞いたことのない島です」

「伊良部島の白鳥《しらとり》崎という岬から一〇キロほど沖にある小さな島です。かつては一〇〇名程度が暮らす集落がありましたが、今は無人島です」

「行かれたことがあるのですか？」

「ええ、月に一、二度の割合で漁師の友人と渡っています」

無人島になぜ頻繁に通っているのか、矢吹は首を傾げた。

「島の管理、監視ですよ」

「ダイバーとか、観光客が行くのですか？」

「それに島の四分の一は個人所有の土地ですから、オーナーに依頼されて見回りしています。もちろん、島のビーチは、観光客が入らないので、ありのままの自然が残っています」

「島を個人所有されている人がいらっしゃるのですね」

「ええ、それがなんと、ここのOBでしてね」

OBという予想外の言葉に接し、矢吹は肩を強張《こわば》らせた。

「ぜひ行ってみたいです。オーナーの方にお願いすれば入島できるのですか？」

「今度、聞いておきましょう」

「もしよろしければ、その方のお名前を教えてもらっても構いませんか？　クライアントが興味を示すかもしれないので」

「この青年です」

宮国が体をよじり、背後にあった書架から古いアルバムを取り出してページをめくった。

「この青年、坂田謙次郎が島を全て買うべく、動いています」

アルバムには、宮国と肩を組み、笑みを浮かべるケビンが写っていた。島を丸ごと買う……常人には考えが及ばない。だが、矢吹は納得した。今回のレッドネック・プロジェクトで得るケビンの報酬は六〇億円だ。クミラ学生アシスタントに法外な報酬を払ったとしても、途方もない金が残るのだ。巨額の資金があるのに、ホテルにも泊まらず、銭湯に通ってハンモックで寝る。ケビンの不可解な行動に首を傾げ続けたが、宮国の話を聞いて合点がいった。

がつがつと話を訊《き》くな……山城の言葉を思い出しながら、矢吹は切り出した。

「坂田さんという方は、どんな人なのですか？」

「あれは私が東京に行ったばかりの頃、知り合いが主宰するフリースクールに顔を出したときです」

不登校や家庭の事情などで正規の学校に通っていない子供たちが通う施設の名を宮国が告げた。

「彼が一六歳か一七歳くらいだったかな。理系の科目がとても得意な子で、他の年下の子供たちの勉強をみていました。どこか陰がある少年でした。私が沖縄から来たと告げると、目を輝かせましてね」

「なぜでしょう?」

「あれですよ」

宮国がブラック・ジャックを読みふける子供を指した。

「漫画で読んだ沖縄の美しい自然はまだ残っているのか、海は本当に透明なのか。無口な子が突然熱心に話を始めたので、びっくりした記憶があります」

「私もブラック・ジャックのファンです。伊良部のビーチに来て、本当に美しい、漫画の世界は本物だったと気づきました」

「彼はアルバイトをして資金を貯《た》め、伊良部に来ました。高校を卒業した後、独学で英語を身に付け、アメリカに渡りました」

「アメリカではなにをされたのでしょう?」

「詳しい話は聞いていませんが、奨学金を得て大学に通っていたようです。三年前にふらりと姿を見せ、西伊良部島の土地を買い始めました」

宮国がそこまで話した直後だった。先ほどまで漫画を読んでいた子供が二人、宮国の傍らに駆け寄った。

「おじい、唄《うた》って!」

「おお、そうか」

宮国は嬉しそうに目を細め、書架に立てかけてあった三線《さんしん》を手に取り、爪弾《つまび》き始めた。ゆったりとした三線の響きに聞き入ったとき、矢吹は目を見張った。

「うぶゆーてぃらし　うず　まてぃだだき」

普段の話し言葉とは違う高いトーンで宮国が唄い始めた。子供たちはゆったりとした手拍子で囃《はや》し立《た》てる。

「くにぬ　くにぐに　すまぬ　すまずま　てりあがり　うすういよ　ばがやぐみ　うしゅうがゆやにびしどぅだらよ」

高田馬場の仕事場で、ケビンが聞いていた曲、〈とうがにあやぐ〉だった。

「おじい、かっこいい！」

宮国がワンコーラス唄い終えたとき、子供たちが一斉に拍手した。矢吹は目元を拭《ぬぐ》った。歌詞の意味はわからないが、荘厳な雰囲気に気圧《けお》された。

「いやあ、お恥ずかしい」

三線を元の場所に立てかけると、宮国が照れ笑いを浮かべた。

「すばらしい歌と三線でした。たしか、とうがにあやぐという宮古の民謡ですね？」

「よくご存知《ぞんじ》で」

宮国が目を丸くした。宮古島の居酒屋で聞いたことがあると矢吹はごまかした。

「あの、よろしければ歌詞の意味を教えていただけませんか？」

「おやすい御用です。こんな感じです」

書架にあったメモ帳を手に取ると、宮国がペンを走らせた。

〈この世をくまなく照らしている　太陽の如《ごと》き大国や小さい島々まで照り渡る太陽のごと　我々の偉大な統治者の治世は　根を張る巌《いわお》のようだ

春先に咲き香るデイゴの花のように　宮古のこの歌は　糸をひくような
あまりにも良い歌なので　本国から世界の小さい島々までとどろかそう〉
「宮古はすばらしいところ、世界にもこの良さが広まるように、そんな意味合いでしょうか」
ペンを止めた宮国が言った。同時に、ハンモックの中で笑っていたケビンの顔が浮かぶ。巨額報酬を小さな島の買収資金に充てるつもりであろう。沖縄の小さな離島を保護することで、後世に自然の素晴らしさを遺そうということなのか。とうがにあやぐの歌詞と、ケビンの考えが薄《うっす》らと合致したような気がした。
「ありがとうございました」
宮国に頭を下げたときだった。テーブルに置いたスマホが鈍い音を立てて振動した。取り上げてみると、液晶画面に予想外の人物の名前が表示されていた。矢吹は即座に通話ボタンを押した。

7

しっかり日焼け止めクリームを塗ったものの両腕が赤らみ、ヒリヒリと痛む。バッグから保湿シートを取り出し、矢吹はゆっくり両腕を拭った。

「ビールのおかわり、お持ちしましょうか？」

川を見下ろす中目黒《なかめぐろ》のバーの店内、カウンター席で背後からウエイトレスが声をかけた。

「お願いします」

矢吹が頭を下げると、ウエイトレスが空いたグラスを回収し、カウンターに向かった。腕時計に目をやると、時刻は午後八時半、約束の時間だった。自分でも落ち着きを失っているのがわかる。スマホを取り出し、着信履歴を見た。昨夜、伊良部島の宮国が唄う〈とうがにあやぐ〉を聴いた直後、スマホに着電があった。

〈神津公夫《こうづきみお》〉

半年以上前に別れた男の名が表示されると、反射的に通話ボタンを押した。この男と結婚するか否か長年迷った。神津は矢吹が専業主婦になることを強く望み、仕事にやりがいを見出《みいだ》していた矢吹はこれを拒否した。

共稼ぎの両親に育てられた神津は小学校低学年の頃、ずっと寂しい思いをしたため、女は家庭に入るべきだと強く主張した。互いに気の強い者同士、結局妥協点は見出せず別れた。あの日以降、矢吹の前に神津以上の男は現れていない。

〈直接会って話したいことがある〉

久しぶりに聞く神津の声に、矢吹は即答した。旅行の日程を一日早く切り上げ、今朝の直行便で羽田に戻った。

「どうぞごゆっくり」

ウエイトレスが新しいビールが入ったグラスを矢吹の目の前に置いた。

神津とは、大学時代の映画サークルで出会った。矢吹の通う女子大と神津の私大は昔から交流が深く、サークル活動を通して何組もカップルが誕生した。神津は難関とされるメガバンク、いなほ銀行グループに就職し、幹部候補の登竜門とされる支店を二つ経験したあと、本店広報部に配属された。だが、異動後三年目に銀行には更なる成長が見込めないと判断し、外資系の大手コンサルティング会社へ転職した。そこでコンピューターサイエンスを担当し、着実に実績を重ねた。そして昨年、SNS大手の米フェイスノートに移籍した。

フェイスノートでは、広告の効果や新たな出稿先を分析し、顧客に助言するのが主任務だと以前メールをもらった。

昨夜の神津の声は、切実な響きがあった。矢吹同様、神津も眼鏡にかなう女に巡り逢《あ》えていないのだ。

矢吹はスマホの写真フォルダを開き、神津との思い出を見返した。軽井沢の貸し別荘でのバーベキュー、バリやハワイのリゾートに旅行したときの写真ファイルをめくった。

センスのよいレストランのチョイスのほか、映画、ロックやジャズ、そしてアートと神津の知識は深く、一緒にいて一切退屈することがなかった。

手元の画面に、マウイ島のビーチで見た夕焼けの写真がある。二人でビールを飲み始めたとき、隣のベンチにいたカップルがムードたっぷりのジャズバラードをスマホで流し始めた……。

「お待たせ」

いきなり肩を叩《たた》かれた。振り向くと、神津がいた。笑みを浮かべてはいるが、こめかみの周辺が引きつっていた。矢吹と同様、思い詰めていたに違いない。

「お久しぶり。ビールでいい?」

「ああ、もう頼んできた」

鞄《かばん》を足元に置くと、神津がおしぼりで手を拭き始めた。その瞬間、矢吹は神津の左手薬指にゴールドの指輪を見つけた。

「あれ……」

指輪を指すと、神津が肩をすくめた。

「二週間前に入籍した。式は来年の春にするつもりだ」

「そうなんだ……」

「銀行の支店時代の後輩でね。四カ月前に再会して、とんとん拍子に話が進んだ」

「専業主婦になってくれるの?」

「まあね」

神津がスマホの写真フォルダのアイコンに触った瞬間、矢吹は口を開いた。

「結構よ、興味ない」

「そうか」

神津はスマホを脇に押しやり、届いたビールのグラスを持った。

「ひとまず、再会に乾杯」

「乾杯」

簡単に復縁できるはずはないと思っていたが、神津は一歩も二歩も先を行き、結婚していた。切り上げた日程を返せという言葉を飲み込み、矢吹は口を開いた。

「それで、どうしたの？　電話で話せないってどういうこと？　結婚の報告ならメールでできるじゃない」

自分でもわかるほど不機嫌な声だった。

「蛍子《けいこ》、なにか勘違いしてなかったか？」

「してない」

「ちょっと待って」

足元の鞄からタブレットを取り出すと、神津がカウンターのビールのグラスの横に置いた。アイコンに触れ、神津がロックを解除した。すると、青地の壁紙が現れ、矢吹が毎日何度となくチェックするフェイスノートのロゴが映った。

「実はね、社内の監査チームが内々に動き出した案件がある」

「監査チームってなにをするの？」

「イリーガルな投稿、あるいはユーザーを不快にさせるコンテンツがないかを二四時間チェックしている。東京では常時五〇人が目を光らせている」

「動物虐待、薬物の違法売買、迷惑行為等々、ＳＮＳには色々あるわよね」

感情を籠《こ》めずに言うと、神津が頷いた。

動画再生サイトなどでは、どんな手を使ってでも人目を引き、クリック回数を伸ばそうとする輩《やから》がいる。再生の回数が多くなればなるほど広告収入が増えるからだ。

このため、公衆の面前で騒ぎを起こす、あるいは著名人の自宅を突き止めて張り込む等々の悪質な迷惑行為が繰り返される。

当然、サイトの評判が落ちる上、刑事上の問題まで引き起こしかねないため、動画再生や写真投稿のサイトでは中身が厳しくチェックされ、最悪の場合ユーザーはアカウントを凍結され、二度とサービスを利用できなくなる。

「要点を言ってくれないかな。私だって、休みを切り上げてきたんだから」

神津への思いを引きずりながら、必要以上に反発する己の狭量さが嫌になった。

「疾風舎のプロジェクトが話題になったけど、蛍子がオメガに転職して、一番大きな仕事だよね」

「おかげさまで。昇給と昇進が内定しました」

矢吹は胸を張った。だが、神津は一向に感心した様子を見せない。

「このプロジェクト、蛍子はどこまでコミットしている？」

「私が主導してライブのオンライン配信の仕組みを作ったの。広告代理店の営業だから、タイアップのお願いをカーサーチにかけてね。自分でも怖いほどとんとん拍子にうまく動いたわ」

「疾風舎のライブ配信以降、大物ロックバンドや多くのシンガーが配信を始めた。当然、スポンサーを使って料金を下げた。映像や音響のスタッフも第一線の強者ばかり、良い仕組みだと思う」

「それがなにかフェイスノートの規約に違反でもした？」

神津が強く首を振った。

「ユーザーの一人の行動がとても不可解なんだ」

神津がタブレットをタップした。すると、フェイスノートの個人アカウントが現れた。

〈田上洋三《ようぞう》　自営業／飲食チェーン・舎弟物産代表取締役〉

キャップを斜めに被り、ラッパーのように手と指を曲げたカメラ目線の男だ。

「ちょっとヤンチャそうなお兄さんだけど、彼がなにか？」

「彼を監査チームが追っている」

「具体的には？」

「これを見てくれ」

神津が画面を下方向にスクロールした。職業欄の下には、趣味の項目がある。

〈疾風舎オフィシャルファンページ管理人、疾風舎公認舎弟頭〉

「ここが問題なんだよ」

神津はラスタカラーのロゴを指した。

「疾風舎のオフィシャルファンページがどうしたの？」

「動画がなんども田上発で投稿され、猛烈な勢いで拡散した」

「SNSの特性じゃない。それに、フェイスノートの社是にも合致する」

フェイスノートからフォトグラム、その他のSNSに情報が瞬時に広がる。フェイスノートのような大手SNS企業は、こうした投稿が他に拡散され、大多数のユーザーが見た、あるいは視聴したことによって広告主から収入を得る。

特にフェイスノートの場合、〈ムーブ・クイック・アンド・ブレーク・シングス〉が企業理念になっている。創業者が考えた言葉で、素早く動け、そして前例をぶっ壊せという意味だ。

「田上さんの動画が評判になれば、フェイスノートの実績にもなるじゃない。ユーザーエンゲージメントが増大して収益アップにつながる」

ユーザーエンゲージメントとは、フェイスノート利用者がサービスを閲覧している時間を指す。多数の利用者が一つのコンテンツに集まり、長時間サービスを利用し、これが他のSNSに拡散されれば、フェイスノートの広告収入は倍々ゲームで増える仕組みだ。

神津はメガバンクに在籍していた頃から、SNSの特徴を把握し、自行の宣伝に積極活用すべきだと上申したが、受け入れられず、これが転職のきっかけになった。矢吹も理解している事柄を、なぜわざわざ告げにきたのか。

目の前の神津が、また強く首を振った。

「拡散された動画がことごとく削除された。詳しく調べたら、時限的に消えるようプログラムされていた」

「どういうこと?」

「フェイスノートを使って疾風舎のファンクラブがメッセージを発した。これはごく当たり前のことで、何ら問題はない」

「だったら、いいじゃない」

「違うんだ。意図的に消えるようセットされた危ういメッセージの数々だった。相当なスキルを持ったスタッフが背後にいて、綿密に計画していたフシがある」

「言っている意味がよくわからない」

「その顔を見ると、蛍子は本当に知らないみたいだな」

「なによ、疑っていたわけ?」

「怒るなよ。それじゃあ、これを見てもらえるかな」

神津がタブレットをタップする。フェイスノートの管理画面から動画に切り替わった。

「これが問題の動画メッセージの一つだ」

〈ちょっとみんなに尋ねたいことがあるんだ。これ、最近読んだ本だけど、すげー腹が立っちゃってさ。『女王　都知事大池ゆかりの素顔』……嘘や偽りのない正真正銘の本当のことが記されている。大池ゆかり都知事の実績チェック……七つの○《ゼロ》とか言っていたけどさ、都知事になってから大池さんなんもやってないんだよね、文字通り、全部○だ……結局さ、こういうその場限りで耳触りの良いことばっか言う人に俺たち騙《だま》されていたんだよ〉

神津が一時停止ボタンを押した。

「なによ、これ？」

「どう感じた？」

「すごく政治的というか、低俗だし、扇情的というか……」

「続きを見てほしい」

神津がタブレットに触れる。

〈嘘つきはダメ。本当に俺たちの生活環境を変えてくれる人を選ぼうよ。大池のおばさんを再選させちゃだめだ。つまり、俺たちが頑張るしかない。そして、アイツを都庁に送り込もうよ！〉

粗い映像と音声だったが、公式ファンクラブの舎弟頭が発したメッセージはクリアで、鮮烈だった。

矢吹は吐き気に似た不快な気分をおぼえた。同時に、隣の神津の顔が山城の顔と完全に重なった。

「なぜこれが残っているの？」

「ウチの監査チームが手分けして探し出した。チームの家族が偶然タブレットでメッセージを再生しているとき、スマホで撮影したものが入手できた」

「それじゃあ、偶然の発見がなかったら？」

「見過ごしていた可能性が大だ。今も手分けして他の動画を探している」

神津が腕組みした。眉根《まゆね》が寄り、両目が充血し始めていた。

「ねえ、監査チームはこの動画メッセージのなにが問題だと思っているわけ？　はっきり教えてよ」

矢吹が迫ると、腕組みしたまま神津が口を開いた。

「万が一、公職選挙法に抵触すると大ごとになる。監査チームが法務担当と協議している」

「そうか、都知事選が公示されたばかりだから……」

「過去に対立候補へのデマを流した連中もたくさんいた。やり方が稚拙すぎて、すぐに監査チームが炙り出して、投稿や動画は直ちに削除、ユーザーのアカウントは永久凍結した。しかし、今回は違う。あまりにも組織的で、拡散された数が尋常じゃない。万が一、選挙管理委員会に指摘された際、ウチが知らなかったでは済まされないレベルになっている」

「どのくらい拡散されたの？」

「動画が自動消去されたあとで正確な数字はいまだ把握できていない。しかし、プルチの澤内氏が持つ世界記録の四〇〇〇万回再生に迫りそうな勢いがあるらしい」

澤内……レッドネック・プロジェクトに関わりのある人物の名が飛び出した。

「それに、もう一つ懸念材料がある。今回の動画拡散や個別ユーザーに対する広告の出稿の形がスペンサー大統領の五年前の選挙戦に酷似している」

神津の声のトーンが思い切り低い。

「当時、スペンサー陣営はプリンストン・データ・アナライズという私企業を選挙戦略の支援のために雇った。データサイエンティストやプログラマー、ハッカーなんかが在籍した伝説の集団だ」

耳から入ってくる言葉の数々が山城の声とオーバーラップし始めた。同時にケビンの不機嫌な顔も目の前に浮かんだ。

「プリンストンの連中は、スペンサー陣営の求めるまま、たくさんの動画を制作し、フェイクニュースとともにＳＮＳ上で大拡散させた」

神津が画面を切り替えた。

「前回の大統領選挙で、スペンサー陣営はフェイスノートに一〇万ドルの広告費を入れた。日本円換算してたった一一〇〇万円で、一億三〇〇〇万人の有権者に偽情報を行き渡らせた」

神津が画面に触れると、赤ら顔の太った白人の顔が表示された。他ならぬスペンサー大統領だ。その下にはずらりと数字が並ぶ。

「スペンサー陣営は、対立候補のキャシー・クレイドル国務長官に対する強烈なネガティブキャンペーンをフェイスノート上で展開したんだよ」

画面が変わり、動画再生サイトが現れた。

〈キャシーはウォール街の代弁者だ。彼女が大統領になれば、ウォール街の金持ちがより太るだけだ！〉

〈キャシーと夫のウイリー元大統領は、極端な性癖を持っている。詳しくはこのサイトにアクセスを！〉

チェックのワークシャツを着た男が画面の中で捲《まく》し立てている。

「このネガティブキャンペーンでは、民主党の支持層だった白人のリベラルな人たちや大学生、女性や黒人有権者が狙《ねら》われた。結果、ライトな支持者たちが投票を棄権し、スペンサー当選を後押ししてしまった。プリンストン社のデータサイエンティストがネット上の膨大なビッグデータを収集、分析し、より効果的なネガティブ広告を作るよう指示したんだ」

データ会社とデータサイエンティスト……神津が発した単語に矢吹は唾《つば》を飲み込んだ。ニューヨークのヘルズキッチンにいたのは、ケビン坂田だ。

「選挙戦の間、キャシーに関する投稿は約三万件だったのに対し、スペンサーの分は六万件に達した。

圧倒的な差で有権者が洗脳されたのは明白だ」

「ねえ、今回の疾風舎の動画メッセージが大統領選挙と一緒だっていうわけ？」

「少なくともフェイスノートの監査チームはそう考え始めている」

「私、なにも知らない。いえ、知らされていないの」

目の前のグラスをつかみ、矢吹は一気にビールを喉に流し込んだ。酔いで神経を麻痺《まひ》させたかったが、今日に限ってアルコールは全く効かない。

「疾風舎のライブ企画だけ。あとはわけのわからない人たちがこそこそと仕事している」

「そのメンバーの名前は？」

「ごめん、教えられない。私の一存では無理なのよ」

危うく涙がこぼれ落ちそうだった。悔しさ、怒り……様々な感情が胸の中に渦巻く。

〈歴史を歪《ゆが》めようとしている〉

山城の言葉が後頭部に響く。

「前回の選挙時のスペンサー陣営の世論操作は、のちに米国議会で大問題になった。上院で査問委員会が設置され、プリンストン社は解散に追い込まれた。その結果、残党があちこちに散った。当然、ネガティブキャンペーンを放置したとして、フェイスノートは厳しい批判にさらされ、創業者が米議会に召喚されてたっぷりお灸《きゅう》をすえられた。同じ轍《てつ》を日本で踏むわけにはいかないからね」

「もう一度確認するね。その舎弟頭が発した動画メッセージは、閲覧できないのね？」

「特殊なプログラミングを使い、発信から数時間で綺麗にログごと消える仕組みで、優秀な専門家が新しく開発したものらしい」

「もし、この動きが都知事選挙に絡んでいたら？」

「舎弟頭が強烈にプッシュしているように、元ライジンの勇也が都知事選挙に当選するかもしれない」

「まさか……」

矢吹は以前チェックした主要メディアの都知事選に関する分析記事をスマホに表示した。

「圧倒的に現職の大池都知事が優位ってどこのメディアも報じているけど」

「スペンサーは泡沫《ほうまつ》候補扱いだった。それがあっという間に共和党の代表の座を勝ち取り、そして本選で勝利した。開票日の最終盤まで、誰一人彼の当選など予想していなかった」

「そうよね……号外が出たことを覚えている」

「もし、本当に蛍子が手掛けるプロジェクトがスペンサー型の選挙運動だったら、大変なことだ。蛍子は歴史をねじ曲げる悪事に手を貸しているんだ」

「調べてみる……どうしたらいい？」

「俺に伝えてほしい。とっくに腐り切ってはいるが、日本の民主主義を守るためだ」

神津が発した言葉に、矢吹は肩を強張らせた。

8

新宿駅の西口を出て、七、八分歩いたときだった。高橋は手元のスマホと周囲を見比べ、隣の希星《きらら》に声をかけた。

「あそこだ、ほら」

高橋が指すと、下を向いていた希星がぼんやりと顔を上げた。

「いい匂《にお》いがする。お腹空《す》いたね」

「そうだね。いっぱい食べさせてもらおう」

前日、若社長に病院の付き添いに行くと告げ、有給休暇をもらった。午前中から三鷹《みたか》にある心療内科に希星とともに行き、診察を受けた。女性医師によれば、鬱《うつ》病の気配が濃厚だという。以前よりも強い効能があるという内服薬を処方してもらったあと、吉祥寺《きちじょうじ》で希星の買い物に付き合った。セレクトショップで、希星が仕事で使うハサミやコームを入れるレザーポーチを買ったあと、知り合いに会った。

最近、雇い止めされたばかりだという希星の美容学校時代の同級生で、新宿の大人食堂に行ってきたという。話を聞き、希星が行きたいと言い出した。

新宿駅西口から、大ガード横の交差点を渡り、小滝橋通りを北へ向かう。職安通りとの交差点近くに、手作りの〈大人食堂〉と書かれた看板が昔の定食屋の庇に吊《つ》り下げられていた。店前の歩道には四、五人の青年がいる。お世辞にも身なりは綺麗とは言えない。

「こんばんは！」

白いタオルで頭を覆い、デニムの前掛けをつけた青年が店の中から現れた。

「大人食堂ご利用ですか？」

「は、はい」

遠慮気味に高橋が答えると、青年が笑みを浮かべた。

「勇也が言った通り、ウチは来る人を拒みません。みんな生活が苦しいのはわかっていますから、腹一杯どうぞ」

店員は白い歯を見せ、笑った。その後、歩道に並んだ人数を数え、店の中に消えた。

高橋が言うと、希星がはにかんだように笑った。

「ありがたいなあ」

「これ、どうやるんだ？」

高橋の前に並んでいた青年が、店前にあるバーコード読み取り機の前で首を傾げていた。

「こうするらしいっすよ」

高橋はスマホを取り出し、バーコードリーダーを画面に表示させた。

「ここに当てれば、あとでアンケートが届く仕組みらしいっす」

高橋が読み取り機にスマホを当てると、電子音が響いた。

「なるほど、ありがとうございます」

青年が同じようにスマホを読み取り機にかざし、店の中へ入った。

「希星もやって」

「うん」

希星もスマホを使い、電子音を響かせた。

「来る途中、電車の中で読んだんだ」

大人食堂は無料で幕の内弁当が食べられる。その前段階として、勇也やその意志に賛同したプルチの澤内社長の申し出により、継続的な支援に向けたアンケート調査が行われる段取りだ。突然職を解かれた際、地元の自治体にどのように手続きをすればよいか。民間支援団体の連絡先や、プルチの臨時雇いの案内も、登録したメールアドレスや携帯番号のほか、普段利用しているＳＮＳのダイレクトメッセージ機能で届く仕組みだ。

「政治が当てにならない分、こういう支援は助かるね」

二人分の席が空いたと告げに来た店員に続き、希星と高橋は店に入った。昭和の刑事ドラマに出てくるような、煤《すす》けた定食屋を居抜きで使った大人食堂には、先客が十五名ほどいた。皆、一心不乱に白米をかきこみ、大きな音を立てて豚汁を啜《すす》っていた。

「こちら、壁際のカウンター席にどうぞ」

店員に案内され、高橋と希星は丸い椅子に座った。目の前の壁には、定食屋時代の一品料理、ドリンクの手書きポスターが貼られていた。

「昔、田舎の爺ちゃんちに行ったとき、こんな食堂へ行ったことがある」

高橋が言うと、希星が物珍しそうに周囲を見回した。

「はい、お待ちどおさま」

店員が黒い重箱を二つ、そして別の店員がプラスチックの椀《わん》を二人の前に置いた。

「今日の夕ご飯幕の内、特製牛しぐれ煮がメインです」

「すげー、うまそう」

高橋は思わず声をあげた。このところ、トラックのキャビンの中でコンビニの握り飯や栄養補助食品しか食べていない。

目の前の重箱は三分割されている。左上には牛のしぐれ煮、右上にはサラダがある。その下には白い湯気を上げる白米、その横には漬物がある。

「あのニュースのこと、知ってます?」

突然、店員が言った。

「なんですか?」

「ここ数週間、北関東や東京の多摩地区で仔牛が相次いで盗まれたって話ですよ」

「ええ、ニュースで見ました」

「このしぐれ煮、被害に遭った多摩地区の畜産家の牛を澤内さんが一頭買いしたんです」

「それって、不良ベトナム人が犯人なんでしょ?」

豚汁を啜っていた希星が椀をカウンターに置き、顔をしかめた。

「そうらしいですね」

高橋と希星、そして店員の話を聞いていたのだろう。カウンター席や周囲のテーブル席にいた他の客たちが反応し始めた。

「ひでえ話だよな」

「そうだよ、大池知事が不良外国人甘やかすから、こんなことになったんだよ。だから大池はダメなんだ」

「沖縄の首里城《しゅりじょう》の火災も不良外国人の仕業らしいよ」

テーブル席の客たちが思い思いに話し始めた。それぞれが怒りに満ちた顔だ。高橋と希星も頷いた。

周囲からはそうだそうだと大声があがり始めた。

「最近はデリ・イーツの配達員も外国人が多い。交通ルール無視だし、危なくて仕方ない」

高橋は周囲にトラックの運転手だと告げた。

「デリ・イーツの配達やりながら、金を持ってそうな家とかマンション物色する連中もいるらしいぜ。絶対あぶねえよ」

憤りの声が、別のテーブルからもあがった。

「勇也も澤内さんも、ポケットマネーで困った畜産家を助け、そしてみなさんに弁当を届けています。どうか腹一杯食ってください」

店員がぺこりと頭を下げると、一斉に拍手がまき起こった。

「二人は舎弟なの?」

「ええ、まあ」

突然、テーブル席にいたキャップを被った青年が声をかけてきた。

「俺らさ、いつも真っ先に切られるんだよね。でも舎弟がつながっていれば、こうして飯にもありつける。ありがたいね」

「そうっすね」

キャップの青年のTシャツが黒ずんでいた。数日間着たままで、洗濯をしていないのは明らかだ。派遣社員かアルバイトだったのだろう。

「ふざけんな！」

突然、カウンター席から離れたテーブルから怒声があがった。高橋は反射的に声の主を探した。首に黄ばんだタオルを巻いた青年が椅子から立ち上がり、自分の手にあるスマホを睨んでいた。

「どうした？」

近くにいた作業服姿の青年が尋ねる。

「どうもこうもねえよ、ちょっと店員さん、これってそこのテレビにつなげられるかな」

首タオルの青年が画面を店員に向けた。写真投稿サイトのフォトグラムのページが高橋の目に映った。

「できますよ、ちょっと待ってくださいね」

今まで民放のスポーツニュースが流れていた大型液晶画面がフォトグラムのページに切り替わった。

「みんな、これすげー腹立つんだよ」

首タオルの青年が店内を見回し、憤りをぶつけた。店員はリモコンで特定のアカウントを打ち込み、実行ボタンを押した。

〈外田護《とのだまもる》〉

丸眼鏡をかけた白髪頭の男の顔写真が映った。老人がフォローするアカウントは二一〇、これに対しフォロワーは二五万三〇〇〇人もいる。肩書きは関西の私立大学教授とある。

「知ってる人？」

希星が小声で言った。高橋は首を横に振った。

「知らないいな」

外田のプロフィール欄には、東大卒、様々な大学で教授を務めてきたとある。二五万人もフォロワーがいるということは、かなりの有名人だろう。

「最新の投稿を再生してよ」

首タオルの青年が声を張り上げた。店員が言われた通りにリモコンを操作する。

〈お気楽教授の時事コメントの時間です〉

眼鏡の大学教授が嗄《しわが》れ声で話し始めた。

〈一部のネットユーザーの間で東京都知事選挙のことが話題になっています〉

老教授の声に、食堂の客たちが一斉に頷いた。

〈大池都知事の再選が確実だと主要なメディアが報じています。僕も事前予想の記事を読む限り、その通りだと思います〉

店のあちこちから舌打ちの音が響き始めた。

「主要なメディアってなんのこと？」

希星が小声で尋ねた。

「詳しいことはわからないけど、日本放送連盟《NHR》とか、大和新聞のことじゃないのかな」

新聞はスポーツ紙専門で野球欄しか読まない。ＮＨＲにしても、高校野球やナイトゲーム中継以外は観たことがない。

〈ネットで盛り上がっているのは、元アイドルの瀬口勇也氏の都知事選への出馬です。今までなんども選挙でネットが盛り上がってきましたが、誰一人としてネット民が支持する候補者が当選したことなどありません〉

「ふざけんな！」

もう一度、首タオルの青年が怒鳴った。

〈先ほども某新聞社の取材を受けました。ネット上の熱狂は、必ずや空振りするとコメントしましたよ。その理由は簡単です。元々政治に関心のなかった層がどうあがこうが、大池候補を支持する与党民政党と光明党の支持基盤を崩すことなど不可能です。野党候補は支持基盤が割れましたが、そこに食い込むことさえ難しいでしょう。そもそも選挙に行ったことがないような層がネットで盛り上がっているだけです。勇也候補の狙いがなんなのかは知りません。芸能界引退後に実業家になるための、売名行為なのかもしれません。あるいは、誰か裏にいて彼を操っている可能性もあります〉

「どういうことだ！」

高橋は思わずカウンターを拳で叩いた。

〈また僕の発言が炎上するかもしれませんが、慣れています。それでは良い一日を〉

動画再生が終わった。同時に、店内では高橋と同じようにテーブルを叩く者、そして液晶テレビに向けて中指を立てて抗議する者まで現れた。

「こんな爺さんにバカにされてたまるかよ！　みんな選挙に行こうぜ！」

高橋が叫ぶと、店の中で大きな拍手が湧き上がった。

「そうだ、バカにされたままで終われるか。舎弟のみんな、選挙行こう。絶対に棄権はなしだ」

首タオルの青年が高橋に歩み寄り、右手を差し出した。高橋もこれに応じ、首タオルの右手を強く握り返した。

「勇也を都知事に！」

店員が間髪入れずに叫ぶ。

「勇也を都知事に！」

高橋と希星、首タオルの青年や他の客全員がシュプレヒコールを始めた。

9

「おはようございます」

六本木のオフィスに出社すると、矢吹はすぐさまパソコンを起動した。

インターネット画面を開くと、いつもチェックするサイトが現れた。主要紙やテレビの報道がまとめられ、アクセス数の多い記事が一位から一〇位まで並んでいる。

〈必読ニュース一覧〉

〈七位：大池候補、圧倒的優位揺るがず＝都知事選公示から一週間〉

中央新報の都政担当記者による分析記事だった。耳の奥で神津が発した言葉が鈍く反響する。

〈あまりにも組織的で、拡散された数が尋常じゃない。万が一、選挙管理委員会に指摘された際、ウチが知らなかったでは済まされないレベルになっている〉

〈舎弟頭が強烈にプッシュしているように、元ライジンの勇也が都知事選挙に当選するかもしれない〉

山城の取材が進み、レッドネック・プロジェクトの全容が暴かれた際、オメガは厳しい批判に晒《さら》される。神津の懸念がリアルな問題に発展すれば、プロジェクトの担当者である矢吹も公職選挙法違反で訴追されるのではないか。刑事事件化の恐れすらある。

詳細を知らされぬまま犯罪者扱いされるのは真っ平だ。矢吹はネット検索大手の画面に移動し、〈内部告発〉と打ち込んだ。

〈改正公益通報者保護法が成立〉

国会関連の大和新聞の記事がヒットした。企業や団体の不正を内部の人間が関係機関に通報した場合、報復的な人事や減給などで通報者が不利益を被るケースが相次いだため、これを是正するための法改正が行われたと記事が触れていた。

矢吹は目を凝らし、記事を読み進めた。

〈改正は不十分〉

記者が内部告発に詳しい弁護士に話を聞いていた。

〈保護対象は、政令に列挙された法律の違反に限定され、脱税や公職選挙法違反、行政内部の手続違反などは含まれない公算が大きい〉

公職選挙法違反の項目で目を止めた。都知事選挙は公職選挙法が適用される。しかし、舎弟を煽った動画はことごとく自動で消去され、フェイスノートの内部にいる神津のようなスタッフでも捕捉《ほそく》が困難だと言っていた。

仮に矢吹が選挙管理委員会に通報したとして、どのように証拠を提示すれば良いのか……考えあぐねていると、突然、部長の久保《くぼ》の声が響いた。

「おはよう」

「部長！」

矢吹は手を挙げ、立ち上がった。

「矢吹さん、ゆっくりできましたか？」

目を合わせた久保が愛想《あいそ》笑いを浮かべた。

「少しお話があります」

「短時間なら。これから会議ですから」

左手の腕時計に視線を落とし、久保が言った。明らかに矢吹を避けている。鞄を自席に置いた久保が、フロアの隅へと視線で誘導した。矢吹は足早に指定されたキャビネットの前に向かった。

「どういうお話ですか？」

「フェイスノートが問題視しています」

久保の眉根が寄った。

「なにをです?」

「レッドネック・プロジェクトです」

「おかしいなあ、我々はモラル、リーガル両面において、問題になるような仕事はしていませんよ」

「レッドネック・プロジェクトが起点となり、都知事選挙を歪めるようなメッセージがフェイスノートから発信され、大量に拡散中です。プルチの澤内さんの拡散記録に迫っています」

「あなたはその情報をどこから?」

「あの、残念ながらお答えできません」

「外部からあやふやな情報を持ち込み、仕事を妨害するようなことは厳に慎んでください」

久保の両目が醒めていた。

「フェイスノートの監査チームが動いているのは事実なんですよ」

「それなら、なぜ我々にフェイスノートから正式なメッセージが届かないのですか?」

「それは……」

「ほら、やっぱり曖昧《あいまい》な情報がベースになっているようですね。私は会議に出ます。矢吹さんは周囲の雑音に惑わされることなく、仕事に集中してください」

「しかし……」

「高田馬場の仕事場はたまに顔を出すくらいで結構です。プロジェクトは順調に進んでいますからね。それでは」

一方的に告げると、久保は足早にフロアを横切り、会議室へと向かった。あの自信はどこから来るのか。それとも、会社に不利な情報は一切耳に入れないと決め込んでいるのか。矢吹が自席に向けて歩き出したとき、手にしていたスマホが短く振動した。画面を見ると、ショートメッセージが着信していた。

〈山城です。お話ししたいことがあります〉

矢吹はメモリから山城の電話番号を呼び出し、通話ボタンを押した。

〈お時間は大丈夫ですか？〉

「ええ。伊良部島で知ったこと、それに新たなことがわかりました。私も山城さんにお会いしたいと思っていたところです」

〈そりゃ好都合です。今日とか明日、時間ありますか？〉

「今日のランチはいかがですか？」

〈もちろん、構いませんよ〉

矢吹は時間と場所を決め、電話を切った。


「この店のサンドイッチは格別です。ビールが欲しくなりますが今日は我慢しましょう」

自家製ベーコンと特製チーズを挟み、オーブンで軽く炙ったキューバサンドを頬張《ほおば》りながら、山城が言った。

「このアボカドサーモンサンドも美味《おい》しいです」

矢吹はコーヒーをお供に、香ばしいパンを食べた。新宿と四谷《よつや》の中間点にある富久町《とみひさちょう》、高層マンションの一階にある店を山城が指定した。サンドイッチだけでなく、ハンバーガーも美味いという。

矢吹は周囲を見回した。カウンター席、テーブル席は明るい照明に照らされ、周囲の客はマンションの住民、子連れの主婦層ばかりだ。誰も秘密の話に興味を示さない。

「まずは、この写真を見てください」

キューバサンドを平らげた山城が、いつもの手帳から写真プリントを取り出した。粗い粒子の暗めの一枚だ。太めの体、ストライプのスーツを着た彫りの深い顔立ちの外国人だ。

「恰幅《かっぷく》の良いお爺ちゃんですね。場所はどちらですか？」

「虎ノ門《とらのもん》のホテルオークラです。極秘来日の情報をキャッチしたので、羽田からずっと張っていました」

山城は自らバイクを駆り、元週刊誌記者らしく羽田のプライベートジェット発着場からこの人物の追跡を始めたと言った。

「誰ですか？」

様々なネタを同時進行で追っている山城がわざわざ追跡するほどの人物だ。プライベートジェットを使うような金持ちで、極秘来日と聞けば否応《いやおう》なく好奇心がかき立てられる。

「これもご覧ください」

山城がもう一枚、プリントをテーブルに置いた。

「あっ……ケビン坂田」

ホテルオークラのサロンで、来日した謎《なぞ》のＶＩＰといつものようにパーカーを羽織ったケビンが握手している。

「やはり、この会合の存在をご存知ありませんでしたか」

「伊良部島に行っていましたし、ケビンさんは仕事の詳細を一切明かしてくれませんでしたから」

山城が周囲を見回し、声のトーンを落とした。

「この老人の名前は、ヴィンセント・アンドレッティ。ご存知ありませんか？」

矢吹は首を振った。

「アメリカ東海岸、ニュージャージー州のアトランティックシティで財を成したカジノ王です」

「カジノ？」

「日本では最近、統合型リゾートと呼ばれています。国際会議場やイベント会場、そしてカジノを併設した施設の総称です」

「カジノ王がなぜ日本に？」

「前政権の末期、アメリカのスペンサー大統領にゴリ押しされる形で統合型リゾートを誘致することが決まりました。ちなみにアンドレッティはスペンサーの有力な支持者ですよ」

矢吹はサンドイッチを皿に置き、腕組みした。

いくつかの新聞記事が頭の中で蘇る。

アメリカやヨーロッパ、そしてアジアのリゾート地には有名なカジノがある。カジノ未開の地だった日本に対し、海外の有力企業が触手を伸ばし、全国各地でカジノ招致の動きが広がった……しかし、ギャンブル依存症患者の急増への懸念、あるいは治安悪化への不安から各地で反対運動が起きた。

そして一連の招致活動に大きなダメージを与えたのが全世界で蔓延した新型ウイルスだった。世界中で人の往来が途絶えたため、遊興客から金を得るリゾート施設は大打撃を受けた。日本の招致活動についても立ち消えになっていたはずだ。その旨を話すと、山城が頷いた。

「答えていただけるとは思いませんが、ケビン坂田とは高額の報酬を得る契約を交わしていますよね？」

山城の大きな両目が鈍い光を発した。六〇億円……喉元まで出かかった言葉を飲み込む。

「申し上げられません。ただ、一般の人間からしたら途方もない金額であることは確かです」

「オメガが払うわけじゃない、そうですね？」

「……はい」

また山城のペースにはまっている。だが肝心の金額は答えていない。矢吹はコーヒーを喉に流し込んだ。バンクーバーで初めて会ったとき、ケビンはギャラが少ないとごねた。矢吹が久保に連絡すると、一〇億円の上積みが即座に決まった。最終的な報酬は六〇億円だ。

「アンドレッティ率いるアトランティックリゾーツが金主だったら。その狙いはなんでしょうか？」

矢吹は下を向いた。同時にケビンが以前発した言葉が耳の奥に響いた。

〈クライアントの人たちは山気たっぷりでヤンチャ者ばかりだから、裏で数々のイザコザもある〉

同時に、アメリカのギャング映画のシーンが目の前をよぎった。カジノの利権を巡り、大物マフィア同士が血で血を洗う抗争を展開していた。

「全体像がようやく見えてきましたよ」

手帳のページをめくり、山城が三枚目の写真を矢吹の前に置いた。白いタオルで頭を覆い、デニムの前掛けをした青年が重箱を運んでいる。

「都知事選挙に立候補した元ライジン勇也の営む大人食堂のスタッフです。表向き、勇也の男気に惚れ込んだボランティアが各地で運営の手伝いをしているという触れ込みですが、裏がありました」

山城がさらにページをめくった。

〈田代咲也《たしろさくや》、アトランティックリゾーツジャパン、エンターテインメント部門所属〉

「なんですか、これ？」

「カジノやショーを取り仕切る子会社です。この気の良いボランティア青年は、アンドレッティの会社の従業員で、将来カジノで催すダンスや芝居のための要員です」

「まさか……」

「アンドレッティは日本への進出を諦《あきら》めていない。そしてその準備段階として、自分の思い通りになる政治家がほしかった。そこで目をつけたのが瀬口勇也という元アイドルで、絶対に都知事になってもらわねば困るのです」

山城が放った低い声で、矢吹は全身ががちがちに強張っていくのを感じた。

「奴《やつ》らは本気ですよ。だから、スペンサー大統領誕生を演出したかつてのプリンストン社の残党、ケビン坂田を担ぎ出した。スペンサーが入れ知恵したのかもしれません」

「東京にカジノが?」

10

〈選挙には必ず行け〉

高田馬場駅で電車を降り、道路脇に東京都知事選挙のポスターを見た瞬間、道庁に勤めていた父の言葉が耳の奥に響いた。

〈選挙にも行かず、政治に文句を言うのはお門違いも甚だしい。生きる権利を放棄したも同然だ〉

〈候補者の公約に目を通せば、自《おの》ずと社会全体が見えてくる〉

選挙が近づくと、父は一日に何度も同じことを言った。札幌市議会、道議会はそれぞれ与党や革新政党が固定の支持層を持ち、切磋琢磨《せっさたくま》していた。ここに浮動票の流れを加味した上で、地元新聞が事前に情勢取材の結果を報じた。父の話やメディアの記事を通じて、大きな政党の支持や支援を受ければ、当選の確率が高まることを知った。以降、矢吹自身は公約やその実現度を見比べ、東京でも欠かさず投票に行った。

票を投じた候補が落選することも多々あったが、これも選挙の一面だと気落ちすることはなかった。特定の支持政党や候補者を持たない矢吹だったが、自分なりに真面目《まじめ》に選挙に行ってきた自負がある。

だが、ここ数カ月間の仕事は、矢吹ら一般の有権者を欺く行為だった公算が極めて高い。駅横のガードをくぐり、さかえ通りを歩く間、矢吹は胸に手を添えた。内ポケットには、山城と別れたあと、会社で書いた退職願が入っている。新型ウイルスの蔓延を経て、戦後最悪ともいわれる大不況に陥り、雇用環境は底が抜けた状態だ。再就職がうまくいくという保証はなに一つないが、悪事に手を貸してまで続ける気持ちはない。

まして、家族や友人たちに面と向かって誇れる仕事ではない。半年程度なら、食いつなげるだけの蓄えもある。退職願を書く間、不思議と肚《はら》が据わった。

山城に全面協力し、ケビンの報酬や悪事を全て晒すつもりはない。言い含めて仕事を止《や》めるケビンではないことも重々承知しているが、自分の目と耳で東京都知事選の裏側でなにが起きているのか、確かめなければ気が済まない。足早に通りを進み、仕事場がある雑居ビルの階段を駆け上がる。

〈関係者以外立ち入り禁止〉

段ボールをちぎってマジックで手書きされた看板がある。その横にあるカードリーダーにＩＤカードをかざし、ロックを解除する。

「こんにちは」

不快な軋《きし》み音を立てる鉄製のドアを開け、矢吹は声をあげた。

「どうも」

ちょうどヘッドホンを外したボウサンが気まずそうに答え、窓際のカウンターでキーボードを叩くケビンに目をやった。

「悪いけど、あとの二人と一緒に小一時間外してくれないかな」

ボウサンに告げると、露骨に顔をしかめた。

「俺ら、ケビンさんの指揮下にあるんですけど」

「いいから、外して」

ボウサンがケビンの脇に駆け寄り、肩を叩いた。怪訝《けげん》な顔で振り向くと、ケビンはヘッドホンを外し、ボウサンの話に耳を傾けた。

「矢吹さん、どうしちゃったの?」

「いいから、あなたたちは外してください」

肩をすくめるクミにも同じことを言い、矢吹はケビンを睨んだ。

「どうやらご立腹らしい。君らお茶してきなよ」

ケビンの左脇で一心不乱にキーボードを打ち続けるタカの肩を叩くと、ケビンが三人を顎《あご》で促した。

「それじゃあ、ケーキ食べてくるね。おお、怖い」

矢吹の脇を通るとき、クミが大袈裟《おおげさ》に言った。ボウサン、タカは不思議そうな目で矢吹を一瞥《いちべつ》すると、そそくさと仕事場を後にした。

「矢吹さん、なにをご立腹なのかな?」

腕組みしたケビンが、矢吹に言った。

「この仕事場にあるもの、そして手掛けてきたプロジェクト全てに対し、立腹しています」

「へえ、仕事の中身について、なにかわかった?」

「ある程度のことは」

肩にかけたバッグを乱暴にカウンターに置くと、矢吹はスツールを引き寄せ、ケビンの真正面に腰を下ろした。

「それで、どうしたいの?」

「プロジェクトを中止してください」

「は? オメガが持ってきた仕事を矢吹さんがやめさせる権限あるわけ?」

「ありません。でも道義的に許されないことを、私の手で止めたいと思っています。もちろん、覚悟はしています」

矢吹はジャケットの内ポケットから封筒を取り出し、ケビンに向けた。

「退職願か、そんなもんで覚悟なの?」

　ふざけるなと怒鳴りたい気持ちを抑え、矢吹は言った。

「不当な世論操作、選挙民の露骨な誘導は止めてください」

　矢吹の言葉にケビンが眉根を寄せ、舌打ちした。

「言い分はそれだけ?」

「いいえ、他にも山ほどあります」

「ほお、うかがいましょうか」

　ケビンが口元に薄ら笑いを浮かべ、腕を組んだ。矢吹はオフィスで作ったメモを開いた。

「あなたをスカウトしたのは、アメリカのカジノ王、アンドレッティ氏ですね。彼ならば一〇億円のギャラアップにも応じるでしょう。六〇億円もの報酬を出してあなたを雇い、東京にカジノを作る。そのためにレッドネック・プロジェクトが動き出した」

「それで?」

　ケビンは腕を組んだまま、鼻で笑った。

「否定しないの?」

「顧客との守秘義務契約《コンフィデンシャル・アグリーメント》があるから、イエスともノーとも答えられない」

「いいわ、続けます」

　矢吹はメモに目を落とした。

「あなたはつい最近、東京でアンドレッティ氏と会った。プロジェクトの進捗《しんちょく》状況を説明したのね」

「さあね」

　ケビンの口元には依然として不敵な笑みが浮かんでいる。

「どうやって調べたのか、尋ねないの?」

「大方の察しはつく」

ケビンは山城と矢吹の関係に気づいたのかもしれない。退社に向け既に肚は決まっている。思いの丈を全てぶつけるのみだ。

「私は納得していない。最初からカジノ王の狙いがわかっていたら、私は担当者にならなかったし、悪事に手を貸すようなこともしなかったわ。あなたは日本の民主主義を踏みにじる行為を行っている。それも若い大学生を使って、手伝いをさせた」

ケビンが強く首を振る。

「彼らには労働に見合った正当な報酬を支払っている。彼らの優秀な能力を真っ当に評価しただけだ。彼らも喜んでプロジェクトに参加し、自分で勝ち取った成果を基準にギャラを受け取る。それだけのことだ」

なにがおかしい、そんな表情でケビンが淡々と告げた。相手が冷静な分、腹の底から怒りが湧き上がる。拳を握り締め、奥歯を噛んだあと、矢吹は言った。

「アンドレッティ氏は、昨年の新型ウイルス騒動でライバル企業が相次いで撤退したあとの東京に乗り込み、カジノを建設する。そのためには、意のままに使える都知事が必要だった。そのため、かつて支援したスペンサー大統領のときと同様、民意を陰で操り、素人、いえ、泡沫候補を確実に勝たせるプロジェクトを発進させた。それがレッドネックの正体です」

山城の言葉が頭蓋《ずがい》の奥で反響した。

彼の取材によれば、カジノとリゾートを組み合わせた総合施設を東京で作るには、都知事の強いバックアップが必要だという。土地取得、利害関係者との調整、そして国との連携だ。時と場合により、政治信条をころころと変える現都知事の大池では、いつ寝返るか不安だとアンドレッティはみている。であれば、意のままに操れる政治の素人を担ぎ出し、カジノ建設に向けて許認可の判さえついてもらえば良い。米国の政界をも裏で操ってきたアンドレッティにとって、東京という日本の一都市のトップ、それに議会対策など金でなんとでもなる。山城が取材した結果、そんな青写真が浮かんだのだ。

「へえ、そうなんだ」

矢吹の目を見据えたまま、ケビンが言った。先ほどと同様に、その返答からは否定・肯定のニュアンスを聞き分けられない。

「レッドネック……アメリカの無教養で低所得の白人労働者層を蔑《さげす》む言葉は、スペンサー大統領を誕生させたスキームを進化させ、日本の低所得者層にも適用された」

矢吹の言葉に、ケビンが顎を動かして反応した。腕組みした姿勢はそのままで、先を続けろという。

「疾風舎のライブネット配信担当者として、少し調べました。例えば、この人です」

バッグからタブレットを引っ張り出すと、フェイスノート上にある疾風舎の公式ファンページを表示した。矢吹はその中から抽出した人物を画面に表示させた。

「彼女は工藤美佐江《みさえ》さん、三一歳。シングルマザーで介護施設の契約職員をしています」

手元のタブレットには、幼い娘とピースサインする丸顔の女が映っている。丸顔というより肥満の一歩手前で、太りすぎと言い換えることもできる。髪は明るいブラウンだが、根元は真っ黒で、何カ月も手入れしていない様子だ。ケビンに画像を見せたあと、矢吹は画面をタップした。

「こちらは田辺洋樹さん、二五歳の自称イラストレーター」

髪をだらしなく伸ばした青年が映った。チェックのネルシャツと大きなリュックを背負った全身ショットだ。先ほどの工藤ほどではないが、体型は寸胴で、頬と鼻の脇にいくつも吹き出物がある。

「田辺さんの恋人も疾風舎のファン、舎弟です。ミソノさんという女性で、工藤さんの職場の同僚です」

矢吹は画面をスワイプして、田辺とミソノのツーショット写真を表示し、ケビンに向けた。

「こいつらがどうしたっていうの?」

「都知事選挙に立候補している勇也氏を応援する動画を拡散させたコアな人たちです」

「勇也の立候補と俺の仕事、どうつながるのかな?」

ケビンの口元から薄ら笑いが消えた。

「ケビンさん、あなたがターゲットにした日本版レッドネックは、彼らのような人たちです。雇用環境が悪く、低所得に甘んじている。そして疾風舎というバンドを核にして強固な横のつながりがあります」

「へえ、そうなんだ」

小馬鹿にしたような口調だが、ケビンの目つきは鋭い。

「前回のアメリカ大統領選挙の際、あなたはスペンサー陣営に雇われ、世論操作に手を染めた。プリンストン・データ・アナライズという組織に所属し、フェイスノートを使ってレッドネック層に動画メッセージを送りつけ、同時に対立候補の支持者たちに投票を回避させるような誘導メッセージも送りつけた」

「ノーコメントだね」

ケビンの両目がさらに鈍い光を発した。否定とも肯定ともとれない返事をしつつ、ケビンは矢吹がどこまで調べたのか、慎重に見極めている。

「今回は、疾風舎のファンたちが狙われました。契約、派遣と雇用関係が不安定で、お世辞にもお給料が良いとはいえない人たち。そして、アメリカのラストベルトの白人層と同じように、高学歴の人はほとんどいない。日頃からメディアの記事を読む人は少なく、陰謀めいたフェイク情報に騙される。だから誘導のメッセージが浸透し、しかも拡散されやすくなった」

矢吹はタブレットをカウンターに置き、オフィスで作ってきたメモのページをめくった。

「会社の資料室で面白い書籍を見つけました」

アメリカの心理学者と、ネットの物販企業を興し財を成した元経営者の対談集の翻訳物だった。

「スペンサー大統領の選挙戦では、マイクロターゲティングという戦略がとられたそうですね。この対談では、人々の心を粉々にする心理版大量破壊兵器という刺激的な言葉が使われています」

「なるほど」

ケビンが口元を歪め、ため息を吐いた。

「先の大統領選挙では、フェイスノート上にある膨大な量の個人情報、つまり住所や学歴、家族構成や保険の種類、取引銀行……ありとあらゆる情報をプリンストンの一味が抜き出したそうです。のべ九〇〇〇万人分のデータがＡＩのふるいにかけられた上で分析、集計され、個人向けの動画メッセージやダイレクトメールの形で送りつけられました。結果的に、これらが投票行動を強く誘導することになりました」

矢吹はケビンを睨んだ。鋭い目つきのまま、続けろとケビンが促した。

「この仕事場に来た当初、不思議なことに遭遇しました。学生たちが中古車サイト、懸賞サイトをチェックし、そこに疾風舎を紐《ひも》づけた。私、担当でしたけど、なんのことかさっぱりわかりませんでした。でも、一つ一つのピースをつなげていくと、とんでもない事態が進行しているとわかりました」

矢吹はメモのページをめくった。

「疾風舎のファン、すなわち舎弟と呼ばれる人たちは、自動車に並々ならぬ情熱を持つ人が多い。その象徴が、大型ワンボックスカーです。しかし、低所得者層に新車はハードルが高い。そこで中古車情報サイトに目をつけた。同じような理屈で、懸賞サイトにも関心のある人たちです。こうした要素を組み合わせ、疾風舎、低所得層、しかも、今まで選挙に関心のない東京都在住の有権者層を割り出していった。そうですよね？」

矢吹が畳み掛けると、ケビンが首を傾げ、言った。

「その対談は誰と誰だっけ？」

矢吹は拍子抜けしたが、メモを手渡すと、ケビンが著者二人の名前を読み上げ、嘲《あざけ》るように笑った。

「所詮《しょせん》は二流の人たちだね。まだまだ分析が甘い」

ケビンは無造作にメモをカウンターに置いた。

「それじゃあ、スペンサー陣営にいたことは認めるの？」

「経歴は他人には一切明かさないことにしている。彼らが二流と言っただけだ。矢吹さんの質問に答える義務はない」

この偏屈者……叫びたい欲求を抑えながら、矢吹はケビンを睨み続けた。今まで矢吹がぶつけた事柄に対し、ケビンはなにも答えていない。その表情から、本音を見出すのは難しい。不意に、ギョロ目の中年男、山城の顔が脳裏に浮かんだ。

〈意表を突く問いは効果的〉

富久町のパン屋で、山城が取材のノウハウの一つを教えてくれた。

「私、日焼けしていませんか？」

矢吹が切り出すと、ケビンの眉間に深い皺が刻まれた。

「だからどうしたの？」

「実質的な休職処分になったので、伊良部島へ行ってきました」

矢吹はゆっくりと告げた。今まで組んでいた腕を解き、ケビンの左の指先が忙《せわ》しなくカウンターの天板を叩き始めた。

「とうがにあやぐ、本場の三線と地元民の演奏を堪能《たんのう》しましたよ。素朴なメロディーなのに、どこか荘厳な雰囲気もある。ケビンさんが観光客向けの三線や定番の民謡をバカにしていた理由がよくわかりました」

ケビンが髪を掻き上げた。手の甲が両目の前を通り過ぎたとき、ケビンの眦《まなじり》が切れ上がった。

「だから、なにが言いたいの？」

「ケビンさんって、不思議な人ですね」

「なにが？」

「六〇億円ものギャラを貰《もら》うのに、ホテルにも泊まらずハンモック生活。ずっと不思議でしたけど、伊良部島の宮国さんに会って少しだけ納得しました」

矢吹が言うと、カウンターを叩いていたケビンの指が止まった。次いで、ケビンは天井を仰ぎ見て、大きく息を吸い込んだ。

「俺のことを調べて、どうする？」

「スペンサー大統領といい、今回の都知事選といい、こんなに冷酷無慈悲な人が本当はどんな顔を持っているのか、知りたくなっただけです」

「調べてもなにも出ない。それとも、週刊新時代あたりにネタを売り込むのか？」

やはり、ケビンは矢吹の背後に山城の存在を感じている。

「リークなんてしません。情報を外に出せば、仮に会社を辞めたとしても契約違反でオメガに訴えられてしまいますから。個人的にケビン坂田、いえ、坂田謙次郎という人物に興味を抱いただけです」

矢吹は、偽らざる本音を吐いた。山城に感化され始めているのは事実だが、全容を伝えてしまえば、間違いなく巨額の賠償金をオメガから請求されてしまう。それに、矢吹がこそこそとリークしなくとも、山城は他の検証データを重ね合わせることで、新時代や他の媒体に今回のレッドネック・プロジェクトの全容を載せるだろう。

幼少期に継父から苛《か》烈《れつ》なＤＶを受けたという坂田少年が、どのような経緯でケビン坂田に変わったのか。一介の泡沫候補を一国の大統領にした男の中身がどうなっているのか、知りたいという欲求が湧き続けている。

「今度受け取るギャラで、西伊良部島のどの程度まで買えるのですか？」

「矢吹さんに話す必要はない。あの島を世界中のバカどもから守るまで、ずっと稼ぎ続ける」

「ケビンさんほどの人なら、引く手数多《あまた》でしょう。西伊良部を買い終えたら引退するんですか？」

「次は別の島、それに森林だ。世界中のバカな連中から自然を守り切るまで、俺はずっと働く」

険しかったケビンの目つきが少しだけ和らいだ気がした。いや、違う。ケビンの頰が薄らと赤らみ始めていた。西伊良部は、島の周囲にあるサンゴ礁が未《いま》だに手付かずの状態で残っていると宮国が言った。

心ないダイバーや旅行者から島の自然を守るため、宮国や地元漁師たちが見回り活動を行っている。

「なぜ自然保護にお金を注ぎ込むの？」

「美しい物をありのままの形で守るためだ」

そう言ったあと、ケビンが口を真一文字に結んだ。

「宮古島も伊良部島も最近観光客が増えすぎて、綺麗なビーチが次々に破壊されている。私も無神経な観光客の一人でした。でも、ケビンさん一人の力では無理じゃないですか？」

「だから島をまるごと買うんだ。一般観光客の出入りは厳禁。もし入りたければ、半日レクチャーを受け、外来生物を持ち込まぬよう厳重に消毒してから入ってもらう。もちろん、入島料金をもらって、宮国のオジイや他の漁師たちに給料を払う」

ケビンの目つきが、先ほどから一変した。猜疑《さいぎ》心、警戒心、そんな感情が籠もった視線だったが、今は違う。矢吹を説得したい、いや、少しでも自然保護に関心を抱いてほしいと諭すネイチャーガイドのようだ。

〈意表を突く問いは効果的〉

もう一度、山城の言葉が耳の奥で響いた。ケビンが初めて本音で語り、自分のやりたいことを語り出した。話に熱がこもり、前のめりになった。チャンスだ。

「大自然を守るためには、日米のレッドネックを騙しても構わないわけ？」

矢吹が放った言葉に、ケビンが顔をしかめた。

「宮国さんに会うために渡口の浜に行った。日本で、いえ、世界中でこんなビーチが残っているのかって、すごく感動した。絶対に保護しなきゃいけないことは理解できるけど、そのために何万、いえ何十万人もの人を誘導していいの？」

ケビンの顔が曇った。矢吹が誠心誠意伝えた言葉が響いたのだ。大ベテラン記者の教えは、データサイエンティストという仮面を剝《は》ぎ取った。ケビン、いや、坂田謙次郎という心に深い傷を負った青年は、自らの心の内を悟られぬよう何重にも鎧《よろい》を装着し、他人に心を開くことはなかった。矢吹の言葉は着実に効いている。畳み掛けろ。そしてレッドネックという醜悪なプロジェクトを頓挫《とんざ》させ、まともな選挙を行えるよう、リーダーの座から降りてもらわねばならない。目の前のケビンは依然として口を閉ざしている。矢吹はさらに語りかけた。

「スペンサーが大統領に就任してから、世界中で人種や民族間の分断がひどくなった。アメリカ国内だって、保守派とリベラル派が始終喧嘩《けんか》し、暴動にまで発展している。あなたがやってきた選挙誘導ビジネスは、結局世界を破滅させようとしている。今度は東京。あなた自身が間違っていたことに気づくべきタイミングよ」

矢吹が強い口調で告げると、ケビンが項垂《うなだ》れた。

「そう、わかってもらえればいいの。私が上司とクライアント、アンドレッティ氏に事情を話すから、手を引いてください」

矢吹が説得を続けると、ケビンが項垂れたまま肩を震わせた。

「ケビンさん、今からでも遅くない。メディアに全部がバレてしまわないうちに、撤退しましょう。あなたほど賢い人、いいえ、世界的に優秀なデータサイエンティストなら、真っ当な手段で多額の報酬を得ることができるじゃない」

目の前にある屈強な両肩が震え続けている。

「ケビンさん」

矢吹はケビンの肩に手を添え、言った。その直後、ケビンが顔を上げた。

「矢吹さんって、真性のバカなの？」

口元を押さえているが、ケビンは両目を充血させながら笑っていた。

「なんですって？」

全身の血液が脳天に向かって逆流するような強い怒りを覚えた。矢吹は拳を握りしめた。しかし、眼前のケビンは平然としている。

「だって、バカな連中は一生バカなんだよ。バカな親のもとに生まれ、バカのまま育ち、そしてバカを再生産して死んでいく運命だ。本来なら誰にも見向きもされない奴らなんだよ。そんなバカでも有効利用してやろうってのに、いったいなにが悪いの」

「バカバカって……」

「国や民族が違っても、バカは死ぬまで治らない病なんだ。無駄に眠っている票があるんなら、それを金に換えてビジネスする。こんなスキルは世界中でも一握りの人間しか持っていない。それをどう使おうが俺の勝手だ」

一気に捲し立てると、ケビンが口元に不気味な笑みを浮かべた。

11

「ケビンさん、ビジネスを展開していると認めましたね」

「見ての通り、この仕事場で働き、ミッション終了後には六〇億円のフィーをもらう。ビジネスはビジネスだ」

摑《つか》みかかりたい衝動をなんとか抑え込み、矢吹は息を吸い込んだ。

「どうせ山城に頼まれて、音声を隠し録《ど》りしているんだろ？」

ケビンが吐き捨てるように言ったが、矢吹は強く首を横に振った。

「私はオメガの一員です。ケビンさんを思い止《とど》まらせることができなければ、私は辞めます。入社したとき、扱った仕事の中身を口外しないと契約書にサインしましたから、リークなんて絶対にしません。それが会社員としてのルールですから」

「それじゃあ、俺から話を聞いてどうするの？」

「私自身を納得させるためです。正しい仕事をして真っ当な収入を得る。そのために働いています。もし悪事に加担しているならば、私は潔く身を引く。常々そう考えてきました」

ケビンが眉根を寄せた。

「やっぱり矢吹さんはおめでたい人だ。上司の久保さんから聞いたと思うけど、この仕事場で手掛けたプロジェクトには何一つ違法な行為は含まれていない。正しいかそうでないか、モラルの話は別の次元だよ」

「言葉遊びは結構です。いずれにせよ、限りなくグレーだと思います」

矢吹の言葉にケビンが肩をすくめた。

「でも、クロじゃない。矢吹さんは相当にしつこいから、種明かししてあげるよ」

悪びれた様子もなく言ったあと、ケビンは巨大なスクリーン下、カウンターにある大和新聞の朝刊を手に取った。ケビンが一面の左側にある企画記事を指した。

「主要なメディアは依然として大池優位は揺るがないって分析記事を掲載している。しかし、こんなのは上っ面だ。所詮こいつらもバカだね」

矢吹はケビンの指先を凝視した。

〈都知事選、大池候補の独走続く＝本紙予測調査〉

ケビンが新聞を乱暴にカウンターに叩きつけた。

「前回の都知事選のデータを知っている？」

「初出馬の大池知事が圧倒的な得票率で勝ちましたよね」

「俺はそんなことに興味はない」

ケビンの言葉に矢吹は首を傾げた。

「前回投票時の東京都の有権者数は約一一〇〇万人、このうち男性は約五四〇万人、女性は約五六〇万人だった」

いきなり何を言い出すのか。矢吹は眉をひそめた。

「前回の投票率は約六〇％だった。言い換えれば、棄権した有権者が四四〇万人もいた」

「国政選挙よりも幾分投票率良かったみたいですけど」

矢吹が言うと、ケビンが口元に薄ら笑いを浮かべた。

「まだわからない？」

「なにがですか？」

「前回の都知事選で、大池候補は新党を立ち上げ、一大ムーブメントを巻き起こした」

ケビンがカウンターにあったタブレットを手に取り、画面をなんどかタップした。すると仕事場の巨大スクリーンに黄色いスーツ、鉢巻き姿の大池の姿が映った。

〈未来の光を都政から！　旧態依然とした都議会を解散させ、福祉予算を倍増させ、新たに世界最先端のＩＴ都市を作ります！〉

街宣車の上で大池が声を張り上げていた。選挙期間中、なんどもテレビニュースで流された池袋駅前での演説だ。駅前ロータリーには数千人の有権者が集い、熱心に演説に耳を傾けている。ケビンがもう一度タブレットの画面をタップした。

〈今度の選挙では、民政党の三科《みしな》幹事長のご支援、そして国政で民政党とタッグを組む光明党からもサポートを受けることになりました〉

同じく池袋の駅前ロータリーで、大池が街宣車の上でマイクを握っていた。前回選挙と同様、大池は黄色いスーツを身に纏《まと》っていた。

「これは今回の都知事選、公示直後の第一声だ」

ケビンが抑揚のない声で告げた。

「大池さんを分析し、今度の選挙の不正操作の準備を進めていたわけですよね」

矢吹が語気を強めると、ケビンが顔をしかめた。

「不正とは聞き捨てならないね。俺はイリーガルなことには一切関与していない」

ケビンが言い放つと同時に、かつての恋人・神津の声が頭の奥で響く。

〈公職選挙法に抵触すると大ごとになる。監査チームが法務担当と協議している〉

フェイスノートの日本法人は田上が投稿した動画を必死に追いかけたが、データは全て時限的に削除されるようプログラミングされていた。

「主要メディアの事前予測によれば、大池候補の圧倒的優位は揺るがない。前回の選挙で彼女に投票したのは約三〇〇万人、全候補者中の得票率は実に四四％に達した。今度はその数字が一〇〇万人程度上乗せされ、四〇〇万人分くらいになる」

「国政の与党が総力を上げて支援しているから、そうなるかもしれませんね」

「なるかもしれないではなく、そうなるんだよ」

吐き捨てるようにケビンが言った。

「だが、前回棄権した有権者は約四四〇万人、そして圧倒的優位と伝えられたことでこの数字は確実に増える。勝敗が見えている分、選挙という娯楽の旨味《うまみ》が減るからね」

矢吹は渋々頷いた。国政や都政、ありとあらゆる選挙は公示と同時に結果が見えている、そんなことを政治評論家が週刊誌に書いていたことを思い出した。

候補者を支援する政党や労働組合の党員や組合員の数、あるいは宗教団体の有権者数を合算していけば、当選確実な得票数を逆算できるからだ。

「民政党、光明党の党員や支持者は必ず投票しますよね。それに野党は支援候補が割れ、組合系の組織票が分散するのは目に見えています。大池候補の当選は確実で、よほどのスキャンダルの発覚や健康問題でも浮上しない限り、彼女は二期連続で都知事になります」

矢吹が言うと、ケビンが頷いた。

「多くの無党派層、そして棄権常連組が早くから都知事選への関心を失くした。だからビジネスになるんだよ」

「どういう意味ですか?」

「大池に票を投じる四〇〇万人の有権者は、どんな言葉をかけられようと支持を変えない。野党支持者やアンチ大池層も絶対に投票先を変えない。そんな連中を動かそうと選挙運動するのは、時間と労力の無駄だ」

ケビンは政治評論家と同じことを言っている。

「だったら無党派層、いつも棄権している連中にターゲットを絞り、徹底的に選挙に行くよう仕向ければいい」

無党派層という言葉に触れ、矢吹の頭の中に金髪で傲慢《ごうまん》な顔つきの男が映った。

「スペンサー大統領のときもそんな分析でアメリカの世論を操作したの？」

「さあ、どうかな」

ケビンは短く言った。口元に不敵な笑みが浮かんだ。

12

「法に触れなければなにをやってもよい、そんな考えはとても危険です。後々社会問題になる公算が高いという意味です」

矢吹は自分のバッグからタブレットを取り出し、何度か画面をタップした。

〈みんな、選挙行ったことある？　俺たちの生活、みんな貧乏だよね……〉

疾風舎の公式ファンクラブで、舎弟頭を務める田上が発した動画メッセージをケビンに向ける。

「それがどうしたの？」

ケビンが鼻で笑った。

「メッセージを発したあと、数時間で跡形もなく消去されるようプログラムされた動画は、この部屋でその仕組みを作ったのですか？」

「さあ、どうかな。細かいことは俺とクライアントの間で守秘義務契約《コンフィデンシャル・アグリーメント》を結んだから、オメガの人にも明かせない」

ケビンがニヤニヤと笑う。その表情から察するに、答えは明確にイエスだ。

「これはフェイスノートの社員が偶然録画したデータ。今も彼らが血眼になって探している。こんなメッセージが舎弟の間に拡散され、巨大なムーブメントが起こっています」

「へえ、そうなんだ」

依然、ケビンは薄笑いだ。

「フェイスノートが抽出したデータの中に、こんな人物がいました。疾風舎ファンでトラック運転手の高橋さんです」

矢吹はタブレットをタップし、高橋のアカウントを表示させた。大きなトラックのキャビン前で腕組みする、たるんだ体つきの青年だ。プロフィール欄には、舎弟のオフィシャルステッカーの写真のほか、高校時代のショットもあった。ピンストライプの野球のユニフォームを着て、バットを抱えて笑う写真だ。

「彼は疾風舎のファンクラブメンバー、舎弟として田上の動画を拡散させました」

「それで？」

「日本の運送業は慢性的な人不足です。高橋さんも残業に次ぐ残業を強いられ、その割にお給料は上がらないと投稿の中で嘆いています。そんな彼の唯一の心の拠《よ》り所が疾風舎です。ファン同士のつながり、イベントが生きがいです。こんな素直な人を意図的に操って、平気なんですか？」

矢吹は頻繁にネット通販を利用する。購入した品物を運んでくれるのは高橋のようなドライバーだ。昨年の新型ウイルスの蔓延以降、ネット通販の取扱量は激増し、運転手たちは疲弊している。疲れた青年が好きな物で活力を取り戻す。数少ない彼らの娯楽を悪用する手段は到底許されない。ケビンが再び鼻で笑った。

「なにを怒っているのかよくわからないけど、こいつらのバーベキューは本当に酷いね」

ケビンが手元のタブレットを操作すると、スクリーンに高橋が参加した海浜公園のバーベキュー場が映し出された。

「バーベキューのイロハもわかっていないよ。コンロから火柱が上がっている。せっかくの肉が焦げるだけ。外側は真っ黒になって、中は生焼け。とても食えたもんじゃない」

「彼らは日常を忘れることが目的で集まったんです。そんなにけなさなくてもいいじゃないですか」

「これはどうかな」

ケビンが画面を切り替えると、別アカウントがスクリーンに表示された。太った茶髪の女の顔写真、その下には「ミソノ」の名前がある。

「彼女も舎弟イベントの参加者だけどさ、相当に酷いよ」

スクリーンいっぱいに脂ぎった大量の唐揚げが映った。

〈バーベキューでは、この唐揚げが変身しました！〉

唐揚げは夕刊紙と思《おぼ》しき油取り紙に載っている。質の悪い油で揚げたのか、大量のしみが点々と付いていた。

「どう見ても業務用のスーパーで買ったキロ数百円の激安食品だ。当然、どこの原産かわからない鶏《とり》で、日本の安全基準を満たしてるかも怪しい抗生物質が入りまくっている。クズ肉を食用糊《のり》で固め、添加物と調味料で膨らませた恐ろしい食い物だ」

ケビンが思い切り顔をしかめた。

〈職場で四日前にゲットした唐揚げを転用したら、舎弟のみんなは喜んでくれました〉

ケビンが素早くタブレットの上に指を走らせると、薄暗い店の中で、十五夜のお供えのように積み上げられた唐揚げが映った。どこかの居酒屋、あるいはキャバクラのような場所で提供された唐揚げのようだ。

以前、激安居酒屋で唐揚げをオーダーしたことがある。ケビンの言う通り、抗生物質の強い刺激臭がした。おまけに油切れが悪く、一口食べて慌てて紙ナプキンに吐き出した苦い記憶が蘇る。

「この女、こんな得体の知れない代物を親子丼に転用したんだって。はっきり言って、こんなのゴミだよ、ゴミ。こいつら、味がわからないバカだから平気だろうけど、俺は絶対に嫌だね」

ケビンがまたも思い切り顔をしかめ、画面を移動した。

「バーベキュー大会では、矢吹さんが進めた企画も話題になっていたみたいだね」

ケビンがスクリーンに疾風舎のオンラインライブの企画に関するバーベキュー参加者の書き込みを表示した。

書き込みに対しては、一万以上のサムズアップのスタンプが押された。たしかに、所属事務所に出向き、幹部やマネージャーたちと協議を重ねた。単なるライブ配信では味気ないので、舎弟の中から抽選で五〇名を特別招待し、新型ウイルスの感染対策を徹底した上で疾風舎メンバーの楽屋、すなわちバックステージを訪れるという企画だ。

大量のサムズアップのスタンプを見た瞬間、実際に狂喜乱舞して喜んだファンたちの顔が頭をよぎった。

「レッドネック・プロジェクトがイリーガルだと言うなら、矢吹さんも立派な共犯ということになるね。舎弟とかいう頭の悪い連中を煽ったのは紛れもない事実だ」

ケビンが口元を歪めた。共犯という言葉が胸に突き刺さる。

「詳細な仕組みを明かしてこなかったから、この際教えてあげるよ。矢吹さんは、舎弟たちの個人情報を吸い上げてくれた立役者だからね」

「個人情報ですって？」

「疾風舎の事務所とファンクラブ会員の間に立ったじゃないか」

たしかに、ケビンの言う通りだ。事務所に赴き、マネージャーの席でデスクトップパソコンの画面をチェックした。

「あっ……」

「ファンクラブに入会するには、名前や性別、年齢のほか、どこに住んでいるかも指定されたフォームに会員自身が入力する必要がある」

矢吹はこめかみを強く押した。ライブの動画配信にあたっては、会場費や一〇〇名近いスタッフの人件費を賄うためにスポンサーを募った。そして舎弟たちと相性の良い中古車検索サイト最大手とタッグを組んだ。

カーサーチは舎弟たちが自らのサイトに有意義な存在だと認識し、申し込み時に職業や年収の項目も入れてほしいと求め、事務所は応諾したのだ。

「矢吹さんは相当に良い仕事をしてくれた」

「良い仕事？」

「言っただろ。個人情報を大量に集めてくれたよ」

ケビンが手元のタブレットを何度かタップした。スクリーンには表計算ソフトが映し出された。細かいマス目には個人名、そして年齢や性別、職業や年収、住所など多岐に渡る情報が網羅されていた。

「舎弟は全国にネットワークがある。しかし、今回必要なのは、東京都に住んでいる有権者、つまり一八歳以上の男女ということになる」

早口で告げると、ケビンが再度タブレットに触れた。すると、表計算ソフトのマス目に青い色が被った。

「ライブイベントで集めたターゲットはおよそ一〇万人だった」

矢吹は背筋に悪寒を感じた。

「名簿から抽出した個人を各種ＳＮＳで検索すると約九万人がサービスを利用していた」

「まさか、個人向けにターゲット広告を打ったの？」

「オメガの久保部長は大変喜ばれたよ。手数料が確実に入ったからね」

違法なことは何一つやっていない……涼しい顔で告げた上司の顔が浮かぶ。

米国でスペンサー陣営が選挙戦を闘う間、安価なネット広告を大量に投入したことを山城から聞かされた。スペンサーの支持層は低賃金で低学歴な労働者が中心だった。大手メディアのニュースをフェイクと切って捨てた候補者と同様、極端に偏向した選挙広告を鵜呑《うの》みにし、これを友人らに転送することで、支持が全米に広がった。同じ仕組みを東京都知事選挙でも使ったとケビンは暗に認めているのだ。

「いくら無知な人たちだからって、やって良いことと悪いことがあります」

「随分なお言葉だね。誤解しないでほしいのは、奴らは俺たちに情報を盗まれたのではなく、自ら進んでデータを提供したってことだ。おめでたい連中だからね」

淡々と告げたあと、ケビンがスクリーンの画面を切り替えた。表計算ソフトから今度は海外のサッカーの試合の写真が映し出された。

「これはイギリスのプレミアリーグ。国民的人気スポーツで、チケットは毎試合争奪戦になる」

「もしや……」

「数年前、イギリスがEUから離脱するかどうかで国民投票を実施したよね。その際もサッカーというツールが使われた」

ケビンが言った直後、今度はパブでビールを飲む男女が映し出された。

「イギリスは世界一の階級社会だ。一割の貴族と富裕層、残りは全部労働者階級。労働者たちは鬱憤の捌《は》け口《ぐち》としてサッカーに熱狂する。だから元の同僚はサッカーの試合チケットが当たるクジを餌に、アンケートを実施した。その後の展開はご存知の通りだ」

英国はブレグジット、つまり、EUからの離脱を僅差《きんさ》で決めた。その背後にもネットを使った誘導劇があったのだ。

「プルチの澤内さんがここに来たのも、そういう理由ですね」

「舎弟のデータだけだと少し偏りがあったからね。彼のフォロワー数は膨大だから、よりデータの精度が上がった。感謝してもし切れないね」

パブの画像から再び表計算ソフトに画面が切り替わった。先ほどと同じように、膨大な数の個人名とプロフィールが表示されている。

「対象の人数は何人になったの？」

「一〇〇万人ってところかな」

ケビンが満足げに言った。

「一〇〇万人がそれぞれのSNSのアカウントで勇也の応援メッセージや大池候補に否定的な動画を拡散させたら……」

「一〇〇〇万人近くにメッセージが届くだろうね。そのうち、何割かが確実に勇也に投票するとしたらどうかな」

ケビンが愛でるように表計算ソフトの画面を凝視する。その姿を直視したとき、もう一度背中に悪寒が走った。

「本当に、こんなことやめませんか？」

矢吹は声を絞り出した。

「引き受けた仕事は完遂し、絶対成功させるのが俺のポリシーだ」

ケビンの顔がスペンサー大統領と入れ替わった気がした。ケビンやその同僚たちは、アメリカで二億人以上の国民のデータを分析し、泡沫候補とみられていたスペンサーを大統領にした。そんな実績を持つ男が、仕事を成功させると断言した。

「そんなこと言っても、有権者の思考を支配し、誘導するなんて、卑怯《ひきょう》です」

「卑怯とか正しいとかは興味ないね。現に、このミッションを取り締まる法律は日本には存在しない。なんども言っているけど、こんなバカな連中は利用されていることすら気付いていない。誰も傷つかないし、迷惑もかけていない」

ケビンが手元のタブレットに触れた。スクリーンが切り替わった。矢吹の視線の先に再びフェイスノートの個人アカウントが表示された。

〈工藤美佐江〉

〈江東舎弟会レディース〉〈介護施設勤務のヘルパー〉〈シングルマザー〉〈恋愛、交際中〉

プロフィール欄の下には工藤が投稿した写真一覧がある。矢吹の視線を辿ったのか、ケビンが工藤の写真ファイルを開いた。

〈絶賛ラブラブ中〉

目つきの悪い青年と丸顔、いや肥満気味の工藤が顔を寄せている。二人はピースサインをして写真に収まる。

〈舎弟バーベキュー最高だった!〉

先ほど唐揚げを親子丼に転用していたミソノとともに、工藤が大きな丼《どんぶり》を抱え、満面の笑みを浮かべている。

「こいつらさ、考えることを放棄しているんだ。貧乏だから仕方ない、その場その場が楽しければそれでいい……だから疾風舎みたいな小学生レベルのリリックで満足して、事務所の言いなりになって高額なグッズを買い漁《あさ》る。いいカモになっているのがわからない」

写真ファイルをめくりながら、ケビンが淡々と告げた。矢吹の目の前で、次々と写真が切り替わる。バーベキューで発泡酒を飲みながらはしゃぐ工藤、そして年下の彼氏と居酒屋で寛《くつろ》ぐ姿、ミソノら女友達とカラオケに興じる様子がスライドショーのように表示された。

「あっ」

小さく声を発したあと、ケビンがファイルをめくる手を止めた。矢吹の目の前に衣類やインスタント食品の袋、ペットボトルが散乱する部屋が映った。

「娘さん……」

立ち膝で煙草をふかし、ポーズを決める工藤の背後に、幼女がいた。髪は乱れ、下着姿だ。膝を抱え、襖《ふすま》を背にして俯《うつむ》いている。写真を撮ったのは、年下の彼氏かもしれない。

「腹が減っているのかもね。小さい頃は、ちゃんとした食べ物を摂取しなきゃだめだ」

低い声でケビンが言った。

「親がバカだから、こんな状態になる」

「あの……」

ケビンの横顔を見ながら、矢吹は口を閉ざした。

ケビンは少年時代に継父に苛烈な虐待を受け、児童養護施設に入った。今まで舎弟たちを侮蔑的な口調でけなしていたケビンの様子が一変した。

幼女が写る部分を拡大表示させ、ケビンはスクリーンを睨んでいる。

「この子がバカのまま成長するか、バカ親の下から抜け出すのか。全部本人次第だ」

ケビンがさらに幼女の顔をアップにすると、目の下に涙が伝い落ちた跡があった。

「これがあったから、這い上がれた」

ケビンがいきなり着ていたTシャツを脱ぎ、矢吹に筋骨隆々の背中を向けた。肩口から背骨に沿って、黒いシミが無数にある。

「煙草の火は熱い。泣くどころの熱さ、痛みじゃない。理不尽すぎる、誰にぶつけても怒りは治まらない。そんなとき、俺は自分で自分の進む道を模索した」

ケビンがTシャツを被った。矢吹は何も言い返せない。

「這い上がれば、自分の思い通りにできる人生が待っている」

ケビンの呟きが矢吹の耳を強く刺激した。

13

ケビンが矢吹を鋭い視線で見つめ、口を閉ざした。ケビンが無教養な低所得者層に対し、辛辣《しんらつ》な言葉を投げかける背景には、自らの痛みがあった。ごく普通の家庭で何不自由なく育った自分には、計り知れない痛みだ。

ほんの二、三〇秒の沈黙だったかもしれない。ケビンの視線の鋭さに怯《おび》え、長い時間が経《た》ったような錯覚に陥る。強く首を振り、矢吹は切り出した。

「彼ら全員がケビンさんのように強い人ではありません。抜け出す、這い上がるには強い意志が必要です。そんな人はごくわずかで、あとは弱い人たちばかりです」

頭の中に浮かんだ言葉をケビンにぶつけた。

「自分の意志で立ち上がらない限り、バカな親の下にいたらずっと負け組だ。そいつらが大人になれば、また同じことを子供に強いる。そんなサイクルから抜け出すには、死ぬ気で知恵を絞るしかない。道を切り拓《ひら》けば、自分の腕一本でどんなこともできる」

ケビンの言葉に力がこもっていた。

「ですから、それは一握りの強い人だけが可能なことです」

「日本だけじゃなく、世界は不平等にできている。持てる者、持たざる者ははなからスタートラインが違う。俺は周回遅れのスタートだった」

スクリーンの幼女を凝視したまま、ケビンが言った。

虐待を受け施設に入る。そこでも一八歳で自動的に世間に放り出される日本の保護システムの下、ケビンは伊良部島という手がかりをつかんだ。

どんな方法で学習したのかは不明だが、自ら英語を習得し、アメリカの大学に入った。矢吹の周囲にも米国留学経験を持つ友人たちがいるが、学費は高く、生活費も含めれば年間で数百万円が必要だという。親の支援を得られなかったケビンは、奨学金を得て通ったという。

「この国は、ここ一〇年で理不尽な不平等が社会の毛細血管の隅々まで浸透した」

リーマン・ショック、新型ウイルスの蔓延とほぼ一〇年周期で大不況が日本を襲い、その度ごとに経済格差は広がり、派遣社員やアルバイトなど非正規雇用の層が分厚くなった。オメガの東京オフィスも半分以上のスタッフが一年契約の派遣社員だ。矢吹が電話で一〇〇〇円のランチを頼んでいると、派遣スタッフから冷ややかな視線を向けられる。毛細血管という喩《たと》えに異様なリアリティーが宿る。

「日本という国は、猛烈な勢いで縮み始めている。経済が好調で収入が増えていくときは、みんな明るい未来の生活の設計図を描く。しかし、今のような大不況の中では妬《ねた》みや嫉《そね》みの感情が先走り、他人の生活が気になる」

ケビンが吐き捨てるように言った。

「極端なことを言えば、隣の家の食事まで気になる連中が増える。隣は発泡酒じゃなくてビールを飲んでいる。どこにそんな余裕があるんだ、なにか悪いことをして金を稼いでいるに違いない……縮んでいく国のバカどもは、他人の箸《はし》の上げ下げにまで文句を言い出し、挙げ句の果てには、ネットでそんな言葉を晒してしまう」

「たしかにそうかもしれません。でも……」

矢吹が言うと、ケビンが強く首を振った。

「妬み、羨望《せんぼう》、嫉妬《しっと》とネガティブな日本人の感情の集合体が現在のネット社会であり、SNSの実態だ。毎日食パンと水で凌《しの》いでいるのに、月に一度だけ高級レストランでメシを食ってフェイスノートに上げる。引きこもりで一人ぼっちなくせに、バーベキューに興じてたくさんの友人がいるように偽ってフォトグラムにアップする。そんなゴミみたいなバカどもがいるから、俺みたいな商売は大繁盛する。おまけに奴らは利用されていることすら理解していない」

「いくらなんでもひどい！」

「共犯だって言ったよね。綺麗事言うのは勘弁してよ」

ケビンがタブレットをタップし、スクリーンを切り替えた。またフェイスノートのブルーの背景がスクリーンに広がった。左側のアイコン欄には、丸顔でチェックのネルシャツを着た青年がいる。

〈田辺洋樹〉

「今や時の人だからね。いや、時の人になってもらったと言った方が正確だな」

ケビンが淡々と告げる。

漫画家アシスタントの職を失って困窮する田辺の自宅アパートを勇也が訪問し、大人食堂のPRを行った。その後、田辺と勇也がそれぞれ配信した動画は拡散を続け、大人食堂に足を運ぶ人間が急増した。新聞やテレビが相次いで報じたことから、田辺を日本一有名な失業者と称する夕刊紙まで現れた。メディアが飛びつく心温まるエピソードだが、裏を返せば露骨な選挙運動の一環だったのだ。

ケビンが田辺の投稿した写真を次々にスクリーンに表示させた。衣類や布団が乱雑に置かれたベッド。その脇には、場違いなガラスケースがあり、中には美少女が戦闘服をまとったフィギュアがある。

「典型的な引きこもりのオタクだ。しかも、クソゲーマーときてる」

はっきり言って苦手なタイプだ。だが、オタクであろうが、ゲーム好きであろうが、それは個人の嗜好《しこう》であり、他人がとやかく口を出す問題ではない。その旨を告げると、ケビンが鼻で笑った。

「俺は自分に甘い奴が大嫌いでね。見てごらんよ」

ケビンが写真ファイルをめくり、画面を拡大表示させた。

「スナック菓子に炭酸飲料、その横にはダイエット本がある。こいつ、真性のバカだね。カロリーの塊みたいな食べ物に砂糖を大量に含んだドリンクを摂取してダイエット？　そんなに都合よく物事は運ばない」

ケビンがさらにファイルを繰る。

「これは督促状だね。半端なゲーマーの最悪なケースだ」

清涼飲料水のボトル横には、信販会社の葉書がある。さらに画面を拡大させると、重要なお知らせ、必ず開封してくださいとの文字が印刷してある。

「eスポーツのように億円単位の稼ぎを得るプロのゲーマーがいる一方、こいつは中途半端な技術しかない。ゲームのスキルを習得しようともせず、アイテムを金で買った挙げ句、支払いに窮した。自分に甘い奴は、どんどん墜《お》ちていく」

矢吹は写真に顔をしかめた。一躍時の人になった田辺を取り上げるメディアが多い。しかし、ケビンのような視点に立脚した報道は皆無だった。マスコミは勇也という存在に注目し、大人食堂というトピックに反応したのであって、田辺という個人は添え物にすぎないのだ。

「自分に甘く他人に厳しい。そんな奴を利用したってバチは当たらないさ。それにこいつはヘイト発言も繰り返している」

〈日本で悪さするなら、とっとと国へ帰れよ、不良外人ども！〉

スクリーンには、外国人が絡んだとみられる犯罪を報じた新聞記事、目元にボカシが入ったアジア系と思しき青年たちの写真が並んでいる。いずれも田辺がネットで拾ってきた写真や記事で、お手軽に加工して投稿、鬱憤を晴らしているようだ。

「もっともヘイト投稿は田上に煽られている面があるけどね。本物のニュースとフェイクの見分けもつかないから、良いように利用される」

「そんな仕組みを作ったのは、ケビンさん、あなたですよ！」

「そうだ。俺はデータサイエンティストで、こいつらをどう操るか設計図を描いた。ただしきっかけを作ったにすぎない。あとはバカなこいつらが自らの意志で情報を拡散しただけだよ」

「そうかもしれませんけど……」

言い澱《よど》んだあと、矢吹は慌てて首を振った。山城が矢吹との距離を詰めてきたときと同様、いつの間にかケビンの言い分に耳を傾けてしまった。

違法性はないかもしれないが、レッドネック・プロジェクトは多数の人間の感情を知らぬ間にコントロールし、アメリカのカジノ王にとって都合の良い都知事を誕生させるために今も動き続けているのだ。どうやったらケビンを制止できるのか。矢吹は腕を組んだ。

14

「プロジェクトを止めるのは不可能だよ」

矢吹の心の中を見透かしたように、ケビンが言い放った。

「西伊良部島を買えなくなるからですか？」

「違う。既に俺の手を離れたから、巨大なうねりを止められないという意味だ」

「手を離れたって、どういう意味ですか？」

「さっきも言ったじゃない。俺は奴らにきっかけを提供しただけだ」

ケビンが手元のタブレットをタップする。今までフェイスノートの田辺のアカウントが映っていたが、矢吹の目の前には東京都の地図が現れた。

「地図がどうしたんですか？」

「まあ、見てよ」

地図上に無数の顔写真が現れた。目を凝らすと、先ほど見た田辺の顔が拡大表示された。

「キモオタの投稿がどの程度拡散されたのかを可視化した」

ケビンの言葉のあと、田辺の顔写真から矢印が伸び、一緒にバーベキュー大会に出かけたミソノの顔を結んだ。その後はミソノから工藤、そして高橋と矢印が伸びた。顔写真が急速に小さくなり、スクリーンいっぱいの数十、数百の小さなコマへと姿を変えた。要するに、投稿が拡散され、友人や家族、そして恋人やその同僚へとフェイスノートのシステムを通じて広がっていく様が現れたのだ。

「もう一つ、重要なことがある」

スクリーンの地図と拡散の様子を表していた矢印が消え、白髪、眼鏡の男が映った。

「関西の私大教授ですよね。世情を厳しく論評することで有名です」

「そう、テレビやラジオでお気楽教授と名乗って、鋭い分析をする御仁だ」

ケビンが言ったあと、教授の動画が再生され始めた。

〈ネット上の熱狂は、必ずや空振りするとコメントしましたよ。その理由は簡単です。元々政治に関心のなかった層がどうあがこうが、大池候補を支持する与党民政党と光明党の支持基盤を崩すことなど不可能です。……そもそも選挙に行ったことがないような層がネットで盛り上がっているだけです〉

「誰がどう言おうと、俺のプランとプロジェクトは完璧《かんぺき》だ、ケビンさんはそう言いたいのですか？」

「違うよ。まずはこれを見てくれないかな」

いきなりスクリーンが白黒になり、詰襟を着た太った男が現れた。

「毛沢東《もうたくとう》ですね」

かつての中国のリーダーの周囲には、軍服を着た若い将校の一団がいる。それぞれの手には手帳のようなものがある。

「そう。次はこれね」

目の前の太った男がちょび髭《ひげ》の軍服男に変わった。古いカラー映像だが、腕に巻かれた赤い腕章、そして鉤十字《かぎじゆうじ》が一際目立っている。

「アドルフ・ヒトラー……」

「正解。次はこれ」

毛沢東、ヒトラー……ケビンはなにをしようとしているのか。矢吹が考え始めた直後、不気味な装束姿の人間のカラー写真が映った。道路工事用のコーンのような白い頭巾《ずきん》、目の部分だけがくり抜かれ、西洋の妖怪《ようかい》のような出《い》で立《た》ちだ。

「アメリカ南部、白人至上主義の秘密結社ＫＫＫ《クークラックスクラン》ですね」

「ご名答。こっちはわかるかな？」

今度はカラーで鮮明な動画が現れた。背の高い髭面の青年たちが機関銃を構えている。

「たしか中東でテロを頻発させるイスラム原理主義の……」

欧米やアジアのジャーナリストや富裕層を誘拐し、身代金を得て組織を肥大化させたテログループで、背後には黒い旗がはためいていた。

「その通り。次はこれだ」

野外のスタジアムの中心に大柄な青いスーツの白人男性がいる。

「スペンサー大統領……」

矢吹が思わず呟いた直後、スペンサーが赤いキャップを被った。すると満場のスタジアムが割れんばかりの歓声に包まれた。アングルが変わり、満員の外野席を映す。老若男女のアメリカ人が一斉に赤いキャップを被り、拳を天空に突き上げた。

〈Make America Strong Again〉

スクリーン脇のスピーカーから、シュプレヒコールが響いた。スペンサーの選挙戦では、レッドネックと呼ばれる低賃金の労働者層にこのコピーが刺さったと山城が教えてくれた。

「毛沢東、ヒトラー、それにスペンサーも共通項がある」

「独裁者ですよね。でも、スペンサーは一応、選挙を経ているし……」

「一応は失礼だと思うけどね。いずれにせよ、彼らに共通するのは、世情が荒れていた時期にリーダーになった点だ。イスラムのテロ組織にしても、貧富の格差拡大で弾《はじ》き出された若者層が熱狂して参加した」

世情と今度のプロジェクトとは何が関連しているのか。

「注意してほしい。毛沢東の周囲の将校たちは毛沢東語録を掲げていた。ヒトラーの腕章はナチ党員の証《あか》しであり、KKKの白い頭巾、イスラムテロ組織の黒い旗はそれぞれに団結を示すものだ」

「スペンサーの赤いキャップも?」

「その通り。制服や帽子、支持者や同じグループの目印としてなにかを身に着けるのは、独裁者やそれに付随する組織の結束を高める重要なツールだ」

矢吹は高校時代の体育祭の様子を思い出した。三学年を赤、白、黒、紫と四つのチームに分け、徒競走やダンスなどで得点を競い合った。競技の際、代表選手がチームカラーのシャツを着ることで、応援に熱が入った。

「データサイエンティストの重要な素養の一つに心理学がある」

ネット上に溢《あふ》れる天文学的な量のデータを捌《さば》く必要があることは承知している。しかし、なぜ心理学なのか。

「制服や旗はそこに集う人たちのアイデンティティになる。スペンサー支持者なら、赤いキャップは〈私が信じるものを具現化している〉となる」

「そうですね」

「人種差別発言は当たり前、セクハラも日常茶飯事のスペンサーはとんでもないバカだが、岩盤支持層と呼ばれる連中がいて、支持率は就任後も一定水準から絶対に落ちない」

海外ニュースでなんども聞いた話だ。歴代大統領にも問題発言やスキャンダルが生じた。その度に支持率は急激な右肩下がりのカーブを描いていたが、スペンサーだけは違った。その旨を告げると、ケビンが頷いた。

「赤いキャップを被ったレッドネックどもは、メディアや野党の攻勢を受けると、スペンサーへの批判ではなく、自分たち一人一人への攻撃だと感じるようになる。だから、非難されればされるほど、意固地になってスペンサーを応援する。これが簡単なカラクリだ」

「それじゃあ、あの赤いキャップは戦略的に導入されたの？」

「当たり前じゃないか。元同僚に心理学の権威がいたからね」

ケビンが淡々と言った。

「もう一つ、単純接触効果がある」

ケビンが発した言葉に矢吹は耳を傾けた。

「これも心理学の一つだけど、こういうことだ。同じ対象、つまり赤いキャップや、舎弟グッズに繰り返し、何度も接していると、その対象を愛《いと》おしく感じる傾向がある。だから、最近舎弟から離れていた層も、他のファンから何度も動画を送られたら昔の好みを思い出し、そして支持するようになる」

「スペンサーはバカだってわかっていたのに、当選を後押ししたのね？」

「ビジネスだからね。クライアントの求めに応じて仕事をこなすのがプロの役割であり、俺の矜持《きょうじ》だ」

　ケビンが平然と言ってのけた。

「それじゃあ、あの教授の発言は狙い通りだった？」

「疾風舎のファン層、これに共鳴した連中にとって、結束を強める最高の起爆剤になった。ネット的に言えば、炎上の最中に燃料を投下してしまったわけだ」

　ケビンがタブレットに視線を向け、素早く指を動かした。

〈お気楽教授を血祭りに！〉

〈雇っている大学に抗議の電話を！〉

　正視に堪《た》えない罵詈《ばり》雑言がフェイスノートの投稿欄に溢れていた。

「ほらね、言った通りだよ」

　ケビンがそれぞれの投稿についた賛同の意を表すサムズアップのスタンプに矢印を合わせた。矢吹が目を凝らすと、それぞれに三〇万、四五万のスタンプが光っている。

「こんなにも日本のレッドネックたちが結束した。旧態依然としたマスコミの世論調査や、期日前投票所の前での聞き取り調査は全く役にたたないし、正確な情勢を反映していない」

　矢吹の両腕が一気に粟立った。

15

「そんなにうまくいきますか？」

「仕事を引き受けた以上、失敗はしない。スペンサーの例をみても明らかじゃないか」

　ケビンが自信満々の表情で言った。

「後学のために教えてください。そもそもネット、SNSを使ったこの種の操作は、誰が始めたんですか?」

「プリンストン・データ・アナライズの創業者だ」

ケビンがスクリーンの画像を切り替えた。眼鏡をかけた白人中年男性の顔が大写しになった。まるで特徴のない中年男性で、ありふれた顔だ。

「どうしてこんな卑劣なアイディアが浮かんだの?」

「卑劣かどうかは置いておくとして、新しいビジネスを掘り起こした先見性、そして実際に金を産み出すモデルを作ったことは尊敬に値するけどね」

そんな考えには絶対同意できない。矢吹は首を振った。

「彼がなぜビジネスを思いついたのか、その経緯を直接聞いたことがある。知りたい?」

「私自身が騙されないため、そして家族や友人に注意喚起する必要がありますから」

「昨年の新型ウイルスの騒動は覚えてる?」

「ええ、仕事だけでなく、実生活でも散々な目に遭いましたので」

「創業者が着目したのは、防疫の仕組みだった」

「なぜ?」

「仕組みは簡単さ。伝染病と選挙は似ているからだ」

昨年、世界中をパニックに陥れた新型ウイルスは、中国の内陸部で発生し、瞬く間にありとあらゆる国々へと伝播《でんぱ》した。伝染病と選挙にどんな共通項があるのか。

「強力なウイルスが日本に入ったと確認されたら、矢吹さんが役所の担当者だったらどうする?」

「全国の病院、医師や看護師にワクチンを投与します。その後は、教員やバスの運転手など多くの人と接する職業の方々にワクチンを届けます」

「なぜ彼らが優先なの？」

「病原体をそれ以上広げないためです。万が一、体力の弱いお年寄りや幼児に伝染したら一大事です」

「矢吹さんは仕組みがわかっているじゃないか」

ケビンがつまらなそうに言った。だが、矢吹にはまだ理解できない。

「少しひねりを加えたらわかりそうだけど」

ケビンが舌打ちした瞬間、矢吹は手を打った。

「そうか、子供や老人など情報リテラシーの低そうなところを狙っていけば……」

「その通り。あとは医師や看護師役のマスコミや知識人の意識をねじ曲げて、彼らがこちらの意図したメッセージを拡散させれば、あとは勝手にメッセージがネット上を拡散し続けていく。アメリカでも日本でも、レッドネック層は幼児なみに手懐《てなず》けやすい存在だ」

「どうして？」

「機能的識字能力がとてつもなく低いからだ」

「機能的……なんですって？」

「簡単に言えば、文章の読解力が決定的に劣っている、あるいは欠落しているということだ。最近、電化製品のマニュアルが難しすぎるとか、役所の手続き説明がわからないとネット上でしばしば炎上が起こる。その背景には、レッドネック層の機能的識字能力の低さがある」

「読解力がない人たち？」

「SNSで炎上が起こるケースのうち、こうしたバカな連中が文章の本質を理解できず、勝手に怒り出すのがほとんどだ。小難しい結末の小説より、勧善懲悪、ハッピーエンドのドラマしか人気が出ない背景には、機能的識字能力欠落者が急増していることが深く関係しているんだよ」

テレビ、活字離れと叫ばれる昨今、国民的ドラマとか、史上最速で興行収入を塗り替えるようなタイトルがしばしば現れる。矢吹もいくつか手に取り、実際に観た。だが、ケビンの言った通り、単純な仕掛けで泣けと強要され、ラストで悪人たちが総崩れとなるなど、意外性はゼロだった。

「機能的識字能力の欠如に加え、フィルターバブルが顕著だ。データサイエンティストとして、日本ほどやりやすい国はないよ」

　ケビンの口から、また新たなキーワードが飛び出した。

「フィルターバブルとは？」

「レッドネック層にかぎらず、多くのネットユーザーはＳＮＳやニュースサービスで自分が見たい、知りたいと思う情報しかチェックしない。つまり、嫌いなものは意識的に避ける。そうなると、フェイスノートのようなサービスは、少しでも滞在時間を増やしてほしいからＡＩが好みの情報を分析し、自動で流すようになる」

　矢吹にも心当たりがある。白金《しろかね》や恵比寿《えびす》近辺のレストランやセレクトショップを検索する機会が多いため、閲覧履歴がグルメサイトやファッションサイトに提供され、関連した広告やタイアップ記事が頻繁にフェイスノートやフォトグラムに表示される。

「お気楽教授の炎上ネタについても、日本のレッドネック層、舎弟たちには〈悪い人間が勝手にフェイクまがいのニュースを垂れ流している〉という位置付けで提供される。もちろん、こうした行為は各サイトの滞在時間を意図的に延ばすための誘導だ」

　数カ月前、友人たちと新大久保《しんおおくぼ》の韓国家庭料理を食べに行った。その際、大久保通りには在日韓国・朝鮮人たちを激しく罵《ののし》りながらデモを展開するネトウヨたちがいた。ヘイト発言を繰り返す一定数のユーザー向けに、サイトが意図的に作為的な情報を流している……ケビンの話に接し、またもや両腕が粟立ち、息苦しくなってくる。

「特定のネットユーザー層だけでなく、利用している人たちを網羅するようにそんな仕掛けが施されているなんて……」

「だから、俺は個人情報をネットに上げない。仕組みを知っていたら、フェイスノートやフォトグラムに本名や生年月日、頻繁に行く店の情報なんか晒せなくなる。生活や過去の履歴が剝《む》き出しになるのと同じだから」

ケビンが肩をすくめた。同時にバンクーバーのオープンカフェの光景が頭をよぎる。

〈おめでたいより、バカっぽいって言ってもいいかな。それ以上でも以下でもないよ〉

矢吹は唇を嚙んだ。出会ったときから、ケビンはずっと自分を見下してきた。そして疾風舎とのタイアップ事業を喜んで進めてきた自分に腹が立ってきた。

「前にも言ったじゃない。ネットが役にたつことなんて、超がつくほどレアケースだって」

ケビンがさかえ通りの方向に目をやった。

〈緊急事態宣言が解除されるまで休業させていただきます。僕は仕事が生き甲斐《がい》です。しかし、お客さまが感染症になってしまうと、僕は生きていけません〉

ケビンとともに初めて高田馬場を訪れた際、変わり者のデータサイエンティストがどうしても行きたいと言ったうどん店だ。新型ウイルスの蔓延とともに客足が遠のく中、店主が知恵を絞ってテイクアウトメニューを開発し、それを告知するためにフォトグラムに投稿した写真がバズった。

「あのうどん屋には何度も行った。なんの思惑もなく、ただ美味いものを客に食べさせたいと願う店主とスタッフの気持ちは、まっすぐ人の心に届く。現在のネット社会において、あのうどん屋の一件は奇跡に近い」

ケビンが天井を仰ぎ見た。

「誠意や良心を拡散させるために、ケビンさんも働けばいいじゃないですか」

矢吹は腹の底から湧き上がった言葉を口にした。

「誠意や良心なんてものは、この世にほとんど存在しないし、まして金にならない。金がなければ美しい離島を買い取ることができないんでね」

悪びれもせず、ケビンが肩をすくめた。

「絶対に方法があるはずです。自然保護や希少動物保護のためにクラウドファンディングする手段も考えたらどうですか?」

「スピードが遅い。それに出資者が大勢いると、思い通りにならない」

ケビンがタブレットに触れた。スクリーンの画面が東京都の地図に切り替わった。先ほど見たチェックシャツの田辺の顔が現れ、その横から矢印が縦横無尽に走っている。

「世の中スピード勝負だ。舎弟たちのメッセージは、まだまだ拡散を続けている」

スクリーンの右下にある数字のカウンターが猛烈な速度で上昇する。拡散された動画投稿の数は優に二〇〇万件以上に上っている。

「やっぱりダメですよ!」

「だから言ったじゃない。俺はきっかけを作って背中を押しただけ。あとは各々が自分の意志で動いているだけだ」

ケビンが鼻で笑ったとき、矢吹のバッグの中でスマホが鈍い音を立てて振動した。取り出してみると、ショートメッセージが着信していた。

「あっ」

矢吹は画面を見た瞬間声をあげ、ケビンを睨んだ。

「せっかくのお言葉ですが、拡散が止まるかもしれませんよ」

矢吹が告げると、ケビンが眉根を寄せた。

16

〈月刊言論構想《げんろんこうそう》への緊急掲載が決まりました〉

　矢吹は山城が発したショートメッセージの文面を読み上げた。

「ご存知かもしれませんが、一応お伝えしますね。月刊言論構想は、週刊新時代や文芸書やノンフィクション、新書などを幅広く手掛ける出版社の看板媒体です」

「それがどうしたの？」

　眉根を寄せ、ケビンが言った。

〈同誌の小松《こまつ》編集長とは、長年週刊新時代で苦楽を共にした仲です。都知事選挙に際し、露骨な世論操作、巧妙かつ陰湿な投票誘導が行われている旨について、現状得ている取材成果を明かしたところ、投票日三日前に発売される来月号にて第一弾を掲載することになりました〉

　矢吹はスマホの画面を睨み、ゆっくりとメッセージを読んだ。

〈かつて泡沫候補だったスペンサー氏を大統領に押し上げた日本人のデータサイエンティストが暗躍し、都知事選で前代未聞の選挙工作が行われているのは明白。その背後には、東京湾岸部への進出を強く求めているアメリカのカジノ王の存在があることを誌面で報告します〉

　矢吹はケビンの顔とスマホを交互に見ながら、山城の言葉を告げた。

「なるほどね。それで、矢吹さんは退職願を携えてきたわけだ」

「違います。山城さんが記事を出すことは、たった今知ったばかりです。さっきもお話ししましたが私はオメガの社員です。たとえ退職したあとでも業務上知り得たことを明かすことはできませんし、そんなつもりも一切ありません」

「そういうことにしておこう。でもなあ、タイミングが絶妙だね」

ケビンが舌打ちしたとき、もう一度ショートメッセージが入った。

〈今回はケビン坂田の名前は出しませんが、当事者のコメントが必要です。オメガで手配してもらうことは可能でしょうか?〉

拳を握りしめたあと、矢吹は自分のスマホをケビンに向けた。

「コメントなんて、できるわけないだろう。ノーコメントにしてもらって」

ケビンが首を振りながら言った。

「悔しいですか?」

「別に……」

普段と言いぶりは変わらないが、ケビンの眉間に深い皺《しわ》が刻まれた。

「なぜ、矢吹さんも山城も俺の邪魔をするんだ?」

「民主主義の根幹に関わることですから。山城さんはジャーナリストとしての仕事を全うし、私は責任を取って会社を辞める。それだけのことです」

矢吹は本心から言った。退職願こそ書き終えたものの、現下の雇用環境の悪さから考えると、どこか躊躇《ためら》っている自分がいた。しかし、こうして山城のメッセージに接したことで、考えが間違っていなかったことを確信できた。

民主主義の根幹……こぼれ落ちた言葉は、偽らざる気持ちだ。投票率が低迷しようが、大政党の支援で特定の候補の当選が揺るがないという事情があっても、選挙には必ず赴くのが矢吹家の決まりだ。

今回の都知事選挙は、民政党と光明党という国政与党が現職の大池知事を推している。野党勢力は分裂し、候補者を二人立てた。経歴問題や公約の実効性に疑問符が付いている大池候補だが、当選は揺るがない。主要メディアの都政担当記者らが分析した記事や番組を目にしていたが、やはり自分の信念に合致する候補に投票するため、矢吹は祐天寺の小学校に設置される投票所に行く。

こうした状況を逆手に取ったのがケビン坂田というデータサイエンティストだ。日本の選挙の投票率の低さに着目し、普段から投票に行かない層に目をつけた。それが日本版レッドネックとも言われる低所得者層だ。

彼らが熱心に応援する疾風舎というバンドに注目し、連帯感の強いファンクラブを悪用。個人情報を収集した上で突然立候補を表明した勇也という元アイドルへの支援体制を作り上げたのだ。

巷間《こうかん》、権力者に忖度《そんたく》して真実を書かない日本のメディアの中から、山城というベテラン記者が立ち上がり、プロジェクトの全容を炙り出した。そして、月刊言論構想という日本でも有数のオピニオン誌がそのリポートを掲載する。

「ノーコメントという旨を山城さんに伝えてもよろしいですか?」

「ああ、結構だ」

ケビンが眉間に皺を寄せたまま言った。平静を装っているが、ケビンは確実にダメージを負った。ここは追い討ちをかけ、ケビンにこの仕事をギブアップしてもらうよう説得する。そう腹に決め、矢吹は切り出した。

「アメリカでは通用しても、日本ではダメだった。山城さんの記事が出ればもっと掘り下げるメディアが出てきますね」

「そうなの?」

ケビンが顎に手を当て、考え込んでいる。矢吹の手前、強がっているのは明らかだ。

「山城さんはインターネットやテクノロジーに関しては私と同じ素人です。今後はエンジニア上がりのライターさんが都知事選挙の内幕を分析して記事にするかもしれません」

「なるほど」

ケビンの態度は変わらない。必死に考えを巡らせているに違いない。バンクーバーで出会って以降、矢吹はずっとケビンに見下されてきた。だが、こうして形勢は完全に逆転した。いくら投票率が低く、選挙に行ったことがない層を動かすとはいえ、モラル的にはケビンのアイディアは完全にアウトだ。

ここで手を引けば、若いケビンには再起の道がある。もとより、自力でアメリカに渡り、現在は北米でも屈指の名門校の講師を務めるほどの能力を持った青年だ。正しい道に導くことができれば、今度は本当の意味で世の中のためになる事業を興すチャンスとなるはず。

「では、山城さんにノーコメントと連絡します。本当に他に言い分はないのですか?」

「くどいな、ないものはない」

ケビンが唾棄するように言ったとき、仕事場のドアのロックが解かれ、若い三人組が帰ってきた。

「どうも」

濃いメイク顔のクミが言った。

「どうかしました?」

しかめ面のケビン、そして矢吹の顔を見比べながら、ボウサンが口を開いた。

「ちょっとまずい事態になった」

ケビンが小声で告げると、チェックのネルシャツを着たタカが矢吹を睨んだ。

「矢吹さん、まさかなにか妨害でもしたの?」

タカの問いかけに、矢吹は首を振った。

「人聞きの悪いことを言わないで。私は真っ当なことをしただけ」

矢吹はスマホを取り上げると、山城のメッセージを見つめた。

〈たった今、ケビンさんからコメントをもらいました。『ノーコメント』だそうです〉

まず結論を返信したあと、掲載前にオメガの久保部長に掲載する旨を伝えてほしいと付け加え、メッセージを送った。

〈ノーコメントとは、全てを認めた、そう解釈してもよいですか？〉

〈もちろんです。山城さんの取材が実を結び、日本の民主主義がギリギリのところで底割れを回避しました〉

〈お褒めの言葉、痛み入ります。では、掲載後にまたお会いしましょう〉

〈その前に私は会社を辞めます。もうこれ以上、この仕事を続ける自信がありません〉

短いやりとりを山城としたのち、矢吹はケビンの顔を見た。

天才データサイエンティストは、依然として顔をしかめたまま三人の大学生と小声で話し合っていた。

「矢吹さん、なんてことしてくれたの？」

クミが歩み寄り、矢吹の顔を睨んだ。

「あなたたちはまだ若いの。こんな悪事に手を染めたらいけない。もうすぐ社会に出るんだから、正しいことをしてほしいの」

「ふざけないで。私たちが苦労して作った仕組みをぶち壊して、よくそんな綺麗事が言えるわね」

「クミ！」

ケビンが鋭く叫ぶと、クミはもう一度矢吹を睨み、話の輪に戻った。

「タカ、舎弟どものデータの状況を報告してくれ」

「了解」

ケビンの指示に、タカが素早く動く。タブレットをなんどかタップすると、先ほど矢吹が目にした東京都の地図が現れた。前と同じように、無数の顔写真同士が矢印で結ばれ、新たに飛び出していく矢印も多数だ。

「ボウサン、記事が出ることによるダメージはどのくらいだ？」

ケビンの声を受け、ボウサンがカウンターでノートパソコンのキーボードを激しく叩き始めた。

「言論構想の発行部数が約四〇万部、ネット版の閲覧者が約八〇万、他のメディアが転載するとして……」

ボウサンがノートパソコンの画面を見ながら報告を始めた。

「結論はどうだ？」

「舎弟層に情報がリーチするのはおよそ半日。記事を読んで運動から脱落する舎弟、その周辺の有権者は約五万、最大でも八万人程度との試算がＡＩから出ました」

「最大八万人か」

腕組みをしながら、ケビンが天井を見上げた。舎弟らが応援する勇也の票読みがどの程度まで進んでいたのかはわからない。だが、八万人分の得票を失うのはどう考えても痛手なはずだ。

「悪あがきはやめたらどうですか？」

矢吹が言うと、ケビンを含めた四人の視線が全身に突き刺さった。

「いい加減にしてほしいな、矢吹さん」

ボウサンが顔をしかめた。

「もう手遅れなのよ。言論構想は日本で一番格が高い総合月刊誌よ。主要なメディアは一斉に後追いに走るし、仕事をもってきたオメガにも取材が殺到して大変なことになる。でも、これで日本の民主主義は死なずに済むの」

矢吹が一気に告げると、ケビンが舌打ちした。

「もう出ていってくれないか」

「ダメです。この目でレッドネック・プロジェクトが完全停止するのを見届けます」

自分でも驚くほど大きな声が出た。見苦しいまねはやめろ。完全に包囲網ができあがっているのだ。

そんな念を込めてケビンや三人の学生を睨んだ。

するとと、ケビンが大きく息を吐き出した。完全に降参したのだ。それでいい、矢吹がそう口にしかけると、ケビンが首を振った。

「矢吹さん、まだなにか勘違いしているみたいだな」

ケビンは周囲の三人に向け、言った。

「そうみたいね。もう無視よ、無視。さっさと切り替えましょうよ」

「クミの意見に賛成だね」

「俺もそう思う」

ボウサン、タカが言うと、ケビンが手を叩いた。

「頭を切り替えていくぞ」

ケビンが再度タブレットをタップする。スクリーンには、また巨大な東京都の地図が現れた。悪あがきはやめろ、もう雌雄は決している。そんな思いを言葉に乗せようとしたとき、ケビンが声を張り上げた。

「オックスのルートはどうなってる？」

「今、調べます」

ボウサンが応じ、素早くキーボードを叩く。すると、東京都の地図の上に見覚えのある大企業のロゴが現れた。雄牛を象《かたど》ったイラストは、日本最大の流通業、総合スーパーのオックスマートだ。

「想定得票数はどのくらいだ？」

「一五〇万人台をキープしています」

画面にはオックスマートのロゴから無数の矢印が走っている。

「ちょっと、なにやっているの？」

スクリーンに歩み寄り、矢吹は思わずボウサンの肩をつかんだ。

「なにって、レッドネック・プロジェクトですけど」

「さっき降参したばかりじゃない」

矢吹が叫ぶと、ケビンがわざとらしく舌打ちした。

「やっぱり勘違いしているよ、矢吹さん」

ケビンの声に呼応するように、三人の学生が低い声で笑った。

「言論構想が報じたあと、様々なメディアが後追いする。プロジェクトは世間の批判を浴び、頓挫する。さっきそう言ったじゃない」

矢吹は自分でもぎょっとするほど大声をあげていた。

「あのさ、矢吹さん。やっぱりあなたはおめでたい人だね」

「おめでたいとか、そういう問題じゃないはずよ」

「だからさ、疾風舎のファン層はワンノブゼム、ごく一部だよ」

ごく一部……ケビンが発した言葉で、頭から冷水を浴びせられたような感覚に陥った。

「俺の職業はデータサイエンティストだ。膨大なデータを集めた上でこれはと思うものを抽出して、戦略に活かす。矢吹さん、まさか、疾風舎だけのデータで都知事選の行方を左右できるとでも思っていたの？」

ケビンが言うと、三人の学生がクスクスと笑った。顔が上気するのがわかった。

「せっかくだから教えてあげるよ。どうせ山城はこのルートを知らないだろうからね」

ケビンがタブレットをタップした。スクリーンにはオックスマートが月に何度か開催する割引セールのテレビ広告が映った。

〈月末は最大二割ポイント還元、抽選でポイント付与が三倍に！〉

庶民派として知られる女優がオックスマートの発行したポイントカードを手に微笑《ほほえ》んでいた。

「まさか……」

「たかだか数百円分のポイントに目がくらんだレッドネックたちが、自ら進んで個人情報を差し出した。中には、フェイスノートで大々的に〈拡散希望〉とか書き込んで宣伝を買って出るおめでたい主婦も数万人単位でいる」

「そんな……」

肩の力が急速に抜けた。膝から下の感覚がない。目眩《めまい》か。矢吹はカウンターに両手をつき、スクリーンを見上げた。

疾風舎のファンクラブで舎弟たちが勇也を都知事に当選させようと躍起になってメッセージ動画を拡散させた。その数は、プラットフォームになっているフェイスノートを驚嘆させる水準まで上がっていた。だが、ケビンはあの動きがごく一部だと断言した。現に目の前のスクリーンには、オックスマートという巨大企業のポイントカード会員という舎弟たちよりも広いネットワークがある。

オックスマートのロゴから飛び出していく矢印は、舎弟たちのときよりも遥《はる》かに太く、色が濃い。それだけ潜在的な勇也の支援者がいるという証しなのだろう。

「次はアニオタのネットワークだ。どうなっている？」

矢吹の存在を無視するように、ケビンが声を張り上げた。

「順調よ。潜在的な有権者層は六〇万人以上。勇也を応援するメッセージ動画は、以前よりも多く拡散している」

「常にウォッチしてくれよ。減りそうな気配があったらさらに強力な動画を作ってもらう」

ケビンが指示を出すと、三人が忙しなく手元の機器を操作し続けた。

「あの……」

カウンターから目を離し、矢吹はケビンを見た。

「なに？」

「レッドネック・プロジェクトはどうなるの？」

「このまま続けるさ。請け負った仕事を完璧に仕上げる」

「こんなめちゃくちゃなことをした報酬で、あの綺麗な海、そして手付かずの自然を買い占めるの？」

「俺はあの自然に出会って生きる価値を見つけた。紺碧の海、人の手に汚されていない島のためならなんでもやる。それが生きがいであり、手段は選ばない」

ケビンが強い口調で言った。

「そんな生き方でいいの？」

「俺はこの方法でしか生きられない。もう、説得とかしても無駄だから」

ケビンが体の向きを変え、スクリーンを凝視した。

「えっと、現在走っているルートはまだまだ改善の余地があるわ」

クミが手元のタブレットを見ながら言った。

「想定得票数は今どのくらい？」

ケビンが尋ねると、ボウサンが口を開いた。

「約三〇〇万票、前回の大池候補の得票数にあと一歩です」

「そうか、もう一踏ん張り頑張ろう」

ケビンが言うと、三人が声を揃《そろ》えてはい、と応《こた》えた。

矢吹は目の前のスクリーンを見続けた。オックスマートやアニメ関係の他にも、矢吹のよく知るタレントの顔や大企業のロゴが目まぐるしく切り替わった。それぞれの画面に表示された矢印はどれも太く、濃い色に染まっていた。ボウサンが告げた三〇〇万票という予想は嘘ではなさそうだ。

呆然《ぼうぜん》と立ち尽くしていると、ケビンが口を開いた。

「もう二度と矢吹さんに会うことはないだろう。だから一つだけ、アドバイスしておくよ」

「今さら……」

「いや、知っておいた方がいい」

ケビンが矢吹を見つめていた。醒めた視線は今まで通りだが、その奥底に哀れみの色が浮かんでいるような気がした。吸い込まれてしまうような錯覚にとらわれ、矢吹は頷いた。

「ネットやSNSは、カジノと一緒だ」

「どういう意味？」

「中毒性があるってことだ」

矢吹は首を傾げた。

「矢吹さんは、一日何回スマホを見る？」

唐突な問いかけに、矢吹はスマホを目の前のカウンターに置いた。

「わからない……少なくとも五、六〇回くらいかしら。フェイスノートやフォトグラムをチェックしているから」

「チェックする行為は、スロットマシンと同じだ。当たりが出るかもしれない、そう考えながらレバーを引くのと一緒なんだよ」

当たり……身に覚えはある。フォトグラムの投稿に元恋人の神津が反応し、サムズアップのスタンプを押しているかもしれない、そんな気持ちが一日に何回かあったのは確かだ。

「ネット企業の大手は、自分のサービスがいかに長い時間利用してもらえるかに注力して、様々なサービスを提供する。フェイスノートもフォトグラムも、検索エンジンもそうだ」

「そんなことって……」

「奴らに協力するため、オメガのような広告代理店はクライアントを集め、刺激的な広告を制作し、世に送り出す。反対側にいるユーザーたちは、毒気の強い広告で感覚が麻痺し続け、自ら考えることを放棄する」

「私も共犯だって言うのは、そういうことだった？」

「ああ、そうだ。共犯呼ばわりされたくなかったら、スマホを捨てて、一生ネットに頼らずに生活するしかない」

「そんなの無理」

「だったら、綺麗事は言わないことだ。映《ば》える写真を投稿する行為も、選挙の応援メッセージ動画も、今の世の中、根本は一緒だよ」

「だからって、レッドネックな人たちを騙してまで……」

「わからない人だな。ネットを使っている以上、ユーザーはサービスを発信する側に操られ続ける。嫌ならネットを使わない。俺は一定額を稼いだら西伊良部島で自給自足の生活を送る。そのために稼ぎ続ける」

一方的に告げると、ケビンが体をスクリーンに向けた。矢吹の視線の先に無数の矢印と個人や企業の写真が入れ替わり続けた。

エピローグ

〔二〇XX年X月X日〕

琉球《りゅうきゅう》ガラスのタンブラーに伊良部島産の古酒《クースー》を注ぎ、矢吹蛍子《やぶきけいこ》はテレビの開票速報に見入った。投票締め切りとなる午後八時からテレビの前に陣取った。時刻はすでに午後一〇時半を回り、島の蔵元から直接取り寄せたボトルが三分の一ほど空いた。

前回の都知事選では、午後八時ちょうどから一分も経《た》たないうちに当選確実の速報が入ったが、今回は全く違う。

〈現在、開票率は一〇%です〉

NHRの男性アナウンサーが告げた直後、画面に棒グラフが表示された。現職の大池《おおいけ》ゆかりの顔写真の横に赤いグラフ、そして革新系政党が推す鹿沼健吾《かぬまけんご》の横には青、俳優から政治家に転じた山田治郎《やまだじろう》は黄色だ。

〈元アイドル・俳優で、公示直前に立候補を表明した瀬口勇也《せぐちゆうや》候補が大健闘しています〉

勇也の顔の横には緑色のバーが伸びている。画面では、赤と緑が同じ長さになっていた。得票トップは大池、その次が勇也だ。

〈ここからは都政担当の原《はら》キャップに解説してもらいます〉

男性アナウンサーが言った直後、四年前の開票特番に登場した眼鏡の男性記者が登場した。眉間《みけん》には深い皺《しわ》が刻まれている。

〈結論から申し上げると、事前取材では勇也候補の苦戦は必至とみられていました〉

矢吹は深く頷《うなず》いた。同時にケビン坂田《さかた》の顔が浮かぶ。

〈引き受けた仕事は完遂し、絶対成功させるのが俺《おれ》のポリシーだ〉

ケビンは自信たっぷりに言った。目の前のグラフを凝視すると、ケビンの言葉が耳殻の奥で何度も鈍く反響した。

〈特定の支持団体を持たず、準備期間も少なかったので、現職の大池氏に大きく水を開けられていたというのが我々の予想でした〉

〈しかし、出口調査では驚きの結果が出たわけですね？〉

アナウンサーの問いかけに、原記者が頷いた。

〈目下分析中ではありますが、出口調査によれば勇也候補を支持したのは、前回までの都知事選を棄権していた層、あるいは特定の支持政党を持たないいわゆる浮動票を握っていた人たちでした。今回の都知事選挙の結果は、近く実施される衆院議員選挙の行方に大きな影響を与えそうです〉

〈与党民政党《みんせい》の優位が揺らぐということでしょうか？〉

〈これだけの浮動票が動いたので、対応を迫られるのは必至です〉

原記者が言い終えた直後、画面が突然切り替わった。

〈ここで勇也候補の選挙事務所から中継です〉

男性アナウンサーが告げた直後、白いタオルで頭を覆った勇也の顔が大写しになった。

〈こちら東京の西新宿《にししんじゅく》、勇也候補らが仲間と始めた大人食堂からお伝えします〉

勇也の横には、若い女性記者がいる。勇也は口を真一文字に結び、カメラを見据えていた。

〈大健闘ですね。ご感想は？〉

女性記者がマイクを向ける。

〈困っている人が多い。そんな人たちを助けたい一心で選挙を戦いました。彼らが俺を後押ししてくれた。そう思っています〉

勇也の背後には、同じように白いタオルを頭に巻いた若い男女がたくさん控えている。矢吹はさらに画面を凝視した。

〈勇也最高！〉

突然、男が奇声を発し、勇也の横に顔を出した。

〈絶対勝つに決まってる！〉

〈彼らのような優秀なボランティアが選挙戦を支えてくれました〉

勇也が周囲の男女に順番に目を向けている。

矢吹は口に手を当てた。白いタオルを被《かぶ》った男は、トラック運転手の高橋だった。カメラが引き、食堂全体をパンした。白いタオル、デニムのシャツ……高橋の隣には工藤《くどう》やミソノ、そして田辺《たなべ》の顔もある。

レッドネック・プロジェクトの過程で洗脳され、勇也にとって都合の良い情報を大量に拡散させた中核メンバーたちだ。

〈それではこれで中継を終わります〉

若い女性記者が支援者に取り囲まれ、半ば強制的に中継が打ち切られたように矢吹の目に映った。

〈大池候補は依然として事務所に姿を見せていません〉

男性アナウンサーが淡々と告げた直後、矢吹は目を見張った。スタジオの大型スクリーンに映っていた棒グラフが動いた。最上位につけていた赤いグラフと緑のグラフが入れ替わった。わずかだが緑のグラフが赤を超えた。

〈開票率一三％段階ですが、勇也候補の得票がわずかに大池候補を上回りました。都知事選において

は、近年稀《まれ》にみる接戦です〉

男性アナウンサーの声がうわずった直後、タンブラーの横に置いたスマホが鈍い音を立てて振動した。矢吹は反射的にスマホを手に取った。

二週間前、オメガを退社した。上司の久保《くぼ》から強く慰留されたが、プロジェクトに関《かか》わった道義的な責任を自分なりに取った。とはいえ、食い扶持《ぶち》を稼ぐ必要がある。このため、東京で再就職の口を探し続けた。

インターネット関連の仕事は避け、外資系の広報支援専門のコンサルティング会社の中途採用面接を三日前に受けた。面接官は本国の人事部門と調整し連絡すると言っていた。早くもその結果が届いたのだ。

だが、期待していた相手からの連絡ではなかった。

〈お客様に緊急アンケート〉

画面には、サバンナで頻繁に購入するアパレルブランドのロゴが表示された。

社会貢献活動に熱心な経営者の下、売上金の一部を脱炭素運動や海洋汚染防止に向けた活動に寄付しているブランドで、最近のお気に入りだ。

画面をスクロールする。今度は、再生可能エネルギーにでも売上を寄付するのかもしれない。そんな予想をした直後だった。

〈次の総理大臣にふさわしい人物は誰《だれ》だと考えますか?〉

矢吹の目の前で、自分の人差し指が小刻みに震え始めた。

参考文献

『あなたを支配し、社会を破壊する、AI・ビッグデータの罠』キャシー・オニール　久保尚子訳（インターシフト）
『操られる民主主義　デジタル・テクノロジーはいかにして社会を破壊するか』ジェイミー・バートレット　秋山勝訳（草思社）
『デジタル・ポピュリズム　操作される世論と民主主義』福田直子（集英社新書）
『マインドハッキング　あなたの感情を支配し行動を操るソーシャルメディア』クリストファー・ワイリー　牧野洋訳（新潮社）
『フェイクニュース　新しい戦略的戦争兵器』一田和樹（角川新書）
その他インターネットより

＊本書は「ランティエ」二〇二〇年六月号から二〇二一年三月号まで連載した作品に、加筆・訂正しました。プロローグ、エピローグは書き下ろしです。

著者略歴

相場英雄〈あいば・ひでお〉
1967年新潟県生まれ。89年に時事通信社に入社。2005年『デフォルト債務不履行』で第2回ダイヤモンド経済小説大賞を受賞しデビュー。12年BSE問題を題材にした『震える牛』が話題となりベストセラーに。13年『血の轍』で第26回山本周五郎賞候補、および第16回大藪春彦賞候補。16年『ガラパゴス』が、17年『不発弾』が山本周五郎賞候補となる。他の著作に『トップリーグ』『KID』『アンダークラス』『Exit』などがある。

Kadokawa Haruki Corporation

相場 英雄

レッドネック

*

2021年5月18日第一刷発行

発行者 角川春樹
発行所 株式会社 角川春樹事務所
〒102-0074 東京都千代田区九段南2-1-30 イタリア文化会館ビル
電話03-3263-5881（営業） 03-3263-5247（編集）
印刷・製本 中央精版印刷株式会社

ISBN978-4-7584-1377-0 C0093
http://www.kadokawaharuki.co.jp/